LE GRAND SILLON

CLAUDE MICHELET

LES PROMESSES DU CIEL ET DE LA TERRE

LE
GRAND SILLON

roman

ÉDITIONS ROBERT LAFFONT
PARIS

À mes petits-fils

Étonnez le monde par de grandes choses qui ne soient pas des guerres.

VICTOR HUGO à DE LESSEPS

J'ai fait deux folies dans ma vie (Rome et Suez) ; je suis en train de faire une troisième folie. J'espère vivre assez longtemps pour voir ceux qui attaquent aujourd'hui Panamá reconnaître qu'il y avait une lueur de raison dans cette folie.

FERDINAND DE LESSEPS

C'est en mai 1871, alors qu'agonise la Commune de Paris, que Martial Castagnier, vingt-sept ans, négociant en vins venu de Lodève à Paris pour ses affaires, sauve des mains des soldats Pauline, petite repasseuse de dix-huit ans, et prend avec elle la route du Sud.

Et c'est peu après, sur le chemin du Languedoc, dans une ferme abandonnée, proche de Brive, où ils ont fait halte, qu'ils rencontrent Antoine Leyrac, vingt-six ans, qui revient de guerre. Cette ferme ruinée par un incendie, c'est la sienne. On l'appelle les Fonts-Miallet — un nom qui va courir tout au long de l'histoire : là, sont les racines d'Antoine ; là, un jour, il reviendra...

Antoine et Pauline se marient, cependant que Martial épouse Rosemonde, une belle jeune femme de Bordeaux. Martial, qui a le goût du commerce et des grandes entreprises, persuade ses amis de s'embarquer pour le Chili, qui s'ouvre alors au monde. Les deux jeunes couples savent à peine où ce pays se situe sur les cartes, encore moins ce qu'il leur promet. Mais ils partent, pour rompre avec la pauvreté ou la routine. Ils s'installent à Santiago.

Menant des chariots de western, les hommes s'en vont très loin dans les contreforts des Andes proposer aux paysans, aux Indiens et aux prospecteurs des outils, des vêtements ; le métis Joaquin, *qui sait tout du pays et des hommes qui le peuplent, devient le fidèle compagnon d'Antoine. A la ville, les femmes tiennent un comptoir commercial ; bientôt, elles ouvriront au cœur de la capitale un magasin de mode parisienne et de produits d'alimentation qui fait courir tout Santiago :* « La Maison de France ». *A force de travail, d'audace, d'épreuves surmontées, l'aisance vient et presque la fortune. Des enfants naissent : bonheurs et soucis ; des drames surviennent — tremblements de terre, incendies — qui réduisent leurs efforts en cendres. Mais toujours ils repartent, poussant plus loin leurs entreprises : avec des jeunes banquiers, un Français et un Anglais,* Edmond d'Arbault *et* Herbert Halton, *Antoine et Martial créent une société de commerce, la Sofranco.*

Il y a les affaires, qui prospèrent. Il y a aussi les êtres, qui vivent souvent difficilement l'établissement dans un pays si différent de la France et parfois si violent. Ainsi, surtout, de Rosemonde, la femme de Martial : l'exil et la terreur des tremblements de terre l'ont jetée dans une dépression si profonde que Martial doit consentir à reprendre avec elle et leur fille Armandine *le chemin de la France. Pauline, à qui trois enfants sont nés — les jumeaux* Pierrette *et* Marcelin, *puis* Silvère *— et qui développe avec succès* « La Maison de France », *souffre cependant des longues absences d'Antoine : un jour, il va jusqu'au Mexique accompagner* le père Damien, *leur vieil ami, qui y mourra. Antoine lui-même est parfois las de ces voyages périlleux : lorsqu'un grand propriétaire terrien,* Pedro de Morales, *lui propose de prendre la direction d'une immense hacienda, Tierra Caliente, il accepte : lui qui ne possédait pas plus de deux hectares en Corrèze se retrouve à la tête de vingt-huit mille hectares de terres magnifiques !*

Mais la nécessité le rejette dans l'aventure. Leur ami Herbert *a disparu dans l'impitoyable désert du Nord Chili, qu'il était allé prospecter. Zone dangereuse, parcourue par des bandes de brigands sanguinaires, les « rateros » et les « rabonas ». A grand péril, et avec le secours impromptu d'un jeune aventurier français,* Romain Deslieux, *Antoine et Joaquin parviennent à sauver Herbert. A Santiago, Romain s'intègre à l'équipe de la Sofranco.*

Cependant une guerre sauvage — dite guerre du Pacifique ou guerre du Guano — a éclaté entre le Pérou, la Bolivie et le Chili pour la possession de terres riches en minerais. La Sofranco voit s'ouvrir à elle un immense marché, et c'est ainsi que Martial, qui dépérissait d'inactivité à Bordeaux, regagne le Chili à la tête d'une cargaison d'armes destinées aux troupes chiliennes. Et voici nos amis jetés dans un conflit sans merci où ils jouent leur fortune, leur bonheur et leur vie. Lors de la bataille d'Arica, ils arracheront de justesse à la mort le docteur Portales, *le médecin fidèle de Santiago. Lima, capitale du Pérou, conquise par les Chiliens, livrée à la furie de la populace, est le théâtre de scènes dantesques où manque périr* Clorinda Santos, *l'amie passionnée de Romain.*

Et puis la guerre s'éteint. De retour au Chili, Antoine retrouve Pauline, ses enfants et Tierra Caliente où s'accrochent ses rêves de travail et de paix. Mais, à cinq mille kilomètres de là, un chantier fabuleux vient de s'ouvrir : celui du canal interocéanique de Panamá, terres nouvelles offertes aux ambitions de la Sofranco.

Martial et Romain sont partis les premiers. Quand Martial, victime du paludisme, doit abandonner, Antoine prend sa place — dans l'enfer.

Nous sommes en 1887...

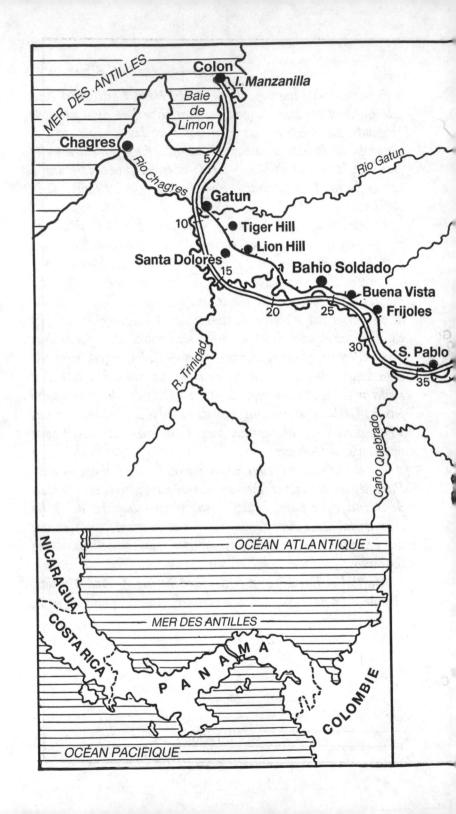

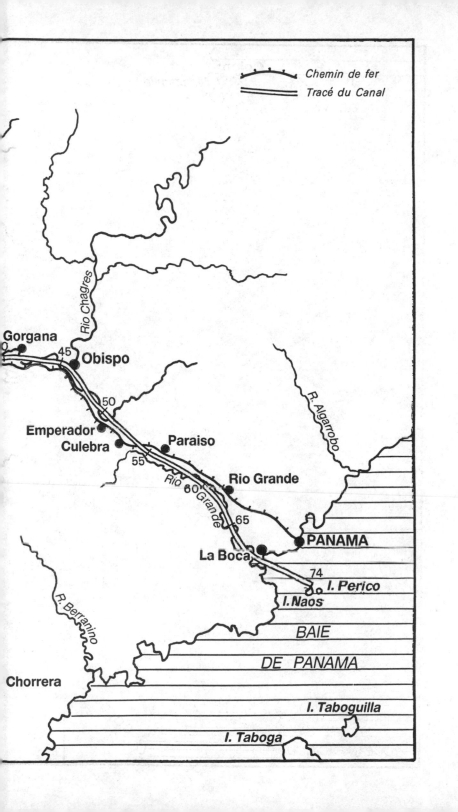

PREMIÈRE PARTIE

LA TERRE ROUGE DE LA CULEBRA

1

Perlant entre deux lattes rongées par la moisissure, les gouttes serpentaient le long du chevron en suivant les fibres du bois, puis glissaient jusqu'à l'extrémité d'une écharde. Là, elles grossissaient, enflaient, scintillaient un instant sous le rayon blême de la lampe à pétrole, puis tombaient.

Régulières et monotones comme les larmes d'une clepsydre, elles s'écrasaient en clapotant dans la cuvette rouillée placée à même le plancher, entre les deux hamacs, à gauche de la table. Et au chant lancinant de leurs pleurs se mêlait celui des rafales de pluie frappant les tôles du toit.

Il pleuvait depuis des semaines et tous les vêtements suspendus çà et là dans le bungalow semblaient être aussi imbibés d'eau que la jungle environnante.

Mais, pour éprouvante et délétère que soit la touffeur épaisse et gluante qui s'appesantissait sur toute la région et que ne chassait nul souffle d'air, ce n'était pas le pire. L'insupportable, ce n'était pas ce phénomène naturel de la saison des pluies, ni la moite et répugnante viscosité qui se plaquait sur tout. L'horreur, c'était ces nuées bourdonnantes de moustiques qui, tel un insidieux brouillard, parvenaient à se glisser partout. Et leurs denses et sifflants nuages qui s'élevaient des marécages voisins harcelaient nuit et jour les hommes déjà épuisés par le climat et le travail du chantier.

Pour l'heure, dans la pièce, plusieurs dizaines d'insectes s'excitaient autour du halo de la lampe à pétrole. Souvent, les plus curieux ou les plus fascinés par la lumière s'embrasaient d'un coup, ponctuant leur crémation d'une brève et crissante étincelle.

« C'est pas Dieu possible de supporter un tel enfer ! » songea Antoine en suçotant son cigare.

Il savait depuis longtemps que l'âcre fumée éloignait un peu les bestioles. Mais il était à croire que toutes n'étaient pas gênées par l'odeur du tabac car beaucoup venaient se poser sur ses mains, son torse, son visage.

Il surveilla un moustique qui voletait au-dessus de son estomac, attendit qu'il approche un peu plus et l'écrasa du plat de la main. Une petite larme sanglante s'ajouta à la multitude de taches brunes qui mouchetaient déjà sa poitrine toute luisante de sueur.

« Et pendant ce temps, l'ami Romain dort comme un bienheureux », pensa-t-il en jetant un regard d'envie en direction du hamac voisin.

En effet, non seulement Romain dormait pesamment, mais il ronflait comme une batteuse. Et même les moustiques dont il était assailli ne parvenaient pas à le sortir de ses rêves. Simplement, en un rythme régulier, mais sans interrompre ses caverneuses roucoulades, il se donnait de grandes claques sur tout le corps, se retournait un peu et continuait à dormir.

Antoine aspira une ultime bouffée de son cigare, lança le mégot dans la cuvette où, toujours aussi monotones, tombaient les gouttes et s'extirpa de son hamac.

Il le fit avec une certaine difficulté car il avait mal au dos depuis plusieurs semaines, et sa couche suspendue et toujours vacillante n'arrangeait rien. Il aurait préféré un lit, mais il eût été imprudent de céder à ce goût du confort. Un lit, c'était à coup sûr le repaire idéal où aimaient grimper les mygales, les scolopendres géantes, les scorpions et autres immondes parasites; un moelleux endroit qu'affectionnaient les serpents corails ou les serpents plumes à la piqûre mortelle. C'était enfin un refuge dont raffolaient les fourmis qui, en quelques heures, transformaient la literie en charpie.

Il tâtonna sous le hamac, attrapa ses chaussures et les secoua prudemment. Une énorme et velue scolopendre brune tomba de l'une d'elles et disparut prestement entre les lames humides du plancher.

— Faut être fou pour rester dans un pays pareil! maugréa-t-il en chassant de la main les moustiques qui tournoyaient autour de son visage.

Excédé, il alluma un nouveau cigare et sortit sur le balcon de bois qui entourait la maisonnette.

Malgré la nuit, totale, et le chant de la pluie et du vent, il devina tout de suite que Joaquin était déjà là, dans l'ombre.

— Tu es sorti toi aussi? dit-il.

— Eh oui, fit le métis en s'approchant.

— C'est moi qui t'ai réveillé?

— Non, non.

Antoine savait qu'il mentait. Jamais il n'avait pu nuitamment venir prendre l'air sans que Joaquin soit aussitôt sur ses talons. Le métis occupait la deuxième pièce du bungalow, celle qui servait de cuisine. Mais il était à croire qu'il ne fermait pas l'œil de la nuit.

— Mais si, je t'ai réveillé, assura Antoine.

— Ben, avec tous ces voleurs et ces voyous..., expliqua Joaquin.

— Oui, tu as raison, faut être vigilant...

Il était bien vrai que le climat et la faune de l'isthme n'étaient pas les seuls à rendre le pays malsain. En effet, nombreux étaient les ouvriers du chantier qui étaient plus dangereux que les araignées, les scorpions ou même les caïmans dont regorgeaient les marigots.

Depuis maintenant sept ans qu'une poignée d'ingénieurs avaient décidé d'ouvrir un canal entre l'Atlantique et le Pacifique, une cohorte d'individus s'était abattue sur toute la région. Et, parmi ces nouveaux venus, tous ne gagnaient pas leur vie en maniant seulement la pelle ou la pioche... On ne comptait plus les vols, les entrepôts pillés, les meurtres même.

Alors, dès la nuit venue, lorsque Joaquin décelait le moindre bruit suspect aux alentours immédiats de la case, il s'embusquait, machette au poing, dans l'ombre de la véranda.

— Vous voulez du maté ? Il est encore chaud, proposa le métis.

— Pourquoi pas ? De toute façon je n'arrive pas à dormir. Allez, rentrons, les moustiques sont encore pires ici, et plus nombreux !

— Faut mettre de l'onguent, dit Joaquin en poussant la porte et en s'écartant pour laisser passer Antoine.

— Et que crois-tu que je fasse ! dit celui-ci en s'asseyant dans un fauteuil de rotin. Mais ton onguent pue tellement qu'il me gêne presque autant que les piqûres de moustiques !

— Ça fait rien, faut en mettre ! Beaucoup ! s'entêta Joaquin.

Il était toujours aux petits soins pour Antoine et veillait sur lui d'une façon si maternelle et envahissante qu'elle en devenait parfois agaçante. Mais Antoine ne pouvait lui en vouloir. Il savait que Pauline était derrière toutes les attentions que lui prodiguait son vieux compagnon de piste. Et il en était de même depuis des années. Depuis cette époque où Pauline avait clairement signifié au métis qu'elle le tenait pour responsable de la santé et du confort de son époux, en somme qu'elle le lui confiait. Enorgueilli par cette charge, Joaquin s'acquittait au mieux de son rôle et se dépensait sans compter.

Antoine l'observa pendant qu'il remplissait un bol de maté de coca et lui trouva très mauvaise mine. Il en ressentit quelque remords, car ce n'était pas la première fois qu'il notait les marques que le temps et la fatigue gravaient sur les traits du vieil homme.

« Eh oui, pauvre bougre, pensa-t-il, dire que je lui ai promis un jour qu'on ne ferait plus jamais d'expéditions aussi folles ! Qu'on ne prendrait plus la piste et qu'on s'occuperait simplement du jardin de *La Maison de France* et des cultures de Tierra Caliente ! C'est réussi ! Voyons, c'était en...? En 78 que nous avons délaissé le chariot. Ensuite, nous avons eu un peu de répit en nous occupant des terres de M. de Morales. Et puis il a fallu qu'on se lance dans cette histoire de canal ! Mais il est vrai que s'il n'en avait tenu qu'à moi... »

Contrairement à Martial, Edmond, Herbert et Romain, ses amis de la Sofranco, il avait toujours éprouvé quelques craintes et beaucoup de perplexité pour une entreprise qu'il jugeait trop gigantesque et même un peu démentielle. Au fond de lui veillait et subsistait, envers et contre tout, une vieille prudence paysanne teintée de scepticisme. Et le fait qu'il ait quitté sa ferme et sa Corrèze natale depuis seize ans et qu'il n'y soit jamais revenu n'avait en rien atténué sa défiance. Il la ressentait chaque fois que les entreprises dans lesquelles se jetaient ses amis lui paraissaient trop hasardeuses ou financièrement trop dangereuses.

Son attitude était d'ailleurs un éternel sujet de plaisanterie avec eux. Ils ne manquaient pas une occasion de lui rappeler que ses sombres prévisions ne s'étaient jamais réalisées. Il avait l'honnêteté de reconnaître que, jusque-là, tout avait effectivement bien marché pour les associés de la Sofranco. Mais cela ne l'empêchait pas d'avoir des doutes quant à l'avenir du chantier ouvert par la Compagnie universelle du canal interocéanique de Panamá.

— Buvez tant que c'est encore chaud! insista Joaquin après avoir constaté qu'Antoine, songeur et lointain, n'avait pas encore touché à son breuvage.

— Oui, t'inquiète pas.

— Vous voulez un peu d'alcool dedans? Contre les fièvres? proposa le métis.

— Non, pas maintenant. J'ai déjà assez de mal à dormir et tu sais bien que ta gnôle me réveille!

— Keu Yang est mort ce soir. Je l'ai appris tout à l'heure à Santa Dolores..., annonça Joaquin après quelques instants de silence.

— Keu? Le cuisinier de l'équipe?

— Oui...

— Saloperie..., grommela Antoine.

Il n'avait pas besoin de demander de quoi était mort le Chinois. Comme tant d'autres hommes attirés par tout ce qu'offrait le chantier — du travail, de bons salaires mais aussi la possibilité de se lancer dans des trafics plus ou moins louches mais rémunérateurs —, Keu Yang avait été emporté par la malaria.

Elle frappait presque sans relâche et indistinctement la main-d'œuvre de base et les ingénieurs français. A preuve, sur les trente spécialistes qui avaient débarqué au début de l'année 1886, treize avaient rendu l'âme quelques semaines plus tard...

Et si les chiffres officiels, qui se voulaient rassurants pour ne pas décourager les ouvriers et les actionnaires, annonçaient une mortalité qui ne dépassait pas sept pour cent, Antoine tenait de bonne source que sur les quarante mille travailleurs recensés en ce mois d'août 1887, plus de vingt mille étaient indisponibles, trop malades pour tenir debout!

C'était d'ailleurs à cause de cette saloperie de malaria qu'il était là depuis maintenant cinq mois, dans ce cloaque infâme bourré de moustiques, alors qu'il aurait été si bien à Santiago ou à Tierra Caliente avec Pauline, les jumeaux Pierrette et Marcelin et le petit Silvère.

Au lieu de quoi, il se ruinait la santé et le moral en surveillant, douze heures par jour, le travail d'une énorme drague appartenant à la Sofranco. Il veillait aussi à la bonne marche d'une scierie et d'un atelier de réparation qui, à eux seuls, employaient plus d'une centaine d'ouvriers.

Ce n'était pas que ces multiples activités soient financièrement mauvaises, tant s'en fallait. Elles étaient même très bénéfiques pour les caisses de la Sofranco. Mais, au départ, elles avaient été prévues pour fonctionner sous la responsabilité de Romain et de Martial.

Romain était toujours là, fidèle et efficace depuis maintenant six ans. Et le moins qu'on pouvait dire était qu'il ne plaignait ni son temps, ni sa peine. Il avait plus de deux cents ouvriers sous ses ordres et supervisait la marche des six excavateurs de la Sofranco.

En revanche, à son grand regret car lui aussi excellait dans son rôle, Martial avait dû abdiquer. Épuisé et rongé par un impaludisme chronique, il avait été contraint d'obéir aux ordres des médecins. Ceux-ci estimaient depuis longtemps qu'il représentait un défi aux lois naturelles. D'après eux, jamais il n'aurait dû remettre les pieds dans aucune région marécageuse après la crise qui avait failli l'emporter lors de son premier voyage à Panamá, au printemps 1880.

Il n'avait pas tenu compte des avertissements et n'avait eu de cesse, pendant plus de cinq ans, de parcourir les soixante-quatorze kilomètres de chantier. Cela lui avait permis de vendre des kilomètres de rails sur lesquels allaient et venaient les excavateurs, de fournir des masses d'outils et de machines. Enfin, il avait même installé un atelier de réparation et une scierie à Santa Dolores, minable pueblo situé au kilomètre 12 du futur canal, dans un des endroits les plus malsains qui soient, cerné par les marécages, non loin du río Chagres, à deux kilomètres de Gatún.

Mais la maladie avait fini par l'abattre. Brûlant de fièvre et assommé par les décoctions de coca, il s'était laissé rapatrier jusqu'à Santiago. Désormais, l'isthme de Panamá lui était interdit.

Aussi, parce que Romain ne pouvait remplir à lui seul tout le travail, qu'Edmond et Herbert étaient certes d'excellents financiers mais de piètres meneurs d'hommes et d'encore plus mauvais mécaniciens, Antoine était venu occuper la place vacante.

Il avait été bien entendu, au début, que c'était provisoire, pour quelques semaines, le temps de trouver un homme sûr pour remplacer Martial. Les événements avaient prouvé que ce n'était pas si facile.

Le premier contremaître embauché — un Allemand — avait été emporté par la fièvre jaune en quelques jours. Le second — un Belge — s'était révélé incapable de se faire obéir des ouvriers. Quant au troisième — un Marseillais —, il avait été retrouvé, au petit jour, saigné à blanc dans une ruelle de Colón bien connue pour ses bouges et ses tripots.

Depuis, Antoine ne désespérait pas de découvrir enfin quelqu'un pour le libérer. Mais, certains soirs, il doutait que cela fût possible. Depuis longtemps maintenant, de mauvaises rumeurs couraient sur le chantier. On parlait de crise, d'hésitation, de volte-face au niveau de la direction. On prétendait aussi que l'affaire n'était pas très saine du point de vue finances. Ce n'étaient sans doute que des ragots, mais comme ils étayaient ce qu'Antoine craignait depuis des années, cela accroissait sa mauvaise humeur. Il vida son bol de maté de coca, écrasa un moustique qui lui piquait le cou.

— Vous avez encore de l'onguent ? s'inquiéta Joaquin.

— Je t'ai déjà dit oui, assura Antoine en se levant,

regarde, je suis encore tout huileux et tout puant !

Il ignorait avec quels ingrédients le métis fabriquait sa pommade et même si elle était vraiment efficace. Une seule chose était sûre : à cause d'elle, il puait comme dix boucs ! Mais parce que Joaquin et Romain s'en enduisaient généreusement, le seul moyen d'en atténuer un peu la pestilence, de s'y habituer était d'en user soi-même.

— C'est comme pour l'ail. Dans une assemblée, faut que tout le monde ou personne en mange ! plaisantait Romain lorsque, chaque matin, il se badigeonnait tout le corps avec la mixture.

— Tu connais quelqu'un qui pourrait remplacer ce pauvre Keu ? demanda Antoine. Il faut bien un homme pour la cuisine, ou alors les gars vont tout casser !

— Je me renseignerai, fit Joaquin sans grande conviction, faut comprendre..., ajouta-t-il.

Il paraissait gêné.

— Comprendre quoi ?

— Ben... Ça parle sur le chantier, alors les gars se demandent si c'est prudent de venir...

— A cause des fièvres ?

— Non, non, dit Joaquin en haussant les épaules, mais... paraît que ceux de chez Kermann et aussi de chez Faulkner n'ont pas été payés depuis presque trois semaines, alors...

Kermann et Faulkner figuraient parmi la trentaine d'entrepreneurs qui se partageaient les travaux. Ils employaient environ un millier d'ouvriers et ce n'était pas la première fois qu'ils donnaient des signes de faiblesse. Mais, trois semaines de retard, c'était beaucoup car la tradition voulait que la paie eût lieu tous les dimanches.

— Ça s'arrangera, décida Antoine, alors pense à trouver un cuistot. Après tout, nous, on a toujours bien payé, fais-le savoir.

— Oui, oui, dit Joaquin d'un ton distrait. Il hésita un peu puis lança : On va rester encore longtemps ici ?

— J'espère que non, rassure-toi.

— Alors quand partons-nous ?

— C'est pas si simple... Mais tu t'ennuies tant que ça ?

— Oh oui ! Beaucoup...

— De qui ? s'étonna Antoine.

Il savait que la femme de Joaquin était décédée depuis quatre ans. Cela n'avait pas vraiment affecté le métis car ses liens avec son épouse étaient pour le moins épisodiques et peu chaleureux. Quant aux enfants qu'elle lui avait donnés, ils étaient majeurs, mariés depuis longtemps et n'entretenaient presque aucun rapport avec leur père. Antoine avait peine à croire que ce soient les « fiancées » que Joaquin connaissait un peu partout qui soient la cause de son coup de cafard. Aussi insista-t-il.

— De qui ?

— De tout. Du pays, de chez nous. Je suis vieux, je voudrais pas mourir ici...

— Allons donc ! Tu as le temps, non ? Après tout, tu n'as jamais qu'une cinquantaine d'années, pas beaucoup plus !

— Peut-être, fit Joaquin, qui le sait ? Pas moi... Mais je sais que la fatigue me gagne, voilà. Et puis je m'ennuie, c'est tout ! Il observa Antoine, sourit : Et puis vous le savez bien, quoi ! Je m'ennuie de vos petits, voilà !

Antoine connaissait l'attachement qu'il portait aux jumeaux. Il les avait vus naître, avait toujours été leur complice et souvent leur compagnon de jeux. Quant au petit Silvère, qui avait maintenant huit ans, il lui vouait un véritable culte, une espèce d'adoration, pleine de tact, d'attention, de délicatesse.

— Tu as raison, dit Antoine, je sais que les enfants te manquent. A moi aussi, mais on ne fait pas toujours ce qu'on veut ! Allez, dit-il avant de sortir, pense à chercher un cuisinier pour remplacer ce pauvre Keu. Et ne t'inquiète pas, moi non plus, je n'ai pas envie de m'installer ici !

Les moustiques étaient toujours aussi nombreux autour de la lampe à pétrole. La cuvette, maintenant pleine, débordait. Quant à Romain, il ronflait avec la même lancinante application que trois quarts d'heure plus tôt!

Antoine vida le récipient par la fenêtre, le replaça sous la fuite du toit et se hissa dans son hamac.

Il sut vite que le sommeil le fuyait toujours. Alors, mains sur la poitrine, prêt à écraser les moustiques qui s'approchaient déjà, il reprit la contemplation des gouttes d'eau qui, une à une, grossissaient au bout de la petite écharde brune, avant de tomber dans la cuvette.

Les confidences de Joaquin l'avaient troublé plus qu'il ne l'avait laissé paraître. Il avait été très touché que le métis lui parlât des enfants et s'il n'avait rien fait pour relancer la conversation c'était pour ne pas s'engager dans la narration des souvenirs.

Lui aussi s'ennuyait beaucoup et s'appliquait donc à ne pas attiscr certains sentiments. Il y parvenait avec les enfants, mais beaucoup plus difficilement avec Pauline qui, elle, réussissait toujours à s'imposer dans ses pensées, sa mémoire, à s'y installer. Elle s'y glissait chaque jour et les soirs avec tant de force, de précision et d'intimité qu'il avait presque l'impression qu'elle était là, contre lui, amoureuse, câline ; avec au fond des yeux cette espièglerie complice qu'il aimait tant.

« Sacré Joaquin, songea-t-il en souriant, il n'a parlé que des enfants, il n'a pas osé dire que lui aussi s'ennuie de Pauline ! Enfin, il a raison, faudrait pas qu'on s'attarde trop longtemps dans ce fichu pays... »

Puis il pensa aux difficultés des entreprises Kermann et Faulkner.

« Pas sain tout ça, pas sain du tout... »

Mais toute cette affaire de canal avait-elle jamais été saine ? Il jugeait que non, surtout depuis qu'il était au courant des péripéties qui avaient ponctué l'ouverture du chantier. Des histoires que tout le monde connaissait et dont on s'accommodait tant bien que mal.

« Ces gens-là se sont toujours trompés ! Et certains ont menti comme des arracheurs de dents ! Quand on se souvient des estimations du début et de l'évolution des chiffres ! »

C'était simple. En 1879, Ferdinand de Lesseps qui, malgré ses soixante-quatorze ans, voulait être l'homme de Panamá, comme il avait été celui de Suez, avait évalué le coût total de l'opération à neuf cent vingt millions de francs. La somme se répartissant en six cent vingt millions pour les travaux, cent trente millions pour les dépenses d'entretien et le reliquat pour les frais divers.

Mais il ne fallait surtout pas oublier que, dans le même temps, d'autres spécialistes avaient prédit qu'on ne s'en sortirait pas à moins d'un milliard deux cents millions de francs...

C'était de Lesseps qu'on avait cru, et la Compagnie universelle du canal interocéanique s'était donc créée avec un capital de six cents millions de francs. Elle avait aussitôt opté pour le projet de de Lesseps qui prônait un canal à niveau contre l'avis de quelques ingénieurs partisans d'un canal à écluses.

Dans l'euphorie, les responsables avaient annoncé que les travaux seraient achevés pour la fin 1888. Ils estimaient que le canal serait ouvert grâce à l'extraction de quarante millions de mètres cubes de terre et de rochers. C'était peu comparé aux soixante-quinze millions de mètres cubes de déblais qu'avait nécessités l'ouverture de Suez. Là encore, il était prudent de se souvenir que, dans les mois suivants, cette estimation avait rapidement grossi, passant d'abord à quarante-cinq millions de mètres cubes, pour arriver à soixante-treize millions...

Cela n'avait rebuté personne. Pas plus que n'avaient découragé de Lesseps les lamentables résultats de la

30

souscription d'août 1879. Elle n'avait réuni que trente millions de francs sur les quatre cents millions demandés...

Beaucoup mieux présentée au public, grâce à une excellente campagne de presse, la seconde émission de décembre 80 avait reçu un chaleureux accueil. Mais uniquement en France car, déjà, les Anglais et les Américains boudaient le projet du canal.

Tout cela n'avait pas empêché l'entreprise Couvreux et Hersant d'emporter le marché pour un prix total de cinq cent douze millions de francs. Les deux hommes, amis de de Lesseps, jouissaient eux aussi d'une solide réputation car ils avaient activement participé à l'ouverture du canal de Suez.

Leur projet était clair : ouvrir entre Colón et Panamá, sur soixante-quatorze kilomètres de long, une tranchée profonde de huit mètres, large de vingt-neuf mètres. Creusée au niveau des océans, elle rejoindrait dans un premier temps, au kilomètre 10, la marécageuse vallée où serpentait le río Chagres. La saignée franchirait ensuite la chaîne montagneuse de la Culebra au kilomètre 55, pour filer enfin vers le Pacifique.

Il s'était une nouvelle fois avéré que l'importance des travaux avait été sous-évaluée. L'ouverture dans le massif de la Culebra représentait à elle seule un labeur absolument colossal, titanesque. Il s'agissait, ni plus ni moins, d'araser sur treize kilomètres une série de collines dont la plus haute atteignait quatre-vingt-sept mètres !

« Et bien malin qui pourrait dire si on en verra jamais le fond de cette foutue tranchée ! » songea-t-il.

Il se gratta furieusement le lobe de l'oreille droite qu'un moustique venait de piquer, alluma un nouveau cigare.

« Faut bien dire aussi que tout s'en mêle pour que ça cafouille... »

Commencés le 1er février 1881 sur l'ensemble du tracé, les travaux avaient pourtant bien débuté. La paie journalière des ouvriers étant bonne, il n'avait pas été difficile de recruter deux mille hommes en peu de temps.

Puis la saison des pluies était arrivée et avec elle s'étaient abattus les moustiques. Dans le même temps, grossis par des averses diluviennes, les moindres ruisseaux s'étaient transformés en torrents de boue qui avaient emporté en quelques heures toutes les installations et les cases situées trop près de leur cours. Quant au río Chagres, il avait envahi et submergé les premières ébauches du canal.

En septembre 82, alors que la mortalité due aux diverses fièvres et à la dysenterie commençait à saper le moral des plus résistants, un tremblement de terre avait provoqué çà et là des éboulements considérables et blessé des centaines de travailleurs. Les malheureux étaient venus grossir les rangs de tous les malades qui croupissaient dans les infirmeries ou les hôpitaux de Colón et de Panamá.

Le communiqué de la Compagnie avait alors assuré qu'il n'y avait aucun mort à déplorer. Malgré cela, à l'annonce du tremblement de terre, des affaissements et des glissements de terrain, les actions du canal avaient chuté à la Bourse de Paris.

Pour rassurer les actionnaires, de Lesseps avait alors solennellement promis — sans sourciller — qu'il n'y aurait plus jamais de tremblement de terre sur le chantier ! On en faisait encore des gorges chaudes dans tout l'isthme !

Mais personne n'avait ri lorsque, à la fin décembre de la même année, les entrepreneurs Couvreux et Hersant avaient annoncé qu'ils abandonnaient la partie...

Beaucoup avaient pensé que le rêve était déjà fini. Pourtant tout avait continué car une multitude de petites entreprises s'étaient jetées sur l'alléchant marché. Elles employaient beaucoup de sous-traitants, la Sofranco était du nombre et ne s'en plaignait pas ! En effet, les prix étant libres dans la zone du canal, chaque entrepreneur, maintenant débarrassé de la solide emprise que représentaient Couvreux et Hersant, pouvait agir à sa guise.

En quelques mois, les cours de la moindre denrée ou du plus petit service avaient bondi. Des fortunes s'étaient faites, des faillites étaient venues. Imperturbable, de Lesseps annonçait toujours que le coût total des travaux ne dépasserait pas six cent vingt millions de francs.

Cela ne correspondait plus du tout à ce que pronostiquait maintenant M. Dingler, l'ingénieur en chef des Ponts et Chaussées. Il assurait sans détours qu'il faudrait extraire au moins cent vingt millions de mètres cubes ! On était loin des quarante millions prévus en 79...

Malgré tout, le chantier avait continué. Pour aider les ouvriers chinois, très sensibles aux fièvres, et qui d'ailleurs préféraient souvent délaisser la pelle et la pioche pour ouvrir des petits commerces, s'était établi un va-et-vient maritime entre Colón, la Barbade, la Jamaïque et Cuba.

Les bateaux revenaient des îles avec des cargaisons de Nègres ravis d'échapper à leur épuisant travail de coupeurs de cannes à sucre ou de ramasseurs de patates douces. Ils abandonnaient le salaire dérisoire d'un franc vingt-cinq par jour que leur concédaient les planteurs pour la somme de six francs cinquante, voire sept francs, offerte par les entreprises du canal. Aussi arrivaient-ils par milliers, et en chantant car les recruteurs se gardaient bien de parler des fièvres et autres surprises qui attendaient les migrants...

« Maintenant, ils sont prévenus, mais ils sont toujours aussi nombreux, pensa Antoine. A croire que ça ne sert à rien d'être prévenu ! Ceux qui ont fait le coup de force sur Colón savaient ce qui les attendait, et pourtant... »

Il tenait l'histoire de Romain et de Martial ; les deux hommes avaient assisté aux événements et ne pouvaient être suspectés d'exagération.

L'un et l'autre travaillaient sur le chantier lorsque, le 30 mars 1885, une révolte avait éclaté à Colón. Conduit par le métis Carlos Prestan — qui n'en était pas à son coup d'essai en matière d'insurrection —, des milliers d'hommes s'étaient jetés sur la ville. Tuant, pillant, ils avaient réussi à incendier toute la cité avant d'être contraints de lever les bras devant les forces armées.

Les militaires avaient fusillé un certain nombre de pillards et livré les autres aux autorités, ce qui avait plongé le gouvernement dans le plus profond embarras. En effet, et pour étrange que cela pût paraître, la peine de mort avait été abolie en Colombie. Il n'était donc pas possible d'exécuter les prisonniers ; mais tout autant impossible de ne pas faire un exemple.

Un obscur officier subalterne avait soudain eu un trait de génie en proposant tout simplement de recourir à la « loi internationale ». Et, puisque la Compagnie du canal était universelle et que la ligne de chemin de fer qui reliait Colón à Panamá lui appartenait depuis 1882, c'était sur cette parcelle de terrain qu'il devenait légal d'exécuter les insurgés.

On avait donc hissé les condamnés sur un wagon plate-forme. Là, après qu'un *padre* de service leur eut octroyé sa bénédiction, on leur avait passé à chacun un solide nœud coulant autour du cou. Puis le train avait démarré, laissant derrière lui les incendiaires de Colón se balancer au-dessus d'un sol concédé à la Compagnie internationale du canal pour la somme de quatre-vingt-onze millions de francs (soit au moins cinq fois son prix !) et pour une durée de quatre-vingt-dix-neuf ans ! Depuis, le calme régnait sur le chantier...

« Enfin, façon de parler, songea-t-il, il ne se passe guère de jour sans qu'on découvre quelques pauvres bougres égorgés comme des poulets ! Mais ça, c'est la routine, comme la malaria, la fièvre jaune, la dysenterie et les moustiques ; sans oublier les serpents, c'est le pays quoi... »

Il bâilla, fixa une dernière fois les gouttes qui perlaient au bout de l'écharde et plongea d'un coup dans le sommeil.

2

Pendant les deux mois qui avaient suivi son retour à
Santiago, Martial avait été tellement fatigué par ses accès
de malaria qu'il n'avait pas bien mesuré leurs consé-
quences. Aussi ce fut d'abord avec tristesse, ensuite avec
colère qu'il découvrit la gravité de son état au fur et à
mesure qu'il reprenait quelques forces et que lui revenait
le goût du travail et de l'action.

Son abattement fut profond lorsqu'il comprit que toute
son existence risquait désormais d'être grevée par ce
handicap.

Pour lui, ne plus pouvoir participer à ce gigantesque
chantier de Panamá était la pire des punitions. Il s'était
tellement passionné pour cette aventure depuis six ans et
il y avait tellement participé qu'il ne put admettre que
tout cela lui soit maintenant interdit. Interdites ces
épuisantes mais exaltantes journées au cours desquelles,
dirigeant le travail des équipes de terrassiers, il voyait
avec fierté s'allonger les rails luisants où, bientôt, allaient
gronder les convois de Decauville. Des rails, des machines
et des wagons fournis par lui, pour le compte de la
Sofranco, bien sûr, mais d'abord vendus par lui. Parce
que c'était lui, Martial Castagnier, l'ancien petit négo-

ciant en vins, qui avait emporté certains marchés, de
haute lutte. Qui les avait gagnés devant dix ou vingt
concurrents prêts à tout pour vaincre ; ouverts à toutes les
compromissions, les bassesses et les pots-de-vin, les trafics.

Oui, fierté d'avoir été le meilleur négociateur, le plus
sérieux, celui dont la réputation n'avait cessé de grandir et
avec qui traitaient les plus grosses sociétés du chantier. Et
c'était de tout cela que sa mauvaise santé risquait de le
priver. Et aussi de toutes ces heures passées dans les
ateliers de réparation où, à la chaleur des forges et des
chaudières à vapeur, s'ajoutait la moite et mortelle
touffeur qui suintait de la jungle et des marécages.

Heures exténuantes, mais combien excitantes puisqu'il
s'agissait, là encore, de gagner contre le temps, en
réparant au plus vite et au mieux la machine cassée, la
pièce défectueuse.

Interdite aussi maintenant l'organisation des chantiers
de minage concédés à la Sofranco dans certaines portions
du massif de la Culebra où, d'un souffle, les charges de
dynamite pulvérisaient des milliers de mètres cubes de
roche !

Interdite également l'attentive surveillance de la *Ville de
Lodève*, cette énorme drague de la Sofranco qui ouvrait
goulûment son chemin dans les marécages. Une machine
inquiétante, toute grondante du fracas de ses chaudières,
du cliquetis de ses chaînes à godets. Un engin titanesque
qui, dans une gargouillante succion, avalait dans le lit du
canal jusqu'à trois mille mètres cubes de boue par jour,
qu'il revomissait bruyamment sur la berge ou dans les
trains de wagons qui sillonnaient sans cesse les flancs de la
tranchée.

A elle seule, la *Ville de Lodève* abattait par jour le travail
de mille hommes ! Et c'était également cette fantastique
puissance des machines modernes qui le passionnait, le
comblait. C'était elle aussi qui l'avait retenu pendant six

ans dans la zone du canal, malgré un climat épouvantable et dans des conditions de vie terribles.

Certes, comme promis un jour à Rosemonde, il était ponctuellement revenu en France tous les quinze ou dix-huit mois. Et s'il ne s'était jamais ennuyé pendant les quelques semaines passées avec sa femme et sa fille, il n'avait pas eu non plus beaucoup de peine à les quitter à la fin de ses congés.

Ce n'était pas que Rosemonde soit devenue acariâtre, loin de là. Simplement, comme elle l'en avait prévenu, sa principale préoccupation était l'éducation de leur fille. Elle ne vivait que pour Armandine, qui d'ailleurs le lui rendait bien. C'était une gracieuse enfant de onze ans qu'il aimait beaucoup mais avec qui il avait conscience d'agir gauchement lors de leurs brèves retrouvailles. En fait, il avait vite compris qu'il était étranger à la complicité qui liait Armandine à sa mère et que toutes les deux se passaient très bien de sa présence.

De plus, Rosemonde ne partageait pas sa passion pour le canal et ne comprenait pas qu'on pût s'enthousiasmer pour une telle entreprise.

— C'est stupide, lui avait-elle dit un jour, passe encore que tu veuilles vivre à Santiago, je veux dire au Chili, là au moins tes amis et toi avez des affaires sûres, des mines qui rapportent, des marchés assurés, bref une situation solide ! Alors pourquoi diable t'es-tu entiché de ce maudit canal ? Tu me dis toi-même que la vie y est infernale et dangereuse et même que certains clients paient très mal !

— Les affaires réussies d'avance et qui fonctionnent toutes seules ne m'intéressent pas ! lui avait-il alors lancé. Seules me plaisent celles qu'il faut faire, qu'il faut gagner ! Celles-là sont excitantes, les autres m'ennuient ! Je les laisse volontiers aux ronds-de-cuir !

Et c'était vrai. Vrai au point de l'avoir peu à peu détaché des marchés trop faciles que la Sofranco traitait au Chili ou au Pérou ; ceux-là, il les abandonnait à Edmond, Herbert, ou même Antoine.

En revanche, il se réservait tous ceux qui se rattachaient à Panamá ; le canal était devenu sa raison d'être, de se battre.

Et c'était de tout cela dont voulait le priver la maladie ? C'était impossible, inadmissible ! Ou alors, si vraiment la zone du canal lui était définitivement défendue, mieux valait tout abandonner et rentrer en France, pour toujours.

Il se sentait incapable de poursuivre l'existence qui était la sienne depuis son retour à Santiago ; elle était trop stérile et surtout trop monotone.

Dès que Martial le put, c'est-à-dire après deux mois de repos complet, il recommença à fréquenter les bureaux de la Sofranco et la banque d'Herbert Halton. Mais il comprit vite que ses amis ne tenaient pas à être responsables d'une éventuelle rechute de sa santé et faisaient tout pour le ménager. Il ne traita donc que de modestes et routinières affaires dont le cadre ne dépassait pas le port de Valparaíso ou le comptoir de Concepción.

C'était peu attrayant et il dut se fâcher pour pouvoir suivre Edmond lors d'une de ses tournées d'inspection dans les mines de l'Atacama.

— Et ne me dites pas que le climat y est malsain pour moi ! lança-t-il, c'est un des plus secs et plus chauds du monde !

Mais ces quelques rares expéditions ne suffirent pas à meubler tout son emploi du temps.

Alors, parce qu'il s'ennuyait et se rongeait à l'idée d'être inutile, il descendit jusqu'à Tierra Caliente. Là, bien qu'il ne connût pas grand-chose à l'agriculture, il parcourut toutes les terres mises en valeur par Antoine. Accompagné par Pedro de Morales, ravi de sa visite, il regarda et nota tout, persuadé qu'Antoine serait heureux d'avoir des nouvelles fraîches de cette hacienda qui lui tenait tant à cœur. Et il put même lui écrire au sujet des vignes — car là il était dans sa partie —, qu'elles étaient superbes, bien entretenues, bien travaillées et que la vendange s'annonçait plantureuse.

— Vous pensez que votre ami pourra bientôt revenir ? lui demanda incidemment Pedro de Morales.

— J'espère, oui j'espère, éluda-t-il.

— Oh ! Notez qu'il a formé d'excellents chefs d'équipe et que moi-même je veille, mais enfin...

— Je comprends..., murmura Martial qui se savait seul responsable de l'absence d'Antoine.

De retour à Santiago, il s'empressa d'aller voir le docteur Portales pour lui demander s'il était vraiment dangereux de retourner à Panamá.

— Vous n'y songez pas, j'espère ? Ou si oui, ôtez-vous vite cette idée de la tête, elle est stupide !

— Mais pourquoi ? Bon sang, j'ai passé six ans là-haut sans gros problèmes. D'accord, j'avais périodiquement des accès de fièvre et...

— Et le dernier a bien failli vous tuer ! Alors oubliez Panamá comme j'ai moi-même oublié le plaisir que peut procurer un bon bain de pieds, plaisanta le docteur en tapotant ses prothèses du bout de ses béquilles.

Martial attachait beaucoup d'importance à ce que disait le docteur. C'était un homme très compétent et la façon dont il avait surmonté l'épreuve vécue lors de la guerre du guano forçait le respect. Nombreux étaient ceux qu'il stupéfiait par sa bonne humeur et sa façon de faire oublier qu'un obus lui avait emporté les jambes...

— Mais dites-moi au moins pourquoi vous m'interdisez Panamá ! insista Martial qui connaissait pourtant la réponse.

— Pas uniquement Panamá, mon cher, mais tous les marais qui engendrent la malaria ! Ou l'impaludisme, si vous préférez ; du préfixe latin *im* et de *palus, paludis,* marais. Cela dit, on ignore ce qui, dans les marécages, provoque les fièvres, qu'elles soient jaunes, paludéennes ou bilieuses. Le jour où on le découvrira, on vaincra la maladie. Voyez-vous, il faudrait que votre grand Pasteur se penche sur ce problème, je suis sûr qu'il trouverait !

Le docteur Portales portait un profond attachement à la France et ne manquait jamais d'en faire état.

— Et que se passera-t-il si je remonte dans l'isthme ? insista Martial.

— C'est simple, votre cas est chronique, mais rien ne l'empêche de devenir aigu et mortel lors d'une rechute. Ou alors il restera ce qu'il est, mais la fièvre s'installera et débouchera sur la cachexie palustre. Celle-ci déclenchera une anémie profonde, avec hypertrophie de la rate, et même du foie, des œdèmes multiples, des scléroses pulmonaires, des épistaxis répétées et même des hémorragies rétiniennes. Pour la suite, le premier croque-mort venu vous renseignera...

— Très drôle...

— Écoutez, mon cher, vous m'avez posé une question, je vous ai répondu. Maintenant, libre à vous de tenter le diable !

L'entrevue le découragea beaucoup et ce fut sans aucun enthousiasme qu'il reprit le petit train-train journalier des médiocres et reposantes affaires que lui confièrent Edmond et Herbert.

Ses journées étaient monotones et réglées comme celles d'un tabellion.

« Il ne me manque que les manchettes de lustrine ! » pensait-il avec amertume.

Tôt levé, par habitude, il quittait l'hôtel San Cristobal où il logeait toujours lors de ses séjours à Santiago. Il flânait ensuite dans la ville en suivant un parcours bien établi.

D'abord la place d'Armes où il achetait son journal. De là, il remontait jusqu'au sommet du *cerro* Santa Lucía où il soufflait quelques instants avant de redescendre vers les bureaux de la Sofranco.

La lecture des cours de la Bourse et de quelques dossiers l'occupait jusqu'à onze heures trente. Il reprenait alors sa canne et allait saluer Herbert Halton dans sa banque. Edmond les rejoignait vers treize heures et les trois amis déjeunaient ensemble.

Une courte sieste suivie d'une partie de billard l'occupait jusqu'à seize heures. Il partait alors attendre son filleul Marcelin et son frère Silvère à la sortie de leur école. Tous les trois filaient ensuite jusqu'au cours fréquenté par Pierrette puis regagnaient *La Maison de France* où les attendait Pauline.

Au soir, selon son humeur et sa fatigue, il allait musarder dans les fumoirs du théâtre et y rencontrait quelques relations qui l'aidaient à meubler son ennui. Mais, plus souvent, il s'asseyait à la table qui lui était réservée à *La Belle Hélène*. C'était un café-concert qui n'avait rien à envier aux établissements français et son propriétaire se flattait, avec raison, d'y offrir des spectacles aussi riches, chatoyants et variés que ceux de Paris. Il est vrai que l'orchestre exécutait allègrement et avec brio tout le répertoire d'Offenbach et que les élégantes n'y manquaient pas.

Il y avait toujours là quelques superbes et pulpeuses créatures dont la conversation n'était certes pas le principal atout mais qui ne refusaient pas, pour autant, d'amorcer le dialogue.

Il rentrait à son hôtel vers une heure. Et, chemin faisant, il en venait toujours à se répéter qu'il était stupide de gâcher ainsi son temps. Il savait surtout que le pire allait être de chercher le sommeil en se disant que la journée du lendemain serait aussi morne que celle qu'il venait de vivre et que seul un *temblor* en romprait peut-être la monotonie. Mais ce n'était quand même pas à souhaiter.

Ce n'était pas parce qu'elle avait trente-quatre ans depuis le 12 mai que Pauline se sentait vieille. C'était en contemplant ses enfants.

Marcelin était devenu un jeune homme en moins de six mois et il était maintenant aussi grand que son père. Pierrette, sa jumelle, s'était elle aussi métamorphosée. Plus petite que son frère, elle était une gracieuse jeune fille, au visage ouvert qu'animait un vivace regard noir. Et de même que Pauline soupçonnait Marcelin de se servir parfois d'un des rasoirs de son père — histoire de favoriser et d'accroître la pousse de ce qui n'était encore qu'un duvet ! —, elle était persuadée que sa fille n'hésitait pas à essayer les plus belles toilettes du magasin lorsqu'elle se croyait seule...

Quant à Silvère, fort de la fraternelle complicité dont l'entouraient ses aînés et de la dévotion que lui vouaient Jacinta, Arturo, Joaquin et tout le personnel de *La Maison de France,* il se disait prêt à conquérir le monde dans les plus brefs délais.

Contrairement à son frère aîné qui, à âge égal, détestait l'école, il y brillait sans peine et avait grand-soif d'apprendre. Ce n'était encore qu'un petit garçon, mais il ne manquait jamais une occasion de proclamer qu'il avait huit ans.

Et ces huit ans eux aussi vieillissaient Pauline. Comme la vieillissait beaucoup la pensée d'avoir bientôt à se séparer de Marcelin. Certes, il était encore là pour quelques mois, mais Pauline, qui connaissait la lenteur avec laquelle se traînent les jours qui vous séparent d'un événement que l'on espère, savait aussi à quelle vertigineuse vitesse coulent ceux qui vous précipitent vers une issue que l'on appréhende.

Et s'il était intolérable de se répéter qu'il y avait presque six mois qu'Antoine était absent, il était aussi angoissant de constater que Marcelin n'en avait plus que douze à passer en famille.

Bien entendu, il était réconfortant de savoir que la séparation qu'elle redoutait permettrait un jour à son fils de jouir d'une magnifique situation et de pratiquer un métier qui lui plaisait. Mais Dieu qu'elle se sentait vieille en y songeant !

Il lui semblait entendre Marcelin, alors rebelle à l'instruction, annoncer rageusement que son seul désir était d'être *llamero,* c'est-à-dire gardien de lamas. Et que son rêve était de posséder le plus grand troupeau de lamas de la Corrèze !

Il disait la Corrèze comme il aurait dit l'Europe entière car, pour lui, ces lointaines contrées étaient aussi légendaires et mythiques que les aventures du Petit Poucet ou du Chat botté qu'elle leur lisait le soir à Pierrette et à lui !

Mais Marcelin ne serait jamais gardien de lamas, il serait beaucoup mieux ! Il s'était pris de passion pour l'agriculture au cours d'un de leurs longs séjours à Tierra Caliente, en 1884. Il n'y avait là rien d'étonnant quand on connaissait l'attirance que son père ressentait pour la terre. Et puis ses ancêtres paternels n'avaient-ils pas, eux aussi, passé tout ou partie de leur vie à s'échiner sur les quelques lopins cailouteux de leur minuscule propriété des Fonts-Miallet, sise en Corrèze, à quinze kilomètres au sud de Brive ?

Ce n'était pourtant pas de ces champs lointains et qu'il n'avait jamais vus que Marcelin était tombé amoureux. C'était des vingt-huit mille hectares de Pedro de Morales, de cette hacienda dont son père avait la gérance et qu'il tendait à rendre superbe. Il avait ainsi arrêté son choix et compris, presque du jour au lendemain, que le seul moyen d'atteindre son but était de devenir le plus assidu des élèves, le meilleur. Et son but était simple, remplacer un jour son père à la tête de l'hacienda, si toutefois M. de

Morales voulait de lui. Et, s'il n'en voulait pas, les terres ne manquaient pas au Chili...

Voilà pourquoi il allait devoir quitter sa famille. Car si M. de Morales avait été impressionné et intéressé par le choix du jeune garçon, il avait néanmoins posé quelques conditions. A savoir qu'il fallait vivre avec son temps et qu'il n'était plus possible, à l'aube du XXe siècle, de gérer vingt-huit mille hectares sans une solide formation.

Antoine, qui avait conscience de ses propres faiblesses, avait approuvé. Aussi avait-il décidé, en accord avec Pauline, que Marcelin ferait sa dernière année d'humanités en France. Pour être moins dépaysé, moins perdu, il irait à Bordeaux où Rosemonde pourrait le loger, le choyer. Ensuite, il se présenterait au concours d'entrée de l'École d'agriculture de Montpellier. Là-bas, on étudiait entre autres tous les secrets de la vigne et du vin.

C'était M. de Morales qui avait insisté pour que Marcelin suive cette voie de préférence à celle qu'il aurait pu aborder en restant au Chili. Il était en effet possible d'y recevoir un bon enseignement supérieur agricole en fréquentant les cours de l'école d'agriculture *Quinta Normal*.

— Mais il est toujours bon de découvrir d'autres pays, d'autres cultures, avait expliqué M. de Morales. Et après Montpellier je ne doute pas que Marcelin ira plus haut. Il me plairait beaucoup d'avoir un ingénieur agronome à la tête de Tierra Caliente.

Ingénieur agronome! Rien de tel que ces mots pour rappeler à Pauline que son fils marchait vers sa seizième année... Et que Pierrette aussi courait vers l'âge adulte; que dès l'an prochain, sa formation scolaire achevée, elle allait travailler à plein temps à *La Maison de France*. Ensuite, très vite, viendraient les prétendants, le mariage...

Et la roue continuerait à tourner et Pauline à mesurer son âge en regardant grandir ses enfants et ses petits-enfants...

— Faut qu'on se parle, parrain! lança ce soir-là Marcelin dès que Pierrette, ses cours terminés, les eut rejoints.

Comme tous les jours, Martial était venu les chercher dans leur école respective et tous les trois redescendaient maintenant vers *La Maison de France*.

— Oui, faut profiter de ce que Silvère est un peu malade et n'est pas venu à l'école, renchérit Pierrette en glissant son bras sous celui de Martial.

Il la contempla, sourit :

— Tu deviens de plus en plus mignonne. Tu ressembles de plus en plus à ta mère! Pas quand je l'ai connue, car elle était alors maigre comme un passe-lacet, mais plus tard, après son séjour à Lodève, quand elle a enfin retrouvé votre père.

— Justement, c'est de maman qu'il faut qu'on parle, dit Marcelin.

Martial les regarda l'un après l'autre, nota leur air grave et insista :

— Eh bien, allez-y, mais je devine ce que vous allez dire...

— Ah? fit Marcelin.

— Oui. Tu vas me dire qu'il faut absolument que ton père revienne, car ta mère se lasse d'attendre.

— Oui, c'est ça, dit Pierrette, comment le sais-tu?

— Je ne suis quand même pas idiot, soupira-t-il, tu sais, je vois votre mère tous les jours et je constate beaucoup de choses. Tiens, pas plus tard qu'hier, elle m'a reproché d'être là à ne rien foutre, alors que votre père me remplace là-haut...

— Maman ne t'a pas dit ça! protesta Pierrette, j'ai tout entendu, j'étais dans le salon pendant que vous parliez dans la salle à manger!

— D'accord, elle ne l'a peut-être pas dit comme ça, mais ça revient au même, dit-il.

— Bon, alors tu as une idée ? demanda Marcelin. Parce que nous aussi on aimerait bien revoir un peu notre père !

— Une idée ? Oui, peut-être, je vais voir... Allez, ne pensez plus à tout ça, dit-il en s'efforçant de sourire, je vais chercher une solution. Et vous savez bien, quand on prospecte, on trouve.

— D'accord, mais il faudrait quand même faire vite, insista Marcelin.

— Oui, renchérit Pierrette, parce que, crois-moi, quand maman est de mauvaise humeur, eh bien, c'est pas drôle à la maison... Tu comprends, même l'idée d'aller bientôt en France pour accompagner Marcelin n'arrive pas à la rendre joyeuse ! Elle ne nous en parle même plus ! Pourtant, ça va être un beau voyage !

— Avant, elle faisait plein de projets, nous racontait tout ce que nous allions voir, insista Marcelin. Mais, maintenant, elle n'en parle plus. Il faut faire quelque chose, et vite !

— Oui, approuva Martial, et je vais faire vite.

Edmond d'Erbault de Lenty donna distraitement sa canne et son chapeau à un vieux serviteur indien tout déformé par l'âge et entra directement dans la salle de réunions.

— Tiens ? Déjà là ! Vous êtes joliment matinal ! dit-il avec un certain étonnement en découvrant la présence de son collaborateur et ami Herbert Halton.

L'Anglais acquiesça, sourit et tapota de la main un vaste graphique aux courbes colorées et aux chiffres multiples.

— Oui, je suis venu vérifier quelques données et mettre les résultats à jour.

Edmond s'approcha, parcourut le tableau des yeux, soupira :

— J'ai beau le connaître par cœur, je n'arrive pas à le trouver pleinement satisfaisant...

— Ça pourrait être pire, mais enfin...

— Oui, on assure que l'espoir fait vivre, mais l'attente fatigue...

— Les bruits courent que la relance ne va pas tarder.

— Depuis le temps qu'on entend ça ! dit Edmond en essuyant méticuleusement son lorgnon.

Depuis quatre ans, le prix du nitrate stagnait lamentablement, voire baissait comme en 1884. Cette situation avait contraint tous les propriétaires de gisements, soucieux de leur chiffre d'affaires, à augmenter le volume des productions dans de fortes proportions. Cela n'avait pu s'obtenir qu'en accroissant la main-d'œuvre et surtout en modernisant à grands frais tout le matériel d'extraction et de traitement. Malgré tout, les bénéfices restaient faibles, parfois même inexistants.

— Tout ça, c'est la faute de vos compatriotes ! lança Edmond, et surtout de votre maudit North ! Que le diable emporte ce soi-disant colonel !

— Je sais, vous me dites ça depuis des années et tous les jours ! Mais North est vraiment colonel, assura Herbert en souriant.

— Possible. Mais je répéterai aussi longtemps qu'il le faudra que c'est lui le responsable du marasme actuel ! Bon sang, ce n'est quand même pas moi qui décide des cours ! Je n'ai pas le bras assez long pour ça, ni assez d'amis dans le gouvernement ! Ce n'est pas moi qui casse les prix, lorsque besoin est, pour ruiner les petites sociétés comme la nôtre et tenter ensuite de racheter les gisements pour une poignée de haricots ! Ce sont vos compatriotes qui se conduisent de cette déplorable façon, pas les miens ! D'ailleurs, c'est bien le colonel North qu'on surnomme « le roi du nitrate » !

— Bien sûr, bien sûr, temporisa Herbert en s'asseyant dans un profond crapaud de cuir fauve. Il se glissa

48

discrètement une prise dans chaque narine, claqua le couvercle de sa tabatière d'argent.

— Pour l'heure, ce n'est pas le nitrate qui m'inquiète le plus, dit-il enfin.

— Ah? fit Edmond. J'ai pourtant vu les cours de l'or, de l'argent et du cuivre, eux au moins tiennent le coup. Et on n'a pas de problèmes avec nos mines, que je sache! Quant au marché des cuirs et peaux il est excellent et notre vieux *Rosemonde* vient d'en décharger de très beaux lots à Valparaíso.

— Je sais tout ça, fit Herbert en haussant les épaules.

— Alors c'est Panamá? Mais là encore ça pourrait être pire! En France, la presse est superbe, à fond pour le canal!

— Je sais tout ça, redit Herbert avec un peu d'agacement dans la voix. Moi aussi je sais lire les câbles! Je pourrais même vous citer les articles du *Gaulois*, de *La République française* ou du *Figaro*, tous très louangeurs. Malgré cela, il faudra que nous parlions de Panamá, mais plus tard...

— Alors venez-en aux faits, mon vieux, vous êtes en train de tergiverser comme un banquier allemand devant une demande de crédit!

— C'est notre ami Martial qui m'inquiète, voilà.

Il vit qu'Edmond fronçait les sourcils et poursuivit.

— Nous avons dîné ensemble hier soir et je vous assure que ça ne va pas...

— Sa santé? J'ai rencontré le docteur Portales pas plus tard qu'avant-hier et il m'a assuré que Martial était rétabli. Bien sûr, il ne faut pas qu'il fasse d'imprudence, mais pourquoi en ferait-il?

— Et voilà! Justement! Il s'est mis en tête de retourner à Panamá pour permettre à Antoine de revenir...

— Quoi? Mais il est fou! Le moindre séjour là-haut peut le tuer! protesta Edmond.

— C'est ce que je lui ai dit! Mais vous le connaissez,

et depuis plus longtemps que moi, plus têtu que lui...
— Mais pour quelles raisons ?
— Pauline...
— Quoi ? Qu'est-ce que vous me chantez là ! Pauline ?
Quel rapport avec Martial ? hoqueta Edmond. Il alluma
nerveusement un cigarillo, se laissa tomber dans le
canapé. Mais qu'est-ce que vous racontez ? insista-t-il. Ne
me dites pas que Pauline et lui... Ça, je ne le croirai
jamais ! Et quand bien même on me le prouverait, je le
nierais encore !

— S'agit pas de ça ! fit Herbert en haussant les épaules.
Non, c'est autre chose. D'après Martial, Pauline accepte
de plus en plus mal l'absence d'Antoine, il est vrai que ça
va faire six mois qu'il est parti, alors... Bref, vous
connaissez Martial, l'histoire de sa femme l'a marqué,
vous vous souvenez ?

— Bien entendu. Ça fera bientôt dix ans que Rosemonde est repartie en France, mais quel rapport avec
Pauline ?

— C'est simple, Martial a fini par se persuader qu'elle
risquait de faire comme Rosemonde. A mon avis, il
exagère beaucoup, mais allez le lui faire entendre ! Enfin,
les faits sont là, il se sent coupable vis-à-vis de Pauline et
ne se le pardonnerait pas si elle flanchait !

— Tout cela est grotesque ! protesta Edmond. Pauline
n'est en rien comparable à Rosemonde, c'est une femme
inébranlable, solide, un roc !

— Je sais, je sais, mais... Enfin bref, si je demeure moi
aussi persuadé que Martial se trompe et que Pauline est
loin d'être dans l'état où avait sombré Rosemonde, il n'en
reste pas moins qu'elle s'ennuie beaucoup, dit Herbert.
Ma femme m'en avait touché deux mots, voici huit jours.
Vous savez que Pauline et elle sont très amies et qu'Ana
l'a souvent aidée à *La Maison de France* avant la naissance
de notre petit Wilson. Eh bien, il paraît qu'elle l'a trouvée
très abattue lors de sa dernière visite. Cela expliquerait les

réflexions qu'elle a faites à Martial et qu'il a prises comme des reproches. D'où son idée stupide d'aller remplacer Antoine !

— Quelles réflexions ?

— Il paraît qu'elle lui a dit que ce n'était pas la peine qu'Antoine et elle aient trouvé une solution depuis plusieurs années au sujet de Tierra Caliente, si c'était pour qu'un maudit canal mette tout en l'air ! Vous vous souvenez ? Il est vrai qu'Antoine et elle étaient tombés d'accord sur une sorte de *modus vivendi* qui leur permettait de ne pas être séparés trop longtemps. Ça marchait bien. Alors là, évidemment, elle a quelques raisons de trouver le temps long.

— D'accord, mais ça ne justifie pas que Martial aille se suicider là-haut ! Il faut l'en empêcher ! décida Edmond. Et si vous voulez mon avis au sujet de Pauline, rien de tout cela ne serait arrivé si Clorinda Santos était restée là ! Elles s'entendent à merveille, et depuis des années ! Et Clorinda réussissait très bien à *La Maison de France*. Mais voilà, l'envie l'a prise de reprendre un peu l'air, comme elle dit ! Croyez-moi, ça correspond. Elle est partie depuis une vingtaine de jours et, comme par hasard, Pauline vide son sac sur ce pauvre Martial. Bon sang ! Clorinda aurait bien pu rester là !

Il avait toujours eu du mal à s'habituer au caractère fantasque, aux attitudes parfois provocantes — voire déconcertantes — et au langage direct de l'amie de Romain. Certes, il lui reconnaissait beaucoup de charme, de grâce et comprenait très bien que Romain soit attaché à une aussi séduisante jeune femme. Mais, pour l'heure, il la tenait presque pour responsable de la situation qu'Herbert venait d'exposer.

— Oui, redit-il, elle aurait bien pu rester à Santiago, celle-là ! Ne serait-ce que pour tenir compagnie à Pauline ! Enfin, peu importe, ce n'est pas elle qui résoudra notre problème. Ce qu'il faut, c'est trouver un moyen

51

de dissuader Martial. Et là, ce ne sera pas simple.

— Et d'autant moins que Martial m'a semblé bien décidé...

Edmond opina, médita quelques instants :

— Voyez-vous, reprit-il, je me demande si Pauline n'est pas un alibi, une sorte de détonateur si vous préférez. Notre ami n'aime pas les échecs et lorsqu'il en essuie un il n'a de cesse de relancer la mise. Il a été très humilié de devoir abandonner Panamá. Le canal, c'était son affaire, alors il cherche à y revenir, par tous les moyens.

— On ne va quand même pas le laisser se tuer là-haut pour effacer une éventuelle vexation !

— Bien sûr que non ! Mais si on veut éviter qu'il ne nous fausse compagnie sans nous demander notre avis, il faut lui trouver une occupation sérieuse qui le stimulera, l'excitera. Ah ! Quel dommage qu'il n'y ait plus de guerre dans le secteur ! On l'aurait expédié chercher des armes en France et l'affaire était réglée !

— Façon de parler, grinça Herbert qui n'avait pas oublié le fiasco ruineux d'une précédente expédition. Trêve de plaisanterie, je propose que nous tentions de le raisonner. Dans le même temps, je veux dire immédiatement, prévenons Antoine. Il faut absolument qu'il revienne au plus vite, lui seul est capable de dissuader Martial, et encore...

— Oui, peut-être... Mais qui va le remplacer sur le chantier ? Croyez-moi, s'il y reste, ce n'est pas pour son plaisir, mais parce qu'il n'a toujours trouvé personne pour faire son travail. Et comme Romain ne peut assumer seul toutes les tâches...

— Tant pis, prenons le risque.

— Essayons, approuva Edmond. Mais même si tout va bien et en supposant qu'Antoine puisse embarquer dès la réception de notre câble, il ne pourra être ici avant un mois. Et tel que je connais Martial, s'il a décidé de partir, nous ne le retiendrons pas ici tout ce temps.

— Si, mais à condition de mettre Pauline de notre côté. Et elle s'y rangera si on lui annonce le prochain retour de son époux.

— Bonne idée. Mais que Dieu vous prenne en pitié si cette nouvelle n'est pas promptement confirmée, sourit Edmond.

— Vous voulez dire *nous* prenne en pitié ! Il n'est pas question que j'aille seul rendre visite à Pauline ! D'autant que l'idée est de vous ! ajouta Herbert avec une telle mauvaise foi qu'Edmond en resta coi.

3

Antoine grogna, tenta d'échapper à la poigne qui le secouait et chercha même à se retourner. Mais son hamac ne se prêtait pas à ce genre de mouvement.

— Qu'est-ce que c'est encore ? soupira-t-il en ouvrant les yeux.

Il vit Joaquin penché sur lui et aperçut aussi, dans la pénombre de la pièce, la silhouette de Romain qui se découpait devant la fenêtre ouverte.

— Vous êtes malade ! protesta-t-il, fait pas encore jour, alors quoi ?

— Rien que de très banal, expliqua Romain, le Chagres est en train de déborder, ainsi que toutes les petites saloperies qui l'alimentent. Paraît qu'il y a déjà plusieurs kilomètres de voie qui ont passé à l'eau, que trois dragues ont pété leurs amarres et se baladent en direction de l'océan. Avec un peu de chance, elles seront à Bordeaux ou à Saint-Nazaire dans un mois !

— Pas la *Ville de Lodève* au moins ?

— Non, non. Mais ce n'est pas tout. La tranchée de la Culebra a glissé sur plus d'un kilomètre. Le grave, c'est qu'il y a quelques dizaines de gars sous la gadoue, dont trois gamins... Oui, ces jeunes sots ont cru pouvoir étayer !

Je vous demande un peu ! Faut vraiment être bête pour s'essayer à ce genre d'exercice ! Moralité, on va encore en perdre quelques-uns de plus. J'entends d'ici les discours, poursuivit-il avec amertume : « Jules Durant, de l'École centrale, glorieusement mort, la pelle à la main, en voulant retenir à lui tout seul cent mille mètres cubes de boue ! » Comme si la malaria ne suffisait pas à les tuer !

— Bien sûr, approuva Antoine en s'extirpant de son hamac.

Il savait à qui Romain faisait allusion. A la fin de l'année précédente, vingt-sept élèves de l'École centrale avaient débarqué sur le chantier. La malaria et la fièvre jaune les avaient frappés, et il n'en restait déjà plus que seize... Alors si en plus ceux-là se piquaient d'héroïsme !

Romain avait raison, il fallait être stupide ou inconscient pour se hasarder dans la tranchée de la Culebra lorsqu'elle menaçait de s'effondrer. Il y avait menace dès la moindre averse. Or il pleuvait depuis des semaines et il était même surprenant que les parois n'aient pas glissé plus tôt.

En effet, la tranchée de la Culebra ne s'ouvrait pas partout dans une roche dure, solide, sur laquelle on peut s'appuyer pour établir des talus stables, invulnérables. Elle s'enfonçait souvent dans une espèce de répugnante, visqueuse et épaisse couche d'argile rougeâtre. Un matériau instable, fuyant, glissant, que tous les hommes du chantier comparaient à du savon. Aussi tenait-elle à peu près lorsqu'elle était sèche : mais la moindre pluie l'amollissant, elle coulait soudain par pans entiers en entraînant tout avec elle...

— Et vous dites qu'il y a beaucoup de monde dessous ? insista Antoine avant de se plonger la tête dans la cuvette d'eau que lui présentait Joaquin.

— Quelques dizaines, au dire du gars qui est venu nous prévenir...

— Et chez nous, des dégâts ? Je veux dire dans les ateliers ?

— Non, mais une partie de la voie qui y va est dans l'eau, elle aussi.

— Eh bien, ça promet !

— Oui. Et c'est pas tout ! Il y a aussi cinq ou six excavateurs, dont un des nôtres, qui ont ripé dans la tranchée. Paraît qu'on aperçoit à peine le haut du bras ! Enfin, tout ça pour dire qu'on ne va pas manquer d'ouvrage ! De toute façon, O'Brien nous attend à la Culebra avec tous les hommes que nous pourrons emmener, sans pour autant trop dépeupler nos ateliers, car là aussi il va falloir en mettre un rude coup !

— On va y passer avant de sauter dans une navette. Il faut que toutes les forges soient prêtes à fonctionner d'ici une heure, et que toutes les chaudières soient en pression. Allez, partons, dit Antoine.

— Vous déjeunez pas ? Et vous vous rasez pas non plus ? protesta Joaquin.

— On peut déjeuner en marchant et je compte sur toi pour nous approvisionner. Quant à me raser, ça attendra.

Ils sortirent dans la nuit maintenant blêmissante. La pluie était si chaude qu'ils la sentirent à peine.

Inconfortablement installés dans le train surchargé d'hommes et de matériel qui s'essoufflait sur la ligne ouverte depuis 1855, Antoine, Romain et Joaquin perdirent presque trois heures avant d'atteindre la tranchée de la Culebra.

En temps normal, c'est-à-dire très rarement car sur le chantier tout devenait vite extraordinaire (à tel point que la normale semblait incongrue !), c'était à peu près le temps qu'il fallait pour parcourir les soixante-quinze kilomètres qui séparaient Colón de Panamá.

Mais, ce matin, la pagaille était telle que le convoi

devait non seulement s'arrêter à chaque station — et elles étaient nombreuses — mais encore dès qu'il passait non loin d'un lieu touché par la crue et les affaissements de terrain.

Or la ligne suivait, à peu de chose près, le cours du río Chagres, donc le tracé du canal. Elle en était heureusement suffisamment éloignée pour échapper au sort des multiples voies installées sur les berges et qui avaient glissé dans le río par longs tronçons.

A la Culebra, le spectacle était pire que ne l'avait redouté Antoine. Ici, c'étaient par pans entiers — parfois hauts de vingt mètres et par endroits longs de cent cinquante à deux cents mètres — que les remblais avaient glissé dans la tranchée. Et au milieu de ces coulées de molle glaise rouge sur laquelle s'affairaient, telles des fourmis, des milliers d'hommes dégoulinants d'eau et de boue, se devinaient çà et là, pêle-mêle, enchevêtrés, les masses des excavateurs, des wagons et locomotives que surmontaient parfois de longs, dérisoires et torsadés rubans de rails luisants.

Serpentant dans ce bourbier, une file de brancardiers, hurlant des insultes, s'ouvraient un passage dans le troupeau de sauveteurs qui pelletaient à tout va.

Et lorsque apparaissaient soudain un bras ou un pied déformés par une gangue d'argile, les hommes se précipitaient, entouraient la découverte et, unis par un espoir insensé, extirpaient le corps de la boue. Et c'était un cadavre de plus qu'il fallait ajouter à une liste déjà longue.

— Quel bordel! murmura Antoine en scrutant la foule. Où étaient notre équipe et notre excavateur? demanda-t-il.

— Là-bas... enfin je crois, dit Romain en désignant une coulée de terre presque violette sur laquelle, comme partout, s'échinaient les sauveteurs.

— Faut y aller, décida Antoine en s'engageant dans la tranchée.

— Attendez, voilà O'Brien, il va nous renseigner, lança Romain.

— Salut la France! Vous tombez bien! grogna le nouveau venu en frottant ses mains boueuses contre sa veste maculée. Vous avez vu ce carnage? demanda-t-il en glissant un cigare détrempé sous son épaisse moustache rousse. Il essaya en vain d'embraser le tabac, jeta son cigare et accepta celui que lui tendait Antoine.

— Vous avez vu? redemanda-t-il. Oui? Eh ben, vous avez encore rien vu! ricana-t-il. C'est là-bas que ça se passe, dit-il en tendant le bras, à quatre cents pas d'ici. C'est là que sont vos compatriotes... Faut y aller, ajouta-t-il en reprenant sa marche.

— Quels compatriotes? demanda Romain en lui emboîtant le pas.

— Les petits Français. Oui, ces gamins qui sont de je ne sais quelle école, des élèves ingénieurs quoi.

— Et alors? insista Antoine.

— Ils se sont fait surprendre. Ils étaient là avec une trentaine de Chinois à essayer de canaliser les rigoles de flotte! Je vous demande un peu, faut-y être bête! Résultat, ils ont reçu tout le paquet sur la tête...

— Je vois...

— Non, tu vois rien! rétorqua O'Brien.

Il avait la réputation de tutoyer tout le monde. On assurait même qu'il n'avait pas dérogé à son habitude lorsque au printemps 86 il avait eu l'occasion d'adresser quelques phrases à de Lesseps, en visite officielle sur le chantier.

— Et pourquoi je ne vois rien? demanda Antoine.

— On a déjà retiré une quinzaine de Chinois, expliqua O'Brien sans répondre directement. Bon, tous morts. D'accord, c'est ennuyeux, mais quoi, c'est que des Chinois, la race est pas en perdition, hein? Et puis on a aussi retrouvé un petit Français. Aplati comme une *tortilla* il était... L'a pas souffert celui-là. Mais là où ça grippe, c'est qu'il reste encore du monde à sortir. Je parle pas des Jaunes, ça presse plus, personne ne résiste sous cinq mètres de terre... Non, c'est les gosses qui posent problème... Sont pas encore morts... Dites, les gars, vous auriez pas un coup de gnôle? J'ai séché toute ma fiole. Faut dire que je suis au boulot depuis le milieu de la nuit.

Antoine fit un signe à Joaquin qui sortit une gourde de sa musette et la tendit à l'Irlandais.

— Tu dis qu'ils ne sont pas morts? poursuivit Antoine pendant que O'Brien buvait à longs traits.

L'Irlandais avala une dernière gorgée, rendit la gourde à Joaquin.

— L'est un peu léger, mais quand même bon ton rhum, approuva-t-il en essuyant sa moustache. Non, dit-il, sont pas morts. Pourtant ça vaudrait mieux... Sont coincés tous les deux sous un putain de wagon qui s'enfonce de plus en plus. Pris aux hanches, impossible de les arracher sans les couper en deux... Faudrait une grue pour lever le wagon. Je viens de voir si on pouvait en déplacer une. Eh ben, faut pas y compter, elle est dans la gadoue, elle aussi. De toute façon, je crois qu'elle n'aurait jamais pu s'avancer dans ce tas de merde...

— Il n'y a rien d'autre à tenter? demanda Romain.

— Rien. Tu penses bien, si on avait pu, on l'aurait fait!

— Ils souffrent beaucoup?

— Pas du tout. J'ai personnellement veillé à ce qu'on leur administre une dose de morphine capable de leur faire croire qu'ils ont encore cinquante ans de belle vie devant eux... Mais tu vas voir toi-même, on arrive, c'est là. Moi, je vous laisse, je peux plus rien faire pour eux...

Antoine et Romain comprirent tout de suite qu'il était impossible de sortir les deux jeunes gens du piège qui les tenait.

Écrasés sous un wagon dont la majeure partie était

engloutie sous des centaines de mètres cubes d'argile, un seul des deux ingénieurs geignait un peu, haletait. L'autre était plus calme.

On leur avait gauchement et hâtivement nettoyé le visage et, dans le masque lie-de-vin que la boue avait laissé, brillait un regard à la fois si poignant et si plein d'espoir qu'il était insoutenable lorsqu'on savait que rien ne pouvait désormais changer le cours des choses.

— Bon Dieu qu'ils sont jeunes! chuchota Romain. C'est pas possible, il faut faire quelque chose!

— Oui, mais quoi? O'Brien a raison, ils sont foutus, murmura Antoine. Enfin, faut quand même y aller, dit-il en s'avançant.

Ils écartèrent le groupe d'ouvriers jamaïcains qui pelletaient l'argile en caquetant gaiement, comme si les deux hommes-troncs qui étaient là, entre eux, et dont la tête frôlait leurs genoux n'existaient pas.

— Tirez-vous de là! grogna Romain en poussant deux sauveteurs qui, inconscients de leurs gestes dérisoires et vains, attaquaient à la pelle un bloc de glaise gros comme une maison.

— Vous êtes français? balbutia l'un des accidentés.

— Oui, de Paris, dit Romain en s'accroupissant à côté du jeune homme.

— Quelle chance! Dites, vous allez nous sortir de là, vous? O'Brien est parti chercher une grue, mais je ne le vois pas revenir.

Romain s'assura que l'Irlandais n'était plus dans les parages avant de répondre.

— On l'a croisé, la grue arrive. Mais vous savez ce que c'est, faut être patient dans ce pays...

Il vit que le jeune homme lui faisait discrètement signe de s'approcher un peu plus et se pencha vers lui.

— Faudrait qu'elle vienne vite, chuchota le jeune ingénieur, oui, mon collègue, là, je crois qu'il a les hanches brisées, alors...

— Pensez donc! Ni lui ni vous n'avez rien de cassé. Faut bien que cette saloperie de boue serve à quelque chose. Là, je suis sûr qu'elle a fait tampon! le rassura Romain.

Il était persuadé du contraire car, à la hauteur de la ceinture de son interlocuteur, là où le corps disparaissait, l'argile n'était pas du même rouge qu'ailleurs...

Puis il vit qu'Antoine se relevait en haussant les épaules, l'interrogea du regard.

— L'est mort, dit laconiquement Antoine.

— Ah! Vous voyez! Je savais bien qu'il était blessé, murmura le jeune homme. Pauvre Édouard, pauvre Édouard... Dites, c'est bien vrai, elle va arriver la grue?

— Mais oui, promit Romain.

— Parce qu'il ne faut pas me raconter d'histoires, je mesure très bien la situation. Après tout, c'est mon métier, n'est-ce pas? Il n'y a qu'une grue, et une grosse, qui puisse extirper ce wagon, expliqua sérieusement le jeune homme.

— Bien sûr...

— Alors vous êtes parisien? D'où? De quel quartier?

— Rue de Bourgogne, dit Romain, mais il va y avoir vingt ans que je n'ai pas vu Paris... Et vous, ça fait longtemps que vous êtes là?

— Depuis huit mois. Je devais rester jusqu'en décembre, mais là, je crois que je vais gagner quelques congés...

— C'est bien possible, approuva Romain. Et vous vous appelez comment, si c'est pas indiscret?

— Gaston Lebeau, et vous?

— Romain Deslieux.

— Et vous? demanda le jeune homme en regardant Antoine.

— Antoine Leyrac.

— C'est un nom du Midi, ça!

— Presque, de Corrèze.

— Je ne connais pas. Mais je sais où c'est naturellement! Chef-lieu Tulle, sous-préfectures Brive et Ussel, c'est ça? Dites, elle arrive vraiment cette grue? Vous n'êtes pas en train de me raconter des blagues, non?

— Non, pourquoi? Il n'y a pas de raison..., dit Romain.

— Vous ne voulez pas une goutte d'alcool en l'attendant? proposa Antoine en tendant sa gourde.

— Je n'en suis pas très amateur, expliqua le jeune homme. Et puis, certains médecins assurent que l'alcool favorise la fièvre jaune et la malaria. Alors comme pour l'instant j'ai très bien résisté à ces saletés...

— Mais non! C'est le contraire! assura Romain. Allez, croyez-moi, croyez-en un vieux comme moi qui a six ans de chantier, buvez un bon coup, ça vous évitera sûrement d'attraper la malaria... Buvez, buvez! insista-t-il en fuyant le regard du blessé car il craignait de se trahir, de se laisser aller à dire la vérité à ce gamin qui ne comprenait toujours pas qu'il était en train de mourir car il ne pouvait voir la trace sanglante qui s'élargissait autour de lui. Ce gamin, oui, car Romain était sûr qu'il n'avait pas vingt-cinq ans. Ce gosse qui attendait avec confiance une grue qui ne viendrait jamais.

— Vous fumez? proposa Antoine lorsque le blessé lui rendit la gourde.

— Non, ça déplaît à Élise, expliqua faiblement le jeune homme en ébauchant un sourire d'excuse. Mais je n'ai pas de mérite à ne pas fumer, je n'aime pas ça. Élise, c'est ma fiancée. On se mariera en avril prochain, le 7, un samedi...

— A Paris? interrogea Romain.

— Bien sûr. A Saint-Séverin, c'est son quartier...

— Je connais..., dit Romain.

— Oh! C'est pour lui faire plaisir, expliqua le blessé, s'il n'en tenait qu'à moi... Moi, je suis anticlérical. Enfin, je veux dire que je ne crois pas à toutes ces histoires de femmes, elles ne sont plus de notre siècle, elles ne résistent pas devant la science. Mais ça fait plaisir à Élise qu'on se marie à l'église, alors... Il se tut, essuya son visage ruisselant de sueur. Notez bien, reprit-il, que je comprends ceux qui croient, après tout chacun est libre !

— Bien entendu, approuva Romain.

— Oui, je comprends même ceux qui veulent voir un curé avant de mourir, après tout si ça peut les aider... Mais moi je n'en voudrais pas, assura le blessé.

« Encore une chance, pensa Antoine, je ne sais vraiment pas où nous dénicherions un *padre* si ce pauvre bougre en réclamait un ! A Panamá, bien sûr, mais le temps d'y aller... »

— Dites, elle arrive cette grue ? s'inquiéta soudain le jeune homme.

— Faut lui laisser le temps..., expliqua Romain.

— C'est étrange comme la température s'est brusquement abaissée, dit le blessé en frissonnant.

— C'est le pays qui veut ça..., dit Romain qui ruisselait de sueur tant la chaleur était épaisse.

— Oui, c'est le pays, approuva le petit ingénieur. Ce canal, murmura-t-il après quelques instants de silence, ce canal, on dira ce qu'on voudra, c'est une fameuse réussite des hommes et des machines ! Oui, nos machines, quelle puissance, quels rendements ! C'est beau, n'est-ce pas ?

— Très, dit Romain.

— Et vous savez, avec mes camarades de promotion, nous avons même calculé que toutes ces machines qui développent une force totale de cinquante-sept mille quatre cents chevaux-vapeur représentent le travail de cinq cent soixante-quatorze mille hommes ! C'est fantastique, n'est-ce pas ?

— Oui, grimaça Romain en pensant que toute cette immense puissance était incapable de sauver un petit ingénieur, si fier de son calcul et dont la vie s'égouttait dans cette glaise rouge où s'enfonçait lentement le wagon...

— Et vous verrez, on inventera d'autres machines. Des plus belles, des plus grosses ! assura le jeune homme.

Maintenant, rien n'arrêtera les machines et... Il s'arrêta, écouta attentivement et ferma les yeux en souriant : Voilà la grue, je l'entends. Je reconnais le bruit de la loco qui la tire, dit-il faiblement. Eh bien, tout compte fait, ils n'ont pas traîné pour réparer la voie... Vous entendez la grue ? Vous l'entendez ?

— Mais oui, elle arrive, dit Romain en prenant la main du moribond. Elle arrive, redit-il, elle est là... D'abord on va faire dégager tous ces Chinois et ces Jamaïcains, pour ne pas en écraser. Et puis la grue approchera. On accrochera le coin de ce wagon et, tout doucement, on le lèvera, alors vous serez libre...

Il se tut, se pencha vers le petit ingénieur, posa la main sur sa carotide, ferma les yeux du mort et se redressa :

— Voilà, tu es libre, dit-il. Vous voulez que je vous dise ? lança-t-il à Antoine, il y a des jours que j'aimerais pouvoir oublier, celui-là est du nombre.

— Et il n'est pas encore fini, dit Antoine en haussant les épaules. Bon, faut quand même qu'on aille voir si on peut récupérer un peu de notre matériel...

— Et eux ? dit Romain en désignant les corps.

— On va prévenir O'Brien, il s'en occupera, on peut lui faire confiance.

De l'avis général, David O'Brien était le Blanc qui connaissait le mieux toute la région de Panamá. Il y vivait depuis trente-sept ans, ce qui était un record.

Il était aussi, et sans discussion possible, le seul Blanc qui pouvait se vanter d'avoir tour à tour survécu au choléra de 1852, aux sanglantes émeutes de 56, à la fièvre jaune, à la malaria et à la dysenterie, au sac et à l'incendie de Colón de 85, aux agressions des caïmans, des mygales, scorpions, sangsues, moustiques, fourmis et serpents.

Il s'était également toujours bien remis de quelques méchants coups de couteau et de trois blessures par balles.

Enfin, il était surtout le seul à pouvoir ingurgiter, sans être aussitôt foudroyé, l'épouvantable breuvage qu'il distillait lui-même et dont il usait sans aucune modération.

Les patates douces, les agaves, les bananes et les ananas, sans oublier le maïs et la canne à sucre entraient dans la fabrication de son tord-boyaux pompeusement baptisé *whisk'isthme* !

En juin 1850, alors âgé de dix-huit ans, David O'Brien, la faim au ventre, avait quitté son Irlande natale et sauté dans le premier bateau en partance pour le Nouveau Monde.

Le sort avait voulu que le trois-mâts aborde dans le petit port qui allait devenir Colón. Déjà, sous l'impulsion de William H. Aspinwall, fondateur de la Panama Railroad Company, avaient commencé les travaux pour la voie ferrée qui relierait un jour Colón à Panamá.

Mais les conditions de travail étaient tellement effroyables que seule une soixantaine d'individus avait accepté d'entreprendre le chantier. C'était un nombre ridiculement faible, aussi David O'Brien n'avait eu aucune peine à se faire embaucher dans cette petite équipe. Il en était vite devenu le seul survivant.

Appâtée par les salaires mirobolants offerts par la Compagnie, une main-d'œuvre hétérogène n'avait pas tardé à affluer. Aussi, dès 1852, la Panama Railroad Company employait plusieurs milliers d'individus de toutes nationalités.

Sur le chantier la mortalité approchait les vingt-cinq pour cent...

De cette période, O'Brien conservait, entre autres, le souvenir des scènes de désespoir, suivies de suicides collectifs qui avaient touché les hommes du chantier. Surtout les Chinois.

Très sensibles aux fièvres, les Asiatiques avaient néanmoins vaille que vaille résisté tant qu'ils avaient reçu leur opium quotidien. Leur contrat d'embauche stipulait en effet que la Compagnie s'engageait à les approvisionner en drogue. Mais, les stocks d'opium une fois épuisés, la Compagnie avait fait savoir qu'elle se refusait désormais à être complice de ce vice scandaleux...

Les résultats avaient été immédiats. C'étaient par centaines que les Chinois s'étaient jetés dans le Chagres ou dans l'océan ; d'autres s'étaient pendus, ouvert les veines, éventrés. Certains même avaient payé des exécuteurs qui leur tranchaient la gorge pour quelques piastres...

O'Brien, quant à lui, avait survécu à tout et travaillé sur la ligne jusqu'à la pose de la dernière traverse de cette voie ferrée baptisée la plus assassine et la plus coûteuse du monde. Un homme était mort tous les cinq mètres de rail et elle avait coûté sept millions de dollars. Soit cinq cent mille francs par kilomètre ; c'est-à-dire cinq fois plus qu'un kilomètre posé à travers les États-Unis...

Le chantier terminé, David O'Brien avait résisté à la tentation qui poussait des dizaines de milliers de prospecteurs vers la Californie, à la recherche de fabuleux filons aurifères et s'était installé à Panamá.

Là, il avait placé toutes ses économies dans l'achat d'un bar où, chaque soir, se déroulaient d'infernales parties de poker et de roulette.

Ruiné deux ans plus tard à la suite de l'incendie de son établissement, il s'était présenté à la Railroad Company et avait repris un travail de contremaître chargé des travaux d'entretien.

Dès 1879, lors des études exploratoires, sa parfaite connaissance du pays et ses indéniables compétences lui avaient permis de se faire embaucher par la Compagnie universelle du canal interocéanique. Chargé de la surveillance de différents chantiers et de la répartition de la main-d'œuvre, il employait aussi, pour son propre compte, entre quatre cents et cinq cents ouvriers qu'il sous-louait aux entreprises qui en avaient besoin. De même se faisait-il quelque argent comme intermédiaire entre les grandes sociétés et les sous-traitants. Il connaissait beaucoup de monde et il était prudent de ne pas l'avoir comme ennemi.

Martial et Romain avaient très tôt sympathisé avec l'Irlandais. Quant à Antoine, il n'avait eu aucun mal à bien s'entendre avec lui.

Comme chaque après-midi à la même heure, un *aguacero* — lourde et chaude averse — semblait précipiter vers le sol détrempé toutes les eaux du ciel.

Habitués, blasés, pataugeant dans la fange, les sauveteurs ne cherchaient même pas à s'abriter ; d'ailleurs, beaucoup travaillaient presque nus.

Antoine et Romain aperçurent O'Brien qui, pelle en main, s'activait au milieu des hommes. Il agissait toujours ainsi lorsque les événements le nécessitaient et ce principe lui attirait l'estime de beaucoup d'ouvriers habitués à être commandés par des messieurs en habits de ville, s'abritant sous quelque vaste parapluie.

— Ah ! Vous êtes déjà là ? dit l'Irlandais en les voyant, ça a été plus vite que je le craignais...

— Tu trouves ? grogna Romain.

— Oui. J'avais peur que ces petits Français nous fassent le coup d'un ingénieur belge, il y a trois ans. Tu ne t'en souviens pas ? Il était coincé, lui aussi, sous un excavateur. Il a fallu le veiller vingt-quatre heures ! Heureusement il aimait beaucoup mon *whisk'isthme*, et crois-moi, la dernière cuite de sa vie a été la plus belle... Mais quand même, à la fin, j'avais envie de lui donner des coups de pelle sur la tête, pour en finir... Bon, c'est pas tout, vous voulez des gars pour dégager votre excavateur, je pense ?

— Oui, si possible, approuva Antoine, nos hommes sont déjà à l'œuvre, mais pas assez nombreux.

— Je sais, dit O'Brien, pourtant on ne doit pas être loin de trois mille dans cette maudite tranchée, depuis ce matin. Mais faudrait qu'on soit le double ! Bon, on finit de dégager ce coin et je vous envoie deux cents hommes, ça va ?

— Mets-en cinquante de mieux, dit Antoine, il y a beaucoup à faire sur notre portion.

— J'ai vu. D'accord, deux cent cinquante d'ici une demi-heure à charge de revanche....

— Naturellement, dit Romain. Et les petits jeunes, là-bas ?

— Je m'en occupe, assura O'Brien. Maintenant, ils ne risquent plus rien, on va pouvoir les arracher de là. Vous inquiétez pas, ce soir ils seront à l'abri avec les autres, tous les autres...

— Combien ? demanda Antoine.

— Sais pas encore. Peux pas dire. Mais peut-être pas loin de quarante...

— Foutu canal, il en aura tué du monde, lâcha Romain.

— Bah ! Il en tuera encore, et beaucoup ! Toi, moi peut-être, dit O'Brien. Moi, tu sais, j'en ai vu d'autres ! Et puis quoi, faut se dire que dans un siècle tout le monde aura oublié ces quarante morts d'aujourd'hui mais que le canal, lui, il sera toujours là, et bien là ! C'est ce qui compte, non ?

— Je ne sais pas, faut voir... Mais en attendant, je te rappelle que tu m'as promis deux cent cinquante hommes, et pas pour dans un siècle ! dit Antoine en tournant les talons.

— Qu'est-ce qu'il a ton copain ? demanda O'Brien à Romain.

— Il n'aime pas le gâchis...

— Bof ! Quand il aura quelques années de chantier, il s'habituera, comme toi, comme moi.

— Je ne crois pas, non, je ne crois pas, dit Romain, et il s'éloigna à son tour.

Il était plus de minuit quand Antoine, Romain et Joaquin rejoignirent Santa Dolores. Malgré l'immense fatigue qui les incitait à se jeter tout habillés dans leur hamac et à dormir, ils étaient tellement puants et recouverts de boue qu'ils durent se dévêtir entièrement et se laver avant d'entrer dans la case.

Après une accalmie de quelques heures, la pluie s'était remise à tomber, régulière, tiédasse.

Nus sous le dauphin depuis longtemps détourné du tuyau collecteur et qui dégorgeait bruyamment toute l'eau des gouttières, Antoine et Romain s'ébrouèrent longuement. Ils étaient encore occupés à gratter à la brosse les plaques de boue rouge incrustées sur leurs corps lorsque Joaquin lança :

— Y'a quelqu'un qui est venu !

Soucieux de confectionner le dîner, il s'était rapidement nettoyé et, seulement ceint d'un pagne, se préparait à ouvrir la porte.

— Ils ont forcé la serrure ? s'inquiéta Antoine.

Le métis orienta sa lampe à pétrole vers un coin de la véranda.

— Non, non, le piège est toujours en place ! assura-t-il avec une once de déception dans la voix.

Excédé par l'outrecuidance de certains maraudeurs qui étaient plusieurs fois venus visiter le bungalow et avaient fait main basse sur quelques objets, vêtements et provisions, Joaquin avait décidé de prendre les choses en main.

Après en avoir scié les canons, il avait installé et dissimulé une vieille pétoire dans un coin de la véranda et relié ses détentes à la porte par un solide mais discret filin. Grâce à quoi, tout intrus forçant l'huis s'exposait à recevoir aussitôt une décharge dans les jambes.

Antoine avait dû intervenir pour qu'il charge son arme

à petite dose de poudre, à petits plombs et l'oriente à ras de terre. S'il l'avait laissé faire, le métis aurait mis triple dose de poudre, bourré les canons de grosse grenaille et dirigé son piège vers la tête des pillards.

Une nouvelle fois, Joaquin s'était offusqué qu'on pût faire preuve d'une telle faiblesse, pour ne pas dire une telle bêtise, envers des voyous qui ne valaient même pas la corde pour les pendre. Mais il s'était exécuté.

— Non, le piège est toujours armé, redit-il.

— Alors comment sais-tu que quelqu'un est venu? demanda Antoine en se savonnant la tête.

— Ben, y'a une lettre sous la porte, l'est pas arrivée toute seule!

— Effectivement, dit Romain avec un certain étonnement. Bon sang, si ces feignants se mettent à livrer à domicile, va leur tomber un œil! Ou alors, c'est la révolution! plaisanta-t-il en se rhabillant.

En règle générale, le courrier arrivait au bureau de la Sofranco, installé à côté des ateliers de réparation, à quelque cinq cents mètres de là. Il était exceptionnel qu'un des Colombiens qui faisaient fonction de facteur prît la peine d'effectuer tout ce parcours supplémentaire.

— Il y a une ou deux lettres? demanda Antoine.

— Une, fit Joaquin en la brandissant.

— Tu vois, si tu avais appris à lire comme on te l'a demandé, tu saurais pour qui elle est, dit Antoine.

— Trop difficile, grogna Joaquin en entrant dans la maison. Il en ressortit presque aussitôt avec une deuxième lampe qu'il suspendit à une poutre et donna la missive à Romain.

— Ne vous inquiétez pas, mon vieux, s'amusa celui-ci en reniflant l'enveloppe, elle est sûrement pour vous; c'est votre épouse, elle embaume le parfum! Ah! tiens, non, c'est Clorinda! murmura-t-il en reconnaissant l'écriture de l'adresse.

Il était très surpris car la dernière lettre de la jeune

femme remontait à une quinzaine de jours. Or, contrairement à Pauline qui expédiait fréquemment des nouvelles à son époux, Clorinda écrivait peu, jamais plus d'une fois par mois, et encore...

— Et en plus, ça ne vient ni de Santiago, ni de Trujillo, du diable si j'y comprends quelque chose..., marmonnat-il en observant la missive.

Il décacheta l'enveloppe, parcourut le message.

— Ça alors ! Mais elle est folle !

— Des ennuis ? s'inquiéta Antoine.

— Ben, à dire vrai..., fit distraitement Romain en fouillant ses poches à la recherche d'un cigare. Il en trouva un, l'alluma puis éclata de rire : Vous dites des ennuis ? Ça, il n'est pas impossible qu'il en tombe sur tout le canal avant peu ! Figurez-vous que Clorinda est à Colón depuis ce matin ! Oui, oui, elle m'explique qu'elle s'ennuyait ! Alors elle est tout bonnement montée me rejoindre. C'est le genre de coup de tête qui lui ressemble !

— Heureux veinard, dit Antoine en entrant dans la case.

— Ça, faut reconnaître que pour une surprise...

— Mais vous ne craignez pas que le climat... ? hasarda Antoine en se servant une portion de ragoût de pécari que Joaquin venait de faire réchauffer.

— Pour être franc, si. Et je redoute également l'état d'esprit qui règne ici..., avoua Romain. Vous vous rendez compte ? A part les quelques malheureuses créatures du genre filles à soldat des bouges de Colón et de Panamá, il n'y a pas de femmes dans le secteur ! Je me demande même comment Clorinda a eu le culot de traverser l'isthme sans accompagnateur. Quoique, la connaissant, les chevaliers servants n'ont pas dû lui manquer... La preuve, elle a déjà trouvé à se loger ! Enfin, c'est comme ça, elle n'en fera jamais qu'à sa tête !

— Elle est descendue dans quel hôtel ?

— L'hôtel ? Vous plaisantez mon vieux ! Aucun n'est assez bon pour elle !

— Ça..., approuva Antoine.

Il les avait lui-même essayés au début de son séjour et aurait été incapable de dire quel était le plus sale, le plus chargé en punaises, fourmis, araignées, moustiques, rats et autres parasites ! Et pourtant, comparés au Central Hotel de Panamá, ceux de Colón, qu'ils soient du Commerce, des Cent Villes d'Italie ou du Héros de Caprera, passaient presque pour des palaces ! Ils n'en restaient pas moins des taudis pour une personne comme Clorinda Santos habituée aux fastes des établissements de luxe comme le San Cristobal de Santiago ou, jadis, le San Martín, de Lima.

— Non, non, reprit Romain, elle n'est pas à l'hôtel. Elle m'explique qu'elle a loué la villa d'un administrateur de la Compagnie, en congé en France.

Antoine opina. C'était une pratique courante que de louer ainsi, parfois pour quelques mois, les logements très confortables et vastes que la Compagnie avait fait construire pour ses ingénieurs, géomètres et autre personnel hautement qualifié.

L'ennui était que ces villas s'élevaient loin du chantier proprement dit puisqu'elles étaient toutes regroupées soit à Panamá, soit à côté de Colón, à Christophe-Colomb exactement.

De plus, le prix moyen de location de ces petits palaces oscillait allègrement entre quatre cents et cinq cents piastres par mois, soit mille six cents à deux mille francs. A cela, il importait d'ajouter les gages d'une demi-douzaine de domestiques stylés qui, forts de leur spécialisation, ne réclamaient pas moins de soixante piastres chacun. Quant à un bon cuisinier, indispensable pour soigner dignement les invités, il exigeait un minimum de cent cinquante piastres.

Le total n'était pas négligeable pour une entreprise

soucieuse du bon équilibre de son budget comme l'était la Sofranco. Aussi, Martial et Romain, dès leur arrivée sur le chantier, avaient choisi un logement plus modeste et surtout plus pratique car beaucoup plus proche de leur lieu de travail.

— Oui, oui, il y a là-bas de bien belles maisons... A condition d'y mettre le prix! sourit Antoine.

— N'en dites pas plus! coupa Romain en riant à son tour, je sais ce qu'elles coûtent! Mais quoi, je ne vais quand même pas chicaner et plaindre les quelques sous que je vais dépenser pour une femme qui vient de faire plus de cinq mille kilomètres pour me revoir! Une femme pareille mérite des bains de champagne et des lits de roses, non?

— Vous avez raison, approuva Antoine. Il mâchouilla un morceau de viande, hocha la tête: Oui, vous avez bougrement raison et j'aimerais pouvoir en faire autant, dit-il en pensant à Pauline avec un peu de nostalgie dans la voix.

4

Depuis une semaine, Pauline ne décolérait pas. Tout allait mal, très mal.

D'abord, il y avait plus d'un mois qu'elle était sans nouvelle d'Antoine. C'était trop ! Et le fait de se répéter que, parfois, les lettres n'étaient pas confiées aux bons bateaux — ceux qui naviguaient au plus court et ne faisaient escale qu'à Callao — et qu'elles étaient acheminées par des bâtiments beaucoup plus lents ne la calmait pas.

Ensuite, trois sur cinq de ses employées — et naturellement les plus efficaces — venaient de lui faire faux bond en moins de quinze jours !

La première s'était cassé une jambe en glissant sur les pavés humides de la chaussée, juste devant *La Maison de France*. Une autre, Carmen, la plus ancienne de toutes et la meilleure, souffrait depuis trois jours d'une fièvre inquiétante et d'une mauvaise toux et se révélait donc tout à fait incapable de servir les clientes. Quant à la troisième, elle devait accoucher d'un instant à l'autre et Pauline, lassée de la voir se traîner lamentablement, l'avait renvoyée chez elle.

A tout cela, il importait d'ajouter le départ de Clorinda

et le grand vide qu'il avait créé. Pauline s'entendait au mieux avec la jeune Liménienne, presque aussi bien qu'avec Rosemonde, jadis. Certes, il lui était arrivé de s'accrocher avec elle sur des broutilles, mais jamais leurs petits différends n'avaient altéré leur amitié. Et jamais non plus elle n'avait regretté d'avoir accepté son aide six ans plus tôt, quand après avoir enfin émergé d'une poignante prostration, Clorinda lui avait demandé, comme une faveur, si elle pouvait l'aider à *La Maison de France*.

Et pourtant, apparemment, rien ne semblait pouvoir tisser des liens entre les deux jeunes femmes ; elles étaient aussi dissemblables que l'eau et le feu. Malgré cela, peut-être parce que tout ce qui les différenciait les avait d'abord intriguées, puis attirées, elles avaient vite sympathisé.

Aussi Pauline, qui trouvait déjà les jours bien longs sans Antoine, s'ennuyait-elle un peu plus depuis le départ de Clorinda. Un départ qu'elle avait elle-même encouragé, tout en regrettant un peu de ne pas avoir la liberté d'agir de la sorte.

Habituée au franc-parler de Clorinda, elle n'avait pas rougi, mais quand même sursauté lorsque la Péruvienne lui avait avoué sans ambages, un mois plus tôt, qu'un homme lui manquait vraiment trop.

— Comment ça, il vous manque ?

— Comme des fleurs à un vase ! Allons, vous savez très bien de quoi je parle, avait plaisanté Clorinda.

— Bien sûr..., avait murmuré Pauline en souriant. Mais quand vous dites un homme, j'espère que c'est à Romain que vous pensez ?

— Romain ? Oui, oui, mais il est si loin... Enfin...

— Vous n'envisagez quand même pas de... ? avait dit Pauline.

Clorinda ne lui avait jamais caché ce qu'avait été son existence jadis, avant guerre, lorsque jeune et riche, elle s'étourdissait joyeusement et sans remords chaque fois que Romain, pris par ses occupations, tardait trop à revenir la voir.

Mais, pour elle, tout avait brutalement basculé. Tout avait changé depuis le cauchemar vécu en cet après-midi du 15 janvier 1881. Ce jour-là, l'insouciante et volage Clorinda était morte. C'est du moins ce qu'avait cru comprendre Pauline. Mais qui pouvait se vanter de vraiment connaître Clorinda ? Aussi avait-elle insisté :

— Vous n'envisagez quand même pas de... enfin, je veux dire, c'est bien Romain qui vous manque ?

— Bien sûr ! Ah ! S'il n'était pas si loin... Et...? Et si je lui faisais la surprise d'aller le retrouver ? Hein, qu'en dites-vous ?

— Là-haut ? A Panamá ?

— Oui.

A cet instant, Pauline l'avait enviée de pouvoir ainsi disposer de son temps, de ses actes. Rien ne la retenait, ni enfants, ni *Maison de France* à gérer et surtout aucun préjugé. Elle était libre comme l'air.

— C'est une très bonne idée, avait-elle dit après quelques secondes. Et voyez, si je pouvais, je vous suivrais. Mais c'est impossible. Que voulez-vous, on ne peut pas tout avoir ; un mari, trois beaux enfants, une grande maison à tenir, un bon commerce et, en plus, la liberté de tout laisser sur un coup de tête... Mais vous, rien ne vous retient. Alors n'hésitez pas, allez voir Romain, c'est le plus beau cadeau que vous pouvez lui faire.

Clorinda était partie trois jours plus tard et, depuis, malgré les enfants et toutes ses occupations, Pauline se sentait seule.

Mais ce n'était pas le départ de la Péruvienne qui avait mis le feu aux poudres. Ni la défection des trois employées. Pas même les quelques mots aigres-doux qu'elle avait échangés avec Martial un soir où il se plaignait d'être là, à perdre son temps pendant que d'autres travaillaient à Panamá.

Non, ce qui la mettait dans une rage folle dès qu'elle y pensait — et elle y pensait très souvent —, c'était le projet que Gabriela Oropendola était en passe de réaliser. Un projet que seule une fieffée gourgandine comme cette moins que rien de Gabriela pouvait avoir la malhonnêteté de concevoir !

Le ciel était témoin qu'elle s'était toujours défiée de cette créature ! Et s'il n'en avait tenu qu'à elle, c'est bien volontiers qu'elle lui aurait depuis longtemps claqué au nez la porte de *La Maison de France* ! Mais c'était hélas impossible car désastreux pour le commerce !

Elle connaissait Gabriela Oropendola depuis cinq ans. A l'époque, ce n'était qu'une petite mijaurée de province venue chercher fortune à Santiago. Issue, disait-on, d'une bonne famille bourgeoise de Chillán, elle s'était empressée d'oublier ses origines et son éducation et, après quelques essais peu rémunérateurs, n'avait pas tardé à mettre la main sur l'oiseau rare.

Pas un méchant homme au demeurant ce Charles Beuklaer, de Liège. Il était venu à Santiago pour l'Exposition universelle de 1875, avait trouvé le pays à son goût, s'était installé comme importateur de savons et parfums et gagnait très bien sa vie.

La jeune et belle Gabriela lui avait tourné la tête en quelques semaines et s'était installée dans son existence. Dès lors, grâce à la générosité de son amant, elle avait eu les moyens de devenir cliente de *La Maison de France*. Une habituée qui affichait toutes les tares des nouveaux riches, exigeante, très pingre et peu aimable.

Trois ans plus tard, alors qu'elle était à la veille de se faire épouser par son gentil Belge, celui-ci s'était enfin rendu compte qu'elle le trompait sans vergogne et depuis longtemps avec nombre de ses amis. La rupture n'avait guère gêné Gabriela qui, prévoyante, s'était ménagé quelques solides réserves financières et forgé de confortables relations. Elle ne redoutait ni l'avenir ni la solitude.

77

Ce n'étaient pas ces péripéties ni ce mode de vie qui rendaient Pauline furieuse. Ses clientes étaient loin d'être toutes des saintes ou des parangons de vertu. Il n'était qu'à voir ce que certaines, parmi les plus gourmées et parfois les plus collet monté, choisissaient comme linge de corps pour deviner que leurs vieux roquentins de maris n'en seraient pas les heureux saccageurs. Ou alors c'était que le monde était devenu fou !

Non, ce qui assombrissait Pauline, au point de la rendre agressive, c'était que non contente d'être une fieffée cocotte, hautaine et chicaneuse, cette garce de Gabriela Oropendola s'était mise en tête de concurrencer *La Maison de France* !

Et l'affaire était grave car elle devait se réaliser dans de très brefs délais. Déjà les travaux étaient bien avancés dans le magasin que cette intrigante se proposait d'ouvrir. Un local plus grand que *La Maison de France*, sûrement mieux conçu et surtout beaucoup mieux placé.

Car si la rue *Cinco de Abril* qui devait maintenant sa réputation à *La Maison de France* n'était pas loin du centre ville, l'établissement qu'allait ouvrir l'autre petite teigne se trouvait au cœur même de la place d'Armes, sous les arcades, à quelques pas de la cathédrale.

C'était un lieu où le Tout-Santiago se pressait et où les chalands allaient affluer. Outre ces indiscutables atouts, il importait d'ajouter ce que Pauline considérait comme une bassesse, une félonie.

D'abord la jeune Oropendola ne cachait pas son intention de proposer aux clients tous les articles et produits qui faisaient la gloire de *La Maison de France*. Et le grave était qu'elle avait, paraît-il, obtenu les services de fournisseurs prestigieux dont Pauline était encore la seule correspondante.

Ainsi, en matière de mode et de toilettes, avait-elle l'exclusivité des modèles raffinés que proposaient à Paris les maisons Worth et Jacques Doucet, des 7 et 17 rue de la

Paix. Ou encore ceux de Mme Coussinet, 43 rue Richet.
Quant à l'épicerie fine, aux vins et spiritueux, tous les
amateurs que comptait Santiago — sans oublier les
Chiliens de province — savaient qu'il n'était pas possible
de se procurer les produits Chevet ou Hédiard ailleurs
qu'à *La Maison de France*.

Enfin, summum de l'ignominie, non contente de proclamer à qui voulait l'entendre que son établissement allait
être le plus luxueux du pays, cette garce de Gabriela avait
décidé de le baptiser : *A la Ville de Paris* et elle en avait le
droit !

Mais ça, pour Pauline, c'était le comble de la perfidie,
presque un crime, à tout le moins une déclaration de
guerre !

« Et quand je pense que cette petite roulure n'a jamais
mis les pieds hors du Chili ! Elle ne sait même pas à quoi
ressemble Paris. Elle ne peut même pas l'imaginer, et elle
ose ! »

Elle avait rongé son frein tant que Clorinda avait été là
pour la calmer. Il est vrai que la Péruvienne avait des
arguments sans appel et qu'elle énonçait des pronostics
tout à fait réjouissants, quoique peu charitables :

— Vous verrez, elle n'aura même pas le temps d'ouvrir, avec un peu de chance un bon *terremoto* va mettre sa
boutique par terre ! assurait-elle à Pauline.

Bien entendu, nul tremblement de terre — pas même
un petit *temblor* — n'était venu donner raison à Clorinda.
De toute façon, Pauline les supportait toujours aussi mal
et ne les souhaitait pas, dussent-ils ruiner sa concurrente !

— Ou alors on va y mettre le feu ! ajoutait Clorinda.
Vous voulez que je demande à Arturo de s'en occuper ? Je
suis certaine qu'il y part tout de suite !

Pauline n'en doutait pas, le vieux serviteur était capable
de tout pour lui rendre service.

— Notez bien que son petit Français n'est pas mal du
tout... insinuait aussi Clorinda. Ah ! si je n'avais pas

Romain... Croyez-moi, il fut un temps où ce gamin n'aurait pas eu longtemps la possibilité d'entretenir cette garce et d'investir ses sous dans son magasin! Oh! je ne l'aurais pas ruiné, mais enfin, il aurait eu besoin d'un certain temps pour remonter la pente et se refaire une santé... Enfin, il y a Romain, n'y pensons plus.

Là, Pauline s'était demandé si son amie n'avait pas eu, fugitivement, la tentation de passer aux actes. Comment savoir ce que cachaient son sourire et son ton désinvolte? D'autant qu'il était exact que l'ami de Gabriela était bel homme. Pauline l'avait vu plusieurs fois à *La Maison de France* en compagnie de la jeune femme, à l'époque où celle-ci n'avait pas encore décidé d'ouvrir son établissement.

Le petit Français, comme disait Clorinda, était lui aussi dans le commerce des nitrates. Mais, employé par une compagnie italienne, il n'avait jamais tenté de fréquenter ses compatriotes de *La Maison de France*.

— L'est pas le seul, avait dit Antoine en haussant les épaules, d'ailleurs on ne peut pas être ami avec les quelque quatre mille Français qui vivent au Chili!

Ami ou pas, artisan ou non de l'ouverture de *La Ville de Paris*, ce n'était pas à lui que Pauline en voulait, mais à Gabriela. Et la hargne que lui inspirait la seule évocation de son projet n'avait fait qu'empirer depuis le départ de Clorinda. Pour outranciers qu'ils soient, les propos de la Péruvienne prêtaient au moins à rire, c'était déjà beaucoup.

C'est avec étonnement — et même un peu d'inquiétude — que Pauline vit entrer Edmond et Herbert. Car s'il était fréquent que les deux hommes viennent dîner à *La Maison de France* quand Antoine était là, il était exceptionnel qu'ils arrivent ensemble au milieu de l'après-midi, surtout en son absence.

Mais elle se rassura vite car si ses visiteurs semblaient beaucoup plus gênés qu'angoissés et si leur sourire paraissait un peu forcé, ce n'était pas celui de porteurs de mauvaises nouvelles.

— Il faut vraiment un événement assez extraordinaire pour que vous veniez à cette heure! lança-t-elle.

— Non, pas exactement, dit Edmond. Il jeta un coup d'œil aux quatre clientes qui furetaient dans le rayon des corsages et des robes, hésita à poursuivre : Pas extraordinaire, non, mais il faut qu'on vous entretienne d'un petit problème et...

— Venez par là, dit-elle en ouvrant la porte qui donnait sur l'appartement. Alors? reprit-elle dès qu'ils furent installés au salon.

— Nous avons besoin de vous, expliqua Edmond.

— Au sujet de Martial, renchérit Herbert.

Et, parce qu'elle ne comprenait toujours rien, ils la mirent rapidement au courant des projets de leur ami. Ni l'un ni l'autre n'avaient mesuré son degré de mauvaise humeur; aussi furent-ils surpris lorsqu'ils la virent hausser les épaules. Et ils n'étaient pas au bout de leur étonnement!

— Vous êtes bien tous les mêmes! lança-t-elle sèchement, vous vous mettez dans des situations infernales et ensuite vous demandez qu'on vous en sorte!

— Comment ça? protesta faiblement Edmond.

— Parfaitement! Ce n'est ni moi ni Antoine qui avons eu cette mirifique idée d'aller creuser ce maudit canal! C'est vous! Et c'est Martial! Mais, comme par hasard, depuis six mois, c'est Antoine qui fait tout là-haut!

— Avec Romain, quand même, dit Herbert.

— Et pendant ce temps, je suis seule ici! poursuivit-elle, sans tenir compte de l'interruption. De plus, vous voulez que je vous dise? Jamais vous n'empêcherez Martial de repartir s'il en a envie, jamais! Vous avez la mémoire courte! Ni sa femme ni sa fille n'ont réussi à le retenir en France! Alors si vous êtes naïfs au point de croire que je vais y arriver!

— Oui, si vous lui dites qu'il est tout à fait inutile de partir puisque Antoine a enfin trouvé un excellent remplaçant!

— Et vous pensez qu'il va croire cette galéjade? Et vous pensez surtout qu'Antoine abandonnera son travail avant d'avoir vraiment trouvé quelqu'un, je dis bien vraiment! Ah! vous le connaissez mal, lui aussi! Non, non, ce n'est pas moi qui arrangerai vos affaires, les miennes me donnent déjà assez de soucis!

— Mais reconnaissez au moins que c'est stupide de la part de Martial! C'est presque suicidaire, même! insista Edmond.

— Bien sûr, dit-elle, et alors? Moi, je n'ai rien pour le retenir, rien!

— Mais vous allez quand même essayer? demanda Herbert. Vous allez essayer, n'est-ce pas?

— Mais oui, dit-elle avec lassitude. Oh! si vous saviez ce que vous me fatiguez tous! murmura-t-elle soudain.

Elle semblait à bout de nerfs, presque au bord des larmes.

Gênés, les deux hommes n'osaient plus intervenir et cherchaient même un peu lâchement l'excuse qui allait leur permettre de partir discrètement.

— Excusez-moi, dit-elle en se reprenant. Je dirai à Martial ce que je pense de son idée. Ça ne changera rien, mais au moins il sera prévenu.

— Et nous, de notre côté, on va faire le maximum pour qu'Antoine puisse revenir, assura Edmond.

— Bah! fit-elle, ça va faire six mois que vous me dites ça, alors... Mais tenez, lança-t-elle, si vous voulez vraiment être utile, vous feriez bien de m'aider à tenir tête à la concurrence... Oui, vous savez de qui je parle!

Edmond opina. Il était au courant de la proche ouverture de *La Ville de Paris* et savait à quel point cela contrariait Pauline.

— Vous savez bien qu'on ne peut pas faire grand-chose, dit-il. Après tout, chacun est libre de tenter sa chance. Mais vous savez aussi ce qu'on dit : Que le meilleur gagne ! Et c'est vous qui gagnerez, vous êtes la meilleure, et de loin !

— Facile à dire, murmura-t-elle. Elle jeta un coup d'œil sur la pendule, se leva. Je ne voudrais pas vous mettre à la porte, mais si vous voulez éviter de rencontrer Martial ici, il faut partir. Il ne va pas tarder à arriver avec les enfants.

— Vous allez essayer de le dissuader, n'est-ce pas ! demanda Herbert.

— Oui, j'essaierai, promit-elle, mais là encore, je ne suis pas certaine d'être la meilleure. Je suis même à peu près sûre d'être battue.

Il fallut moins d'une semaine à Martial pour arrêter définitivement sa décision et tenir ainsi la promesse faite à ses filleuls.

S'il attendit quelques jours, ce ne fut nullement parce qu'il hésitait sur la marche à suivre. Simplement, avant de se jeter à l'eau, voulut-il le faire en toute connaissance de cause et, pour cela, recueillir l'avis d'un autre médecin que le docteur Portales.

Il ne mettait pas en doute la compétence de celui-ci, mais n'était pas certain que les liens d'amitié qui les unissaient depuis des années donnaient au docteur un jugement tout à fait impartial.

Aussi se présenta-t-il à la consultation d'un éminent professeur de l'Académie de médecine de Santiago, spécialiste des fièvres malignes.

— Vous voulez savoir si vous pouvez repartir dans des régions insalubres ? lui demanda le professeur après l'avoir consciencieusement examiné.

— C'est ça.

— Quelle région ?

— Panamá...

— Ah ! C'est donc là que vous avez attrapé ce qui vous amène ! Ça ne m'étonne pas. Eh bien, on peut dire que vous choisissez vos coins ! lança le docteur.

Puis, à quelques mots près, il répéta ce qu'avait déjà dit le docteur Portales.

— Bon, coupa Martial, vous prétendez que je risque d'en mourir, d'accord, mais ça n'est pas obligatoire ?

— Non, bien sûr, rien n'est jamais certain. Tenez, je connais même un brave homme qui voulait se suicider. D'une balle dans la tête. Il s'est raté. Aujourd'hui, il est toujours en vie, aveugle, mais en vie... La balle lui a juste détruit le nerf optique. C'est beaucoup plus fréquent qu'on ne le croit ! Cela dit, logiquement, il devrait être mort !

— Je ne veux pas me suicider, mais simplement poursuivre un travail qui me plaît.

— Eh bien, allez-y. Bourrez-vous de quinine, de maté de coca. Essayez aussi l'*aguardiente* quininée et les décoctions de cédron. Et quand ça ira trop mal, faites comme les Indiens, mâchez de l'*acullico,* c'est infect mais efficace. Cela fait, ne vous en prenez qu'à vous si un accès de fièvre vous emporte un jour...

— D'accord, je tente le coup. Je voulais simplement vous entendre dire qu'il n'y avait pas cent pour cent de risques.

— Mais, si je vous l'avais dit, vous seriez quand même parti, n'est-ce pas ? demanda le professeur en le raccompagnant jusqu'à la porte.

— Je crois que oui, sourit Martial. Mais c'est quand même plus rassurant de savoir qu'il me reste une petite chance !

Ce fut le soir même, après avoir raccompagné les enfants, que Martial prévint Pauline.

— Voilà, dit-il, j'ai décidé d'aller remplacer Antoine, il est grand temps, n'est-ce pas?

Il fut presque aussi étonné de la réaction de la jeune femme que l'avaient été Edmond et Herbert lors de leur entrevue.

— Cessez de me raconter des histoires! lança-t-elle, Antoine n'est qu'un alibi! Je me demande un peu ce que vous auriez inventé pour repartir s'il n'avait pas été là-haut! Vraiment, mon mari a bon dos!

— Mais pas du tout! essaya-t-il.

— Allons, on ne va pas se raconter d'histoires! On se connaît depuis trop longtemps maintenant! Alors s'il vous plaît, épargnez-moi vos explications filandreuses! Elles peuvent tout au plus faire illusion auprès de vos deux compères, mais pas avec moi!

— Quels compères? Vous parlez d'Edmond et d'Herbert?

— Bien entendu, soupira-t-elle. Que croyez-vous? Ces bons apôtres sont venus ici même pour me conjurer de vous empêcher de repartir. Dans le fond, ça prouve qu'ils vous aiment bien et qu'ils sont soucieux de votre santé.

— Oui, si l'on veut, dit-il.

Il était quand même un peu vexé qu'on eût tenté de le convaincre en employant de telles ruses.

— Allons, ne leur en veuillez pas, ils sont franchement inquiets à votre sujet.

— D'accord, mais j'ai passé l'âge d'avoir des nounous, maugréa-t-il. Et quels devaient être vos arguments?

— Oh, n'y pensons plus, vous n'y auriez pas cru une seconde! Donc c'est décidé, vous repartez?

— Oui.

— Vous me laisserez quand même vous dire que c'est stupide et dangereux?

— Peut-être, mais c'est mon affaire.

— Et Rosemonde ? Et Armandine ?

— Bah ! J'ai tout prévu pour elles. Croyez-moi, elles seront, à vie, à l'abri du besoin !

— Je ne pensais pas à ça, mais aux sentiments.

— Oh, les sentiments... Si vous saviez comme elles se passent bien de moi toutes les deux ! Je ne suis pas aveugle et à chacun de mes séjours en France j'ai mesuré à quel point Rosemonde et Armandine savent vivre sans moi. Je ne leur reproche rien, s'empressa-t-il d'ajouter, mais c'est pour dire.

— Mais que lui trouvez-vous donc à ce canal ? Il faut qu'il s'y passe quelque chose d'extraordinaire pour que vous preniez ainsi le risque d'y revenir alors que vous n'en avez nul besoin !

— Extraordinaire, c'est le mot. Du jamais vu, du jamais fait ! Même les spécialistes assurent maintenant que Suez n'était qu'un amusement à côté ! Vous comprenez ? C'est sûrement le plus grand chantier que les hommes aient jamais entrepris ! Et peut-être qu'on ne se lancera jamais plus dans quelque chose d'aussi fantastique ! Alors je veux en être !

— On croirait entendre Antoine quand il parle de Tierra Caliente et de tout le travail qui l'attend encore là-bas, murmura-t-elle.

Il acquiesça et poursuivit :

— Vous savez, j'étais là-haut l'an passé, quand de Lesseps est revenu en visite officielle. C'est quand même quelqu'un, de Lesseps, il a fait Suez, il sait de quoi il parle ! Et à son âge, il en a vu des choses ! Eh bien, même lui assure que nous travaillons au plus grand chantier du monde, au plus important ! Je sais qu'il a raison et je veux être de ceux qui auront travaillé à ce tour de force ! Vous ne pouvez pas imaginer ce que c'est ! Et je suis certain qu'Antoine lui-même s'y laisse prendre...

— Vous vous moquez de moi, j'espère ?

— Rassurez-vous, il va rentrer. Il ne fera pas comme

moi. Il a des attaches ici, l'hacienda et surtout vous et les enfants. Mais c'est pour dire. Tenez, prenez Romain. Qui aurait cru qu'il se jetterait ainsi à fond dans cette conquête? Parce que vous savez, c'est une vraie conquête que nous faisons et ça aussi ça mérite d'être vécu!

— Peut-être... Enfin, il faut bien croire que quelque chose vous y attire. Mais avec votre santé, c'est quand même une folie.

— Et alors? Je préfère vivre quelque temps une grande folie, et la vivre à fond, que plusieurs années comme un légume! C'est mon droit, non?

— Bien sûr. Quand partez-vous?

— A la fin de la semaine. J'ai un vapeur de la Kosmos qui appareille vendredi soir.

— Bon, je vois que je ne vous ai pas convaincu, dit-elle, mais ça, c'était prévu. Elle médita quelques secondes avant de reprendre : Dites, sans aucun rapport, vous pourriez me rendre un service avant votre départ?

— Volontiers, s'il est dans mes cordes.

— Tâchez de savoir à quelle date cette chamelle de Gabriela Oropendola doit ouvrir son magasin.

— Si ce n'est que ça, je peux vous renseigner tout de suite. Son inauguration est prévue pour le 13 août. Non, ce n'est pas un vendredi, mais un samedi! plaisanta-t-il, et puis ne me dites pas que vous êtes superstitieuse!

— Le 13 août, dites-vous? Ça me laisse presque un moio... Non, non, je ne suis pas superstitieuse, mais je crois quand même que le 13 ne lui portera pas chance...

— Vous voulez relever le défi? demanda-t-il.

Il était au courant des projets de Gabriela Oropendola car on en parlait beaucoup dans certains milieux. Il connaissait aussi très bien les griefs que Pauline nourrissait à l'égard de sa jeune concurrente.

— Relever le défi? Oui, pourquoi pas? dit-elle. Votre affaire à vous c'est le canal, celle d'Antoine, l'hacienda, la mienne, c'est *La Maison de France* et je n'ai que trop tardé pour la défendre ! Mais tout n'est pas perdu ! Je vais faire voir à cette petite dinde qu'on ne peut impunément et malhonnêtement se recommander de Paris, surtout devant une vraie Parisienne !

Herbert Halton soupira, claqua plusieurs fois le couvercle de sa tabatière, hésita entre une prise et un cigare, choisit pour finir de se servir un verre de *mosto* et poussa ensuite le flacon vers ses amis. Il était à la fois agacé et désarmé. Agacé car il continuait à penser que Martial se préparait à commettre une énorme folie — il venait juste de leur confirmer son proche départ — et désarmé car rien ne semblait pouvoir le faire changer d'avis.

Edmond aussi était inquiet. Il ne pouvait oublier en quel état Martial était revenu quelques mois plus tôt et il craignait que son dernier coup de tête ne lui soit fatal. Mais il était aussi désarmé qu'Herbert car, de toute évidence, leur ami n'avait que faire de leurs conseils et nulle envie de tenir compte de leurs admonestations.

— Bon, nous ne vous ferons donc pas changer d'avis, dit enfin Herbert, mais sachez au moins que...

— Je sais, coupa Martial, vous tenez à dire haut et fort que je fais une bêtise. D'accord, vous l'avez dit ! Parlons d'autre chose, voulez-vous ?

— Entendu, traitons des affaires, dit Herbert. Je ne vous apprendrai rien en vous disant que le canal nous préoccupe un peu. Sans jeu de mots, cette aventure est de moins en moins saine et je ne parle pas du climat...

— Préoccupant est un mot un peu faible, renchérit Edmond. Je dirais, moi, qu'il se passe là-haut des choses peu claires. Et surtout que la situation évolue très vite. Voyez, il y a encore peu, j'avais confiance, mais maintenant...

— Ce que vous racontez n'est pas nouveau, ça dure depuis le début ! dit Martial.

Il était bien placé pour savoir que la situation financière de la Compagnie universelle du canal était loin d'être aussi florissante que le proclamaient certains journaux français.

Lui, en homme de terrain, pouvait juger concrètement de l'avance des travaux, des retards aussi, des sous-estimations, de la gabegie qui s'instaurait souvent entre la direction, les entreprises et les sociétés sous-traitantes, du gaspillage phénoménal, des conditions de travail, du climat et de la mortalité qui frappait les hommes du chantier.

Aussi flairait-il depuis longtemps quelques complaisances de la part de certains journalistes lorsqu'il prenait connaissance des articles de presse qui arrivaient à Panamá ou à Santiago. Des dithyrambes ahurissants, outranciers à en devenir grotesques. A les croire, tout allait pour le mieux à Panamá. Tout était dans les temps, tout marchait bien, très bien et le canal serait ouvert à la date prévue, et peut-être même avant !

Mais il n'était jamais question des inondations, des glissements de terrain, du retard qui s'accumulait chaque jour, de la tranchée de la Culebra dont on ne voyait pas la fin, des moustiques, des fièvres, des morts. Bref, de tout ce qui risquait d'inquiéter les actionnaires.

— Vous m'êtes témoins que j'ai toujours eu des doutes quant à la gestion comptable de cette entreprise, rappela Herbert en se glissant une prise dans chaque narine. Ça ne veut pas dire qu'il ne fallait pas se lancer, mais qu'il faut être de plus en plus prudent.

— Il n'était pas difficile d'émettre des doutes ! lâcha Edmond. Il était clair que l'opération devenait périlleuse dès l'instant où aucune grosse banque française n'a voulu cautionner l'opération. Mais il est possible que la Banque de Paris et des Pays-Bas, et aussi les Rothschild auraient joué la carte de Panamá si vos amis américains et vos compatriotes ne les en avaient si vivement dissuadés !

89

— Dites, vous n'allez pas repartir là-dessus ! plaisanta Martial.

Il s'amusait toujours beaucoup de la petite querelle qui opposait Herbert et Edmond depuis des années : le premier reprochant à l'autre la défection des grosses entreprises françaises — et il était exact qu'elles n'avaient pas bougé —, Edmond rappelant à l'Anglais la pernicieuse et constante perfidie de ses concitoyens.

Et, là encore, il était parfaitement exact que les Américains et les Anglais avaient tout fait pour que l'entreprise échoue avant même de commencer. Pour l'instant, ils n'avaient pas gagné, les travaux se poursuivaient malgré eux ; mais tout prouvait qu'ils ne désespéraient pas d'y mettre un terme...

Aussi importait-il d'être très vigilant et de lire la presse française avec toutes les réserves qui s'imposaient.

— Vous avez remarqué qu'on parle de plus en plus d'en venir à un canal à écluses ? dit Herbert en poussant quelques coupures de presse vers Martial.

— Oui, je sais, dit ce dernier, et puisque vous nous rappeliez à l'instant vos doutes quant au financement, je vous rappelle les miens au sujet du canal à niveau. J'ai toujours pensé qu'on aurait dû suivre les premiers plans, ceux de Garella et Lull. Ils prévoyaient une succession d'écluses, et c'est le bon sens même ! Mais on assure que de Lesseps n'aime pas ce genre de mécanique, alors... Enfin, nous arriverons quand même au bout des travaux. Ce sera sûrement plus long que prévu et beaucoup plus onéreux, mais nous y arriverons.

— Ce qu'il faut surtout surveiller de très près, dès que vous serez sur place, ce sont les règlements des factures avec les entreprises et la direction, recommanda Edmond. Il ne faut tolérer aucun retard, ni aucun délai de paiement, n'est-ce pas ? demanda-t-il à Herbert.

— Exact. Voyez ça de très près et avertissez-nous à la moindre alerte. De plus, donnez-nous votre avis sur la nécessité d'investir dans l'achat d'un autre excavateur. D'après le câble d'Antoine, il est à craindre qu'il ne faille remplacer celui qui a été accidenté lors du dernier glissement de terrain.

— Je veillerai à tout ça, promit Martial. Il regarda tour à tour les deux hommes, sourit. Vous voyez bien que ma présence sur le chantier est indispensable ! Que feriez-vous sans moi, je vous le demande ! plaisanta-t-il.

— Nous avons quand même Romain et Antoine sur place, et ils sont très efficaces et compétents ! grogna Edmond.

— J'entends bien, mais en ce qui concerne Antoine, c'est quasiment par devoir qu'il travaille là-haut...

— Dites tout de suite que vous c'est par plaisir ! ironisa Herbert.

— Il y a de ça, reconnut Martial.

— Même avec vos crises d'impaludisme ?

— Même ! D'ailleurs, rien ne prouve qu'elles recommenceront !

— Restons-en là, dit Edmond avec agacement, il va finir par nous assurer que même les moustiques lui sont indispensables pour mettre un peu de piquant dans son existence !

DEUXIÈME PARTIE

LES BRUMES DU CHAGRES

5

Depuis seize ans qu'il connaissait Martial, Antoine pensait ne plus pouvoir être surpris par ses décisions et ses agissements, il en avait tellement vu !

Pourtant, ce soir, il avait du mal à croire ce qu'il venait de lire. La dépêche était là, étalée devant lui sur la table, juste sous la lampe autour de laquelle sifflaient les moustiques.

Ainsi Martial revenait ! C'était un acte à la fois dément et logique. Dément car en agissant de la sorte il mettait sciemment sa vie en jeu. Logique car Antoine connaissait la passion que son ami éprouvait pour le canal.

Il était loin de la partager en tout et avait hâte de fuir ces contrées inhumaines et ce climat si éprouvant qu'on avait toujours le sentiment d'être couvert d'une répugnante et tenace moisissure. Il lui tardait de s'éloigner de cet enfer. Malgré cela, il comprenait Martial.

Le travail ici était tellement gigantesque et démesuré qu'il pouvait soit épouvanter et décourager ceux qui n'avaient pas la force morale de relever le défi, soit grandir ceux qui osaient se mesurer à lui. Martial était de ceux-là.

Ici, il avait enfin trouvé un labeur à sa taille et à ses ambitions. Et quitte à laisser les os dans quelque coin de jungle ou au fond d'un marigot, il voulait reprendre la tâche qui lui tenait à cœur.

Antoine le comprenait. Il avait hâte, lui aussi, de se consacrer à sa passion personnelle ; hâte de retrouver toutes les terres et les friches qui l'attendaient à Tierra Caliente, à plus de cinq mille kilomètres de là. Mais peut-être que sans l'hacienda il se fût lui aussi entièrement donné au canal, comme Martial et Romain, comme David O'Brien. Et même comme ces petits ingénieurs qui, au lieu de rester tranquillement en France à tracer sans risques ni surprises quelques futures routes ou lignes de chemin de fer, avaient choisi de venir ici, pour tester leur force, leur courage, leur valeur.

Malheureusement, et cela le choquait, toutes ces expériences, tous ces choix, se déroulaient au milieu d'un abominable carnage d'hommes, d'un gaspillage d'énergie, d'un gâchis de matériel. Et tout cela l'empêchait d'adhérer entièrement à cette fantastique entreprise.

Il relut une dernière fois la dépêche et regretta de ne pouvoir en partager la teneur avec Romain. Lui aussi allait être surpris par le retour de Martial.

Mais, pour l'heure, Antoine doutait qu'il attachât une grande importance à cette nouvelle. Il avait beaucoup mieux à faire.

Il avait rejoint Clorinda à Christophe-Colomb depuis trois jours et, signe manifeste que les retrouvailles se passaient au mieux, n'avait ni reparu ni donné la moindre nouvelle. Tout au plus lui avait-il fait expédier par un porteur une longue lettre de Pauline confiée à Clorinda. Une lettre poignante, à la fois pleine d'amour et de tristesse, d'abattement même. Un véritable appel qui l'avait renforcé dans sa décision de rejoindre au plus vite Santiago où, manifestement, Pauline s'ennuyait au-delà du supportable.

Mais, en ce qui concernait Romain, son absence et son silence étaient éloquents.

« Et il a bien raison, pensa Antoine. C'est égal, il a une sacrée chance ! Ah ! Si Pauline pouvait être là... Six mois sans elle, c'est pas humain ! Enfin, je vais bientôt la retrouver ! »

Cette pensée l'émoustilla.

— Faut que je prévienne le brave Joaquin, murmura-t-il, il va être fou de joie !

Il se leva, frappa contre la cloison de bois qui séparait les chambres.

— Eh ! viens ici ! J'ai quelque chose à te dire ! lança-t-il.

— Je sais, je sais ! maugréa peu après le métis en entrant dans la pièce, j'ai pas eu le temps de réparer le toit, mais demain, peut-être...

Antoine regarda la cuvette placée sous la fuite. Elle était presque pleine et tintait gravement chaque fois qu'une goutte venait s'écraser à la surface de l'eau.

— S'agit pas de ça, dit-il en riant. De toute façon, je sais bien que si tu répares là, ça coulera ailleurs ! Allez, peu importe. Écoute plutôt, M. Martial va revenir.

Joaquin le regarda avec incrédulité puis, comme pour cacher ses sentiments, empoigna la cuvette et partit la vider dehors.

— L'est complètement *loco* s'il remonte ici, dit-il en revenant.

Il installa minutieusement le récipient sous la fuite, puis sembla réaliser :

— Mais alors, lança-t-il en souriant, s'il remonte, on va pouvoir partir ? Rentrer chez nous ?

— Eh oui, bientôt, dès qu'il sera là.

— Ça alors ! Ça n'empêche pas que M. Martial est *loco*, mais, par la Vierge, je suis bien content quand même ! jubila Joaquin. Il redevint soudain grave, presque inquiet : Dites, si on rentre chez nous, le soleil reprendra sa place, hein ? Sa vraie place ?

— Bien sûr, c'est promis, assura Antoine.

Cette histoire de soleil était ce qui avait le plus inquiété

le métis pendant son séjour dans l'isthme. Lui, si supersti-
tieux et qui interprétait tous les signes de la nature, avait
été frappé de stupeur, et même de panique, en observant
la course de l'astre dans le ciel panaméen.

Et le pire était que même Antoine avait été incapable de
lui donner des explications claires, nettes, irréfutables et
surtout rassurantes. Romain aussi avait tenté de le
raisonner, de lui faire comprendre que tout était normal,
mais il n'avait rien compris à cet effrayant mystère.

Pendant le voyage qui les conduisait de Valparaíso à
Panamá, une angoisse l'avait saisi lorsque, après avoir
franchi l'équateur, il avait constaté avec horreur que le
soleil ne passait plus au même endroit à midi. Il avait cru
à une hallucination, à quelques mauvais sorts.

C'était la seule explication puisque, dans son esprit, il
était impossible à l'astre de tracer sa route en empruntant
le sud et non le nord, comme dans tous les pays normaux.

Parce que même si ces *cholos* de Péruviens ou de
Boliviens étaient des moins que rien, ils habitaient
néanmoins des pays où le soleil ne s'amusait pas à changer
de trajectoire. Certain qu'Antoine allait encore rire de lui,
il s'était tu.

D'ailleurs, une nuit d'escale à Buenaventura l'avait rassuré. Au soir, il avait vu le soleil plonger dans l'océan et, le
lendemain matin, l'astre s'était tout aussi honnêtement
comporté en se levant derrière la sierra qu'on devinait au
loin. Tout se passait donc exactement comme au pays.

Le ciel était si nuageux sur Panamá et sur tout l'isthme,
lorsque Antoine et lui l'avaient traversé, qu'il n'avait pu
vérifier si là aussi tout était en ordre.

Mais une inquiétude sournoise l'avait repris au petit
matin du premier jour à Colón. Immobile devant la plage,
il contemplait l'océan sans bien comprendre ce qu'il
faisait devant lui puisqu'il le croyait dans son dos, à
quatre heures de train de là. Et ça, c'était déjà on ne peut
plus suspect.

Et soudain la panique lui avait bloqué la gorge. Là-bas, dans l'océan l'horizon pâlissait, rosissait, s'illuminait de mille feux comme si... Mais non ! c'était encore une hallucination, un mirage, ou quelque affreux cauchemar ! Il n'était pas possible que le soleil se lève là où il s'était couché la veille au soir, dans l'océan !

Et pourtant... Pourtant, sous ses yeux effarés l'astre était sorti de l'eau. C'était fou ! Démoniaque ! Paralysé par la terreur, il n'avait pas bougé et Antoine l'avait trouvé là peu après, les mains devant les yeux, balbutiant des incohérences.

La gêne d'Antoine s'était accrue lorsqu'il avait compris que son vieux compagnon pleurait. De crainte, d'incompréhension devant un mystère trop grand, trop lourd à porter.

— Le soleil... Le soleil, avait-il geint, il se lève là où il doit se coucher ! On est perdu ! Faut rentrer chez nous...

Antoine était resté tout bête, tout piteux car il était incapable d'expliquer concrètement ce phénomène. Certes, il savait que la terre était ronde, qu'elle tournait autour du soleil ; on lui avait appris ça à l'armée, quelque vingt ans plus tôt. Il savait aussi que l'Atlantique, et non le Pacifique était devant eux. Mais de là à pouvoir rassurer le métis et surtout le convaincre !

Et d'abord, que lui dire qu'il pût comprendre ? Joaquin était persuadé qu'il n'y avait qu'un seul et unique océan, celui qui baignait les côtes chiliennes, au couchant. Et il était prêt à se faire tuer pour défendre cette certitude ! Alors, comment lui faire admettre qu'il existait un autre océan, au levant, et que c'était justement pour les réunir qu'on voulait ouvrir un canal !

— Allons, ne t'inquiète pas, avait-il dit, tout est normal, on ne risque rien.

Mais cela n'avait pas rassuré Joaquin, tant s'en fallait. La preuve, depuis six mois, il était convaincu que le soleil n'était pas à sa juste place et qu'il était donc bien logique qu'il y eût tant de catastrophes et de morts sur ce chantier maudit !

— Alors vous êtes sûr qu'on reverra bientôt notre vrai soleil, à sa vraie place ?

— Oui, on va retrouver ton pays et tout redeviendra normal, répéta Antoine. Cela dit, faudrait pas que ça t'empêche de préparer le dîner, j'ai faim !

— J'y vais, j'y vais ! dit Joaquin en sortant.

Et Antoine sourit car, pour la première fois depuis six mois, il entendait maintenant chantonner le métis.

Auréolée par la chaude lumière que diffusaient les deux chandeliers qu'elle tenait, Clorinda Santos sortit de la chambre.

Vêtue d'une robe en satin bleu tendre et tulle brodé, dont les manches et le haut du corsage laissaient deviner le ton un peu mat de sa peau, elle était resplendissante.

A sa gorge, discrètement décolletée, luisait le pectoral d'or massif que Romain lui avait jadis offert. Ainsi parée, elle semblait prête à partir pour quelque somptueuse réception.

Pourtant, dehors, dans la nuit sale, c'étaient la jungle, les moustiques, la moiteur et la pluie, et le chant lancinant et sinistre des milliers d'amphibiens grouillant dans les marais. Et personne n'attendait Clorinda.

— Qu'en penses-tu ? demanda-t-elle en virevoltant devant Romain.

— Superbe ! dit-il. Il se leva de son fauteuil, la débarrassa des chandeliers, puis l'attira contre lui : Tu as encore beaucoup de surprises comme ça ?

— Qui sait... De toute façon, de quoi m'habiller pour quelques autres soirées, si toutefois tu me les accordes...

— S'il ne tenait qu'à moi ! Mais, rassure-moi, tu n'as quand même pas amené tout le stock de robes de *La Maison de France* ?

— Presque, plaisanta-t-elle. J'ai pensé que tu serais heureux de me voir dans différentes toilettes.

— Tout à fait. Et surtout d'avoir ensuite le plaisir de t'en dépouiller, assura-t-il en l'accompagnant jusqu'à la table.

Il lui présenta une chaise, l'aida à s'installer, prit place à son tour et appela les serviteurs.

— Si je m'écoutais, je prendrais bien mes quartiers ici, on est très bien, dit-elle peu après.

Il approuva, lui tendit une coupe de champagne.

— Oui, on est très bien. Mais, trêve de plaisanterie, nous menons une vie de patachon depuis quelques jours. C'est très agréable et, crois-moi, je n'oublierai pas toutes ces heures. Mais il va falloir que je pense à reprendre le travail et toi le chemin du retour. Tu ne peux pas rester ici.

— Tu sais ce qui nous manque? Quelques bons musiciens, dit-elle comme si elle n'avait pas entendu. Tu te souviens de l'hôtel San Martín, de Lima?

— Oui, c'était le bon temps...

— Oui...

Il nota qu'elle avait soudain l'air absent, lointain, et regretta ses propos.

Sous des apparences désinvoltes et enjouées, elle cachait toujours des souvenirs indélébiles. Certains étaient bons, joyeux, comme ceux qu'elle venait d'évoquer; mais ils finissaient toujours par déboucher sur le cauchemar et l'horreur.

En elle, et jusqu'à son dernier souffle, resterait gravée à vif l'empreinte de l'épreuve endurée à Lima, en cette fin d'après-midi du 15 janvier 1881.

Souvenirs atroces de cette horde de soudards et de mégères forçant sa porte, puis envahissant sa maison. Images toujours terrifiantes de ces figures grimaçantes qui se penchaient sur elle, de ces mains qui crochetaient ses vêtements, de ces corps puants qui l'écrasaient, la forçaient, pendant que des rires ignobles couvraient ses cris.

Et, depuis, il n'était pas rare qu'elle se réveille en hurlant au milieu de la nuit, sueur au front et encore tremblante. Romain savait alors quel était son cauchemar.

Il avait eu tellement de mal à l'aider à reprendre pied après janvier 1881 qu'il avait toujours des remords lorsqu'une parole maladroite ou mal interprétée rappelait à la jeune femme des épisodes trop douloureux. C'est pour tenter de les oublier, et aussi parce qu'elle haïssait ceux qui avaient envahi et ruiné son pays, qu'elle avait refusé de revenir au Pérou tant qu'un seul militaire chilien occuperait sa patrie.

Ce n'était donc qu'après le 20 octobre 1883 et le traité d'Ancón qui amputait définitivement le Pérou de la province de Tarapacá, mais avait l'avantage de mettre un terme à la guerre, que Clorinda s'était faite à l'idée de revenir un jour chez elle.

Elle avait encore attendu une année. Puis, enfin curieuse et inquiète de savoir ce qu'étaient devenues ses amies et relations, sa maison de Lima et celle de Trujillo, elle avait demandé à Romain de l'accompagner.

Quand il se remémorait tout cela, il bénissait toujours le ciel de s'être trouvé aux côtés de la jeune femme pendant cette sorte de pèlerinage.

La rage avait saisi Clorinda dès qu'ils avaient débarqué à Callao. Une rage froide, assassine devant toutes les traces qu'avait laissées la guerre.

Ici, c'étaient les ruines noircies des entrepôts incendiés. Là, des quartiers eux aussi ravagés par le feu, maintenant reconstruits de bric et de broc et où grouillait une population affamée. Et partout, dans toute la ville, s'étalaient désormais la misère, la crasse et la tristesse qui, jadis, avant guerre, ne touchaient que les coins les plus pauvres de la cité, les plus éloignés du centre.

C'est en passant devant le grand hôtel de la place San

Martín, qui lui rappelait tant de bons souvenirs, que Clorinda avait furtivement essuyé ses larmes. Et elle pleurait toujours sans bruit en débouchant sur la place d'Armes où traînaillait sans but une population brisée, vaincue.

Une dangereuse colère l'avait ressaisie quand elle avait découvert, horrifiée, ce qu'était devenue sa grande et somptueuse maison. Ce n'était plus qu'un bouge aux portes et fenêtres brisées, au toit éventré. Un taudis dans lequel pullulaient des gosses à moitié nus, des femmes aux regards fuyants et quelques hommes aux yeux méchants.

Il avait eu beaucoup de mal à la retenir. Et, sans lui, nul doute qu'elle eût commis quelque folie.

— Bande de porcs! Qui vous autorise à être là? Je vais mettre le feu dans ce bordel du diable! avait-elle hurlé en se précipitant dans le patio dévasté où s'accumulaient des tas d'ordures.

— Laisse! lui avait-il dit en l'entraînant de force.

— Mais c'est chez moi ici! Ils n'ont pas le droit!

— Bah! la place était vide... Allons, viens.

— Non, non! Je veux chasser cette racaille et mettre le feu, pour tout effacer!

Il avait dû l'enlever dans ses bras, la déposer de force dans la calèche et fouetter le cheval.

— Je ne veux plus voir cette ville, jamais! Partons, avait-elle décidé peu après.

— Je croyais que tu voulais monter jusqu'à Trujillo...

— Non! Je veux partir. Ramène moi à Santiago, là-bas au moins j'ai quelques amis. Je ne vivrai plus jamais dans ce pays.

Promesse qu'elle n'avait pas tenue car Romain, quelques mois plus tard, profitant d'un voyage, avait été vérifier l'état de la villa qu'elle possédait à Trujillo. A son étonnement, la maison était intacte, en parfait état car surveillée depuis plus de quatre ans par des voisins honnêtes.

Cette nouvelle avait un peu consolé Clorinda. Depuis, ils avaient fait ensemble plusieurs séjours à Trujillo, en amoureux. Mais elle avait toujours refusé de revenir à Lima.

Aussi, connaissant la nostalgie que lui inspirait cette ville et tous les souvenirs qui s'y rattachaient, il évitait d'en parler. Mais ce soir, c'était elle qui remuait les cendres encore tièdes.

— Tu te souviens de notre dernière soirée au San Martín? redit-elle. Tiens, vous aviez eu des ennuis avec votre bateau, tu étais avec Martial. C'est ce soir-là que tu me l'as présenté. Tu te le rappelles? Nous avons dîné au San Martín, et puis...

— A quoi bon? coupa-t-il en lui posant la main sur le bras. Réponds plutôt à ma question de tout à l'heure.

Elle sourit un peu tristement, vida sa flûte et s'ébroua.

— Tu veux savoir quand je m'en vais? C'est ça? Dis tout de suite que tu m'as déjà trop vue!

— Bien sûr, tu t'en rends bien compte, non? plaisanta-t-il. Mais j'étais sérieux tout à l'heure, il va falloir que je reprenne le travail. Déjà que ce pauvre Antoine doit se demander ce que je fabrique!

— Ça, je ne pense pas qu'il se pose beaucoup de questions... Ah! Au fait, je ne t'ai pas raconté, puisqu'on parle d'Antoine, tu sais qui j'ai rencontré à Panamá? Ses amis, les Freeman!

— Pas possible! Que font-ils là?

— Comme d'habitude, toujours penchés sur leurs herbes, leurs plantes, leurs oiseaux et leurs coquillages. Ils m'ont dit que l'isthme était un véritable paradis pour les oiseaux.

Romain avait plusieurs fois vu les jeunes naturalistes américains au cours de leurs passages à Santiago, quand ils partaient étudier quelque source chaude ou quelque volcan andin.

Il conservait un excellent souvenir de ces rencontres car Andrew et Mary Freeman adoraient la France et les Français.

De plus, tout homme qui avait croisé Mary ne pouvait oublier cette troublante petite rousse aux yeux verts et au corps potelé qu'on devinait riche en coquines fossettes.

— Décidément, tout le monde se retrouve à Panamá, dit-il. Note bien que c'est très logique, c'est à la fois un couloir et un port, alors... Ils ont toujours leur magnifique clipper ?

— Sans doute, tu sais, moi, les bateaux...

— Parlons-en quand même, dit-il sérieusement, il n'est pas possible que tu restes là très longtemps. Je ne plaisante pas, le climat est pourri, on y attrape toutes les fièvres possibles. C'est plein de bêtes répugnantes et aussi d'individus très peu fréquentables.

— Je ne m'en suis pas rendu compte.

— Bien sûr, depuis que tu es là, nous ne sortons pas de cette maison de luxe ! Il y a même des moustiquaires aux fenêtres et les serviteurs passent leur temps à traquer les araignées et les fourmis ! Mais dès que tu mettras un pied dehors... Et puis je te répète, je vais devoir reprendre le travail.

— Quand ?

— Disons... Allez, je m'accorde jusqu'à lundi, Antoine comprendra.

— Ça fait encore trois jours, et trois nuits, ajouta-t-elle en souriant. Très bien. Mais moi j'ai loué cette maison pour un mois et j'entends y rester tout ce temps-là. Après tout, rien ne m'oblige à sortir d'ici ! Et rien ne t'empêche de venir me voir tous les soirs, d'accord ? De toute façon, tu peux dire ce que tu voudras, ça ne changera rien à mon programme !

— Tu seras contente si tu attrapes la fièvre jaune ou la malaria ! protesta-t-il.

— Tu n'as rien attrapé de tout ça, toi ? Et Antoine non

105

plus ? Quant à moi, je ne risque absolument rien, je le sais !

— Et par quel miracle ?

— A cause du dicton.

— Quel dicton ?

— « L'amour est le meilleur remède contre les fièvres ! » J'entends bien l'appliquer !

— Qui t'a raconté cette niaiserie ? dit-il en haussant les épaules.

— Personne, je viens de l'inventer, mais j'y crois ! C'est l'essentiel, non ?

Antoine avait toujours été un lève-tôt et plus il vieillissait moins il se supportait au lit — et surtout dans un hamac qui lui cassait le dos ! — passé une certaine heure.

Lorsqu'il était à Santiago, il aimait aller boire son café en flânant dans le jardin, quand le temps le permettait. Les massifs de fleurs et les arbustes embaumaient et même le pin parasol qu'il avait planté là après la reconstruction de *La Maison de France* en 1876 imprégnait les alentours d'une puissante et tenace odeur de résine. Un parfum qui lui rappelait toujours les Fonts-Miallet, son enfance et l'arbre majestueux planté jadis par son grand-père.

Quand son travail le retenait à Tierra Caliente, il aimait aussi beaucoup assister au lever du soleil en s'installant sur la terrasse de l'hacienda. Autour de lui, dans les buissons et les bois d'eucalyptus, ce n'étaient que trilles, chants et jacassements des colibris et des perruches. Et le spectacle du soleil émergeant dans le bleu noir qui nimbait les hauts sommets enneigés des Andes le ravissait chaque matin.

Ses habitudes n'avaient pas changé depuis qu'il était à Panamá. Debout alors que blêmissait à peine le ciel toujours sale du levant, il avalait le grand bol de maté de coca que Joaquin lui avait préparé. Ensuite, quel que soit le temps — c'était souvent sous une pluie tiède —, il grimpait sur la petite colline qui surplombait le bungalow et le pueblo Santa Dolores. La tranchée du canal s'ouvrait à ses pieds ; long ruban encore sombre où se devinaient çà et là les masses trapues des dragues, bateaux et chalands.

Des bords du Chagres et des pueblos disséminés dans la jungle, montait déjà — mais encore couvert par les trilles, sifflets et chants d'une multitude d'oiseaux — le bourdonnement diffus des milliers d'hommes se préparant au travail. Et pendant quelques instants encore s'entendait alentour le rappel lancinant des corcovados, ces grosses cailles bavardes — horloges des pauvres comme les baptisaient les autochtones — qui, soir et matin, vers six heures et dix-huit heures, ponctuaient de leurs cris l'apparition et la chute du soleil.

Puis la rumeur enflait avec le jour, croissait de minute en minute, s'étalait, devenait oppressante comme le mugissement souterrain qui annonce les séismes.

Soudain, alors que le premier rayon du soleil perçait à travers la brume appesantie sur les palétuviers, tout le matériel réparti sur soixante-quatorze kilomètres de chantier se mettait en branle au son des sirènes.

Et ce n'était plus que fusion de vapeur, coups sourds des pistons, grincements d'engrenages, cliquetis de chaînes et de godets, chuintements des bielles, roulements sourds des convois lancés sur les rails.

Tout grondait, ahanait, vrombissait. Et au vacarme des quelque trente énormes dragues, se mêlait celui des dix happerbarges, des seize bateaux à clapets, des vingt-six porteurs à fond fixe et des trente remorqueurs tirant plus de cent chalands.

Au tintamarre de la centaine d'excavateurs répondait le halètement des cent soixante-dix locomotives charriant plus de cinq mille wagons sur trois cent quatorze kilomètres de voies larges et le ronronnement tout aussi bruyant de six mille wagonnets roulant sur les cent soixante-quinze kilomètres de voies étroites.

A tout cela, outre le tapage provoqué par les chaudières poussées au maximum des cent vingt locomobiles et machines mi-fixes, s'ajoutaient les borborygmes et les caverneux gargouillements de quatre cent soixante pompes lancées à plein régime et dégorgeant leurs flots de boue.

Ponctuant l'ensemble, comme un titanesque métronome rythmant la cadence d'un gong géant, retentissaient les coups de marteaux-pilons usinant les pièces dans les ateliers.

Souvent enfin, déferlant comme un orage sur la forêt et les marais, arrivait, par vagues, l'onde mugissante des lointains tirs de mine.

Et il émanait de toute cette cacophonie une si puissante et envoûtante communion de travail, de force et de puissance, qu'Antoine se laissait parfois prendre au jeu. Pas au point d'abandonner toute prudence et toute sagesse, comme se préparait à le faire Martial, ni de tout sacrifier pour la seule satisfaction de se donner à fond à une tâche phénoménale. Mais au point, quand même, de ressentir une agréable fierté à l'idée d'être un des artisans de cette si impressionnante réalisation.

Ce matin-là, Antoine atteignit le point d'observation qu'il rejoignait chaque matin, écouta et fronça les sourcils.

Le bruit qui montait jusqu'à lui n'était pas habituel. Il était plus sourd et plus atténué qu'à l'ordinaire, moins présent. Et ce n'étaient pas seulement les trombes d'eau fouettant la jungle ou chantant sur les toits de tôles des cases proches qui transformaient le son ambiant. Ni le silence relatif des oiseaux à l'abri sous les feuillages. Il y avait un autre élément. Une nouveauté encore indéfinissable mais dont l'existence était indéniable.

Il écouta avec plus d'attention, scruta l'étendue du paysage qui s'étalait sous ses pieds et qui émergeait lentement de la pénombre.

Un violent coup de vent balaya soudain les nappes de brume qui couvraient le canal et les marais. Alors il comprit.

Là-bas, de l'autre côté de la tranchée, grondait le río. Un Chagres qu'il n'avait encore jamais vu aussi gros, aussi large, aussi redoutable. Un fleuve énorme aux proportions inquiétantes et dont le bruit étouffait tout autre son. Il était déjà sorti de son lit, pourtant profondément recreusé et aménagé depuis plus de deux ans, et s'insinuait dans la jungle. Avant peu il atteindrait le tracé du canal où, là aussi, grondait une bouillonnante eau marron.

« Et c'est reparti ! songea-t-il. Bon Dieu, pourvu qu'il n'y ait pas quelques nouvelles catastrophes à la Culebra. Et pourvu aussi que toutes les dragues soient bien amarrées ! »

Il allait quitter l'abri que lui offraient les larges feuilles d'un plantureux bananier et redescendre vers son bungalow quand il vit David O'Brien qui grimpait jusqu'à lui.

Malgré la protection d'un gros parapluie rouge vif qu'il brandissait comme un flambeau, l'Irlandais était trempé de la tête aux pieds. Il se glissa à côté d'Antoine, s'ébroua.

— T'es pas un peu fou de venir là par ce temps ? reprocha-t-il, heureusement que ton métis m'a dit où tu étais !

Il sortit un vaste mouchoir d'une des poches de son pantalon, s'essuya la figure et tenta même, tant bien que mal, de redresser sa moustache rousse que la pluie faisait lamentablement pendre ; il ressemblait à un vieux morse émergeant des profondeurs.

— Je croyais que c'était pas encore la saison des inondations, dit Antoine, pourtant, voilà la deuxième en moins de quinze jours ! Beaucoup de dégâts ?

— Moins que l'autre fois, faut dire qu'on n'a pas encore fini de tout réparer, alors...

— Tu crois qu'il va encore monter? demanda Antoine en désignant le Chagres d'un coup de menton.

— J'en sais foutre rien! Ici, on peut rien dire... T'aurais pas un peu de tabac à peu près sec, le mien est foutu. Il prit le cigarillo que lui tendit Antoine, l'alluma : Oui, ici tout devient monstrueux, fou! Tiens, prends par exemple ce putain de río. En période sèche, c'est rien du tout, un vrai pissou. Je l'ai vu descendre à moins de treize mètres de débit par seconde, c'est dire! Et puis ça l'attrape comme un coup de fièvre et alors là, il est foutu de monter à plus de six cents mètres seconde en quelques heures! Je te dis, ici, tout devient monstrueux!

Il tira pensivement sur son cigarillo, essuya une nouvelle fois ses moustaches au bout desquelles perlaient de grosses gouttes d'eau.

— Vous m'aviez tous dit que les inondations n'avaient pas lieu si tôt, insista Antoine.

— Ben oui, d'habitude c'est un peu plus tard, ça doit être en ton honneur... Mais te plains pas trop, en 79, la crue a gonflé ce maudit Chagres jusqu'à presque deux mille mètres de débit à la seconde, tu te rends compte? Tiens, tout ce que tu vois devant nous, c'était sous l'eau! N'empêche, ça nous obligera un jour à faire du côté de Gamboa ce barrage dont on parle tant. Ça régularisera un peu. Faut dire qu'on prévoit une retenue de plus d'un milliard de mètres cubes, alors ça demande quelques travaux...

— Plutôt oui...

— Mais c'est pas tout, poursuivit O'Brien, j'ai besoin de toi et de Romain, enfin si vous pouvez. On va profiter de cette flotte pour réparer le maximum de wagons. Tu peux m'en prendre quelques-uns dans ton atelier? Et aussi quelques locos qui ont bien besoin de soins. Et si tu peux, j'ai aussi des...

— Eh! coupa Antoine, nous ne sommes pas le seul

110

atelier du chantier! Et en plus nous avons notre propre matériel à entretenir! Nous aussi nous avons eu une sacrée casse dans l'éboulement de la Culebra! Alors, si on peut, on te dépannera, mais à condition de ne pas trop nous en demander!

— D'accord, mais c'est parce que je vous aime bien que je vous propose du travail! Après tout, vous êtes bien là pour gagner des sous, non? Bon, j'aurais aussi besoin de quelques charpentiers. J'ai beaucoup de cases qui ne demandent qu'à s'envoler au prochain coup de vent. Faut dire que certaines ne sont plus toutes jeunes.

— Je sais, la nôtre prend l'eau comme une passoire!

— Ben oui... Ah! si tu les avais vues quand on les a reçues d'Amérique, superbes! Et faciles à monter en plus, elles étaient déjà toutes préassemblées. On dira ce qu'on voudra, ces cochons d'Américains ont quelquefois de bonnes idées! Enfin, si tes gars peuvent venir me rajouter quelques boulons... Mais si tu veux, je demanderai à Romain. A propos, je l'ai pas vu depuis quelque temps, l'est pas malade au moins?

— Non, non, je ne pense pas, s'amusa Antoine. Il est parti rejoindre une femme! dit-il enfin.

— Une femme? Tu te fous de moi, non? grogna O'Brien en contemplant son cigarillo qu'une énorme goutte d'eau, tombant du bananier, venait d'éteindre.

— Si si, il est avec une femme, et une belle!

— Non, raconte-moi ce que tu voudras, mais pas ça, dit O'Brien en haussant les épaules. Ton copain Romain, je le connais depuis six ans maintenant, c'est pas le genre à s'occuper des femmes d'ici. Parce que même celles qui sont pas en maison à Colón ou à Panamá, et faut voir ce que c'est, y'a que les excavateurs qui sont pas passés dessus, et encore... Il ralluma son cigarillo après l'avoir tranché d'un coup de dent, secoua de nouveau la tête : Non, me raconte pas de blague!

— Parole, c'est vrai. Il est avec une femme!

— Alors elle est pas d'ici, décida O'Brien, c'est impossible ! Celles d'ici, même moi j'en ai pas voulu ! Enfin, pas souvent... L'a fallu que j'aille me chercher une métisse du côté de San José de Costa Rica, c'est dire ! Et tu sais pourquoi elle est avec moi depuis plus de vingt-cinq ans — même que certains jours je me dis que ça fait beaucoup trop ! —, c'est parce que je l'ai épousée ! Oui, monsieur ! Devant un *padre,* et tout ! C'était le seul moyen de la garder et de l'empêcher de finir comme les autres, comme toutes les autres de l'isthme ! Romain, je le connais, quand ça le démange trop, il fout le camp. Des fois, on l'a pas revu pendant deux mois ! Il part je sais pas où, me l'a jamais dit. Mais il revient toujours, maigre, mais content !

— C'est elle qu'il va voir, la même, je crois. Oui, oui, et cette fois, c'est elle qui est venue, expliqua Antoine.

— Alors là..., fit O'Brien avec respect. Alors là, ça change tout. C'est sa bonne amie, alors ?

— Tout juste, et depuis longtemps.

— Ah bon, alors là je comprends, dit O'Brien. Très bien. Si c'est sa bonne amie, il a bien raison d'être avec elle. Mais alors pour mon travail ? demanda-t-il sans transition.

— Envoie tes wagons et tes locos, on verra ce qu'on peut faire, promit Antoine.

— C'est bien, sourit O'Brien, j'ai toujours su que je pouvais compter sur vous, les Français. Tu sais, j'aimais bien ton copain Martial aussi, ouais. On s'entendait comme des larrons ! Dommage qu'il ait pas pu rester. Bon, je te laisse, j'ai déjà trop causé. Mais si on profite pas de cette crue qui arrête le travail pour parler avec les amis...

— Il va revenir, dit Antoine alors que O'Brien ouvrait déjà son parapluie et s'apprêtait à quitter l'abri du bananier.

— Qui donc ? Martial ? fit-il en souriant. C'est ça ? insista-t-il. Eh bien, j'aurais dû parier ! Je l'aurais juré qu'il reviendrait, je le savais! Il est fou de revenir, mais c'est quand même normal. Ton copain, il est comme moi. Tout ce travail, tout ce chantier, c'est devenu son affaire, dit-il en désignant le paysage d'un vaste mouvement du bras. Moi, c'est pareil, j'ai décidé de crever ici. Ce canal, c'est le mien. Oh! je partage, hein? Y'a de la place pour tout le monde! Mais ça n'empêche que c'est le mien! Il revient quand?

— Sans tarder, le temps du voyage.

— Alors toi tu vas repartir?

— Oui. Moi, j'ai ma femme, mes enfants et aussi mon travail qui m'attendent là-bas, au Chili.

— C'est bien, approuva O'Brien, le principal c'est d'avoir à s'occuper sérieusement et de s'y tenir. Tiens, donne-moi un autre cigare et je m'en vais. Tu veux un coup de *whisk'isthme*? proposa-t-il après avoir détaché la gourde qu'il portait à la ceinture.

— Non, surtout pas! Il est trop tôt pour dormir! Et comme massue, je ne connais rien de mieux que ton vitriol! Mais dis, j'y pense, que feras-tu quand le canal sera fini, parce que d'après les prévisions...

Il crut que l'Irlandais allait s'étrangler avec son tord-boyaux et lui tapa dans le dos.

— Ah! On voit bien que t'es pas ici depuis longtemps! lança O'Brien après avoir repris son souffle. Les prévisions tu dis? De la foutaise! Même si tout va bien, le canal ne sera jamais ouvert à la date prévue. Tu sais ce qu'ils avaient annoncé au début, oui? Que les bateaux passeraient à partir de 88, l'an prochain quoi! Ça te fait pas rigoler? Alors, maintenant, ils disent pour 90. Mais dans trois ans, à la vitesse où on avance, tu penses vraiment qu'on aura seulement enlevé la moitié de la Culebra? Moi, je ne le crois pas! Tu veux que je te dise ce qui va se passer? Écoute, d'abord on va en venir à mettre des écluses, ça on en parle de plus en plus et c'est une bonne chose! Mais ça ne suffira pas pour achever les travaux

113

d'ici trois ans. Non, crois-moi, je suis sûr d'avoir encore au moins cinq ou six ans de boulot devant moi, et encore si tout va bien... Alors, après, j'aurai plus de soixante ans, le bon âge pour s'asseoir devant sa case et attendre que le soleil se couche, en regardant passer les bateaux... Mais d'ici là, crois-moi, j'ai de quoi m'occuper!

6

Quand il vit de loin l'énorme et puante fumée noire qui entourait le bungalow et Joaquin qui sautait autour, Antoine crut que le petit bâtiment de bois était en feu.

Il pensa que le métis avait sans doute renversé le réchaud à pétrole et se demanda un instant où ils allaient dormir la nuit suivante.

Puis il réalisa que toutes ses affaires — et une partie de celles de Romain — étaient à l'intérieur de la case et pesta grossièrement. Ce n'était pas que ses effets soient de grande valeur, mais il allait quand même devoir remonter tout son trousseau. Par chance, sa ceinture portefeuille ne le quittait jamais et ce n'était donc pas son pécule que les flammes dévoraient. Il espéra que Romain n'avait, lui non plus, rien laissé d'important et s'approcha du brasier.

Il réalisa alors que la case était intacte. Ce n'était pas elle qui dégageait cette infecte et suffocante fumée, mais la crémation de l'hétéroclite tas de combustibles qui l'entourait. Une barrière que Joaquin alimentait sans cesse en y jetant, sans sourciller, les hamacs, les couvertures, de la paille, des feuilles et des branchages, les carpettes de raphia et même, souvent, histoire d'aviver le brasier, de grosses bolées de pétrole lampant.

— L'est devenu fou, cette andouille! grogna Antoine, c'est pourtant pas le soleil qui lui a tapé sur la tête!

Il pluviotait toujours et, sous ses pieds, le sol spongieux chuintait à chaque pas.

— Tu peux me dire ce que tu fous? lança-t-il. Oh! Nom de Dieu! dit-il en sautant en arrière.

— Passez pas là! hurla en même temps le métis.

Il recula en grimaçant de dégoût. Devant lui, se tordait un long et grouillant ruban noirâtre. Large d'un bon mètre, il sortait des broussailles qui bordaient les marécages, grimpait droit sur le bungalow, qu'il contournait grâce au brasier de Joaquin et filait ensuite en direction du pueblo de Santa Dolores, situé à quelque cinq cents pas de là.

Et ce faux serpent, cette crissante coulée, offrait un spectacle à la fois fascinant et répugnant. Horde parfaitement disciplinée de plusieurs millions de fourmis qui fuyaient la crue du Chagres, ce flot ondulant était à l'image du pays, inquiétant, sournois, redoutable, imprévisible. Mortel aussi car, épousant le même itinéraire que la principale colonne, mais sans jamais être en contact direct avec les fourmis — et il était impossible de discerner qui, de celles-ci ou de leurs compagnes de route marquaient la distance —, couraient des milliers, des dizaines de milliers de mygales velues, énormes, au corps gonflé comme des outres et d'un noir roussâtre.

— Eh ben, dis donc! souffla Antoine en restant prudemment à plusieurs pas de la dangereuse cohorte, tu parles d'une visite! Il y a longtemps que ces saloperies défilent?

— Elles sont arrivées juste après le passage de M. O'-Brien. Si ça se trouve, c'est lui qui les a attirées! Dommage qu'elles l'aient pas rattrapé!

Joaquin détestait l'Irlandais car celui-ci, comme la majorité des Blancs de l'isthme, méprisait autant les métis que les Noirs, les Jaunes ou les Indiens. Or Joaquin ne tolérait pas qu'on l'assimilât à des individus qu'il jugeait lui-même tout à fait inférieurs !

— Parle pas comme ça de M. O'Brien, un jour il t'entendra, te cravachera et tu ne l'auras pas volé ! prévint Antoine.

— Bah ! Puisque maintenant on sait qu'on s'en va ! dit Joaquin en haussant les épaules.

— Nous ne sommes pas encore partis... Enfin, heureusement que tu étais là !

Il avait déjà assisté à de semblables déplacements de fourmis, mais jamais à un défilé d'une telle ampleur, d'une telle puissance.

Sans Joaquin qui avait réussi à détourner l'invasion, grâce à un rideau de feu, rien n'aurait été épargné à l'intérieur du bungalow. Et le pire c'est que de nombreuses mygales n'auraient pas manqué de s'installer dans un tel asile.

Il frémit de dégoût à cette seule idée. Il détestait les araignées autant que les serpents et les scorpions. De plus, la seule vue de ces bêtes lui rappelait immanquablement de très mauvais souvenirs, ces troupes de *rabonas* qu'il avait eu jadis la malchance de rencontrer. Dans un cas comme dans l'autre, il importait de ne pas avoir maille à partir avec des créatures aussi foncièrement sournoises et méchantes ; pour lui, c'étaient toutes des tueuses.

Hypnotisé par le spectacle, il sursauta vivement et faillit crier lorsqu'une main se posa sur son épaule. Il se retourna, prêt à invectiver le malotru qui venait de le surprendre. Puis il reconnut Romain et se mit à rire.

— Vous m'avez fait une rude peur ! avoua-t-il en soufflant. Vous savez ce que c'est, à force de regarder ces saloperies, on finit par se persuader qu'elles vous grimpent partout ! Là, j'ai franchement cru qu'il m'en tombait une sur l'épaule ! Enfin, content de vous voir.

— Eh bien ! Ça, plus la crue du Chagres, c'est réussi comme accueil ! Vrai, je crois que j'aurais mieux fait de rester couché! décida Romain en observant les fourmis.

— C'est possible, sourit Antoine. Mais vous tombez quand même bien, le travail ne manque pas dans les ateliers et O'Brien vient même de m'en proposer d'autre!

— J'ai bien pensé qu'on profiterait de ce vilain temps pour réparer le maximum de matériel.

— Et ce n'est pas tout, insista Antoine, figurez-vous que Martial revient prendre son poste.

— Alors ça! Si on m'avait dit... Quand on se souvient de son état quand il est parti!

— Ça n'a pas l'air de surprendre O'Brien.

— Normal, dit Romain, dès qu'il s'agit du canal, ils sont aussi fous l'un que l'autre! Faut les avoir vus! assurat-il. Eh bien, moi aussi, j'ai une nouvelle. Vos amis les Freeman sont là, enfin, à Panamá. Mais Clorinda a reçu une lettre ce matin, ils seront à Colón samedi en huit. Du coup, Clorinda veut faire une petite fête, le soir chez elle, voilà.

— C'est une bonne nouvelle, approuva Antoine, très bonne. Je suis très heureux de les revoir. Mais, en attendant, il est urgent que j'aille au travail.

— Je me change et je vous rejoins, dit Romain.

Il sauta lestement par-dessus la horde de fourmis, dont la densité n'avait toujours pas diminué, salua Joaquin d'une amicale bourrade et entra dans la case.

Antoine n'avait pas encore fait cinquante mètres lorsqu'un cri le pétrifia.

Dents serrées pour ne pas hurler, Romain était plié en deux pour tenter de maîtriser l'atroce douleur qui fusait en ondes acides dans son bras droit. Il bloquait de la main gauche son poignet sur lequel perlaient deux minuscules gouttes de sang. A ses pieds, tête écrasée d'un coup de botte, mais encore tout ondulant de spasmes et de contractions, s'enroulait un trigonocéphale de près d'un mètre, au dos gris violet, au ventre blanchâtre.

— Le fils de pute! lança Joaquin en entrant dans la case et en comprenant tout de suite. Faites voir! ordonnat-il en se penchant vers Romain.

— Attends, attends... Laisse-moi souffler..., murmura Romain.

Pâle, il avait déjà la sueur au front et, dans sa poitrine, battant à coups sourds comme jamais il ne l'avait entendu, s'affolait son cœur.

— Faut faire vite! insista Joaquin.

— Je sais. Faut que je m'allonge... Bon Dieu, ça tourne... Ah! tu es là? dit-il en voyant Antoine qui venait d'entrer. Il m'a eu, l'était dans mon armoire, sous les chemises...

— Allonge-toi dans le hamac, ordonna Antoine. Et toi, dit-il à Joaquin, file dehors entretenir le feu! Ce n'est pas le moment de se laisser envahir! Allez, vite! Bon, d'abord un garrot, décida-t-il en sortant son mouchoir. Il l'entoura autour du bras, serra au maximum. On va aller jusqu'à Colón, dit-il. Joaquin et moi on va d'abord te porter jusqu'à Santa Dolores et ensuite on t'embarque; à moins que, par chance, ils aient quelque chose de valable à l'infirmerie.

— C'est drôle, fit soudain Romain en se laissant aller de tout son long dans le hamac, ça va faire bientôt dix ans qu'on se connaît et c'est la première fois qu'on se tutoie!

La réflexion était tellement incongrue, tellement peu conforme aux événements qu'elle inquiéta Antoine, mais il n'eut pas le temps de trouver une réponse.

— Tout ça pour dire que tu racontes des couillonnades, ajouta Romain. La saloperie qui m'a mordu, c'est ce qu'ils appellent ici un jararaca, enfin je crois. De toute façon, je n'aurai pas le temps d'arriver à Colón, même pas à Gatún, surtout avec la crue qui complique tout!

— Faudrait du cédron, les Indiens s'en servent et il paraît que...

119

— Tu en as ? Là, sous la main ?

— Non.

— Alors il ne reste qu'une chose à faire, et tu la connais. Vas-y, et vite ! Vite, j'ai déjà l'impression de ne plus avoir de bras. Allez, presse-toi !

Antoine l'observa, vit à quel point la douleur devait être terrible car son visage devenait méconnaissable tant il se creusait et dégoulinait de sueur. Il se décida.

— Tu as raison, dit-il.

Il alla fouiller dans son armoire, revint avec une cartouche de fusil de chasse dont il fit sauter la capsule de carton. Il vida les plombs, la bourre, posa l'étui sur la table, à côté de son briquet. Puis il alla dans le coin où Joaquin rangeait les affaires de toilette, revint avec son rasoir qu'il repassa prestement sur le cuir de son ceinturon.

— On y va ? demanda-t-il.

— Oui, et n'aie pas peur de trancher large et profond...

— Braille si ça te soulage, dit Antoine en se penchant sur le bras toujours garrotté dont une partie se violaçait vilainement. Si je veux faire du bon travail, faut que j'aille assez lentement, pour appuyer, prévint-il.

— Ta gueule ! Fais-le !

Un sang noir ruissela de l'incision en croix qu'il traça dans l'avant-bras. Il l'épongea aussitôt, versa sur la plaie toute la poudre que contenait la cartouche et l'alluma sans perdre un instant.

Une flamme rousse fusa vers le plafond tandis que Romain, tétanisé par la douleur, hurlait comme un loup blessé.

— Vous l'avez ouvert ? demanda Joaquin en rentrant. Il regarda le bras de Romain, approuva : C'est juste ce qu'il fallait faire, j'aurais pas fait mieux, assura-t-il.

— Va t'occuper des fourmis et des mygales, j'ai pas

envie qu'elles viennent me bouffer! hoqueta Romain.

— C'est fini, elles sont toutes passées.

— Alors cours jusqu'à Santa Dolores, ordonna Antoine, ramène quatre hommes, non six! Des costauds, et une civière. Allez file. Faut quand même qu'on te transporte à l'hôpital, dit-il, mais maintenant, ça presse un peu moins.

— A l'hôpital? Celui de Colón? Tu l'as déjà vu? souffla Romain d'une voix faible. Il secoua négativement la tête. Non, non, pas à l'hôpital de Colón, il est plein de fièvre jaune, de malaria et de dysenterie. Là-bas, je crève, sûr...

Antoine se souvint d'un autre hôpital, d'un vrai mouroir celui-là où, là aussi, un de ses amis risquait de mourir dans la crasse, les mouches, l'indifférence. C'était à Arica, en juin 80; le blessé s'appelait Arturo Portales, et il était médecin.

— Il faut pourtant nettoyer cette plaie, dit-il, et aussi surveiller l'évolution, alors?

— Chez Clorinda, chuchota Romain. Là-bas, c'est propre et on trouvera un médecin. Il hocha douloureusement la tête, ébaucha un vague sourire. Vrai, j'avais raison tout à l'heure, j'aurais mieux fait de rester couché, y'a des jours comme ça...

Antoine connaissait Clorinda depuis longtemps. Comme Pauline, elle savait faire face aux événements et ne s'affolait pas facilement. Il fut malgré tout surpris de sa réaction. Soucieux de l'avertir avec ménagement, il la fit demander par un des domestiques pendant que les hommes qui l'avaient accompagné depuis Santa Dolores descendaient Romain de la calèche.

Il n'avait pas vu la jeune femme depuis plus de six mois et s'attendait à la retrouver, sinon effrayée, du moins surprise par son arrivée impromptue. Elle entra dans la

pièce, sembla à peine étonnée de sa présence et lança :
— C'est grave ?
— Ah, vous savez déjà ? dit-il pris de court.
— Je viens d'apercevoir l'attelage et la civière. C'est grave ? redemanda-t-elle.
— Je n'y connais pas grand-chose, dit-il, mais une morsure de serpent, ce n'est jamais bon. Enfin, j'espère qu'on a fait ce qu'il fallait.
— Merci, dit-elle en allant ouvrir la porte.

Elle s'écarta pour laisser passer la civière et tressaillit un peu en voyant la pâleur de Romain, la sueur qui ruisselait sur son visage et surtout la profonde entaille et la brûlure du poignet.
— Venez par là, dit-elle aux porteurs en se dirigeant vers la chambre.
— Je vais chercher un médecin et je reviens avec lui, dit Antoine. D'ici là, faites-lui boire du maté de coca, très fort, le plus fort possible. C'est Joaquin qui m'a dit ça et je crois qu'il est de bon conseil.

Deux jours ! Le médecin avait dit deux jours. Après ces quarante-huit heures, ou bien Romain serait sur pied, flageolant mais debout, ou bien Monkey Hill, le cimetière de Colón, compterait une nouvelle tombe.

La première nuit fut terrible car Romain commença à délirer au coucher du soleil. Trempé de sueur, il haletait violemment, vomissait, se débattait ; Clorinda et Antoine ne furent pas trop de deux pour le maintenir au lit.

La fièvre monta encore vers deux heures du matin et des tremblements convulsifs agitèrent le blessé qui, parfois tétanisé, se tendait comme un arc, prenant appui sur ses talons et sur sa nuque.

Antoine se demanda alors si son compagnon tiendrait jusqu'au jour et il comprit, en croisant le regard de Clorinda, qu'elle partageait ses pessimistes pensées.

« Bon Dieu, songea-t-il, il ne va pas partir comme ça ! Après tout ce qu'il a vécu, ce serait trop bête, injuste même ! »

Les deux hommes avaient sympathisé dès leur première rencontre, en octobre 1879, dans le petit port de Tocopilla. Et Antoine vouait toujours une grande reconnaissance à Romain car celui-ci lui était spontanément venu en aide.

Pourtant, rien ne semblait devoir rapprocher les deux hommes, la distance était immense entre Antoine, le prudent, le terrien et Romain. Romain, ce bourgeois parisien et oisif que la faillite frauduleuse de son notaire de père avait un jour métamorphosé en coureur de piste, en prospecteur, en aventurier.

Le blessé se calma peu avant l'aube ; sa transpiration diminua et son souffle redevint moins cahotique. Muets, comme s'ils redoutaient l'un et l'autre d'insulter le sort en parlant trop tôt, Antoine et Clorinda n'osaient croire à une rémission. Elle vint pourtant.

Romain ouvrit les yeux alors que dans les proches collines les corcovados s'appelaient pour annoncer le lever du soleil. Il regarda tour à tour Clorinda et Antoine, sourit faiblement à la jeune femme.

— Rude nuit, non ? murmura-t-il. Il observa son poignet qu'une gaze recouvrait, remua doucement la main et les doigts. Ça va mieux, ça fait moins mal, assura-t-il.

Il ferma les yeux, passa la langue sur ses lèvres gercées et toute craquelées par la fièvre.

— Vous savez pas ? reprit-il, eh bien, j'ai faim ! Je meurs de faim et de soif ! C'est bon signe, non ?

Il fut sur pied dès le lendemain soir.

Encouragée par l'annonce du proche retour d'Antoine, Pauline se jeta dans la bataille avec toute l'énergie dont elle était capable. Un peu vexée d'être trop longtemps restée passive devant les projets de Gabriela Oropendola et convaincue d'être approuvée par Antoine dès qu'il serait là, elle n'hésita plus.

D'abord, lassée d'attendre l'hypothétique réapparition des trois employées absentes, elle engagea quatre nouvelles vendeuses, dont deux couturières confirmées et une modiste.

— Quant à toi, dit-elle à la quatrième après avoir réuni l'ensemble du personnel, tu m'aideras pour tout ce qui est de l'alimentation et des vins. Et si tout va comme je l'espère, nous ne serons pas trop de dix ou douze pour satisfaire la clientèle. Mais attention ! Je ne veux pas vous payer à ne rien faire ! Alors, à partir de lundi prochain, *La Maison de France* sera ouverte tous les jours, même le dimanche jusqu'à quatorze heures. Et en semaine, au lieu de lever le rideau de dix heures à vingt heures, comme en ce moment, nous serons à la disposition des clients et clientes de neuf heures à vingt et une heures trente. Et nous leur ferons savoir que, désormais, nous pourrons mieux les servir et livrer leurs commandes encore plus rapidement. Pour cela, je vais engager trois coursiers de plus. Tu entends, Arturo ? Ils seront sous tes ordres, comme les deux actuels. Alors, tâche de leur apprendre à la fois la politesse et la vitesse. Enfin, et ça vous concerne tous, je ne veux voir personne ressortir d'ici les mains vides ! On ne vient pas chez nous pour visiter, mais pour acheter. Voilà, maintenant au travail, c'est à nous de faire la preuve que *La Maison de France* est la meilleure de toutes ! Et c'est aussi à nous de le faire savoir !

— Tu sais, j'ai peur que ça ne suffise pas pour battre Gabriela Oropendola, lui dit Pierrette un peu plus tard, on ne parle plus que d'elle à l'école ! Et on dit même que son magasin sera le plus moderne du continent...

— C'est vrai, moi aussi j'ai entendu dire ça...,

approuva Marcelin qui, avec sa sœur, avait écouté les projets de leur mère.

— Ah oui ? On dit ça ? murmura Pauline. Elle fronça les sourcils, réfléchit. On ne peut quand même pas laisser le champ libre à cette garce ! Elle soupira, regarda les jumeaux : Vous avez des idées, vous ? Parce que moi, j'en ai encore ! Oui, d'abord, je vais faire entièrement repeindre toute la façade de *La Maison de France* et changer toutes les tentures de l'intérieur, ce sera mieux, non ?

— Bien sûr, approuva Marcelin, mais ça ne suffira peut-être pas. Il faudrait faire ce que nous a dit parrain...

— Ah oui ? Il vous en a parlé ? dit-elle d'un ton intéressé.

Elle connaissait la grande complicité qui régnait entre les jumeaux et Martial et avait hâte de connaître les idées de celui-ci.

— Oui, dit Marcelin, parrain nous a dit qu'il faudrait faire de la réclame.

— Tu veux dire une annonce dans les pages du *Mercurio* ? Mais ça on le fait déjà depuis longtemps, et dans d'autres journaux aussi !

— Justement, parrain dit que ça ne suffit pas, insista Marcelin. Il dit que les gens s'y sont trop habitués, qu'ils n'y font plus attention, que ça ne sert à rien, quoi !

— Il est bien gentil, ton parrain, mais s'il a tant d'idées, pourquoi ne m'a-t-il rien dit avant de repartir pour Panamá ? dit-elle avec un brin d'agacement.

Elle vit que les jumeaux tergiversaient. Ils étaient à la fois gênés et amusés et dans leur regard passaient tour à tour l'espièglerie et l'hésitation.

— Eh bien, réponds ! insista-t-elle.

Marcelin regarda sa sœur, sut qu'elle le soutiendrait et lança :

— Bon, il a dit que tu étais tellement de mauvaise humeur ces temps-ci qu'il avait eu peur de te parler... Et il nous a même dit : « Quand votre mère fait sa tête de

Parisienne, moi je préfère avoir des courses à faire assez loin de *La Maison de France*. »

— Tiens donc ! Il vous a dit ça ? sourit-elle. Eh bien, ça lui sera rappelé ! Ma tête de Parisienne, hein ?

— Oui, c'est ça, approuva Pierrette. Mais je crois qu'il avait raison... Je veux dire au sujet de la réclame ! se reprit-elle aussitôt.

— Parrain a expliqué qu'il faudrait faire imprimer des prospectus sur lesquels on marquerait nos produits et nos prix. Et surtout, en très gros, le nom de *La Maison de France,* renchérit Marcelin. Et il a même dit : « Juste en dessous, il faudrait mettre une devise, quelque chose comme : *Quinze ans d'existence, un siècle d'avenir ! Produits et services français inégalables !* »

— Et il croit que ça suffira ? demanda-t-elle de plus en plus intéressée.

— Non. Il a dit qu'il faudrait aussi que tout notre personnel soit habillé de la même façon, dit Pierrette. Tu vois, un peu comme un uniforme, mais beau ! Comme ça, dans la rue, chaque fois que les gens croiseraient un de nos livreurs, ils sauraient tout de suite qu'ils sont de *La Maison de France !*

— Et il a filé sans me le dire ! protesta Pauline.

Puis elle se souvint qu'elle avait reçu Martial assez fraîchement lors de ses dernières visites et qu'elle n'avait rien fait pour solliciter ses conseils : « Je lui ai juste demandé la date d'ouverture de *La Ville de Paris* et je devais sans doute avoir ma tête de Parisienne, comme il dit ! » Elle regarda les jumeaux, sourit :

— Et je parie qu'il vous a demandé de me prévenir, c'est ça ?

— Oui, avoua Marcelin. Mais tu sais, je suis sûr qu'il a raison. Et pour le reste aussi...

— Quel reste ? demanda-t-elle en fronçant les sourcils.

— Il pense que ça ne suffit pas de repeindre la façade.

Ça, il savait que tu le ferais, mais le reste... Oui, il croit qu'il faut aussi refaire tout l'intérieur, les comptoirs, les étagères, tout quoi...

— Ah ça, c'est impossible, dit-elle, impossible ! Je ne veux pas fermer le magasin et ce n'est pas en trois semaines que je peux faire tous ces travaux, n'en parlons plus !

— Il paraît que M. Edmond est au courant de tout, dit Pierrette un peu timidement car sa mère s'était soudain assombrie, il faudrait peut-être que tu le voies, tout de suite...

Pauline faillit s'emporter. Elle avait le sentiment d'avoir été manœuvrée et elle avait horreur de ça, même si les idées avancées étaient excellentes. Puis elle se souvint que Martial était toujours actionnaire de *La Maison de France* et qu'il avait donc son mot à dire.

— Quand même, il aurait bien pu me parler de tout ça avant de partir !

— Non, il a dit que nous avions grandement l'âge de le représenter, dit Marcelin d'un ton pénétré. Voilà, je crois qu'il a prévu quelque chose avec M. Edmond, alors il faudrait aller le voir.

— Très bien, je vais y aller, dit-elle, après quelques instants de réflexion. Ou, plus exactement, nous allons y aller ensemble ? Votre parrain a raison, vous avez l'âge de vous intéresser aux affaires. Moi, je gagnais déjà ma vie à douze ans !

Elle caressa la joue de Pierrette, ébouriffa la tignasse de Marcelin :

— Vous avez très bien rempli votre rôle, votre père sera content. Elle hésita un instant avant de poursuivre : Mais dites, sourit-elle, c'est vrai que je fais quelquefois ma tête de Parisienne ?

— Oui, quelquefois, dit Marcelin.

— Mais ça équilibre avec celle de papa, expliqua Pierrette. Oui, pour lui, parrain dit qu'il fait parfois sa tête de Corrézien et que dans ce cas-là aussi il préfère avoir des courses à faire très loin !

Edmond ne fut pas surpris par la visite de Pauline et des jumeaux. Il l'attendait car elle correspondait à ce qu'avait prédit Martial juste avant son départ : « Je suis certain qu'elle va tenter quelque chose dès qu'elle aura arrêté un plan, avait-il expliqué à Edmond et à Herbert, il faudra donc l'aider au maximum. Et si, par extraordinaire, elle ne bougeait pas, eh bien, faites comme si vous n'étiez au courant de rien ! Mais dans ce cas, ce sera signe qu'elle a beaucoup vieilli... »

« Eh bien non, elle n'a pas vieilli... », pensa Edmond en regardant Pauline assise en face de lui.

Encadrée par les jumeaux, elle paraissait sinon aussi jeune qu'eux, du moins très loin d'avoir l'âge d'être leur mère. Déjà Marcelin était beaucoup plus grand qu'elle ; quant à Pierrette, elle lui ressemblait de plus en plus et pouvait passer pour sa jeune sœur.

Convaincue un jour par Clorinda qu'elle était la meilleure représentante de la riche gamme de toilettes que proposait *La Maison de France,* Pauline soignait beaucoup sa tenue. Habillée d'une robe en surah vert mousse avec volants de dentelles de Chantilly, surmontée d'un corsage à plastron brodé, elle était à croquer.

Edmond se dit une fois de plus qu'Antoine avait bien de la chance. Puis il se prit à penser qu'un tel ensemble siérait à merveille à sa jeune maîtresse. Depuis que Mme Obern avait définitivement rejoint son époux, maintenant en poste à Mexico, il rencontrait trois fois par semaine une petite artiste de *La Belle Hélène.* C'était une Brésilienne très délurée qui lui coûtait relativement cher, mais toujours moins qu'une épouse légitime, estimait-il en bon financier.

« Il faudra que je lui offre un ensemble de ce genre. En

bleu pâle, ce sera magnifique... », songea-t-il. Il se voyait déjà en train de déboutonner la multitude de minuscules pastilles de nacre qui sillonnaient le dos, de la nuque aux reins, lorsqu'il s'aperçut que Pauline lui parlait.

— Veuillez m'excuser, dit-il en souriant, je songeais à un petit problème qui n'a rien à voir avec notre affaire...

— Oui, justement, parlons-en de cette affaire, dit-elle. Les enfants viennent de m'expliquer que M. Martial vous avait en quelque sorte laissé des... disons projets, au sujet de *La Maison de France* ?

— C'est exact, approuva Edmond en notant que son interlocutrice n'avait pas dit « directives ». Oui, poursuivit-il, mais tout dépend de vous. Si vous décidez de donner une nouvelle impulsion à *La Maison de France*, et dans les plus brefs délais, tout est prêt.

— J'aimerais voir ça, dit-elle. Et puis, s'il vous plaît, entre nous appelons les choses par leur nom. Vous dites une nouvelle impulsion, moi je réponds que je veux simplement damer le pion à cette péronnelle de Gabriela Oropendola et lui apprendre surtout ce qu'est une vraie Parisienne ! Le seul problème est que je ne dispose que de trois semaines. Elle ouvre le 13 du mois prochain. Il faut donc que *La Maison de France* fasse le plein de ses invités le 12 au soir ; comme ça, tout le monde pourra faire la comparaison ! Alors, j'attends les idées de notre ami Martial.

— C'est très simple, intervint Herbert Halton jusquelà silencieux car perdu lui aussi dans la contemplation de la toilette de Pauline et persuadé qu'elle irait très bien à sa femme Ana : « Dans les teintes roses, un régal... » C'est très simple, redit-il, si vous décidez d'attaquer, les travaux commenceront dès demain soir. Tout est prévu.

— Quels travaux ? Et pourquoi le soir ?

— Peintures, vitrines, enseignes. Et aussi aménagement intérieur. Pourquoi le soir ? Justement parce que la réfection intérieure ne peut se faire que la nuit, en dehors des heures d'ouverture et par petites tranches, pour ne rien bousculer.

— Mais ça va coûter une fortune ! Et puis mes clientes verront l'évolution des travaux et je perdrai l'effet de surprise ! Et enfin, qui va travailler dans ces conditions ?

— Votre dernière question se résout avec la première, intervint Edmond. Il est vrai que ça va coûter très cher, mais on n'a rien sans rien et nous pensons, je veux dire Herbert et moi, que l'affaire est jouable. Quant à l'effet de surprise, il subsistera car il est bien entendu que tous les travaux seront voilés pendant la journée.

— Et c'est possible ? Vraiment possible ? insista-t-elle.

— Oui, si vous êtes décidée.

— Et ce sera très onéreux, n'est-ce pas ?

— Oui, ça, il faut le dire, intervint Herbert. Mais songez que Martial marche pour moitié, c'est prévu ainsi.

Elle hocha la tête, regarda les jumeaux qui acquiescèrent.

— Alors allons-y ! décida-t-elle. Occupez-vous des artisans, je m'occupe du reste. Ah non, j'aurais aussi besoin de vous pour... pour ? Comment Martial appelle-t-il ça ? Ah ! oui, des prospectus pour la réclame. Et on va prendre aussi sa formule, elle est très bonne. Si avec tout ça la petite Gabriela ne crève pas de jalousie, je ne suis plus parisienne !

La crue du Chagres ne dura pas plus de quarante-huit heures. Le río regagna très vite son lit, laissant derrière lui d'énormes dépôts de boue sur lesquels s'abattirent des nuées d'oiseaux.

Mais, une nouvelle fois, les dégâts causés par le ruissellement et l'inondation furent énormes. Certes, par chance, nul imprudent ne s'était trouvé sous les nouveaux glissements de terrain de la Culebra. Des éboulements qui faisaient de plus en plus douter les hommes de l'utilité de leurs efforts et du bon choix quant au tracé du canal.

Car il était manifeste que les parois de la Culebra, malgré les larges terre-pleins superposés qui étaient censés casser la pente s'affaisseraient encore, glisseraient par grosses plaques rougeâtres et visqueuses. Et il devenait surtout évident que plus on descendrait, plus les risques seraient grands de voir s'effondrer la falaise ouverte.

Or il restait, dans le seul massif de la Culebra et sur une portion de trois kilomètres, dans les soixante-quinze mètres à creuser avant d'atteindre le niveau de la mer...

Malgré tout, parce que l'obstination était le seul moyen de vaincre et qu'il importait surtout de ne laisser nulle place au découragement, plus de vingt mille ouvriers, répartis sur tout le chantier, se remirent au travail; comme chaque matin depuis six ans.

— Et comment va Romain? demanda O'Brien dès qu'il aperçut Antoine.

Celui-ci était plongé jusqu'à mi-corps dans les entrailles graisseuses d'un excavateur autour duquel s'activait une équipe de mécaniciens. Il se redressa, essuya ses mains et ses bras pleins de cambouis.

— Alors, comment va-t-il? redemanda O'Brien.

— De mieux en mieux, mais il a eu chaud...

— Qu'est-ce qu'elle a cette putain de machine? demanda O'Brien.

— J'en sais rien. Les chaînes sautent sans arrêt. Il doit y avoir quelque part des pignons cassés, ou des coussinets complètement usés. Ou va savoir quoi!

— Alors tu dis que Romain va mieux?

— Oui.

— Le veinard..., murmura O'Brien d'un ton songeur.

— Pardon?

— Ben oui, quoi! Il est au repos, au lit sûrement, avec

une jolie femme à portée de la main. Tu connais un meilleur moyen de passer sa convalescence, toi ?

— Vu comme ça ! sourit Antoine.

— Viens un peu par là ! dit O'Brien en l'attirant dans un coin de l'atelier. Dis donc, demanda-t-il en baissant le ton, ce qui obligea Antoine à se pencher vers lui car le bruit ambiant couvrait sa voix, tes excavateurs de la Culebra sont en état, eux ?

— Oui, deux sur trois. Je craignais que celui qui a été englouti l'autre jour soit hors d'usage, mais je crois qu'il est réparable. Je vais me mettre dessus dès que j'en aurai fini avec celui-là.

— Donc les deux autres fonctionnent ?

— Ben oui ! Tu le sais bien quoi ! On est au kilomètre 54 ! Où veux-tu en venir ?

— Mais oui, je sais. Dis, ça te dirait de déplacer tes machines de quatre cents petits mètres ?

— Tu rigoles ? Les gars et les engins de la Warren and C° y sont déjà et je n'ai aucune raison d'aller travailler sur leur secteur !

— Si, justement ! dit O'Brien avec un sourire malin. La Warren and C° est en cessation de paiement, les machines sont arrêtées et les gars ont débauché...

— Et alors ?

— Alors la Carthbilh and C° a saisi le marché et elle le sous-traite. Tu es preneur, pour une partie ?

— Doucement, faut d'abord voir le tarif...

— Du jamais vu, assura O'Brien. C'est pour ça que j'ai tout de suite pensé à toi. Enfin, à vous de la Sofranco.

— C'est de la roche dure, là-bas !

— Ça oui, on ne peut pas le nier. Mais si jamais tu trouves quelqu'un d'autre qui paie à ce prix-là, je ne bois plus que du lait !

— Combien ?

— Cinq piastres le mètre cube...

— Tu es malade ? dit Antoine. C'est impossible, ça

ferait plus de vingt francs le mètre cube, presque quatre fois plus que le prix moyen. En ce moment, je travaille à une piastre trois !

— Cinq piastres, répéta O'Brian. Paraît qu'on a pris trop de retard et qu'il faut rattraper le temps perdu. Tu marches ?

— Je risque de manquer de wagons, on a eu de la casse l'autre jour..., murmura Antoine en calculant rapidement.

Il avait, à la Culebra, deux excavateurs Weyer-Richemond, chacun desservi par deux locomotives et quatre-vingts wagons. Grâce à quoi, c'étaient six cents mètres cubes qui pouvaient être extraits par jour, et à vingt francs le mètre cube...

— Des wagons, je t'en trouve une trentaine, si tu veux.

— Alors ça marche !

— Conditions habituelles ? demanda O'Brien.

— Tout à fait.

Pour ce genre de service, l'Irlandais demandait à la Sofranco 4,5 % de commission sur le total des travaux. C'était vraiment un prix d'ami. Certains entremetteurs, eux aussi chefs de chantier ou contremaîtres de société, parfois même agents de la Compagnie de Panamá, prenaient jusqu'à 15, voire 18 % et se faisaient de véritables fortunes, en peu de temps. Mais sans aller jusque-là Antoine estimait que le magot d'O'Brien devait quand même être assez considérable.

— Et il faut attaquer au plus vite, insista O'Brien.

— J'y compte bien. Et merci, dit Antoine en lui tapant sur l'épaule, la Sofranco ne t'oubliera pas ! Allez les gars, lança-t-il aux hommes qui s'affairaient toujours autour de l'excavation, laissez cette machine, prenez tous vos outils, on file à la Culebra. Là-bas aussi il y a un Weyer-Richemond à réparer ! Tu n'es pas opposé à ce que nous tournions avec trois engins, si on peut ? demanda-t-il à O'Brien.

— Avec quinze si tu les trouves !

— Parfait. Si tout va bien, je crois qu'on va ramasser un joli paquet de monnaie ! Mais c'est égal, ils sont complètement fous de payer ce prix-là ! Si tu veux mon avis, ça ne pourra pas durer !

— Justement, faut en profiter ! assura O'Brien en clignant de l'œil.

7

Plus le vapeur approchait de sa destination, plus Martial se sentait revivre. Il en avait presque honte, comme si le fait d'être là, à quelques dizaines de milles de Panamá, était un plaisir défendu.

Il y avait maintenant sept ans qu'il n'avait pas ressenti une telle allégresse, un tel goût de vivre, d'agir. Exactement depuis qu'il avait enfin pu revenir au Chili, dans ce pays à sa mesure.

Certes, à l'époque, il avait un peu de remords à l'idée de laisser derrière lui, à Bordeaux, Rosemonde et Armandine, et cela atténuait légèrement son plaisir. Il n'avait plus ce genre d'écharde. Les nouvelles de sa femme et de sa fille étaient excellentes et ni l'une ni l'autre ne se plaignaient beaucoup de son absence. Dans ses lettres, Rosemonde vantait même souvent le charme de son existence bordelaise et s'étonnait qu'il n'ait pas envie d'en profiter plus souvent.

Elle ne pouvait comprendre qu'elle lui proposait un genre de vie qui n'avait rien de commun avec celui qu'il allait retrouver à Panamá. Là, son temps ne s'écoulerait plus d'une façon monotone, comme à Santiago depuis six mois. Elle n'aurait surtout pas ce parfum un peu doucêâtre et lénifiant de ses brefs séjours bordelais. Ils étaient toujours immanquablement ponctués de visites aux relations commerciales, de dîners à subir et d'hypocrites amabilités aux amies de Rosemonde, femmes hautaines qu'il n'aimait pas.

Désormais, pour quelque temps, si sa santé ne le trahissait pas une fois de plus, il allait se jeter à fond dans le travail. Déjà, il supputait l'avancement des travaux, imaginait la physionomie des paysages transformés par six mois de terrassement. Et l'idée d'avoir à surveiller de très près les marchés et les entrées de capitaux était d'autant plus excitante que la situation de la Compagnie universelle du canal donnait quelques signes de faiblesse.

Ils n'étaient décelables qu'à des détails. Par exemple, le soudain abandon de certaines entreprises qu'on croyait inébranlables et qui se retrouvaient presque ruinées, en manque de liquidités du jour au lendemain. Bien entendu, elles étaient aussitôt remplacées puisqu'il y avait toujours une trentaine de sociétés au travail. Mais la défection de certaines — et pas des moindres — apparaissait néanmoins comme l'annonce d'un possible grippage dans cette énorme organisation.

A cela, et c'était inquiétant pour les actionnaires avertis, s'ajoutait le très important retard qui s'accumulait sur l'ensemble du chantier.

Loin de le démoraliser, tout cela le stimulait. Il détestait de plus en plus les opérations faciles, les affaires toutes faites : elles l'endormaient, l'ennuyaient.

Debout à la pointe du gaillard d'avant, le visage fouetté par les embruns, Martial contemplait le paysage qui se précisait devant lui de minute en minute. Il observait la côte depuis plus d'une heure, reconnaissait avec plaisir des sites connus.

Là-bas, à tribord derrière le vapeur, s'éloignaient les

îles San José et San Miguel. Par chance, le soleil était là, illuminant l'archipel des Perles. Il reconnut à bâbord la pointe de Chame, toute noyée par le vert sombre de la jungle qui venait mourir là, au bord des vagues.

Et, droit devant, auréolés d'un blanc mouvant par les milliers d'oiseaux de mer qui tournoyaient dans le ciel, le port de la Boca et la ville de Panamá.

« Le temps de finir d'arriver et de débarquer, il sera trop tard pour rejoindre Santa Dolores ce soir, pensa-t-il avec un peu de dépit. » Il connaissait trop le Central Hôtel pour envisager avec plaisir d'y passer une nuit ! C'était pourtant, assuraient les Panaméens, le meilleur établissement de la ville ! Tous ceux qui l'avaient fréquenté estimaient que c'était tout au plus le moins répugnant, et encore...

Gros bâtiment carré dont les chambres ouvraient sur une cour intérieure, hélas couverte et donc toujours pleine de remugles, tout l'hôtel suait la crasse. Il n'était pas rare, avant de se mettre au lit, d'avoir à débusquer quelques gros rats gris qui aimaient se tapir sous la literie. Quant aux mouches, punaises et moustiques, ils étaient aussi nombreux qu'en pleine jungle ! Alors, sortant de la cabine de première classe qu'il occupait depuis Valparaíso, il redoutait beaucoup la nuit à venir.

« Je me coucherai tard et me lèverai tôt, décida-t-il, ça limitera les mauvaises heures à passer dans ce fameux " meilleur " hôtel ! »

Il abandonna son poste d'observation et rejoignit sa cabine pour s'assurer que le serviteur chinois attaché à sa personne pour la durée de la traversée avait bien bouclé toutes les malles.

Pour renouer les contacts et annoncer qu'il était de retour, Martial rendit visite aux quelques relations qu'il avait en ville.

Il passa aussi à la banque pour changer quelques centaines de pesos en piastres et vérifier l'état du compte que la Sofranco avait ouvert à Panamá dès 1881. Il le trouva excellent et en nette augmentation par rapport aux chiffres qu'il possédait au départ de Santiago, trois semaines plus tôt.

— Arrêtez-moi si je raconte des bêtises, dit-il au banquier, mais vous faites bien toujours l'escompte à quinze pour cent? Et si je veux recevoir ou expédier des capitaux hors du pays, vous me prendrez dix pour cent? Ce sont toujours les cours?

— Ah non, sourit le vieil homme en ajustant ses besicles, nous sommes maintenant à dix-huit et demi et douze et demi pour cent! Mais, pour vous, je veux dire pour la banque de M. Halton, nous...

— N'en dites pas plus, le coupa Martial, vous savez très bien que nous ne passons pas par vous pour ce genre d'opérations. C'était juste pour savoir et me faire une idée de la situation ici... Je vois qu'elle est bonne! Allez, dites-moi tout, quel est votre sentiment? L'avenir est bon lui aussi?

Le vieil homme hocha la tête, se frotta les mains, puis essuya ses besicles pour se donner une contenance.

— Bah, tout dépend des secteurs..., dit-il enfin.

— Je ne parle pas du vôtre! On sait très bien que vous gagnez tous des fortunes avec le canal! Je parle du mien.

— Il faut profiter des jours au jour le jour, dit le banquier en souriant finement, et parfois même heure par heure, voire minute par minute... C'est en fonction des opportunités, et certaines sont fluctuantes...

— Je vois, dit Martial en souriant à son tour, merci du renseignement, j'aurai l'œil sur ce qui se présentera...

— Toujours à votre service.

— Je n'en doute pas. Et je ne doute pas non plus que M. Halton va sérieusement augmenter les intérêts de tout ce qu'on vous laisse en dépôt dès qu'il connaîtra vos nouveaux cours!

— Mais il est déjà prévenu ! Vous pensez bien qu'on ne va pas se faire de misères entre confrères ! dit le banquier d'un ton vexé.

— Ben pardi, vous vous gêneriez ! dit Martial en riant. Allez, content de vous avoir revu en bonne santé, monsieur Ruffenach, et content de voir que vos affaires sont aussi prospères !

Il serra la main du vieil homme et sortit.

La nuit était maintenant tombée sur Panamá, et dans les rues régnait une bruyante et joyeuse animation. Ici, en ce lieu de passage et de rencontre unique au monde, se côtoyait un vaste échantillonnage de races et d'individus. Et de cette foule bigarrée où se mêlaient des dockers et des terrassiers noirs, des matelots des cinq continents, des commerçants chinois et toute une faune, souvent interlope, de voyageurs en transit, s'élevaient une bruyante cacophonie, un brouhaha discordant.

Fusant de l'ensemble, jaillissait le rire gras des filles de joie interpellant les hommes. Tous les bars étaient pleins, et à la clientèle assoiffée, sans cesse abordée par les entraîneuses, s'ajoutaient les amateurs de poker, de roulette ou de dés.

Martial ne détestait pas cette frairie. Certes, elle était souvent trouble, équivoque, voire malsaine, mais elle prenait corps dans une foule en activité dont il aimait l'exubérance.

Bien sûr, cette foule recélait sa part de danger. Des rixes éclataient souvent, brutales et rapides comme des orages tropicaux. Les coups pleuvaient et touchaient quiconque était pris dans la tornade !

Mais ce n'était pas cela qui le gênait le plus. Depuis que Romain et lui travaillaient dans l'isthme, il leur était maintes fois arrivé d'avoir à faire le coup de poing. Non par plaisir, loin de là, mais par nécessité lorsque, pris dans les bagarres, ils cherchaient à s'en échapper avant que ne surgissent les couteaux. De plus, un brin d'habitude permettait généralement de s'esquiver avant la tempête.

En revanche, il ne pouvait s'habituer à l'odeur. Déjà écœurante et tenace dans la journée, elle devenait méphitique lorsque s'y ajoutait la puanteur d'œufs pourris que dégageaient en sifflant les réverbères à gaz mal réglés. Et plus le temps était bas et couvert, plus l'infecte chape stagnait sur la ville.

Par chance, ce soir, le ciel était découvert et la brise qui venait du large chassait une partie des miasmes. Malgré cela, rendu prudent par l'expérience, il fumait cigare sur cigare. Eux aussi étaient redoutables, roulés à partir d'un rude et noir tabac chilien, mais, au moins, ils masquaient les autres odeurs !

Arrêté devant la porte d'une taverne, il était en train d'allumer un nouveau cigare lorsqu'une violente altercation entre deux hommes attira son regard.

Elle n'avait pourtant rien d'exceptionnel et les antagonistes qui échangeaient force horions à quelques pas de lui n'avaient rien d'extraordinaire. Leur tenue fripée et en très piètre état indiquait à coup sûr qu'ils appartenaient à la marine, ce qui était banal à Panamà. Les coups qu'ils échangeaient étaient classiques ; quant aux chapelets d'insultes et de jurons, ils étaient eux aussi dépourvus de toute originalité. D'ailleurs, nul passant ne s'arrêtait pour arbitrer ce qui n'était qu'une vile querelle d'ivrognes.

Un détail pourtant retenait son attention ; il ne savait trop quoi. La voix d'un des pugilistes, peut-être ? Son visage dont les traits lui étaient vaguement familiers ?

— Nom d'un chien ! Fidelicio Pizocoma ! Espèce de salopard, je te retrouve enfin ! lança-t-il en reconnaissant soudain un des combattants.

Surpris, l'interpellé tourna la tête vers lui, ce qui permit à son adversaire de lui porter un sévère coup à la mâchoire qui l'expédia à terre.

140

— Vous connaissez ce voyou? demanda le vainqueur d'un ton rogue.

Martial le sentit tout prêt à reprendre le combat avec quiconque se rangerait du côté de sa victime, mais il n'en tint aucun compte.

— Je pense bien que je le connais, assura-t-il, c'est le capitaine Pizocoma! Il m'a volé pour cent quarante-sept mille pesos de marchandise en automne 80! Et je m'étais promis de l'étriller si je le retrouvais!

— Vous dites capitaine? ironisa l'homme, vous rigolez? Ce maudit *borracho* ne serait même pas foutu de faire un quart de mille sur un canot! Et par temps calme encore! Mais faut pas que ça vous empêche de le tuer si ça vous fait plaisir! grasseya-t-il. Allez-y! Qu'est-ce que vous attendez, il est à portée de main, non?

Martial observa Pizocoma. Il était en train de reprendre ses esprits et, assis sur les pavés, se tâtait douloureusement le menton et les gencives. Il regarda Martial, fronça les sourcils, parut chercher dans sa mémoire puis abandonna et, sans même se détourner, vomit longuement entre ses jambes écartées.

— L'est beau, votre capitaine, non? dit l'homme. Allez, vous me ferez jamais croire que cette épave a eu un jour cent quarante-sept mille pesos entre les mains! Les seules choses qu'il sache tripoter, ce sont les cartes, la bouteille et les putes!

— Ça n'a pas toujours été le cas, dit Martial en s'approchant de Pizocoma.

— Vous allez le tuer? demanda l'homme.

Il semblait ravi de l'aventure et attendait la suite avec beaucoup d'impatience et de gourmandise.

— Tenez, allez donc boire un verre à ma santé et laissez-nous, dit Martial en lui jetant une piécette.

— D'accord, je comprends, pas de témoins, hein? dit l'homme, mais saignez-le pas trop vite, ce salaud mérite de souffrir!

Il lança vicieusement un dernier coup de pied dans les côtes de sa victime et s'éloigna d'un pas chaloupé.

— Allons! relève-toi! ordonna Martial.

Malgré la fermeté de son ton, qui pouvait faire illusion, il était complètement décontenancé par sa rencontre. Pendant plusieurs années, il avait espéré remettre la main sur son voleur pour lui faire rendre gorge, bon gré, mal gré. Puis sa rage s'était peu à peu apaisée.

Mais sans doute eût-elle repris avec violence s'il avait retrouvé le capitaine Fidelicio Pizocoma tel qu'il l'avait vu disparaître un matin, en port de Callao; c'est-à-dire fier, arrogant, sûr de lui et content du mauvais coup qu'il venait de jouer.

Au lieu de ça, il n'avait plus à ses pieds, vautré dans les immondices, qu'un vieil ivrogne manifestement ruiné depuis longtemps et qui, comble de l'ironie, semblait ne même pas le reconnaître.

Il faillit s'esquiver, mais la curiosité le retint, et aussi la colère. Elle revenait maintenant, non plus au souvenir du vol dont la Sofranco avait été la victime, mais à l'idée que cet espèce d'imbécile de Pizocoma avait réussi à dilapider une aussi confortable fortune en si peu d'années!

— Tu vas me dire comment tu as fait, espèce de porc! Après tout, j'ai bien le droit de savoir ce que sont devenus nos pesos! lança-t-il à l'ancien capitaine.

Celui-ci avait réussi à se relever. Il titubait encore, mais semblait un peu plus conscient. Il fouilla dans ses poches, tâtonna, sortit enfin de sa vareuse un méchant bout de tabac à chiquer qu'il glissa contre sa joue gauche.

— Qu'est-ce que tu fous là? Je te croyais à Santiago! dit-il enfin.

— Ah! Tu me reconnais quand même! dit Martial.

— C'te blague! Un pigeon pareil, suis pas à la veille de l'oublier! ricana Pizocoma. Et ton couillon de copain, l'autre andouille, l'est plus avec toi?

142

— Ne me parle pas sur ce ton ou je vais te corriger !

— Bah ! Ça m'arrive deux fois par jour ; quand c'est pas trois ! Alors si tu savais ce que je m'en fous ! Qu'est-ce qu'on boit ?

— Rien !

— Alors salut ! Si tu me casses pas la gueule et si tu paies pas à boire non plus, on n'a rien à se dire !

— Si ! Explique-moi comment tu as fait pour tout perdre ! lança Martial.

— Je peux pas parler sans boire, et comme j'ai plus de sous pour boire, je peux plus parler ! déclara Pizocoma en rotant gravement.

— D'accord, soupira Martial, je t'offre un verre. On va là-bas ? dit-il en désignant un établissement bien éclairé, situé de l'autre côté de la place, juste en face de la cathédrale.

— Tu parles du *Fénix-salon* ? s'amusa Pizocoma. Impossible, j'y suis interdit de séjour ! Pourtant, avec tout ce que je leur ai laissé à cette bande d'escrocs !

Le *Fénix-salon* était un des nombreux établissements de jeu de Panamá. Son alcool n'y était pas trop frelaté et ses verres pas trop sales, raisons suffisantes pour que Martial l'ait choisi.

— Bon, alors entrons là, décida-t-il en montrant le bistrot le plus proche.

— Ah non ! Là non plus ils m'aiment pas !

— Où alors ? soupira Martial.

— Là-bas, fit Pizocoma en se dirigeant vers une taverne chichement éclairée dans laquelle s'enivrait systématiquement une clientèle du monde entier.

Ils s'installèrent à la terrasse.

— Je t'écoute, dit Martial après avoir rempli le verre de Pizocoma d'un breuvage honteusement baptisé whisky et qui puait comme un boisseau de punaises écrasées.

— Je vous ai bien eus, hein ? sourit Pizocoma.

— Je ne te parle pas de ça, coupa Martial, je veux

simplement savoir comment tu as fait pour en arriver là! Bon sang, cent quarante-sept mille pesos, c'est une somme, ça ne fond pas comme ça! Alors explique!

— Et c'est pour ça que tu me paies à boire? T'es vraiment le roi des cornards! Comment j'ai fait avec tes pesos? J'ai fait la belle vie, tout simplement! D'abord les palaces, les plus grands, avec des femmes naturellement! Superbes, les femmes! Ah les fines garces, quelles lascardes! Bon Dieu, qu'est-ce que j'ai bien joui! Qu'est-ce que j'ai bien baisé! Et puis surtout le jeu! Ah le jeu! Parole, c'est encore mieux que les putes! Des coups terribles! Des bancos de cinquante mille pesos d'un coup! Des tapis de poker où je faisais tomber des vingt mille dollars! Fantastique! Une vie de rêve, avec tes sous, c'est surtout ça qui est marrant, non?

— N'en rajoute pas trop, conseilla Martial. Alors c'est le jeu qui t'a mis dans cet état?

— Et quand bien même, puisque c'est mon plaisir? dit Pizocoma dont les yeux s'étaient mis à briller à la seule évocation des parties effrénées qu'il avait jouées. Tu sais pas ce que c'est, toi, reprit-il. T'es juste un gagne-petit, un bricoleur! Tu vendais des armes et je ne sais quelle autre saloperie! C'est rien, ça, pas excitant! Tiens, en ce moment, je parie que tu es comme tous ces pauvres connards qui travaillent au canal! Tu fais des trous, hein? Toi aussi? Les pieds dans la boue, la tête sous la pluie, des moustiques plein le dos et les fièvres en prime! Je l'aurais juré! Pauvre jobard! Moi, pendant ce temps, heureux comme le roi d'Espagne, je joue! C'est quand même mieux que de piocher la gadoue en se faisant bouffer par les sangsues, non? C'est une occupation d'homme au moins, pas de taupe!

— Tu joues, et tu perds...

— Mais je peux regagner! Ce soir, demain! Tout regagner! Et même plus! Alors à moi la belle vie, les jolies garces et le bon whisky!

144

— Et tu as mis combien de temps pour dilapider tout notre argent ?

— Trois ans, dit Pizocoma en haussant les épaules. Mais pendant trois ans, crois-moi, qu'est-ce que j'ai bien vécu ! Plus et mieux que toi pendant toute ta vie d'honnête homme ! De foutu honnête homme ! Tiens, je parie que t'as jamais fait un tapis de trente mille pesos avec simplement une paire de dix dans la main ! Je parie que t'as jamais eu non plus quatre femmes en même temps dans ton lit ! Je parie que...

— Non, et je m'en fous, coupa Martial en se levant.

— Tu me laisses ? Sans même me casser la gueule ? s'étonna Pizocoma.

— Tu ne vaux même plus un cassage de gueule !

— Ah ! C'est ça, grinça Pizocoma, on méprise ! On joue au gringo. Mais tu as tort de partir si vite, j'ai pas tout dit ! Allez, un autre verre et je raconte la suite... Juste un autre verre.

— Non, dit Martial en secouant la tête, il n'y a pas de suite et même s'il y en avait une, elle ne m'intéresserait pas ! Il fouilla dans son gousset, sortit une pièce qu'il lança sur la table : Pour boire ! dit-il en allumant un cigare.

Pizocoma attrapa vivement la pièce, la contempla avec incrédulité et siffla :

— Bon Dieu ! Vingt piastres ! Y'a longtemps que j'en avais pas vu autant !

— Regarde-la bien, tu ne la verras plus longtemps, dit Martial en tournant les talons.

— Eh ! Attends ! lui lança Pizocoma.

Martial s'arrêta, se retourna.

— Tu veux que je te dise, poursuivit l'ivrogne, eh ben vous, les Français, vous voulez toujours avoir le dernier mot ! C'est juste pour ça que tu m'as fait l'aumône, hein ? Pour me faire honte, hein ? Pauvre con ! Mais vous êtes trop naïfs, les Français, beaucoup trop naïfs ! On vous possédera toujours ! La preuve, je viens de gagner vingt pesos et ça me fait pas honte, ah non alors! Allez va, je t'ai encore eu! dit-il en faisant sauter la pièce dans sa main.

— Ne crois pas ça, dit Martial doucement, c'est peut-être bien moi le plus salaud des deux. Oui, c'est toi qui es possédé et je vais te dire pourquoi.

— Cause toujours! s'amusa Pizocoma en appelant le serveur.

— Possédé comme un gamin! poursuivit Martial. D'abord tu vas prendre une solide cuite, ça c'est sûr. Ensuite, tu regretteras d'avoir gaspillé tes sous. Mais il t'en restera. Alors je sais qu'avec ça tu vas aller rejouer. Pas vrai? Rejouer, et regagner peut-être, pour tout reperdre ensuite... Et si je te retrouve un jour, je te donnerai peut-être une pièce ou deux, que tu rejoueras. Et un soir tu regagneras tout! Cent mille, deux cent mille pesos, plus peut-être! Mais souviens-toi qu'à ce moment-là, je serai peut-être derrière toi pour récupérer tout ce que tu nous as pris, plus les intérêts, naturellement!

— Tu me retrouveras pas, jamais!

— Qui sait? Alors, ce jour-là, une fois de plus, adieu la belle vie! En attendant, bonne nuit au *Fénix-salon*. Je suis sûr qu'ils vont maintenant t'accueillir à bras ouverts, te saouler et te plumer, comme d'habitude...

Après avoir déplacé et mis en action ses deux excavateurs dans la portion indiquée par O'Brien, Antoine et ses mécaniciens entreprirent de réparer la troisième machine.

Sa remise en état dura six jours et six nuits au cours desquels les hommes se relayèrent autour de l'engin immobilisé. Conscient que chaque heure perdue représentait au moins quatre cents francs de manque à gagner, Antoine promit à ses hommes de doubler leur salaire et fit installer de gros projecteurs à pétrole. Dès la nuit venue, et jusqu'au petit jour, ils diffusèrent leur lueur blanchâtre et crue dans l'immense bras de la machine et permirent aux hommes de travailler dans ce fouillis et cet enchevêtrement d'engrenages, d'essieux, de chaînes, de dents et de mâchoires.

Pour encourager encore plus son équipe, Antoine confia à Joaquin le soin de préparer la cuisine et lui recommanda de ne pas lésiner sur les quantités. Il lui demanda aussi d'avoir toujours au feu un grand fait-tout de haricots et de bœuf et des bassines de maté de coca et de café.

Joaquin s'exécuta mais en rechignant ouvertement. Depuis qu'il savait que Martial était sur le chemin du retour et qu'Antoine et lui allaient bientôt rejoindre Santiago, il comptait les jours et ne faisait rien pour dissimuler l'exécration qu'il portait au canal, au pays et à tous ceux qui étaient assez fous pour travailler là. Seuls Antoine, Romain et Martial trouvaient grâce à ses yeux. De plus, comme chaque fois qu'il était de méchante humeur, il se mettait à voir de funestes présages tout autour de lui.

A l'en croire, on pouvait par exemple s'attendre au pire puisque la veille, une de ces saloperies de caïmans, tapi dans quelque proche marigot, avait vagi à midi! De plus, on courrait droit à la catastrophe si les affreux gallinazos continuaient à venir se poser sur la cabine de l'excavateur, comme ils le faisaient depuis deux jours!

— Faut faire partir ces oiseaux de malheur! geignait-il à longueur de journée.

— Fous-moi la paix et occupe-toi de ta cuisine! grondait Antoine. Les gallinazos ne sont jamais que les cousins des urubus! Et tu n'as pas peur des urubus, non?

— C'est pas pareil! Les urubus ils sont de chez nous, d'un pays normal! D'un pays de chrétiens où le soleil ne tourne pas à l'envers! Ces gallinazos, c'est le diable! rétorquait le métis avec une mauvaise foi renversante.

— Tais-toi donc! Tout ça c'est vautour et compagnie, pas plus! Et ne t'avise pas d'y toucher! Tu sais qu'il en coûte une piastre à quiconque tue un gallinazo!

— Pays de fous ! grognait Joaquin qui connaissait très bien le règlement.

Les charognards étaient effectivement sévèrement protégés dans le pays car ils le nettoyaient gloutonnement de toutes les immondices. Aussi proliféraient-ils, affichaient une arrogante impudence et n'avaient peur de rien. Joaquin les haïssait et trouvait dans leur présence une solide justification à ses ronchonnements. Cela ne gênait pas Antoine, depuis longtemps habitué au caractère de son vieux compagnon.

— Mais quand tu auras fini de marmonner, tu nous serviras à tous du café et un coup de rhum, on ne l'a pas volé ! lui lança-t-il à l'aurore du septième jour, quand fut resserré le dernier boulon.

Déjà la grosse chaudière de l'excavateur était sous pression. Bientôt l'impressionnant engin rejoindrait les deux autres machines qui, là-bas, à quelque quatre cents mètres, rongeaient inlassablement la montagne.

— Et prépare aussi un bol pour M. O'Brien ! lança Antoine en apercevant l'Irlandais qui venait vers eux.

— Oh ! lui, il peut bien crever de soif ! ronchonna Joaquin en filant vers ses fourneaux.

— Ça y est, c'est réparé ? demanda O'Brien en arrivant.

— Oui, d'ici une heure nous aurons trois machines au travail, dit Antoine en bâillant.

Il avait passé la majeure partie de la nuit à remonter la colossale chaîne à godets et était épuisé.

— Bravo, dit O'Brien en lui tendant sa fiasque d'alcool, tiens prends un coup de *whisk'isthme,* rien de tel pour se laver les dents et se remettre en forme !

Antoine goûta prudemment une toute petite gorgée et se racla la gorge en grimaçant.

— Bon sang ! Comment fais-tu pour boire une saloperie pareille ! Je suis sûr qu'elle titre au moins 65° !

— Tu me prends pour un gamin ? C'est mon brûlage

d'hier soir, je l'ai sorti à 72°... Deux fois distillé en serrant au maximum ! Un chef-d'œuvre ! Alors comme ça tu vas tourner à trois machines ?

— Oui, mais n'oublie pas de m'envoyer une loco supplémentaire et ses wagons, rappela Antoine en prenant le bol de café que lui tendait Joaquin.

— Pas de problème. Bon Dieu, si toutes les entreprises travaillaient comme toi, le canal serait ouvert depuis longtemps et nous aurions en ce moment des bateaux au-dessus de la tête !

— Oui, et la Compagnie serait ruinée ! plaisanta Antoine. Moi, c'est parce qu'on me paie un prix fou que je travaille comme un fou, pas plus !

— Allons, allons, ne me raconte pas d'histoires, ne me dis pas que ça te déplaît ! Je ne dis pas que tu le ferais gratuitement, mais je ne crois pas non plus que tu ne travailles que pour l'argent ! Tiens, je parie même qu'il te sert souvent d'excuse pour te lancer dans une bonne bataille ! Avoue ! Depuis que tu es au Chili, ou ici, je suis certain que tu as fait une pelote qui te permettrait de vivre tranquille, comme un rentier, à l'aise ; la tête à l'ombre, le ventre au soleil, un verre à la main et une mignonne petite femme pas trop loin, je me trompe ?

— Qui sait..., éluda Antoine. Mais toi aussi tu dois avoir une fameuse galette ! Tu pourrais te reposer ! Tu veux du café ? Joaquin ! lança-t-il, alors, le café de M. O'Brien, ça vient ? Oui, reprit-il, tu dois avoir un sacré magot !

— Eh oui, pourquoi pas ? Mais moi, je le dis tout net, je m'ennuie à ne rien faire ! Tu vois, je file tous les ans ou presque jusqu'à San José, au Costa Rica, et j'y fais une bombe terrible, fantastique ! A l'arrivée, je me dis toujours : « Cette fois, je reste au moins trois mois, j'ai de quoi ! » Penses-tu, après trois semaines je trouve déjà le temps long, le champagne trop sucré et les filles trop bavardes ! Le canal me manque, et aussi le boulot ! Alors

149

je rentre! Et toi, je crois que tu es pareil! Crois-moi, tu es bien comme tes copains, tu aimes surtout la bataille! Au fait, comment va l'amoureux? demanda-t-il en grimaçant car Joaquin venait vicieusement de lui poser entre les mains un bol de café tellement brûlant qu'il avait du mal à le tenir.

— Romain? De mieux en mieux, il m'a promis d'être au boulot lundi matin.

— Tu le verras d'ici là?

— Oui, demain soir, on reçoit des amis communs de passage dans l'isthme, pourquoi?

— Alors dis-lui de ne pas garder sa femme ici... Oui, ça ne se raconte pas trop, mais je sais qu'il y a une sacrée épidémie de fièvre jaune depuis quinze jours... Paraît qu'elle est pire et encore plus foudroyante qu'en 84...

— Pourquoi? 84 était spéciale?

— C'est vrai, t'étais pas là. Oui, 84, c'est l'année où l'ingénieur en chef, M. Dingler, a perdu en un rien de temps sa femme, son fils, sa fille et le fiancé de sa fille... Oui, une rude année, pleine de méchantes brumes, comme en ce moment. Enfin voilà, on dit qu'entre les hôpitaux de Colón et de Panamá les fiévreux affluent de plus en plus. On compte entre quarante et cinquante morts par jour...

— Pas tant quand même!

— Si, si, parole. Je rigole jamais avec ça. Tiens, l'épidémie a même touché les bonnes sœurs. Tu sais, celles qui sont à Ancón. Elles tombent comme des mouches, les pauvres. Sur vingt-quatre nouvelles arrivées, vingt et une sont déjà enterrées... Alors préviens Romain. Dis-lui surtout de ne pas garder sa femme ici.

— La commission sera faite, et plutôt deux fois qu'une!

— Et surtout, perds pas de temps. Sa femme, elle n'est pas habituée, tu comprends. Nous, ça va, on a la couenne dure, mais une femme, c'est tendre, fragile... Dis-le à Romain. Et Martial, il arrive quand?

150

— D'un jour à l'autre. Il a embarqué sur le *Silbermöwe* de la Kosmos.

— Il a accosté hier après-midi.

— Vrai? sourit Antoine. Alors il sera là ce soir! Ben voilà, dit-il d'un air songeur, je vais pouvoir passer la main, c'est pas trop tôt!

Il était à la fois ravi et un peu dépité. Car sa joie à l'idée de retrouver Pauline, les enfants, les amis de Santiago et Tierra Caliente était imperceptiblement ternie lorsqu'il songeait à l'œuvre qu'il allait délaisser. Une tâche contre laquelle il s'était insurgé presque chaque jour, mais qui lui tenait à cœur malgré tout. Il avait un peu le sentiment de fuir, de baisser les bras et, parce qu'il détestait ça, son bonheur s'en trouvait moins complet.

« Bon sang, faudrait savoir ce que je veux, pensa-t-il, j'ai quand même mieux à faire au Chili qu'ici, dans cette gadoue, ces moustiques et toutes les autres saloperies de ce foutu pays! »

— Alors tu vas repartir? Et ça te dérange pas de laisser tout ça? plaisanta O'Brien en désignant la tranchée où creusaient des milliers d'hommes et de machines.

Antoine l'observa, comprit que seule sa voix se voulait taquine et enjouée, comme pour masquer des sentiments plus sérieux, plus vrais; pour O'Brien, partir c'était déserter!

— Et comment que je vais repartir, c'était prévu et attendu!

— Sans doute..., approuva O'Brien en versant une généreuse rasade de gnôle dans son café. Il but quelques gorgées, essuya ses moustaches. Mais raconte pas d'histoire au vieux singe que je suis, l'alcool m'a pas encore rendu aveugle, poursuivit-il d'une voix grave. Ce canal, tu vas le regretter, il te manquera. Et ne dis pas le contraire, je le sais! Le canal, c'est comme le chanvre indien, cette saloperie d'herbe que fument certains. Paraît que la première fois qu'on y touche, ça rend malade, mais si on insiste, on aime et on y revient. Regarde ton copain Martial... Il a besoin de sa drogue, et sa drogue, c'est le canal !

— Tu as sans doute raison, reconnut Antoine. Mais tu as tort aussi. Moi, je me passerai très bien du canal, t'inquiète pas. Parce que vois-tu, au Chili, j'ai une autre drogue, meilleure que celle d'ici, bien meilleure ! lança-t-il en grimpant sur l'excavateur. Allez ! dit-il au chauffeur, assez perdu de temps, on rejoint les autres !

Martial avait si souvent effectué le trajet Panamá-Colón qu'il le connaissait par cœur. Pourtant, ce matin-là, loin de s'intéresser à la lecture du *Star and Herald* — épais quotidien panaméen d'une trentaine de pages, édité en trois langues — il ne se lassait pas de regarder le paysage, guettant l'instant où le train atteindrait le río Grande.

C'était à partir de là que la voie rejoignait le tracé du canal et qu'elle longeait le chantier jusqu'à Buena Vista. Elle le quittait alors pour aller vers Bahio Soldado et Tiger Hill, puis le retrouvait à Gatún et ne le quittait plus pour les dix derniers kilomètres.

Curieux de mesurer l'avancement des travaux, dès qu'apparaîtrait la tranchée, il luttait contre l'insidieux sommeil qui alourdissait ses paupières. Comme prévu, il avait passé une nuit épouvantable. Assailli par les moustiques, les puces et les punaises parfaitement insensibles à l'odeur du tabac et de l'eau de Cologne réunis, agacé par les rongements de quelque rat occupé à percer la penderie qui se trouvait au pied du lit, il avait entendu sonner toutes les heures gravement égrenées par les carillons des huit ou dix églises que comptait la ville. Aussi avait-il été très tôt sur pied et parmi les premiers à prendre place dans le train.

Et maintenant, malgré la fatigue, il était presque aussi fébrile et impatient qu'un gamin attendant un cadeau. Il avait conscience d'être un peu ridicule, mais s'en moquait. De plus, il avait besoin de s'occuper l'esprit pour tenter d'oublier sa rencontre de la veille.

Il en conservait un très désagréable souvenir et se reprochait maintenant d'avoir été beaucoup trop faible avec Fidelicio Pizocoma. Mais que faire d'autre ? Il n'eût servi à rien de le traîner à la police puisqu'il était impossible d'étayer les accusations relatives à un vol vieux de sept ans ! Et comme de toute façon l'ex-capitaine n'avait plus un sou, tout espoir de récupérer même une infime partie des cent quarante-sept mille pesos était vain.

« Sauf s'il regagne au poker, songea-t-il sans croire un instant à une telle éventualité, c'est égal, il s'en tire décidément à bon compte ce salopard ! Enfin, je suis certain que tout cela amusera beaucoup Romain, il m'avait prédit que Pizocoma dépenserait tout ! »

Il sentit que le convoi ralentissait, tandis qu'un bruyant grincement de freins faisait vibrer tout le wagon. Il se pencha par la fenêtre, aperçut la petite gare de Río Grande et, juste là, à gauche, épousant le lit rectifié du río, il vit enfin la tranchée du canal.

8

La fatigue aidant, car elle dormait très mal à cause des travaux nocturnes qui modernisaient *La Maison de France*, Pauline se demandait de plus en plus souvent si elle n'était pas en train de commettre une énorme et ruineuse bêtise.

Elle n'était pas loin de penser, dans ses moments de doute, que cette gourgandine de Gabriela Oropendola ne méritait pas tant de tracas, de bouleversement et de frais. Et sans doute même eût-elle limité les transformations si sa concurrente n'était venue faire scandale au cœur même de *La Maison de France* dès qu'elle avait eu vent de la contre-attaque.

Pauline estimait avoir eu beaucoup de patience jusque-là. Car si ouvrir un établissement dans le but avoué d'écraser *La Maison de France* était déjà difficilement supportable, venir en plein après-midi uniquement pour semer la zizanie, c'était vraiment une déclaration de guerre, une incitation aux pires représailles !

D'autant que cette chamelle de Gabriela, après avoir dénigré toute la marchandise, avait proféré des insultes absolument impardonnables.

Insinuant d'abord que Pauline paraissait très heureuse et épanouie en l'absence prolongée de son époux ; glissant

154

ensuite que Martial connaissait très bien le chemin du magasin, elle avait fini par susurrer qu'il devait s'en passer de belles avec Herbert et Edmond qu'on voyait venir de plus en plus souvent, surtout à la nuit tombée...

Pauline n'avait même pas pu feindre de ne rien entendre car Gabriela avait pris soin de se faire accompagner par une amie à qui elle faisait part de tous ses persiflages sur un ton qui n'avait rien de confidentiel. Pâle de rage, elle avait donc fait front.

— Je suis certaine que vous vous êtes trompées d'établissement, avait-elle dit en s'approchant des deux jeunes femmes.

Elle les avait alors toisées de la tête aux pieds, longuement, en professionnelle de la mode et de la haute couture, avait vite vu que rien dans leur tenue ne provenait de *La Maison de France* et avait alors lancé :

— A voir vos fripes, je constate que vos moyens financiers sont très limités. Vous ne trouverez donc rien ici qui soit à votre portée. La maison ne fait ni dans l'économique, ni dans le vulgaire ! María ! Raccompagnez ces personnes, et veillez surtout à l'avenir à ce qu'elles ne viennent plus importuner la clientèle. Et si elles insistent, appelez Arturo, il vous aidera à les éconduire ! avait-elle ordonné à une de ses vendeuses.

Or, malgré cette rude empoignade, qui ne pouvait qu'attiser la détermination de Gabriela, et sans doute aussi sa haine, Pauline se demandait si tout son combat n'était pas vain.

« Je suis trop vieille pour me lancer dans de semblables aventures, songeait-elle, et puis, quoi qu'on fasse, je suis sûre que ce sera insuffisant. La petite Oropendola est jeune, elle, pleine d'allant, d'idées, comme nous il y a quinze ans... »

Elle se remémorait alors leurs débuts avec Antoine, Martial et Rosemonde, leurs efforts, l'incendie de *La Maison de France*, sa reconstruction et surtout leur lutte journalière et s'en voulait de prêter ainsi le flanc au découragement.

« Si Antoine avait été là, je suis certaine qu'il ne se serait pas laissé faire », concluait-elle.

Alors, même si cette pensée lui venait en pleine nuit, elle quittait son lit, enfilait sa robe de chambre, traversait la maison et allait houspiller les menuisiers, les tapissiers et les peintres, pour qu'ils aillent plus vite et sachent surtout qu'elle ne dormait que d'un œil.

Mais, trop souvent assaillie par le doute, peut-être eût-elle baissé les bras sans l'aide morale que lui apportèrent ses enfants. Ils étaient déchaînés. Même Silvère ne ménageait pas ses conseils. Ils étaient simples et rejoignaient tout à fait ceux que Clorinda avait un jour envisagés en plaisantant : expédier Arturo mettre le feu chez Gabriela !

— Ne répète jamais ça ! On pourrait t'entendre ! grondait Pauline. Et puis Clorinda disait ça pour rire, tu sais bien !

— Pour rire, peut-être, mais elle avait raison ! s'entêtait le gamin.

Plus sérieux étaient les arguments des jumeaux.

— Tu comprends, expliquèrent-ils à leur mère, on parle de plus en plus de ça à l'école. Il y a les pour *La Maison de France* et les pour *A la Ville de Paris !*

— Vous feriez beaucoup mieux de vous occuper de vos études ! Surtout toi ! lança-t-elle à son fils. Tu as beaucoup mieux à faire que de te mêler de ces bêtises !

— Ce ne sont pas des bêtises ! s'insurgea Pierrette. Il faut qu'on reste les meilleurs, on ne va quand même pas se laisser faire ! Dis, on va gagner ?

— Mais oui, on gagnera, sourit Pauline.

— Et on aura le plus beau magasin de la ville ! insista Pierrette.

— Oui, je crois pouvoir dire oui, avoua-t-elle sans avoir à se forcer.

Et il était vrai que *La Maison de France* rénovée, repeinte extérieurement en bleu roi que rehaussaient des lisérés et arabesques d'or, allait avoir fière allure.

De part et d'autre de sa porte crânement embellie par deux petits drapeaux français entrecroisés, elle proposait des vitrines agrandies, mieux ordonnées et tapissées en soie ivoire garnie de galons bordeaux.

Là, sur des étagères capitonnées de satin et nappées de tulle, s'offraient d'un côté les plus belles toilettes, de l'autre tous les meilleurs produits alimentaires.

Au fronton, en bâtardes de deux pieds, dorées à l'or fin, resplendissait l'enseigne : *La Maison de France*.

Sitôt la porte poussée, dans un tintement cristallin de carillons, commençait l'enchantement. A gauche d'un couloir de vitraux chatoyants, dans un foisonnement de miroirs et de lustres, s'alignaient des comptoirs et des penderies garnies d'une profusion de toilettes et de chapeaux. Quatre petits salons d'essayage, gracieux comme des bonbonnières, se dissimulaient derrière des tentures de cretonne. Et chacun avait sa couleur, sa psyché, sa coiffeuse.

Au centre de la pièce, un large espace était prévu. Dès la fin des travaux, il recevrait de vastes et profondes bergères où les clientes pourraient choisir sans fatigue les effets que leur proposeraient les vendeuses. Pauline avait même prévu de leur offrir du thé, du café ou des rafraîchissements, et aussi des friandises.

De l'autre côté du couloir, s'ouvrait le palais de la gastronomie. Là, sur d'épaisses étagères d'acajou, s'élevaient des pyramides de bouteilles de vins fins ; et les plus rares crus des plus grands châteaux étaient là. A côté d'eux trônaient les flacons d'alcool ; les vieux armagnacs presque roux, la mirabelle de Lorraine, limpide comme de l'eau de roche, les calvados mordorés, les cognacs couleur de châtaignes, les vieilles prunes aux reflets blonds.

Enfin, au-dessus de tout, sur une étagère particulière,

symbole incontesté du raffinement français triomphaient les bouteilles de champagne.

De part et d'autre de cette précieuse réserve, derrière des vitrines aux carreaux immaculés, s'accumulaient des monceaux de boîtes, de terrines, de bocaux et de bidons, tous ennoblis par l'estampille des prestigieuses maisons parisiennes.

Et à côté du foie gras des Landes ou du Périgord, s'offraient les truffes, les cèpes séchés, les confits d'oie et de canard du Lot et de la Corrèze.

Sur d'autres rayons, dispensant alentour de suaves et délicats effluves, se proposaient aux gourmets les meilleurs choix de café et de thé, les chocolats et les pralines, les calissons et les nougats, la bergamote, les fruits confits, le pain d'épice aux tranches grumeleuses toutes luisantes de miel blond.

Certes, tous ces produits et toutes ces toilettes étaient déjà en vente bien avant la restauration de *La Maison de France,* c'étaient eux qui avaient fait son succès et qui avaient établi sa réputation. Mais désormais, grâce à une totale transformation axée sur la finesse mais aussi sur la présentation des marchandises et le bien-être des clients, ils allaient faire son triomphe.

Et Pauline pouvait dire à sa fille, sans exagérer : « Oui, notre magasin est le plus beau ! »

Mais ce qu'elle taisait, pour ne pas détruire l'enthousiasme et l'optimisme des enfants, c'est qu'elle n'était pas certaine que tout cela soit utile.

Deux jours avant l'inauguration, alors que tout était presque fini, que les cartons d'invitation étaient déjà expédiés et les prospectus distribués, Pauline crut vraiment que ses pressentiments étaient fondés.

Les enfants venaient de partir à l'école et les vendeuses n'étaient pas encore là lorsqu'elle s'immobilisa, cœur battant. Elle avait appris à interpréter certaines de ses réactions depuis plusieurs années. Ainsi, lorsque ses tempes semblaient se resserrer et qu'une sueur moite couvrait son front, savait-elle, à coup sûr, qu'un tremblement de terre était proche.

Aussi posa-t-elle vivement la robe qu'elle était en train de plier lorsqu'elle se sentit prise d'un malaise. Elle avait toujours une peur maladive des *temblores* et, par crainte de périr écrasée sous quelques solives, se précipitait à l'extérieur à la moindre alerte.

« J'espère que les enfants sont eux aussi dehors ! » pensa-t-elle en se ruant dans le jardin.

Elle s'arrêta au milieu de la pelouse et attendit en se mordant les lèvres d'anxiété. Déjà un bruit sourd et terrifiant grondait dans le sous-sol.

« Et voilà, j'avais raison, tout va être détruit, tout ! » pensa-t-elle.

Elle prit alors conscience de ce qu'avait de dérisoire et de stupide le combat qui l'opposait à Gabriela Oropendola.

— Tout cela est ridicule, murmura-t-elle en s'obligeant à regarder les murs de la maison. Elle était persuadée qu'ils allaient se lézarder et s'ouvrir et que tout le bâtiment croulerait. C'était un phénomène si courant dans ce pays, si naturel, même !

Et soudain le sol trembla, mais à peine, juste un frisson, un spasme étouffé. Le grondement s'éloigna, disparut et dans les arbres et les bosquets du jardin les oiseaux reprirent leurs chants.

— Eh bien, ce ne sera pas pour aujourd'hui, souffla-t-elle en s'essuyant les yeux.

Quand les tremblements s'arrêtaient, elle avait toujours la même réaction et se mettait à pleurer. Elle se jugeait très stupide, mais était incapable de stopper ses larmes ; même Antoine ne parvenait pas à les tarir lorsqu'il était là.

— C'est rien, madame, dit Arturo en sortant de la cuisine, rien du tout ! Les casseroles ont même pas bougé ! C'est fini, faut pas avoir peur !

Il la connaissait bien, savait à quel point les *temblores* la rendaient malade.

— Tu as raison, ce n'était rien, je me suis bêtement affolée avoua-t-elle.

Elle s'efforça de sourire et rentra dans la maison. Mais elle ne put chasser l'angoissante idée qui la poussait à se dire que, peut-être, un jour ou l'autre, dans une heure ou dans dix ans, elle n'aurait pas le temps de sortir...

Au soir du retour de Martial à Santa Dolores, Antoine et lui veillèrent très tard dans la nuit. Après avoir donné force détails sur Pauline, les enfants et *La Maison de France*, Martial aborda les affaires du canal. Il voulait se remettre au courant de tout, reprendre le travail au plus vite et permettre ainsi à son compagnon de rejoindre Santiago dans les meilleurs délais.

— Je me suis renseigné, tu pourras embarquer sur l'*Aconcagua*. Tu verras, c'est un bon bateau. Je l'ai déjà emprunté, il appareille samedi en huit. De toute façon, il n'y a rien de valable avant. Et puis il faut bien compter quelques jours pour faire le tour du chantier avec toi et me replonger dans le bain, ou la boue, si tu préfères.

Sans vouloir l'avouer, il était un peu déçu, non d'être de retour, mais d'avoir trouvé si peu de changements sur l'ensemble du chantier. Il s'était attendu à mieux, à une avance plus rapide. Or, en regardant certaines portions, il avait le sentiment que pas un seul coup de pelle n'avait été donné depuis six mois !

Ce n'était pas qu'il fût pressé de voir terminer un ouvrage qui apportait de tels bénéfices à ceux qui y travaillaient. Mais il avait trop le sens des affaires pour ne pas pressentir que la lenteur des travaux reflétait sans doute quelques carences dans la gestion de la Compagnie. Tout ce retard pris çà et là, toute cette lenteur n'auguraient rien de bon. Et les tergiversations de la direction — dont tout le monde parlait — pour savoir si oui ou non on choisissait enfin un canal à écluses étaient également très malsaines.

De même, s'il fut ravi lorsque Antoine lui parla du dernier marché proposé par O'Brien, fut-il choqué, et inquiet, en apprenant les tarifs proposés.

— Cinq piastres le mètre cube? C'est de la folie furieuse! Il est impossible qu'ils tiennent à ce prix! Et tu dis que c'est la Carthbilh and C° qui sous-traite à ce niveau?

— Oui.

— Qu'est-ce que c'est que cette entreprise? Elle n'existait pas quand je suis parti d'ici.

— C'est exact, mais il faut bien remplacer toutes celles qui plongent...

— Ne me dis pas que c'est une maison anglaise, O'Brien n'a pas changé à ce point!

— Tu plaisantes? s'amusa Antoine. Non, non! L'ami O'Brien est bien toujours le même et tu connais sa devise mieux que moi : « Je méprise trop les Anglais pour les haïr, mais faut quand même pas me demander de travailler pour eux, ou avec eux! » Non, la Carthbilh est américaine.

— Américaine ou pas, à cinq piastres le mètre cube, elle se cassera la gueule; et nous avec si nous n'y prenons garde!

— Tu me reproches d'avoir accepté ce chantier?

— Pas du tout! C'est la preuve au contraire que nous devons être plus vigilants que jamais! Crois-moi, j'aurai la Carthbilh à l'œil! J'aimerais autant qu'elle ne nous refasse pas le coup de Pizocoma... Souviens-toi, à cette époque aussi on avait un sacré marché en main!

Antoine n'avait pas revu les Freeman depuis plus d'un an. Quant à Martial, absent de Santiago lors de leur dernière visite, il n'avait pas eu le plaisir de les rencontrer depuis presque trois ans. Aussi les deux hommes se faisaient-ils une joie de passer une soirée avec eux, pour répondre à l'invitation de Clorinda et de Romain.

Ils arrivèrent à la tombée de la nuit à la grande villa louée par Clorinda et furent tout de suite entraînés dans le tourbillon exubérant et joyeux que la jeune femme excellait à créer autour d'elle.

Magnifiquement habillée d'un ensemble en étamine et dentelles de laine crème, elle accueillit Antoine et Martial comme deux vieux amis et les poussa vers le salon. Les Freeman étaient déjà là, en conversation avec Romain.

Martial, bien que prévenu de l'accident subi par son compagnon, trouva qu'il avait une figure épouvantable. Il est vrai que Romain avait beaucoup maigri; de plus, il était très pâle, et ses lèvres craquelées et noircies témoignaient encore des terribles accès de fièvre qui avaient failli l'emporter.

— Alors, te voilà de retour! dit-il à Martial.

— Eh oui, le canal me manquait, et toi aussi naturellement, plaisanta Martial.

Comparés à Romain, les Américains avaient une mine superbe et semblaient en excellente santé.

— Vous venez creuser, vous aussi? s'amusa Antoine.

— Ah! S'il faut s'y résigner pour trouver quelques batraciens, reptiles ou sauriens rares, Andrew n'hésitera pas! sourit Mary.

Antoine avait toujours été très sensible au charme que dégageait la jeune femme, à tel point que Pauline feignait parfois d'être jalouse.

« Ce soir, je crois qu'elle le serait vraiment... », songea-t-il en observant discrètement l'Américaine.

Mary Freeman était particulièrement en beauté, et il se

162

demanda ce qui avait pu changer en elle pour qu'elle fût à ce point rayonnante. Ce n'était pas sa tenue, plutôt classique, dont le vert pâle était de mise pour une rousse aussi flamboyante.

Et soudain il comprit, tout était bien une question de couleur. Jamais il n'avait vu la jeune femme avec un teint aussi bronzé. Un hâle doré qui faisait encore mieux ressortir l'éclat des candides yeux verts qui éclairaient le visage et les mèches rousses qui l'encadraient.

— Donc, vous êtes toujours à la recherche des petites bêtes? demanda-t-il enfin.

— Petites ou grosses! assura Andrew. Je ne sais si vous vous en êtes rendu compte, mais l'isthme est un véritable paradis terrestre pour les naturalistes! C'est superbe comme faune! Pensez, ça part des papillons, et point n'est besoin d'être expert pour voir à quel point ils sont beaux, et ça va jusqu'aux oiseaux! Sans oublier les tapirs, les tatous, le bradype tridactyle, les caïmans, les serpents, les...

— On pourrait peut-être changer de sujet? toussota Romain en souriant et en caressant son bras encore bandé.

— Veuillez m'excuser, dit Andrew. Bref, il y a de tout ici. Tenez, même des colonies entières de *Pharomachrus mocinno,* je veux dire de quetzals. Vous savez bien, c'est ce superbe et très étrange oiseau rouge et vert que les Mexicains vénéraient comme une divinité. Ils avaient baptisé le mâle *Quetzalcóatl,* serpent à plumes. A lui seul il mérite le voyage! Et vous avez aussi des...

— Je crois que tu ennuies ces messieurs, coupa Mary en lui posant la main sur le bras.

— Tu as raison, veuillez m'excuser, sourit Andrew en levant son verre : Tenez, à l'ouverture de votre canal! Vous comptez toujours l'inaugurer l'année prochaine? A mon avis, il vous faudra faire vite...

Romain décela tout ce que la question comportait d'ironique et prit le parti de rire.

— Pour être franc, je ne le crois pas. Je suis même persuadé qu'il faudra patienter quelques années, dit-il, mais êtes-vous aussi expert en cette matière qu'en ornithologie ?

— Oh non ! Observateur, tout au plus. Vous comprenez, il y a plus d'un mois que nous avons accosté à Panamá et que nous furetons dans tout le secteur ; ça permet de se faire une idée. Mais, croyez-moi, contrairement à la majorité de mes compatriotes qui espèrent bien que la France va s'enliser dans ce canal, je souhaite, moi, que vous réussissiez, vous l'avez mérité.

— Eh bien, moi, je pense que nous avons tous mérité d'aller à table, invita Clorinda en se levant.

Antoine laissa passer les Freeman, Martial et Clorinda et retint discrètement Romain.

— Juste un mot, dit-il à voix basse, il faut absolument que tu décides Clorinda à repartir au plus tôt, avec moi, dans huit jours.

— Pourquoi ?

— O'Brien m'a prévenu qu'il y a une terrible épidémie de fièvre jaune, alors... Et ça empire d'heure en heure, il me l'a redit ce soir même. Et tu sais très bien que ses renseignements sont toujours bons...

— Je vois..., dit Romain en s'assombrissant. Mais je connais Clorinda, jamais elle ne voudra partir avant la date qu'elle a arrêtée !

— Il faut insister ! Bon Dieu, on ne rigole pas avec la fièvre jaune ! Écoute, il te reste une semaine pour la convaincre. Si, si, on n'a pas besoin de toi sur le chantier, d'ailleurs tu as une tête à faire peur ! Alors tu vas rester là pour reprendre des forces et surtout pour décider Clorinda. Ici, ça devient beaucoup trop dangereux.

— J'essaierai, mais je crains qu'il ne faille un miracle pour la faire changer d'avis.

— Tu veux que je lance la discussion ? proposa Antoine.

— Surtout pas! Ça gâcherait toute la soirée! C'est pour le coup qu'elle ne te le pardonnerait pas!

— Il faudra pourtant bien que je prévienne aussi les Freeman, murmura Antoine.

— A mon avis, ils sont déjà au courant. Tu sais, les savants comme eux, ça ouvre les oreilles!

— Peut-être. Mais je le leur dirai quand même, juste avant de partir.

— Alors, comme ça, d'accord. Mais surtout, silence là-dessus pendant toute la soirée.

Le menu fut somptueux et raffiné. Et parce qu'il était évident que tous les convives se demandaient par quel miracle Clorinda avait pu obtenir un tel résultat, en un tel lieu, Martial voulut lever le voile.

— Votre cuisinier français mérite tous nos éloges! Je n'avais pas fait un tel festin depuis mon dernier séjour dans le Bordelais, dit-il à la fin du repas.

— Qui vous a dit qu'il était français? demanda Clorinda en souriant.

— Entre autres, sa façon de réussir les tournedos et les pommes sautées, le doigté qu'il possède pour donner tout son moelleux à la sauce aux champignons et au madère, son art pour saisir le canard, ni trop cru, ni carbonisé. Et enfin, sa parfaite connaissance de la crème renversée et des œufs à la neige!

— Vous me faites plaisir, dit Clorinda en rougissant, si, si! J'avais peur qu'il ne rate tout. Il paraît qu'il n'avait pas tout ce qu'il lui fallait. Mais vous avez raison, c'est bien un Français.

— Et d'où sort-il? demanda Antoine, un pareil chef ne doit pas se trouver sous les pas d'un cheval!

— Ah ça! tu peux le dire! soupira Romain en levant comiquement les yeux au ciel. Il était bien placé pour savoir ce que lui avait coûté la prouesse de son amie; un fait d'armes ruineux, mais néanmoins digne d'admiration et qu'il ne regrettait pas.

— C'est un des chefs du *Bretagne,* avoua Clorinda avec un charmant sourire destiné à Romain. J'ai aussi essayé d'y trouver quelques musiciens, mais ils n'ont pas voulu !

— Vous voulez dire le *Bretagne* de la Transatlantique ? Celui qui est en panne à Colón depuis quinze jours pour avaries de chaudières ? demanda Antoine qui n'en croyait pas ses oreilles.

— C'est ça, dit Clorinda.

— Eh bien, on peut dire que vous ne reculez devant rien, lança Martial, mais ça n'a pas dû être facile !

— Ah ça non, alors ! dit Romain, mais ce que femme veut...

— Laissez-moi vous dire que ce repas fut un vrai régal, dit Mary en venant au secours de Clorinda. Et encore bravo pour avoir réussi à faire venir un tel chef ! Elle observa son époux, nota qu'il semblait mal à l'aise : Tes maux de tête te reprennent, demanda-t-elle.

— Ce n'est rien, assura-t-il avec un sourire d'excuse. Oui, depuis quelques jours je suis victime d'assez désagréables céphalalgies. Mais ce ne sera rien, d'ailleurs ça passe au grand air...

— Eh bien, allons au salon, il y fait plus frais, proposa Clorinda en se levant.

C'est en atteignant son fauteuil que Andrew Freeman porta soudain la main à sa nuque et s'effondra en gémissant.

Sans aucun ménagement, le médecin appelé à la hâte au chevet d'Andrew diagnostiqua la fièvre jaune. Pour lui, c'était le huitième cas de la journée et il semblait tout à fait découragé.

— Si vous voulez, vous pouvez le transporter jusqu'à l'hôpital de Colón, dit-il à Mary, nous avons encore quelques lits vides, mais ça risque de ne pas être le cas très longtemps...

— Où sera-t-il le mieux ? demanda Clorinda.

— Ici, si vous avez de la place. Mais je ne peux pas vous fournir d'infirmière, toutes nos sœurs de Saint-Vincent-de-Paul sont débordées. Depuis trois semaines, nous sommes en pleine épidémie. Et beaucoup de ces pauvres sœurs ont même payé leur dévouement de leur vie...

— Vous pouvez rester là, si vous voulez, dit Clorinda à Mary. Et ne vous inquiétez pas, nous vous aiderons à le veiller.

— Alors bonne chance, dit le médecin, moi, il faut que je parte, on ne sait plus où donner de la tête !

Antoine l'accompagna jusqu'à son cabriolet, le retint avant qu'il n'y grimpe.

— Quelles sont les chances de guérison dans ce genre de maladie ? demanda-t-il. Il le savait très bien, mais voulait l'entendre confirmer par un praticien.

— Quelle maladie ? grinça le médecin. Bon Dieu, vous connaissez le proverbe indigène, non ? : « Il n'y a pas de malades à Colón, il n'y a que des morts ! » Notez, c'est un avantage : avec la fièvre jaune, on est sûr que ça ne traîne pas...

— Combien de chances ? insista Antoine.

— Une sur deux.

— Et la contagion, elle existe oui ou non ?

— Bah ! Personne n'en sait rien, certains l'assurent et préconisent la quarantaine, d'autres non.

— Et vous ?

— Je ne sais pas... Maintenant, excusez-moi, il faut vraiment que je parte.

— A demain, dit Antoine.

— Pour quoi faire ? Il n'y a aucun traitement, sauf essayer de faire tomber la fièvre et pour ça j'ai laissé ce qu'il fallait.

— Alors vous ne servez à rien ! protesta Antoine.

— Ben non, vous ne saviez pas ? dit le médecin en haussant les épaules.

Il grimpa dans sa voiture et fouetta son cheval.

— Que vous a-t-il dit ? chuchota Mary dès qu'elle vit revenir Antoine.

Il hésita, faillit mentir puis comprit qu'elle décèlerait toute fable. Mais il s'en voulut néanmoins d'avoir trop franchement parlé lorsque se brouilla le regard vert qui le fixait jusque-là avec espoir et qui devint soudain apeuré, traqué.

— Il a dit une chance sur deux..., répéta-t-elle.

— C'est ça.

— Ce n'est pas possible ! Il faut faire quelque chose ! On ne va pas rester là les bras ballants, à attendre !

— Je crois que si, dit-il, mais on va tous vous aider à le veiller. On se relaiera. Et puis quoi, une chance sur deux, c'est quand même mieux que rien !

— Vous dites ça, mais vous n'en croyez pas un mot, dit-elle en se détournant.

Andrew passa une nuit à peu près calme et tous pensèrent que sa jeunesse et sa solide constitution étaient en train de reprendre le dessus.

Au matin, il était très conscient et apaisé. Il réclama à boire et plaisanta même un peu, pour tenter d'arracher un sourire à Mary.

La crise revint à midi, terrifiante. Et sous les yeux effarés de sa femme et de ses amis, Andrew tomba dans une fulgurante chute. Torturé par la fièvre qui boursouflait ses traits, gonflait ses paupières et contractait ses mâchoires, il devint méconnaissable en quelques heures.

La nuit revint et s'étira, ponctuée d'accalmies et de soupirs, de rechutes et de râles. Puis, au petit jour, pendant que Mary, rompue de fatigue, avait sombré dans un sommeil agité, le malade fut secoué par quelques spasmes, violents et caverneux.

Il commença à vomir peu après, en de longs jets de bile fétide et noirâtre qui souillèrent les draps. Éveillée en sursaut, Mary, telle une somnanbule, écarta Clorinda et commença à nettoyer la literie, puis le torse et le visage de son époux.

Romain rejoignit Antoine et Martial qui venaient de sortir prendre l'air car l'odeur et l'atmosphère de la chambre étaient devenues irrespirables.

Accompagné par le concert des oiseaux, un soleil jaune perçait maintenant à travers le brouillard. Et au loin, en direction du canal, commençait à monter la rumeur du travail.

— Il est foutu, murmura Romain en allumant un cigare.

Martial et Antoine approuvèrent silencieusement. Ils savaient l'un et l'autre que les vomissements qui secouaient maintenant le malade annonçaient l'ultime phase de la fièvre jaune, justement baptisée *vomito negro* par les Espagnols.

Et eux qui étaient tellement habitués à se battre, à lutter, savaient qu'ils ne pouvaient rien faire, rien tenter. Tous gestes devenaient vains. Ils se sentaient désarmés devant la mort qui, déjà, se penchait vers Andrew.

Antoine se souvint soudain. Et ce fut si terrible, si violent et si précis à la fois, qu'il se mordit les lèvres de rage, pour ne pas en pleurer ! Il se revit sur le *Cuvier,* ce fin clipper qui filait vers Valparaíso. A bord, dans une petite cabine d'acajou qui elle aussi sentait la mort, le docteur Portales déjà presque agonisant avait cessé de lutter.

C'est alors qu'Andrew avait demandé à Antoine : « Vous ne croyez pas en Dieu, n'est-ce pas ? Avec Dieu, tout devient plus clair, et la mort moins terrible... »

— Un *padre* ! dit-il brusquement en attrapant Martial par le bras, il faut un *padre* pour ce pauvre bougre ! Il faut qu'il ait au moins ça. Il y croit, je le sais, il me l'a dit un jour...

Martial et Romain se regardèrent avec étonnement, hésitèrent. Puis Martial approuva.

— Tu as sûrement raison, mais tu crois qu'elle voudra ? Je veux dire : tu crois que Mary le laissera entrer ? Dans un cas pareil, un padre, c'est jamais bon signe...

— Va toujours en chercher un, on verra ensuite, dit Antoine. Allez, va vite, tu connais mieux que moi ce putain de pays !

Martial était déjà parti depuis dix minutes lorsque Mary sortit à son tour dans le jardin en titubant de fatigue.

Défigurée par le chagrin et l'abattement, elle offrait un visage tellement bouleversant que Romain et Antoine se sentirent gênés d'être là, en simples témoins impuissants. Gênés et furieux de ne pouvoir rien faire, rien dire pour la soulager un peu, pour l'aider. Pour remettre un peu d'espoir dans son regard et la lumière d'un sourire sur ses traits.

Elle s'approcha d'Antoine, parut hésiter, puis tendit les mains vers lui. Et c'était vraiment un appel à l'aide, un réflexe de survie. Il l'attira doucement contre son épaule, lui caressa gauchement les cheveux.

— Il est perdu, dit-elle enfin, je le sais. Elle releva le visage, le fixa de son profond regard vert : S'il vous plaît, dit-elle, allez chercher un prêtre, vite, s'il vous plaît.

— C'est fait, dit-il, il va venir. Martial est parti le chercher.

— Vrai ? Vous y avez pensé ? dit-elle avec un regard à la fois incrédule et soulagé.

— Oui. Il ne va pas tarder maintenant...

— Merci d'y avoir pensé, murmura-t-elle en s'écartant, merci.

Elle tenta d'ébaucher un sourire de gratitude, ne parvint qu'à grimacer et rentra dans la maison.

— Bon, il va falloir que je file au chantier, soupira Antoine en observant le soleil. Dis à Martial de me rejoindre, on ne peut absolument plus laisser les gars sans directives, Joaquin tout seul ne fait pas le poids. Et puis, de toute façon, ici je ne sers à rien... On ne peut plus rien faire...

— Si, reste. On a besoin de toi ici, beaucoup plus que là-bas. C'est moi qui vais aller sur le chantier, décida Romain.

— Mais non! Tu tiens à peine debout! Et puis souviens-toi, tu dois convaincre Clorinda...

— Maintenant, ce ne sera pas compliqué, assura Romain. A ce soir, dit-il, et d'ici là, bon courage. De nous deux, c'est toi qui as la plus mauvaise part...

Après une interminable journée d'agonie, entrecoupée de quelques instants de totale lucidité, Andrew Freeman, muni des sacrements de l'Église, entra en éternité au coucher du soleil. Il était dans sa trente-septième année.

Jusqu'à la fin, comme un enfant malade mais confiant qui s'accroche à sa mère, il serra entre sa main moite et brûlante les doigts fins, mouchetés de taches de rousseur, de son épouse Mary.

Trois heures après le décès d'Andrew, alors qu'il reposait, enfin apaisé, sur sa couche mortuaire, Mary porta vivement la main à sa nuque et s'effondra à son tour en geignant de douleur.

Foudroyée par la fièvre jaune, elle ne reprit connaissance que quelques minutes, le lendemain, lorsque, une nouvelle fois, Antoine fit venir le *padre*.

Ce fut la dernière fois que les candides yeux verts s'ouvrirent. Et pendant que le prêtre officiait, assisté par un vieux servant indien au crâne galeux qui marmonnait les répons, le regard de la mourante, tel un papillon émeraude, voltigea dans la pièce.

Il effleura Clorinda, figée par la tristesse, le découragement et la colère, se posa brièvement sur Martial qu'il parut à peine reconnaître et enfin sur Antoine.

Pendant un instant, il devint alors très doux, très chaleureux et calme. Puis il se fit suppliant.

Antoine comprit l'appel au secours, s'approcha du lit et dans sa large main saisit délicatement les doigts maintenant diaphanes de Mary. Alors, rassurés, calmés, les yeux verts se fermèrent enfin.

Mary Freeman ne sortit plus du coma et sa main lâcha mollement celle d'Antoine le lendemain matin, peu avant midi.

TROISIÈME PARTIE

L'ORAGE BLANC

9

Gonflé par un vent du sud-ouest exceptionnellement chaud, l'orage couvait depuis deux jours.

La veille au soir, de lourdes nuées fuligineuses, aux bouillonnements cuivrés, avaient soudain déferlé sur Tierra Caliente.

Déjà plombé par la désagréable touffeur que dégageaient, en de palpitantes effluences les champs et les bois anormalement surchauffés par un soleil blanc, le ciel s'était brutalement obscurci. Antoine avait alors pensé que ce premier orage du printemps allait être sévère.

Mais, comme aspirée par la monstrueuse masse de cumulo-nimbus qui s'accumulait contre le flanc des Andes, la tourmente avait fui, ne laissant derrière elle qu'une chaleur malsaine, inquiétante car inhabituelle.

Vers minuit, Antoine et Pauline, chassés de leur chambre par une suffocante moiteur, vinrent s'accouder au balcon de la véranda. Sous leurs pieds nus, même le carrelage était tiède. Et malgré la légèreté — voire, pour Antoine, l'absence — de leurs vêtements de nuit, ils transpiraient abondamment.

— J'ai bien peur que cette canicule n'apporte rien de

bon, pronostiqua Antoine, et quand on voit ce qui se passe là-bas...

Loin devant eux, tout l'horizon d'est, d'un noir d'encre, s'embrasait par instants de lueurs louches, fulgurantes, aux teintes de flammes fauves. Souvent aussi, déchirant la nuit par d'éblouissants et tortueux sillons de feu, fusaient des éclairs d'un blanc cru, aveuglant.

— Tu crois qu'il va venir ? demanda Pauline avec un brin d'inquiétude.

A l'inverse d'Antoine, elle n'avait jamais pu s'habituer aux déchaînements de la nature. Et si elle redoutait moins les orages que les tremblements de terre, elle en appréhendait néanmoins l'arrivée.

— Bah, il est très loin, sur les Andes. Écoute, on n'entend pas le moindre roulement.

Mais, pour Pauline, ce lourd silence qui écrasait Tierra Caliente, déjà paralysé par une torpeur que ne troublait nul souffle d'air, n'avait rien de rassurant. Elle le jugeait sournois car comparable à ces quelques instants d'étrange calme qui précédaient souvent les tremblements de terre. Un calme trop profond et trop inhabituel pour ne pas être oppressant.

— Oui, il est loin, mais il peut revenir..., dit-elle.

— S'il tourne, c'est possible...

Cependant, comme retenu par les plus hauts sommets des Andes sur lesquels il se jetait avec une flamboyante et rageuse obstination, l'orage ne revint pas. La nuit fut calme.

Au petit matin, alors qu'une vilaine lueur blafarde teintait un ciel bas et lourd, quelques lointains grondements roulèrent de *cerro* en *cerro*.

— Tu entends ? Tu ne vas pas pouvoir aller à Campo Rojo, murmura Pauline en s'étirant.

Contrairement à Antoine, levé depuis dix minutes, elle était encore couchée et n'avait nulle envie de sortir du lit. Car si Antoine était à Tierra Caliente pour son travail, elle y était en vacances et profitait au maximum de son séjour à l'hacienda.

Un nouveau et lointain roulement résonna, Pauline insista :

— Tu entends ? Tu ne vas pas partir, c'est imprudent !

— Mais non ! Tu connais le dicton au sujet de l'orage du matin ! Alors il en faudrait un peu plus pour m'arrêter ! dit-il en continuant à se raser.

Depuis une semaine, il se rendait chaque jour à Campo Rojo avec Joaquin pour surveiller les travaux dans les jeunes vignes, l'avance des seconds labours et le pincement des gourmands.

Les vignobles de Campo Rojo étaient situés à l'extrémité de la propriété, à presque vingt kilomètres de là. Installés sur trois cent cinquante hectares de terres bien exposées, rouges et chaudes, qu'Antoine avait fait défricher, ils étaient constitués des meilleurs cépages français comme le gamay, le chardonnay, le cabernet sauvignon, le pinot noir et blanc, le merlot et le muscat.

Faute d'avoir pu faire venir les jeunes ceps de Bourgogne et du Bordelais car toute importation de plants était interdite depuis que le phylloxéra décimait les vignes de France, Antoine avait innové. Grâce aux conseils de Martial, il avait fait bouturer des centaines de milliers de scions judicieusement choisis parmi les vieux vignobles déjà en place sur l'hacienda. Et maintenant la jeune vigne, superbe, faisait sa fierté.

Il avait aussi beaucoup de satisfaction avec les quelque sept mille hectares de bonne et franche terre qu'il avait mis en valeur depuis que Pedro de Morales lui avait confié son hacienda, presque neuf ans plus tôt.

Pour mener à bien ce travail, fait de dessouchages, de dépierrages, de labours et d'irrigation, il avait lancé dans la bataille une véritable armée de péons. Par chance, Pedro de Morales n'était pas homme à lésiner sur les salaires, comme le faisaient beaucoup de ses voisins. Aussi

Antoine n'avait pas eu de mal à recruter tous les *inquilinos* et les *chacareros* dont il avait besoin, et pas de grande difficulté non plus à diriger tous ces hommes.

Mais sa longue absence avait fini par faire croire à certains — même à nombre de contremaîtres et de chefs d'équipe — que plus rien ne pressait, qu'il était donc inutile d'aller chaque jour aux champs et que de longues et paisibles siestes étaient excellentes pour la santé.

Il avait repris les choses en main dès son retour de Panamá et tout était rentré dans l'ordre. Il voulait que cela dure et c'était pour cette raison qu'il tenait à aller à Campo Rojo malgré les menaces d'orage.

— Tu es bien toujours aussi têtu ! lui lança-t-elle, tu crois que tu ne pourrais pas prendre un jour de repos de temps en temps ?

— Du repos ? Figure-toi que ce n'est pas tellement la saison !

Il s'était offert quelques jours de vacances à Santiago dès son retour de Panamá. Il en avait grand besoin, tant physiquement que moralement. De plus, il était manifeste que sa présence et son soutien étaient nécessaires à Pauline.

Folle de joie de le retrouver et de lui présenter une *Maison de France* entièrement rénovée et qui battait des records de recettes — les clients avaient vite compris que Gabriela Oropendola avait plus de prétention que de compétence —, Pauline avait soudain craqué en apprenant la mort de Mary et Andrew Freeman.

Sachant à quel point elle était liée aux Américains, il n'avait pas voulu l'avertir par un câble qui ne pouvait être que laconique et désespérant. Mais la nouvelle, même annoncée de vive voix et avec délicatesse, avait beaucoup choqué Pauline déjà fatiguée et énervée par tous les tracas liés aux travaux de *La Maison de France*.

Il était donc resté presque deux semaines avec elle pour l'aider à reprendre pied. Outre le bonheur de la retrouver, ainsi que les enfants, ces jours de repos lui avait permis de faire le point au sujet du chantier de Panamá avec Herbert et Edmond.

Il avait rejoint Tierra Caliente vers la mi-octobre alors que le printemps explosait de toutes parts et que la campagne ensoleillée n'était que fleurs, chant d'abeilles et concert d'oiseaux.

Pauline lui avait promis de le rejoindre dès que Clorinda, qui était revenue par le même vapeur que lui, se serait habituée à la marche de la nouvelle *Maison de France*.

Vite rassurée à ce sujet, car Clorinda était d'une grande compétence, Pauline avait pu descendre à l'hacienda début novembre. Les trois enfants, ravis à l'idée de vivre quelque temps sous une tutelle qu'ils adoraient, l'avaient regardée partir sans grande émotion. Et, depuis, Antoine et elles retrouvaient pour un temps les charmes oubliés d'une vie de couple sans enfants.

— Il ne faudrait pas que ça dure trop, disait quand même Pauline assez souvent, mais quoi, autant s'habituer à la séparation. Et son cœur se serrait alors en songeant au proche départ de Marcelin pour la France.

Mais, ce matin-là, à cause de l'orage qui grondait au loin, ce n'étaient pas ses enfants qui occupaient son esprit. C'était Antoine et son obstination de mule — ou de paysan corrézien, comme aurait dit Martial — qui le poussait à partir à Campo Rojo malgré l'imminence du mauvais temps.

— Faudrait penser à rentrer si on veut pas prendre l'orage..., redit Joaquin en scrutant le ciel avec de plus en plus d'inquiétude.

C'était au moins la dixième fois qu'il lançait cette phrase depuis le début de l'après-midi. Les premières fois, Antoine qui arpentait les immenses vignobles où s'affairaient plus de deux cents péons, n'avait pas prêté attention à cet avertissement, tant le ciel était serein. En effet, l'orage que redoutait Pauline avait brusquement fondu, balayé par quelques coups de vent, vers dix heures du matin.

Certes, aux environs de quatorze heures, la chaleur était devenue torride, mais les maigres nuages floconneux qui traînaillaient au sud ne justifiaient pas les inquiétudes du métis. Antoine avait donc poursuivi sa tournée.

Et maintenant il était bien obligé de reconnaître que c'était Joaquin qui avait raison. Tout l'horizon sud s'était obscurci en moins d'une heure, tandis qu'un souffle brûlant voletait à ras de terre en poussant devant lui des fumerolles de poussière rouge qu'il glanait dans les champs et les vignes.

Parfois aussi, entre deux sautes de vent, mais encore à peine audibles, se devinaient de graves et longs roulements de tonnerre.

— On a pour plus de deux heures de piste, insista Joaquin, alors, cette fois, c'est sûr qu'on ramasse tout l'orage!

— On lèvera la capote de la carriole, dit Antoine. Mais tu as raison, on va rentrer. Où est le cheval?

— Là-bas, à l'ombre, dit Joaquin en désignant un petit bosquet de résineux à trois cents pas de là.

Quand ils l'atteignirent, les premières gouttes étoilaient déjà la poussière rouge de la piste. Des gouttes énormes, larges comme des pièces de vingt pesos et qui s'écrasaient au sol en claquant comme des gifles.

L'orage les rattrapa moins de deux heures plus tard. Déjà, de violentes averses, intermittentes et chaudes, poussées par la bourrasque avaient ralenti la course du cheval en transformant parfois la piste en torrent de boue. Et si les coups sourds de la foudre étaient encore lointains, ils se faisaient de plus en plus fréquents.

Brutalement, le ciel sembla exploser, comme ouvert par

les aveuglants éclairs qui fusaient de toutes parts en de crépitants faisceaux d'étincelles gigantesques.

Fou de terreur, le cheval se cabra, recula et il fallut toute la poigne et le fouet d'Antoine pour le relancer dans sa course.

— Faut se mettre à l'abri! hurla Joaquin pour essayer de se faire entendre malgré le tonnerre, la pluie et le vent.

Antoine secoua négativement la tête et encouragea le cheval. Se mettre à l'abri, c'était s'arrêter sous quelque arbre et ça, il s'y refusait catégoriquement. Il connaissait les risques que comportaient les protections de cet ordre.

« Ce qu'il faut, c'est atteindre l'hacienda, pensa-t-il, ou encore le pueblo Carmen... »

C'était un petit village qui se dressait non loin de la piste, au pied d'un *cerro,* à environ quatre kilomètres de l'hacienda.

Puis il se souvint que Carmen se trouvait de l'autre côté d'un petit ruisseau et abandonna son projet. A l'heure qu'il était, et vu la violence de la pluie, le *riachuelo* devait être transformé en un *río* infranchissable.

Une grosse gerbe de feu prit soudain naissance au sommet d'un hêtre qui surplombait la piste, juste devant l'attelage. Dans le même temps, alors que des échardes longues d'un mètre et épaisses comme la main fusaient du tronc déchiqueté jusqu'au cœur, un bref mais insupportable bruit de déchirement coupa le souffle des deux hommes et les assourdit pendant quelques secondes.

Joaquin se signa et hurla des mots qu'Antoine n'entendit pas. Debout dans la carriole, tirant à les rompre les rênes du cheval, il tentait déjà, mais en vain, de freiner la bête emballée, devenue folle de frayeur.

Insensible au mors qui lui cisaillait la bouche, le cheval accéléra encore sa course. Il bifurqua soudain, et la carriole bondit lorsque les roues quittèrent la piste.

— Le frein! le frein! cria Antoine.

Il comprit que le métis n'avait pas attendu son ordre,

mais que la mécanique, pourtant serrée au maximum, glissait maintenant sur les bandages d'acier et ne ralentissait en rien la vitesse qui devenait de plus en plus dangereuse.

« On n'ira pas loin », pensa-t-il. Il fut tenté de sauter mais le cheval fou s'était maintenant engagé dans une *quebrada* toute parsemée de roches aux arêtes vives.

Il connaissait bien ce ravin. Il contournait quelques collines, passait ensuite au pied du *cerro* du pin et débouchait enfin sur la vallée qui s'ouvrait sur l'hacienda.

« C'est un raccourci qu'il nous fait prendre ! Mais on ne le suivra pas longtemps, sûr qu'on va verser... », calcula-t-il tout en essayant toujours de maîtriser la bête. Il vit alors que Joaquin commençait à enjamber la caisse, comprit ce qu'il voulait faire et hurla :

— Fais pas l'andouille ! Tu n'y arriveras pas !

C'était pourtant le métis qui avait raison. Pour stopper le cheval, il fallait lui sauter sur le dos, se porter au plus près de sa tête et la relever de force le plus haut possible. Alors, peut-être, l'animal ralentirait et se calmerait.

Mais, pour réussir, encore eût-il fallu que Joaquin eût vingt ans de moins et que le cheval ne fût pas aussi ruisselant de pluie et de sueur mêlées ; tel qu'il était, son poil devait glisser comme du savon.

« On versera dans ce tournant », pensa Antoine en voyant s'approcher le pied tortueux d'une colline où s'engouffrait le ravin.

Et pourtant ils passèrent. Toujours accompagné par une pluie diluvienne et par les grondements presque continus de la foudre, l'attelage fonça vers le *cerro* du pin.

Là-haut se profilait le pin parasol qu'Antoine avait planté quelques années plus tôt. C'était maintenant un bel arbre tout à fait digne de son ancêtre qui, là-bas en France, se dressait peut-être toujours au-dessus de la petite cour des Fonts-Miallet.

« Le ciel est avec nous, pensa Antoine, le *cerro* du pin

n'est même pas à deux kilomètres de l'hacienda, alors avec un peu de chance, on sera bientôt à l'abri. »

— Les Fonts-Miallet des petits ! On arrive ! hurla Joaquin en désignant la colline.

Il savait que les jumeaux avaient ainsi baptisé le *cerro* du pin, et s'il ne mesurait pas très bien ce que voulait dire Fonts-Miallet, du moins avait-il compris que c'était le nom de la petite hacienda que possédait Antoine, très loin, de l'autre côté de l'océan, encore plus loin que Panamá.

Antoine acquiesça. Toujours cramponné aux rênes qui lui brûlaient maintenant les mains, il reprenait espoir lorsqu'il se rappela soudain qu'un fossé d'irrigation desservait la prairie qui commençait au pied du *cerro*. Il sut alors que la fin de la course était proche. Même en allant au pas, le fossé était difficile à franchir, alors en plein galop...

— Le fossé là-bas ! cria-t-il, il faut sauter cette fois ! Vas-y !

Il vit que Joaquin secouait négativement la tête, faillit le pousser de force, mais se retint en se souvenant que, pour cela aussi, son compagnon avait au moins vingt ans de trop. Il prenait autant le risque de se tuer en sautant qu'en attendant passivement l'accident vers lequel les précipitait le cheval fou.

Un éclair illumina soudain le haut du *cerro* du pin. Pendant une fraction de seconde, l'arbre tout auréolé d'une flamboyante couronne d'or se découpa sur le ciel d'un noir d'encre. Puis il se partagea en deux, offrant de part et d'autre de son tronc éclaté ses branches maintenant ouvertes comme les bras d'un géant décapité.

— Bon Dieu ! Notre pin ! lança Antoine.

Il ne put en dire plus car le cheval, aveuglé par l'éclair, volta d'un coup. Son antérieur gauche glissa dans la boue, dévia et se brisa à la hauteur du canon.

Stoppé net, l'animal culbuta en entraînant la carriole dans sa chute. Éjecté de la caisse, Antoine boula dans l'herbe. Il sentit un choc au front, vit soudain une myriade d'étincelles multicolores et perdit connaissance.

Debout derrière une des fenêtres de l'hacienda, Pauline et María-Manuela de Morales sursautèrent lorsque l'éclair illumina le sommet du *cerro* du pin. La colline était trop loin et les trombes d'eau trop épaisses pour que les jeunes femmes puissent voir la foudre frapper l'arbre.

Mais le coup de tonnerre qui suivit fut si violent qu'elles poussèrent chacune un petit cri tandis que Pedro de Morales, lui aussi surpris, renversa la moitié de son verre de *mosto* sur son gilet.

— Pas tombé loin, celui-là, dit-il en sortant sa pochette pour s'essuyer.

— Seigneur ! quel épouvantable orage ! dit María-Manuela, tu es vraiment certain qu'on ne risque rien ?

— N'aie pas peur, dit-il en se reservant un peu de vin doux, cette maison en a subi d'autres et sûrement d'aussi sévères ! Cela dit, pour ma part, c'est vraiment la première fois que j'assiste à une telle tempête ! Mais rassurez-vous, s'empressa-t-il d'ajouter en voyant l'air inquiet de Pauline, je suis sûr que votre époux a trouvé un abri dans quelque pueblo.

— J'aimerais en être certaine..., murmura-t-elle.

— Soyez sans crainte, insista Pedro de Morales. Au mieux Antoine sera resté à Campo Rojo où il passera la nuit dans quelque case, au pire il a pris la piste et s'est alors abrité.

— Oui, mais où ? demanda-t-elle.

— Ce ne sont pas les villages qui manquent tout le long de la piste. D'ici Campo Rojo, j'en compte au moins quatre ! Allons, cessez de vous tourmenter et prenez donc un verre de *mosto* avec moi, il vous fera le plus grand bien. Et toi aussi Manuelita, bois donc un peu, tu as besoin de reprendre des couleurs, tu es toute pâle...

184

— Cet orage est si terrible, dit-elle en sursautant car un nouveau coup de tonnerre venait de retentir.

— Mon Dieu! Regardez ce qui arrive! lança soudain Pauline en désignant un coin du ciel.

Pedro de Morales s'approcha de la fenêtre, regarda dans la direction indiquée et jura sourdement.

Se détachant au milieu de la sombre nuée, un énorme et pustuleux nuage aux bajoues ocrées, poussé par un souffle violent et bruyant, se précipitait vers l'hacienda. Et de son ventre ouvert comme une plaie chutaient en hurlant des trombes de grêlons.

La fraîcheur de la pluie et les énergiques bourrades de Joaquin sortirent très vite Antoine de son évanouissement. Il grogna, repoussa le métis et grimaça de douleur en portant la main à son front.

— Saloperie de saloperie! grogna-t-il en s'asseyant et en contemplant ses doigts rouges de sang, je dois avoir une belle entaille!

Il la palpa délicatement du bout de l'index, en évalua la longueur. Partant de l'arcade droite, elle remontait en travers du front et venait se perdre dans le cuir chevelu, au sommet du crâne.

— Fallait pas sauter! lui reprocha Joaquin avec une véhémence proche de la remontrance.

— Dis, tu vas pas m'engueuler en plus! Tu crois que j'ai sauté exprès? Et toi, comment as-tu fait?

— J'ai cramponné les ridelles, expliqua le métis avec un haussement d'épaules un brin dédaigneux.

— Bon, d'accord, dis tout de suite que je ne suis bon à rien et n'en parlons plus! fit Antoine en se relevant. Bon Dieu, je saigne comme un goret! Et, en plus, je suis trempé comme une soupe! marmonna-t-il.

Il fit un tampon de son mouchoir, le plaqua contre la plaie et tituba jusqu'à l'attelage renversé.

— Faut achever cette bête, ordonna-t-il en regardant le cheval qui essayait en vain de se relever.

— J'avais bien dit qu'il fallait partir plus tôt! ronchonna Joaquin en fouillant dans l'arrière de la carriole. Il trouva le lourd Remington 45 qu'Antoine emportait toujours dans l'espoir de tirer quelque gros gibier, glissa une cartouche dans la chambre et tendit l'arme à Antoine.

— Ben quoi, fais-le! dit celui-ci en tamponnant délicatement son front ouvert.

— Si on était partis plus tôt, comme je le disais... Mais on m'écoute jamais! grommela Joaquin en posant la bouche du canon sur la tête du cheval.

Le bruit du Remington fut noyé par le sinistre craquement que fit la foudre en frappant un nez de rocher, à cinq cents pas de là.

C'est alors qu'Antoine découvrit, fondant vers eux comme un condor obèse, le gros nuage de grêle aux reflets de cuivre.

— Rapplique ici! Regarde ce qui arrive! hurla-t-il à l'adresse du métis.

Joaquin se retourna, jura et se précipita sous la capote où s'était déjà glissé Antoine.

— Et ne me redis pas qu'on aurait dû partir plus tôt! Parce que cette fois, je cogne! le prévint celui-ci.

— Ça changera quand même rien! On est partis trop tard! jeta le métis en se réfugiant au fond de la caisse.

Les premiers grêlons empêchèrent Antoine de répondre. Ils dégringolèrent à quelques mètres de l'attelage renversé et ils étaient si gros qu'Antoine ne comprit pas immédiatement que c'étaient bien des morceaux de glace qui tombaient. Puis l'un d'eux chuta sur une ridelle, rebondit et vint se nicher entre ses pieds.

— Pas possible! s'exclama-t-il en reculant instinctivement. T'as vu ça? dit-il à Joaquin.

Le bloc était là, entre eux, énorme, tout bossué et

étincelant, aussi volumineux que deux poings d'homme réunis.

Et le ciel se déchaîna de nouveau. Accompagnée par les grondements toujours aussi menaçants de l'orage, la grêle pétrifia le paysage en quelques instants, sous les yeux effarés d'Antoine et de Joaquin.

Tapis sous la capote et redoutant de la voir se déchirer sous le choc des grêlons, ils ne pouvaient même pas se parler tant le vacarme était violent, terrifiant. Muets, ils assistèrent au saccage du paysage.

Dents serrées, fou d'impuissance, Antoine pensa tout de suite à l'allure qu'allaient avoir les champs cultivés après le passage d'un tel cataclysme. Il imagina les quelque mille cinq cents hectares de blé en épiaison, les mille hectares d'orge d'hiver, presque mûrs, les mille deux cents hectares d'avoine, les deux mille hectares d'*alfafa* fleuri dont on devait, sous peu, commencer la première coupe. Et il vit, comme s'il était déjà sur place, les milliers d'hectares de vergers massacrés, anéantis. Et les vignes ravagées, meurtries, perdues...

Et c'est seulement ensuite, et il s'en voulut un peu, qu'il songea à la frayeur que devait ressentir Pauline. Car si un tel fleuve de glace était en train de s'abattre sur l'hacienda, celle-ci ne devait déjà plus posséder une seule tuile intacte.

Puis il tenta de se rassurer en se disant qu'il n'était pas certain que la grêle ait touché la totalité des terrains de l'hacienda.

« D'habitude, les averses de grêle suivent un étroit couloir, alors peut-être qu'il n'y a pas trop de casse... Faut voir... »

La chute cessa aussi brusquement qu'elle avait commencé et au fracas succéda un impressionnant silence, car même l'orage avait fui.

La première chose qui surprit Antoine et Joaquin quand ils sortirent de leur abri fut la soudaine et très nette baisse de température. En quelques minutes, à la moiteur tropicale qui précédait l'orage, avait succédé un froid désagréable, car hors saison.

Ce qui les choqua ensuite, ce fut la scintillante et presque irréelle blancheur du paysage. Autour d'eux, sur les *cerros* et la vallée éclatante de verdure et de fleurs quelques instants plus tôt, s'étendait maintenant un grumeleux tapis de glace d'où émergeaient par endroits, comme des squelettes becquetés, les troncs d'arbres aux branches mutilées. Et tout en haut du *cerro* du pin, aux pentes immaculées, se dressait, dérisoire et grotesque, le fût déchiqueté et pétrifié du pin parasol.

— Ben voilà..., murmura Antoine sans cesser d'éponger délicatement sa blessure.

Il regarda son mouchoir sanguinolent, le replia pour essayer de trouver un peu de tissu sec, puis haussa les épaules, ramassa un grêlon plus gros qu'une pomme et l'appliqua sur la plaie.

— Vous voulez ça? proposa Joaquin en exhibant une espèce de torchon aux teintes douteuses qu'il sortit de sa poche.

— Merci, ça ira, la glace devrait arrêter l'hémorragie.

— Alors, qu'est-ce qu'on fait maintenant? demanda le métis.

Il paraissait dépassé par les événements, presque groggy.

— On rentre à l'hacienda, elle n'est pas loin.

— Vous pourrez marcher?

— Mais oui, et s'il faut, tu m'aideras. Partons avant que la nuit arrive.

Antoine reprit espoir à l'approche de l'hacienda. Jusque-là, depuis qu'ils avaient abandonné l'attelage, Joaquin et lui n'avaient cessé de fouler un tapis de grêlons. Et tous les champs qu'ils avaient traversés offraient le même désolant spectacle de leurs cultures anéanties.

Et d'un coup, après avoir franchi le pont de bois sous lequel grondait le petit río Caliente, monstrueusement grossi par un flot bouillonnant et rougeâtre, tout changea. En l'espace de quelques mètres, la végétation redevint luxuriante, intacte, superbe. Somptueuse car toute irisée par les derniers feux d'un couchant aux extraordinaires teintes vertes et rouge-orange.

Même l'odeur changea. Vingt mètres avant, la campagne empestait l'herbe hachée, l'écorce martelée, l'aubier à vif, les pleurs de la sève et les fleurs écrasées. Et maintenant, passée la frontière que traçait le lit du río, tout embaumait. Dans le parfum de l'humus chaud et humide, s'insinuait celui des fleurs de tulipiers et des magnolias, aux énormes et fragiles corolles alourdies et penchées par la pluie, mais intactes et chargées d'effluves.

Ici, tout était indemne. Nulle horrible plaie ne mouchetait les troncs d'arbres, et dans les futaies, au sein des feuillages luisants d'eau, pépiaient les perruches et les oiseaux-mouches se regroupant pour la nuit.

Malgré l'obscurité qui gagnait de plus en plus vite, Antoine eut le temps de voir que la grêle semblait avoir épargné les terrains situés à droite du río.

— Si ça pouvait être le cas sur toute sa longueur..., murmura-t-il.

En effet, plus de la moitié des terres de Pedro de Morales s'étendait de ce côté-là.

— Oui, ça serait une sacrée chance, dit-il en s'arrêtant car de désagréables élancements fusaient dans son crâne.

— Ça va pas? lui demanda Joaquin avec inquiétude.

— Bah! J'en ai vu d'autres et de pires! Mais, dis, je saigne encore beaucoup?

— Presque plus, dit le métis en observant la plaie.

— C'est pas trop laid quand même? Tu comprends, je ne voudrais pas effrayer Mme Pauline..., expliqua-t-il en désignant l'hacienda qui se trouvait maintenant à moins de cent pas.

— Vous voulez que j'aille la prévenir? Doucement? insista Joaquin.

— Non pas! Si elle te voit arriver seul, ce sera pire! Bon, décida-t-il après quelques instants, marchons comme si de rien n'était. Parce que, tu comprends, je suis certain que Mme Pauline nous guette depuis le perron. Regarde, c'est déjà allumé, elle doit nous attendre depuis plus d'une heure! Alors l'important, c'est qu'elle nous voie revenir ensemble.

Il devina que son compagnon se préparait à parler, pressentit ce qu'il allait dire et ajouta aussitôt :

— Et si tu oses lui raconter que nous aurions dû quitter Campo Rojo deux heures plus tôt, je t'étrille! Il vit que Joaquin riait doucement et insista : Parce que vois-tu, Mme Pauline ne voulait déjà pas que je parte ce matin, alors crois-moi, je vais en entendre...

Il se redressa, expédia une amicale tape dans le dos du métis et marcha vers l'hacienda.

Pedro de Morales posa un verre de *mosto* sur le petit guéridon installé à côté du fauteuil d'Antoine.

— Vous allez mieux? demanda-t-il.

— Oui, merci, ça ira, dit Antoine en palpant la bande qui lui entourait le front.

Comme il l'avait prédit, Pauline les avait vus arriver de loin et, soudain libérée de son inquiétude, n'avait pas eu un trop grand choc en découvrant sa blessure.

Elle était pourtant de belle taille et de bonne profondeur, comme il s'en était aperçu dès qu'il s'était vu dans un miroir.

— Ça te manquait hein? Faut toujours que tu attires

l'attention sur toi! avait plaisanté Pauline tout en net-
toyant la plaie.

Et parce qu'il avait ôté sa chemise trempée d'eau et de
sang, elle lui avait tendrement caressé la longue cicatrice
blanche qui lui barrait tout le côté gauche de la poitrine,
souvenir d'un coup de sabre reçu dix-sept ans plus tôt, à
côté de Chenebier, en France... Puis ses doigts, légers,
étaient ensuite venus frôler la vilaine et large tache rouge,
encore boursouflée par endroits, qui lui mangeait la moitié
du dos, autre souvenir de la méchante décharge de fusil
qui l'avait couché là-haut, dans la sierra, entre Coquimbo
et Vallenar, en mars 74...

— Je finirai par croire que tu fais exprès de ramasser
tous ces coups pour m'obliger à te cajoler un peu! avait-
elle ajouté en posant sans avertissement un gros tampon
de coton imbibé d'alcool sur les lèvres de la plaie.

— Nom d'un chien! Tu appelles ça cajoler? avait-il
lancé en se redressant d'un bond.

— Il y a un temps pour tout... Mais reste assis et cesse
de geindre comme un gamin! On croirait entendre Silvère
quand il s'écorche les genoux! C'est fou ce que les
hommes sont douillets. Ah! si vous deviez accoucher, quel
concert!

— Ben pardi! Et pendant ce temps vous feriez la
guerre? Et puis quoi encore? Douillet, moi? Ça alors!

— Allons, cesse de bouger. Voilà, c'est fini, avait-elle
dit en s'écartant. Tu es superbe, on jurerait un gros œuf de
Pâques!

Et elle s'était prestement esquivée pour éviter l'amicale,
mais magistrale claque qui visait ses fesses.

Maintenant, assis devant le feu, Antoine reprenait ses
forces.

— Isodoro, Marcial et Maximo sont passés juste avant
votre arrivée, dit Pedro de Morales.

Il semblait très soucieux et Antoine comprit que les trois chefs d'équipe n'avaient pas apporté de bonnes nouvelles.

— Ils sont juste venus après l'averse de grêle..., poursuivit Pedro de Morales.

— Et alors? insista Antoine.

Il s'attendait au pire car les trois hommes travaillaient dans une zone très riche en cultures diverses. Dans un territoire d'environ mille hectares qui s'étendait aux abords immédiats de l'hacienda, sur le côté gauche du río Caliente.

— Gros dégâts, dit Pedro de Morales. A première vue, presque la moitié des récoltes est perdue. Je parle des céréales et de l'*alfafa*.

— Et les vergers?

— D'après Maximo, ils sont touchés aux deux tiers...

— Et les vignes?

— Intégralement ravagées... Il paraît qu'il y avait vingt centimètres de grêlons gros comme le poing entre les rangs... Isodoro pleurait en m'annonçant cette nouvelle.

— Il y a de quoi, dit Antoine en buvant un peu de *mosto,* un *mosto asoleado* précisément issu de ces vignes désormais ravagées. Et on peut s'attendre à voir rappliquer tous les autres chefs d'équipe des secteurs touchés, poursuivit-il. Ils arriveront au petit jour, dès qu'ils auront recensé la casse. Et plus ils seront nombreux, plus importants seront les dégâts...

Il les voyait déjà, tous, approchant par petits groupes pour se donner du courage. Gênés d'être là, devant l'impressionnant perron de l'hacienda, chapeaux à la main et tête basse, comme s'ils étaient responsables de la catastrophe.

— J'espère quand même que tout n'a pas été touché, qu'en pensez-vous? demanda Pedro de Morales.

Il avait l'air tellement abattu qu'Antoine tenta de le rassurer.

192

— A première vue, il semblerait, je dis bien il semblerait, que la partie à droite du río ait été épargnée. Exactement comme l'a été l'hacienda.

— Que Dieu vous entende! Mais que vous est-il arrivé?

— J'aurais dû quitter Campo Rojo deux heures plus tôt, avoua Antoine, au lieu de ça, j'ai bêtement attendu le dernier moment pour prendre la piste. Et voilà. Ensuite l'orage nous a rattrapés, le cheval s'est emballé et...

Il se tut et désigna son bandage.

— Je vois, dit Pedro de Morales.

— Notre pin est mort, foudroyé, dit Antoine en regardant Pauline.

Il ne lui avait pas encore annoncé cette nouvelle car il savait qu'elle en serait peinée. De plus, la disparition d'un seul arbre était d'une importance infime en face de la catastrophe qui frappait l'hacienda.

— Vous parlez de ce pin parasol que vous avez planté en haut du *cerro*? demanda María-Manuela.

— Oui, coupa Pauline avec un peu de tristesse dans la voix. Cet arbre, il... il..., elle chercha ses mots, hocha la tête, il représentait beaucoup pour nous, et aussi pour les enfants. Vous comprenez, il provenait d'une graine ramassée en France, chez mon mari. Il était un peu notre mémoire et notre porte-bonheur, comme ses frères que nous avons plantés à Santiago.

— Je sais, Antoine m'a tout expliqué, dit Pedro de Morales. Et croyez-moi, pour nous aussi il représentait beaucoup. Il était le symbole du changement de toute l'hacienda. Il marquait l'arrivée de votre époux à Tierra Caliente, sur mes terres, et leur transformation. Il faudra remplacer cet arbre, j'y tiens beaucoup.

— Entendu, acquiesça Antoine.

Il faillit en dire plus, mais se retint, changea de conversation et promit à Pedro de Morales de faire le tour de l'hacienda dès le lendemain pour juger personnellement de l'étendue des dégâts.

Ce fut plus tard dans la soirée, alors qu'il était déjà au lit et que Pauline se préparait à le rejoindre, qu'il lui expliqua comment le pin lui avait sans doute sauvé la vie.

— Oui, dit-il, c'est en tombant sur lui que la foudre a, en quelque sorte, arrêté le cheval. C'est ce qui nous a évité d'aller nous écraser dans un fossé d'irrigation. Parce que, crois-moi, pour le coup, tu étais sans doute veuve. Tu ne te doutais pas de ça lorsque tu as ramassé cette pomme de pin dans la cour des Fonts-Miallet, n'est-ce pas ?

— Non, avoua-t-elle en défaisant son chignon et en secouant gracieusement la tête pour éparpiller sa lourde chevelure.

— Tu es certaine d'avoir besoin de cette espèce de... pelisse ? plaisanta-t-il en voyant qu'elle enfilait une élégante mais longue et opaque chemise de nuit.

— Oui, après l'orage, les nuits sont fraîches, tu sais bien, sourit-elle en se glissant sous les draps et en se lovant contre lui. Mais j'espère bien que tu vas te dévouer pou me réchauffer un peu. Sauf naturellement si tu as trop mal à la tête !

10

Bien qu'il tentât de se raisonner, Martial était beaucoup moins sûr de lui depuis que la malaria l'avait un jour contraint à fuir Panamá. Et si le fait d'être revenu dans l'isthme, contre toute prudence, lui avait rendu un enthousiasme qu'il croyait éteint, il avait l'honnêteté de reconnaître que ses forces et son moral étaient moins solides qu'avant.

Ainsi devait-il souvent lutter pour surmonter l'abattement qui le gagnait au soir de journées trop chargées de travail, d'imprévus, de soucis divers.

C'était plus qu'une fatigue physique, qu'un besoin de repos. C'était cette sournoise petite voix intérieure qui venait insidieusement lui rappeler qu'il n'était plus de première jeunesse et qu'il ne pouvait plus, comme naguère, faire toute confiance à son corps. Qu'il devait se défier de ses réactions, en tenir compte, les redouter même. Car, un jour, ce corps qu'il croyait bien connaître et qui avait toute sa confiance l'avait lâchement trahi.

Il ne parvenait pas à oublier cette subite défection, ce lâchage qui l'avait contraint à baisser les bras. Il n'arrivait surtout pas à se défaire de l'idée que, peut-être, d'autres trahisons se tramaient déjà en lui, discrètement, méchamment, et qu'un jour, la maladie triompherait de nouveau.

Aussi, sans être en permanence hanté par la crainte d'une éventuelle rechute, était-il attentif à tous les symptômes qu'il pensait déceler dans telle ou telle réaction de son organisme.

Ce soir-là, alors qu'il venait de regagner le bungalow, ce fut une diffuse douleur dans les jambes qui l'alerta. Déjà fatigué par une longue journée de travail, il était prêt à imaginer le pire lorsqu'il se souvint du bain forcé qu'il avait pris quelques heures plus tôt, alors qu'il longeait un marigot.

Il avait soudain glissé sur le sol détrempé et s'était retrouvé assis dans l'eau saumâtre, au milieu des crapauds et grenouilles et d'une colonie de ces superbes petits crabes rouges, à pattes blanches tachées de bleu, qui pullulaient dans la région.

Il avait dû se défaire de quelques-uns de ces crustacés qui s'étaient accrochés à son pantalon, puis était sorti du marécage, salué par le rire moqueur de quelques dizaines d'ouvriers qui travaillaient non loin et jugeaient la scène du plus haut comique!

Et maintenant il avait les jambes lourdes et un peu douloureuses, mais savait pourquoi.

— J'ai sûrement ramassé tout un tas de ces saloperies! grogna-t-il en enlevant son pantalon humide et maculé de boue.

— Tu as attrapé des *garapates*? lui demanda Romain.

Il avait installé le tub de zinc sur la véranda et se lavait à grande eau car lui aussi était couvert de boue.

Les *garapates* étaient d'immondes petits arachnides, plats comme des punaises et aux mœurs comparables à celles des tiques. Une fois leurs crochets plantés dans la chair, ils ne lâchaient plus et se gorgeaient de sang en gonflant comme des outres.

— Non, pas des *garapates*, des sangsues, dit Martial en regardant ses jambes.

Il grimaça de dégoût en découvrant plusieurs sangsues agglutinées sur ses mollets, comme de grosses pustules rougeâtres et visqueuses.

— Quelle saloperie! dit-il, quand je vois ça, je me demande ce que je suis revenu foutre dans un pays aussi pourri!

— A mon avis, c'est l'appât du gain qui t'a attiré! plaisanta Romain en se versant un broc d'eau sur la tête.

— Ah oui! Parlons-en du gain, surtout en ce moment!

Depuis une semaine, deux des six excavateurs de la Sofranco, ainsi que la *Ville de Lodève,* étaient en panne et Martial ne pouvait s'empêcher de calculer la perte engendrée par l'immobilisation des engins.

Certes, le temps béni du mètre cube payé cinq piastres n'était plus qu'un souvenir. Comme l'avait prévu Antoine, la Carthbilh and Cº n'avait pu survivre en pratiquant de tels cours. Elle avait donc passé la main à une autre entreprise, moins généreuse, mais peut-être plus solide, pour laquelle travaillait maintenant la Sofranco.

Comme avait dit Romain, le principal c'est que la Carthbilh nous ait payés! Et tant pis pour elle si elle s'est noyée. Ici, il n'y a que des marécages, alors il faut savoir nager!

— Non mais regarde-moi ça! grogna Martial en observant ses jambes.

Il alluma un cigare, tira quelques longues bouffées pour bien l'embraser et commença à se débarrasser des sangsues en les touchant une à une avec la pointe incandescente. Profitant de sa relative immobilité, de nombreux moustiques s'abattirent sur son torse nu.

— Tiens, voilà O'Brien! prévint Romain.

— Je te parie qu'il vient encore râler à propos de nos engins en panne, dit Martial tout en continuant à détacher délicatement les sangsues accrochées à ses mollets.

— Ça m'étonnerait, je l'ai vu hier après-midi et je lui ai dit que nous en avions pour encore deux ou trois jours.

— Salut la France ! lança l'Irlandais en grimpant les quatre marches qui desservaient le bungalow.

Il regarda Romain, puis Martial, sourit et brandit le cruchon qu'il tenait à la main.

— Sortez les verres, les enfants, ce soir, c'est moi qui arrose !

— Si c'est avec ton pétrole habituel, je préfère rester à l'eau, et dans l'eau ! prévint Romain toujours assis dans le tub.

— Moi aussi, assura Martial.

Il tira sur son cigare pour en activer la combustion et le posa sur une grosse sangsue installée entre ses doigts de pied.

— Comment t'as fait pour ramasser tout ça ? s'étonna O'Brien en regardant les jambes de Martial, t'as pataugé ?

— Exactement.

— Tu devrais en laisser une ou deux, c'est excellent pour la santé, ça décongestionne ! déclara O'Brien en s'asseyant. Trêve de plaisanterie, c'est moi qui avais raison, poursuivit-il en débouchant son cruchon.

— Qu'est-ce que tu racontes ? demanda Romain en sortant de son tub.

Il se noua une serviette autour des reins et vint s'asseoir à côté de l'Irlandais.

— Parfaitement, c'est moi qui avais raison, redit O'Brien. Dame, depuis le temps que je vis ici, ça me crevait les yeux qu'il faudrait en venir là ! Il emplit un verre, le poussa vers Romain : tu peux le prendre, c'est du vieux rhum, du bon. Je reviens de Colón, expliqua-t-il ; c'est quasiment décidé, on va abandonner le canal à niveau...

— Qui t'a raconté ça ? demanda Martial en enfilant un pantalon propre.

— J'ai vu du monde, des gens sérieux. Alors voilà, il

paraît que votre compatriote, l'ingénieur Bruno Varilla a...

— Non, pas Bruno, coupa Romain.

— Si! C'est bien de Bruno Varilla qu'on m'a parlé! assura O'Brien.

— Non, redit Romain en riant, il s'appelle Philippe-Jean Bunau-Varilla! C'est un de nos plus jeunes ingénieurs, mais on assure que c'est un des meilleurs.

— Si tu veux, concéda O'Brien, enfin bref, il a convaincu de Lesseps que les écluses étaient obligatoires si on veut voir un jour ce canal servir à quelque chose...

— Quand on se souvient de ce que proclamait de Lesseps en juillet dernier! Je n'ai pas oublié, assura Martial, toute la presse avait repris sa déclaration, quelque chose comme : «*Jamais je ne consentirai à un remplacement définitif du canal à niveau par un canal à écluses!*» Et tu dis que c'est maintenant décidé?

— C'est pas officiel, mais c'est tout comme. Et c'est bien aussi celui dont tu m'as parlé qui fabriquera les écluses. Six ou neuf portes énormes, avec tout le mécanisme qu'il faut derrière, un rude travail...

— Tu dis que c'est Eiffel qui va les fabriquer?

— Eiffel, c'est ça, approuva O'Brien en se réservant une rasade de rhum, c'est cet homme qui est en train de bâtir cette fameuse tour à Paris.

Martial opina, se servit à son tour un peu d'alcool.

Depuis que les bruits couraient sur le chantier qu'on opterait peut-être un jour pour un canal à écluses, le nom d'Eiffel était de plus en plus souvent cité.

Martial avait déjà beaucoup entendu parler de lui lors de son dernier voyage en France, en 86. A cette époque, tout le pays était secoué et partagé par le projet du gouvernement. Un projet fou et grotesque pour les uns, fantastique et merveilleux pour les autres.

Martial qui avait vu dans la presse les dessins et plans de la future réalisation n'était pas loin de penser qu'on se préparait à gâcher beaucoup d'argent pour bâtir une tour inutile. On annonçait que sa construction coûterait, au bas mot, six à sept millions de francs ! Et autant lui semblait normal de célébrer dignement l'anniversaire de la Révolution en organisant à Paris une gigantesque et somptueuse Exposition universelle, autant lui paraissait bizarre, et pour tout dire peu sérieux, qu'on veuille ériger en plein Paris un tel pylône de ferraille.

Quant à Romain, qui n'était pourtant pas revenu en France depuis dix-neuf ans mais qui se sentait toujours très parisien, l'idée même qu'on envisageât de saccager le Champ-de-Mars — son Champ-de-Mars ! — en y posant cet immonde suppositoire le rendait furieux.

Il ne tolérait pas que l'on veuille toucher au Paris qu'il avait en mémoire, à cette ville superbe qu'il avait été un jour contraint de fuir, la mort dans l'âme. Mais, depuis ce 6 mai 1868, date de son départ pour l'Amérique, vivaient en lui les images de sa ville natale, de son charme, de sa gaieté. Et surtout du calme champêtre qui régnait alors sur le Champ-de-Mars. Et c'était justement là qu'on voulait bâtir une tour de fer dont la laideur n'aurait d'égal que le gigantisme ! C'était scandaleux !

Aussi avait-il applaudi lorsqu'il avait découvert dans quelques journaux parvenus jusqu'à Panamá la pétition solennelle lancée par plus de trois cents personnalités. Il y avait trop longtemps qu'il avait quitté Paris pour connaître tous les signataires de la protestation. Mais il avait été réconforté en voyant que des hommes comme Alexandre Dumas, Sully Prudhomme et François Coppée partageaient son point de vue. Et les photos qui montraient maintenant l'avancement des travaux et que la presse reproduisait avec complaisance ne pouvaient qu'accroître son opposition.

Commencée en janvier 87, la tour en était déjà à dresser vers le ciel les quatre moignons squelettiques de ses immondes jambes : une horreur, un cauchemar !

— Vous direz ce que vous voudrez, lança Romain, si de Lesseps choisit ce voyou d'Eiffel pour ses écluses, ça ne lui portera pas bonheur !

— Allons, allons, dit Martial, Eiffel est quand même un ingénieur de renom, il a fait ses preuves ! Je ne l'ai pas encore emprunté, mais il paraît que le viaduc de Garabit est un chef-d'œuvre ! Moi, je trouve que de Lesseps fait un très bon choix, un homme comme Eiffel va rassurer les actionnaires et Dieu sait s'ils en ont besoin !

— Peut-être, mais moi, je ne pardonnerai jamais à ce ferrailleur de vouloir défigurer Paris ! Enfin, j'ai lu récemment que sa maudite tour serait sans doute démontée après l'Exposition. C'est encore heureux, mais quel stupide gâchis ! Bon, oublions cette triste histoire, ajouta-t-il en regardant O'Brien. Alors c'est certain, cette fois, on se décide pour les écluses ?

— Oui, c'est indispensable. Figurez-vous que de Lesseps continue à proclamer que le canal sera ouvert dans trois ans ! Quelle blague ! Je me demande qui le renseigne. Enfin, on verra bien. Ce qui compte, dans l'immédiat, c'est de comprendre que ce nouveau choix va changer pas mal de choses sur le chantier, et je me demande...

Martial et Romain l'observèrent, virent qu'il hésitait.

— Alors vas-y ! lança Romain, qu'est-ce qui te tracasse ?

— Faudrait être sûr..., commença l'Irlandais. Oui, dit-il enfin, s'ils choisissent les écluses, il va falloir, une fois pour toutes et plus efficacement qu'actuellement canaliser le Chagres. Avec des écluses, il ne sera plus possible de tolérer les crues et, surtout, il faudra de l'eau pour les approvisionner. Alors il va falloir en venir à l'idée du barrage. Oui, celui de Gamboa et son milliard de mètres cubes de retenue... Alors, croyez-moi, si j'étais vous, je veux dire si j'avais comme vous une petite société...

— Alors quoi ? insista Martial.

— J'investirais à fond dans l'achat d'une, voire deux

dragues de plus. Des grosses, comme la *City of New York*, à double couloir. De toute façon, celle que vous possédez est à bout de souffle, je me trompe ?

— Doucement, doucement, l'arrêta Martial, tu sais ce que coûtent ces engins ? On ne décide pas une telle dépense à la légère. Surtout que le prix du mètre cube, pour les dragues, alors là, parlons-en ! On est très loin du tarif excavateur en rocher ! Pas vrai ? A un tiers de piastre le mètre cube de boue, faut en sortir pour payer la machine !

— Oh là ! Vous faites ce que vous voulez les enfants ! l'arrêta O'Brien en remplissant son verre. Moi, je dis ce que je pense, c'est tout ! Mais, que ça vous plaise ou non, votre drague actuelle est foutue !

— Elle sera prête dans deux jours, coupa Romain.

— Peut-être, mais elle recassera ! assura O'Brien. Moi, tout ce que je vous dis, c'est que le travail de dragage va aller en s'accentuant, alors à vous de choisir, c'est tout. Et, quant à vos réparations, laissez-moi rigoler ! Faut pas vous vexer, les gars, mais vous n'avez pas gagné au départ de votre ami Antoine ! Vos engins n'ont jamais aussi bien fonctionné que lorsqu'il était là. Faut dire que lui, c'est un champion ! Moi je l'ai vu dans le ventre d'un excavateur, superbe, un as !

— Te gêne surtout pas, dis tout de suite que nous n'y connaissons rien ! plaisanta Romain.

— C'est pas le mot, mais vous, c'est autre chose... Enfin bref, vous voilà prévenus. Vous êtes les premiers à qui j'annonce la nouvelle des écluses. Libre à vous d'accepter ou non les marchés qui vont en découler.

— Merci, on ne l'oubliera pas, dit Romain en se levant et en sortant sur la véranda.

La nuit était maintenant tombée, épaisse et toute bruissante d'une lourde et monotone averse.

— Cette fois, sûr que le Chagres va encore faire des siennes, dit-il en revenant dans la pièce.

— C'est de saison, dit O'Brien, mais ça ne nous fera

pas gagner du temps. Parole, on peut dire que cette année aura été une des pires pour les inondations. Bon, c'est pas le tout, faut que je rentre.

— Mais non, coupa Martial, tu vas manger un morceau avec nous, c'est l'heure. Tu vas voir, notre ami Tchang est un excellent cuistot ; il nous mitonne des soupes et des filets de morocoï absolument divins...

— Ah ça ! la tortue, c'est fameux, approuva O'Brien, mais ça demande un bon cuisinier. Vous vous êtes enfin décidés à en prendre un ?

— Oui, dit Romain, la cuisine, c'est pas mon fort, ni celui de Martial. Et, depuis que ce brave Joaquin est reparti avec Antoine, on mangeait vraiment trop mal. Alors quand j'ai déniché Tchang, crois-moi, ça n'a pas traîné. Il est cher, c'est vrai, mais sublime !

— Tu dis bien Tchang ? demanda O'Brien en souriant. Je sais bien que tous ces nez plats ont le même nom, mais votre Tchang, ça serait pas des fois celui de l'ingénieur de Beer, de la Barben and C°, hein ? Bon Dieu, il ne décolère plus depuis que son Jaune a disparu, c'est le même ? Allez, avoue, c'est le même ?

— Qui peut savoir ? Tu l'as dit toi-même, ils ont tous le même nom..., éluda Romain en souriant à son tour. Et puis je te rappelle que le commerce est absolument libre dans toute la zone du canal. C'est légal, ça fait partie des accords passés avec les Colombiens ! Pas de droits de douane, travail libre, prix libres ! Donc main-d'œuvre libre d'aller chez qui bon lui semble !

— Bougres de salauds ! s'esclaffa O'Brien. Alors il est chez vous ce fameux Tchang ? Eh bien, c'est volontiers que je goûterai sa cuisine. Mais, s'il l'apprend, de Beer ne vous le pardonnera jamais ! Parole, il est fou de rage depuis trois semaines, fou de rage !

— Ben oui, dit Martial, nous, depuis trois semaines, on a vraiment repris goût à la bonne cuisine... Curieux, non ? Enfin, il y a comme ça des coïncidences...

Dès le premier matin après l'orage, Antoine, tôt levé malgré les élancements qui fusaient de sa blessure à la tête, accueillit tous les chefs d'équipe qui vinrent rendre compte des dégâts.

Et parce qu'il connaissait parfaitement l'hacienda, la provenance de tous ces hommes lui permit de dresser un premier bilan. Il était sommaire et demandait à être affiné, mais il donnait de terribles indications sur le chemin suivi par le nuage de grêle.

Montant du sud et longeant le côté gauche du río Caliente, il avait d'abord survolé, mais épargné, toute la région de Campo Rojo, et seuls quelques arpents de jeunes vignes avaient reçu une brève et peu méchante averse de grésil.

Mais, de plus en plus lourd et menaçant, le nuage avait ensuite fondu sur les terres qui s'étendaient entre les pueblos Santa Ana, Tierra Grande et Tierra Chica. Et là, de sa panse soudain crevée, avait chu la plus violente tempête de grêle jamais subie dans le pays, de mémoire de péons. En tout, trois mille cinq cents hectares de vergers, vignes et céréales avaient été anéantis en moins de deux minutes...

Saccageant ensuite mille trois cents hectares de plus dans la région d'Agua Caliente, Santa María et Campo Verde, il était passé devant l'hacienda en broyant au passage plus de deux cents hectares de primeurs. Ensuite, filant toujours vers le nord, il avait touché et mutilé en partie quelque trois mille autres hectares de céréales, de vergers et d'*alfafa*.

En tout, c'étaient donc au moins huit mille hectares, soit plus de la moitié des terres cultivées de l'hacienda, qui étaient détruits.

— Vous dites bien huit mille hectares ? demanda Pedro de Morales lorsque Antoine vint lui rendre compte, vers midi.

204

— Approximativement oui. En gros, c'est presque tout le côté gauche du río qui a trinqué. Je n'ai vu aucun chef d'équipe des régions de Tierra Verde, Agua Fría, Agua Dulce et San Roberto, c'est donc qu'elles sont épargnées.

— Huit mille hectares! redit Pedro de Morales en mordillant son cigare.

Il était tellement abattu qu'Antoine tenta de le réconforter.

— Vous savez, il faut encore que j'aille vérifier sur place, dit-il. Les péons exagèrent toujours, vous les connaissez mieux que moi! Là où ils disent : « Tout est perdu! », peut-être qu'il existe encore un quart de bon, ou plus... Alors, dès cet après-midi, je vais commencer la tournée des régions atteintes. Ça me prendra plusieurs jours, mais c'est alors seulement qu'on connaîtra vraiment l'ampleur des dégâts.

— Bien sûr..., murmura Pedro de Morales. Il emplit deux verres de *mosto*, en tendit un à Antoine : Vous voyez, soupira-t-il, je finirai par croire que mon père avait raison. Rappelez-vous : de son temps, il y avait à peine sept mille hectares de cultures et...

— Exactement six mille cinq cents, coupa Antoine, six mille cinq cents hectares de terre mal tenues et mal exploitées...

— Je vous le concède. Mais au moins, en cas de grêle et de destruction, la perte n'était pas grande car mon père ne faisait aucun frais pour exploiter... Oui, il avait sans doute raison.

— Mais non! protesta Antoine. D'abord, s'il est vrai qu'il ne faisait aucune dépense, il ne devait pas non plus avoir un gros bénéfice! Et puis, lança-t-il soudain, permettez-moi de vous dire que toutes ces terres qui se perdaient, c'était... c'était du gâchis! Voilà, du gâchis!

— Et huit mille hectares ravagés, ce n'est pas du gâchis?

— Si, mais même si toutes les récoltes sont perdues, la

bonne terre est toujours là, elle! Le gâchis, il est pour cette année, c'est vrai, mais pas pour les années à venir. On taillera les vignes et les arbres et, s'il faut, on en replantera et ils produiront à nouveau! On labourera et on resèmera partout où ce sera possible, ça repoussera. Voilà ce qu'il faut faire!

— Tout ça, c'est bien beau, mais si la grêle revient dans deux ou trois ans, hein? Vous y pensez?

— Non, je n'y pense pas et je vais vous dire pourquoi. Quand vous m'avez proposé de prendre votre hacienda en charge, je l'ai fait parce que j'aime la terre avant tout. Je suis un paysan. Et nous, qu'on travaille sur deux cartonnées en Corrèze ou sur quinze mille hectares à Tierra Caliente, quand on se met à labourer, c'est parce qu'on espère toujours récolter. Si on doute, mieux vaut rester couché. On cultive et on sème parce que c'est notre métier et surtout parce qu'on n'aime pas voir de la terre inemployée.

— Oh, je comprends bien, soupira Pedro de Morales, mais vous savez ce que me coûtent ces huit mille hectares perdus?

— Oui, j'y pense, et sans doute plus que vous ne croyez. Mais, vous savez, si vous voulez être vraiment certain que la terre vous rapporte, ce n'est pas de l'agriculture qu'il faut y faire! Si vous raisonnez comme ça, il ne faut plus s'occuper d'aucune terre, sauf pour en tirer des nitrates, du guano, de l'or, de l'argent ou du cuivre! Tout ça, c'est à l'abri de la grêle, mais ce n'est pas ce que vous m'avez demandé de faire à Tierra Caliente! Et ce n'est surtout pas ce que vous demanderez à Marcelin lorsqu'il prendra ma place un jour, bientôt j'espère. Parce que moi, je sens monter la fatigue, il va être temps que je passe la main. Moi aussi, ce coup de grêle me fait mal, mais, sauf si vous en décidez autrement, je vais quand même faire tout ce qu'il faut pour limiter, ou réparer la casse, acheva Antoine.

Il huma son verre, but une gorgée et observa Pedro de Morales. Le Chilien était tellement abattu et surtout hésitant qu'il craignit de le voir abandonner la lutte, aussi insista-t-il :

— C'est vous le patron... Mais avant d'en venir au système qu'employait monsieur votre père, c'est-à-dire ne rien faire, mais ne rien gagner non plus, ou presque rien, songez quand même à tout ce que vous avez déjà investi... Ça, c'est toujours là, dans ces milliers d'hectares de bonnes terres mis en culture, dans ces vignes, ces vergers et tous ces champs irrigués... Et puis quoi, personne ne se souvient d'avoir vu un tel orage de grêle, et peut-être qu'il n'y en aura pas de semblable avant cinquante ans ! Et, d'ici là, on aura sûrement inventé de quoi éviter la grêle !

— Et puis dans cinquante ans, nous deux, hein..., dit Pedro de Morales en ébauchant un sourire. Bon, vous avez raison, décida-t-il soudain, on va faire front. Vous commencez la tournée cet après-midi ? Très bien, nous la ferons ensemble. Après tout, il est bon que mes péons me voient sur mes terres.

Depuis trois jours qu'ils découvraient les champs saccagés, les vignes et les vergers broyés, Pedro de Morales, Antoine et Joaquin pensaient avoir pris l'exacte mesure de la catastrophe. Mais ils comprirent que le pire restait peut-être encore à voir en approchant du pueblo de Cerro Verde.

C'était un des villages les plus éloignés de l'hacienda. Situé dans une zone au relief accidenté, donc peu propice aux labours, il abritait une trentaine de familles d'éleveurs. L'herbe qui poussait dans les collines était abondante, elle produisait d'excellents moutons et des bœufs succulents.

Antoine savait qu'il y avait très peu de cultures dans la

région et sans doute ne l'aurait-il point visitée sans l'insistance de Joaquin.

Les trois hommes traversaient une riche plaine céréalière maintenant aux deux tiers détruite, lorsque le métis tendit le bras en direction des lointaines collines.

— Faut aller là-haut, dit-il en arrêtant sa monture.

— A Cerro Verde? Il n'y a rien là-bas que la grêle ait pu détruire, sauf l'herbe, mais elle repoussera toute seule! dit Antoine en haussant les épaules.

— Si, il faut y monter, je suis sûr qu'il y a des dégâts, assura Joaquin.

— Qu'est-ce qui te fait dire ça? intervint Pedro de Morales en essuyant son front ruisselant de sueur.

— Les condors et les urubus, dit Joaquin.

— Qu'est-ce qu'il chante là? demanda Pedro de Morales en regardant Antoine.

— Bah! S'il nous affirme qu'il voit des charognards, c'est sûrement vrai, il a la vue la plus perçante qui soit! Et s'il y a des charognards, c'est qu'il se passe quelque chose! dit Antoine avec fatalisme.

— Je défie quiconque de repérer des condors à cette distance! dit le Chilien en haussant les épaules.

— Ne pariez pas avec Joaquin, dit Antoine.

— Facile à vérifier, décida Pedro de Morales en puisant une paire de jumelles dans ses fontes. Il les braqua vers les collines, siffla entre ses dents : Bon sang! s'exclama-t-il enfin, il a raison, ce bougre! Je n'ai jamais vu un tel rassemblement de vautours! Impossible de voir ce qui les attire, mais c'est sûrement un fameux charnier! Vous croyez que nous devons y aller?

— Au point où nous en sommes..., dit Antoine.

Il aurait volontiers rejoint l'hacienda et sa fraîcheur car la chaleur l'incommodait. De plus, sa blessure à la tête le gênait beaucoup.

— Alors allons-y, lança Pedro de Morales en poussant sa monture vers Cerro Verde.

Ils comprirent en atteignant les premières collines et les pacages.

Ici, ce qui choquait, ce n'étaient pas les arbres et les buissons déchiquetés ni la prairie à l'herbe écrasée et noircie. C'étaient les bruyants attroupements d'urubus et de condors, les bourdonnants nuages de mouches bleues, et les coyotes à l'échine basse et au ventre pesant qui fuyaient à l'approche des hommes. C'était surtout l'odeur douceâtre et écœurante de cadavres en décomposition.

— Je savais bien qu'il y avait des dégâts..., dit Joaquin.

— Tu te souviens? On se croirait dans ce pueblo perdu, du côté d'El Transito..., dit Antoine.

— Oui, approuva le métis, et, après, on avait retrouvé le *padre*. Mais là-haut, c'était la maladie qui avait frappé, pas ici, dit-il en dirigeant son cheval vers un rassemblement d'urubus.

Les oiseaux sautillèrent lourdement à son approche, s'éloignèrent enfin à regret en criaillant.

— Des moutons, dit Joaquin en revenant, tout ça ce sont des moutons crevés, expliqua-t-il en désignant les groupes de vautours.

— Vous pensez que c'est la grêle? demanda Pedro de Morales en regardant Antoine avec incrédulité.

— Sûrement, n'oubliez pas les grêlons que nous ont montrés les péons de Santa Ana, certains pesaient encore plus d'une livre et ils avaient déjà beaucoup fondu...

— Alors après les cultures, les troupeaux..., dit le Chilien en soupirant.

— Et les hommes aussi! intervint Joaquin. Regardez là-haut, ajouta-t-il en tendant une nouvelle fois le bras vers les collines.

— Qu'est-ce que tu racontes? grommela Antoine en se tournant vers la direction indiquée.

Il découvrit alors le pueblo et ses cases accrochées sur

un petit promontoire rocailleux. Il vit surtout la piste qui serpentait vers un minuscule champ clos. Une piste de terre brune toute écrasée de soleil sur laquelle progressait lentement une foule bigarrée.

— Tu es sûr que c'est... ? demanda-t-il à Joaquin.

— Oui, un enterrement, et il y a beaucoup de cercueils, assura le métis.

— Il a encore raison, dit Pedro de Morales en reposant ses jumelles, j'ai compté au moins six ou sept caisses, dont cinq vraiment petites...

— Des petites ? Vous êtes certain ? insista Antoine.

— Oui.

— Normal, murmura Antoine, ici comme partout, ce sont les enfants qui gardent les troupeaux... Alors si la grêle a pu tuer des moutons, pourquoi pas des gamins... Enfin, puisque nous sommes là, même si nous savons presque tout, autant finir d'arriver à Cerro Verde.

Ce fut un vieillard au regard morne, assis dans la poussière devant sa case, qui leur expliqua tout, d'un ton presque indifférent.

Ici aussi, le drame s'était joué en quelques instants.

— Si j'avais été dehors, j'aurais pas eu le temps de rentrer, dit le vieux en crachant un jet brunâtre entre ses pieds.

C'est ainsi que les enfants qui gardaient les troupeaux dans les collines avaient été surpris. On en avait retrouvé cinq le crâne fracassé. Quatre autres, qui avaient eu l'astuce, ou le temps, de se rouler en boule dans leur poncho, n'étaient que blessés. Mais deux vieilles femmes, qui gardaient leurs chèvres à deux cents pas du pueblo, n'avaient pas eu le temps de l'atteindre et étaient mortes, assommées par des blocs de glace plus gros que le poing. Des grêlons si lourds que certains avaient traversé le toit de plusieurs cases.

— Jamais vu ça, et pourtant je suis vieux, le plus vieux d'ici ! Jamais vu ça. Même les plus forts *terremotos* n'ont jamais fait ça ! marmonna le vieillard en suçotant sa chique d'*acullico* entre ses gencives édentées.

— Et les troupeaux ? demanda Antoine.

Il se sentait un peu gêné d'aborder un sujet aussi dérisoire comparé aux sept morts qui endeuillaient le pueblo, mais il fallait qu'il sache.

— Les troupeaux, fit le vieux, vous savez pas regarder ? Vous avez pas vu dans les pacages ?

— Si, mais je veux savoir combien de bêtes sont crevées, dit Antoine.

— Sais pas, beaucoup, beaucoup, dit le vieux, des moutons, des veaux aussi, beaucoup...

Puis il haussa les épaules, ferma les yeux et se désintéressa des trois hommes.

Ils surent un peu plus tard, quand les péons revinrent du cimetière, que la perte s'élevait à au moins cent cinquante brebis et agneaux et à une bonne trentaine de jeunes veaux. Beaucoup de bestiaux, pris de panique et aveuglés par les éclairs, s'étaient tués en sautant dans les ravins.

Et ce bilan n'était que provisoire car d'autres troupeaux, affolés par l'orage, avaient fui devant lui et s'étaient éparpillés dans toute la région. Déjà quelques gros rassemblements d'urubus et de condors, aperçus loin vers le nord, donnaient à penser que beaucoup d'autres bêtes avaient péri.

— De quoi avez-vous besoin ici ? demanda Pedro de Morales.

L'homme qui venait de parler eut un geste évasif, tourna son chapeau entre ses doigts et baissa la tête. Il n'était pas habitué à ce qu'on lui pose ce genre de question. Et surtout, c'était la première fois qu'il rencontrait Pedro de Morales et il était paralysé de timidité.

— Il vous reste des légumes ? demanda Antoine en

venant à son aide. Des pommes de terre, des haricots, des fèves, des courges ?

— Non, plus rien...

— Et le maïs ?

— Plus rien...

— Et l'orge ?

— Plus rien...

— Descendez à l'hacienda dès demain, on vous donnera ce qu'il faut, dit Antoine.

— On a de la viande, beaucoup ! assura l'homme d'un ton soudain plus ferme, comme s'il voulait faire comprendre que les habitants de Cerro Verde n'en étaient pas à quémander la charité. Oui, insista-t-il, beaucoup de viande, on va en faire du *charqui*, avec ce soleil, il sera vite sec ! On n'allait quand même pas tout laisser aux condors ! Alors, on a pris toute la viande qu'on a pu sur les bêtes tuées, on va la faire sécher...

— Très bien. Mais si vous voulez des légumes et du maïs, descendez à l'hacienda. Dis-le aux autres... Maintenant, si vous voulez qu'on arrive avant la nuit, il faut rentrer, ajouta Antoine en se tournant vers Pedro de Morales.

Ils lancèrent leurs montures dans les pacages où grouillaient les urubus. Les charognards, lourds de viande et de tripailles, ne daignèrent même pas s'envoler à leur passage.

11

Insensibles à la pluie qui ruisselait sur leur visage et imbibait leurs vêtements, Martial et Romain observaient anxieusement la drague. Arrêté au milieu du marécage, à trente pas d'eux, l'énorme engin grondait, fumait, grinçait. Mais, de son long goulot dégorgeoir d'où aurait dû sortir un flot bouillonnant et ininterrompu de boue, seuls quelques maigres et spasmodiques jets de vase jaillissaient par moments.

— Saloperie de saloperie! Elle va se mettre à cracher, oui? grogna Romain en mâchouillant son cigare éteint.

Avec toute une équipe de mécaniciens, Martial et lui venaient de passer plus de trois jours à tenter de remettre en marche la *Ville de Lodève* et ils attendaient maintenant le résultat de leur réparation.

Déjà immobilisée et remise en état trois semaines auparavant, la machine s'était brutalement bloquée quatre jours plus tôt, dans un craquement métallique de chaînes, d'axes et de moyeux cassés.

— Mais, bon Dieu! qu'est-ce que vous attendez pour mettre pleine vapeur? hurla Martial à l'adresse de la douzaine d'hommes qui s'activaient à bord de la drague. Le bruit des chaudières était tel que nul n'entendit son appel.

— Bande d'abrutis ! ragea-t-il en écrasant vivement un moustique dans son cou. La vapeur, quoi, merde ! Envoyez la vapeur ! hurla-t-il de nouveau.

— Pas la peine de t'égosiller, ils ne peuvent rien entendre ! D'ailleurs, je suis sûr que la pression est déjà au maximum, dit Romain.

— Alors pourquoi ça ne marche pas ?

— Parce que cette machine est foutue, usée, morte ! Et on pourra changer toutes les pièces qu'on voudra, en forger même de neuves, ça pétera toujours ailleurs ! Ce qu'il faudrait, c'est tout changer, toute la mécanique, et ça... Et c'est pareil pour les excavateurs. Ils sont en fin de course, eux aussi. Faut dire que tout ça travaille depuis plus de six ans, et dans quelles conditions !

— Ce voyou d'O'Brien nous a porté la poisse l'autre soir, dit Martial sans quitter la drague des yeux. Ah ! fit-il en tendant l'oreille, écoute, elle tourne mieux, non ?

— Oui, mais elle ne crache toujours rien.

— Mais si ! Ça vient ! sourit Martial. Tiens regarde ! Regarde ! C'est pas encore le plein rendement, mais ça vient ! Allez, c'est reparti ! J'avoue que j'ai eu peur !

Un bruyant, sinistre et bref grincement, montant des flancs de la machine résonna soudain sur le marécage, tandis qu'un long jet de vapeur fusait vers le ciel.

La drague vibra, comme touchée par un invisible obus et devint silencieuse en quelques secondes.

— Alors quoi ? murmura Martial. Il parut attendre une sorte de miracle, puis comprit et haussa les épaules : Bon, cette fois elle est vraiment foutue, soupira-t-il, pas la peine de perdre notre temps à vouloir la réparer...

Il fit un grand geste de découragement en direction des hommes qui, bras ballants, attendaient les ordres.

— Tirez-moi cette saloperie du passage, elle gêne ! leur lança-t-il. Elle peut encore flotter, oui ? Alors, amarrez-la où vous pourrez et rejoignez l'atelier, le travail n'y manque pas !

Il jeta un dernier regard à la *Ville de Lodève* et rejoignit Romain qui s'éloignait sous la pluie.

Non content d'être un excellent cuisinier, Tchang était aussi un très bon chasseur. Ce n'était pas à la portée de tous car l'ouverture du chantier et le déferlement des milliers d'hommes qui y travaillaient avaient rendu le gibier très méfiant et surtout très rare aux abords immédiats du canal.

Il fallait donc s'éloigner et s'enfoncer en pleine jungle pour avoir la chance de tirer un cerf ou un pécari.

Malgré les difficultés et les dangers que représentait ce genre d'expédition — si le gibier avait fui, ce n'était le cas ni des serpents ni des caïmans ! —, Tchang ne revenait jamais bredouille.

Ce soir-là, ce fut avec fierté qu'il posa sur la table un quartier de cerf de Virginie, doré à souhait et encore tout ruisselant de graisse sur un lit de haricots noirs, moucheté de piments rouges et verts frits.

— Où l'as-tu eu, celui-là ? demanda Martial.

— Pas très loin, au-dessus de Tiger Hill.

— Eh bien, bravo, dit Romain en découpant deux épaisses tranches de viande. Il en posa une dans l'assiette de Martial, se servit.

Debout devant la table, car il avait toujours refusé de s'asseoir avec eux : « Ce ne serait pas convenable ! » assurait-il, Tchang attendit le verdict. Il était heureux et fier de faire la cuisine pour des hommes qui l'appréciaient vraiment, en connaisseurs, en gourmets.

Sans être dénué de papilles, son précédent employeur était loin de savoir goûter et déguster un mets comme le faisaient Martial et Romain. De plus, son ex-patron était pingre et plutôt bougon de nature. C'était donc sans l'ombre d'un remords que Tchang avait accepté les généreuses offres d'embauche de Romain. Il ne le regrettait pas.

— Sublime! dit enfin Martial en emplissant les verres d'un honnête vin de Bordeaux qu'il se procurait à Colón, chez un épicier chinois.

— Mon vieux Tchang, si Dieu me prête vie, si je rentre un jour en France, je t'emmène. Ta fortune est faite! plaisanta Romain. On ouvre un restaurant à Paris, tiens, dans ma rue. C'est un bon quartier, toujours plein de gros et gras députés, de ministres bedonnants et d'ambassadeurs. Des gens qui adorent bien manger!

Le Chinois ébaucha un sourire, s'inclina et passa dans la pièce voisine. C'était aussi parce que ses nouveaux patrons n'étaient jamais avares de compliments qu'il aimait cuisiner pour eux.

— Blague à part, il se surpasse, dit Romain. Quand je pense qu'il était chez de Beer depuis presque deux ans! Que de temps et de repas perdus!

— Certes, approuva Martial, mais trêve de babillage, je vois bien que tu es aussi ennuyé que moi, je me trompe?

— Non, j'avoue que cette drague pose des problèmes...

— Et les excavateurs aussi! Sur les six qui devraient creuser presque quinze heures par jour, il y en a toujours au moins deux en réparation! Quant aux autres, ils sont de plus en plus poussifs!

— Il est urgent de prendre une décision, dit Romain, je veux dire par là une décision avec Herbert et Edmond.

— Tu crois franchement qu'il est prudent d'investir dans du matériel neuf? demanda Martial après quelques instants de réflexion.

— C'est toi qui me demandes ça? s'étonna Romain. Bon sang, de nous tous, c'est toi qui y crois le plus à ce foutu canal! Et de très loin! Pour Herbert et pour Edmond, qui se gardent bien d'y risquer seulement un orteil, il représente une excellente et régulière rentrée d'argent. Moi, je l'avoue, je suis là pour ça. Oui, je te l'ai déjà dit, je compte bien revenir un jour en France, mais

216

pas les poches vides, et avec Clorinda. Et crois-moi, elle est gourmande! Ne parlons pas d'Antoine, il n'est venu que pour te remplacer. Ça ne veut pas dire que lui et moi ne sommes pas excités par ce chantier; après tout c'est quand même formidable ce que nous faisons là! Mais à côté de toi, nous sommes des tâcherons, des petits besogneux! Toi, tu es comme O'Brien! acheva Romain en vidant son verre.

— Qu'est-ce que tu entends par là?

— Que le canal est votre passion, peut-être la seule que vous ayez; je veux dire à ce point-là! Alors quand je t'entends me demander si ça vaut la peine d'investir!

— Et je te le redemande encore car tu n'as pas répondu.

Romain l'observa, picora quelques haricots noirs et croqua un piment.

— Que se passe-t-il? demanda-t-il enfin.

— La fatigue peut-être, avoua Martial. Et puis aussi le doute... Eh oui, tu lis comme moi les câbles que nous expédient Herbert et Edmond, on sent bien qu'eux aussi redoutent quelque chose. Quant à la presse de France, elle est vraiment trop bonne pour être honnête...

Bah, ça va faire sept ans que ça dure, ça ira bien jusqu'à l'ouverture du canal! Mais, blague à part, si tu es aussi fatigué que ton pessimisme le laisse paraître, pourquoi diable restes-tu ici? Oh, je sais que tu vas me répondre, mais quoi, faut être sérieux dans la vie, les passions, c'est beau, mais si on doit y laisser les os...

— Je n'en suis pas encore là, coupa Martial, ce que je veux savoir, c'est s'il faut, ou non, se rééquiper sérieusement.

— A mon avis, oui. Mais je ne suis pas seul en course. Je dirai même que je suis le plus petit des associés de la Sofranco.

— Là n'est pas la question. Ce que je veux savoir, c'est ce que tu penses de l'idée d'O'Brien.

— A propos du dragage en vue d'un canal à écluses ? Il a raison.

— Je le crois aussi, avoua Martial, mais j'avais besoin de te l'entendre dire. Oui, ajouta-t-il un peu tristement, le doute c'est ça aussi, c'est ne plus être aussi sûr de soi qu'avant...

— Allons donc ! Bois un bon coup et oublie tout ça ! Ton doute, comme tu dis, c'est tout simplement la sagesse !

— Peut-être. Mais, il y a quelques années, j'aurais déjà rejoint Santiago pour convaincre Edmond et Herbert de l'urgente nécessité d'acheter trois dragues ! Au lieu de ça, je suis là à hésiter, tout en me gobergeant de cerf de Virginie et de bordeaux.

Interrompus par Tchang qui vint leur apporter un plat de langoustes grillées, suivi d'ananas au rhum et de bananes flambées, Martial et Romain ne reprirent leur conversation que plus tard dans la soirée.

— Depuis combien de temps n'as-tu pas été à Santiago ? demanda Martial en offrant un cigare à Romain.

La pluie avait cessé et les deux hommes, assis sur la véranda, goûtaient la fraîcheur de la nuit. Prudent, Romain avait installé entre eux une grosse lampe à pétrole qui était censée attirer les moustiques.

— A Santiago ? Attends... Ça fait trois ans.

— Ça te dirait d'y faire un tour ? En partant au plus tôt, tu y serais pour Noël...

— Pour Noël, coupa Romain, j'ai prévu de rejoindre Clorinda à Trujillo. Tu sais, elle y possède une maison, c'est le dernier bien qui la rattache à son pays. Et Trujillo, c'est pratique pour nous, c'est presque à mi-parcours entre ici et Santiago. De plus, c'est un endroit très agréable.

— Je sais, dit Martial, nous y sommes passés ensemble en janvier 81...

— C'est vrai..., dit Romain. Il médita un instant, puis secoua la tête, comme pour chasser de mauvais souvenirs : Et puis, pourquoi veux-tu que j'aille à Santiago ? demanda-t-il.

— Allons, ne jouons pas au plus fin, tu connais très bien la réponse ! D'abord, je ne veux pas être le seul à défendre l'idée d'acheter deux ou trois dragues. Ensuite, parce qu'une affaire de cette importance ne peut se régler par simple correspondance avec Edmond et Herbert. La Sofranco ne peut traiter un aussi gros morceau à la légère ! Il faut tout étudier, tout envisager, tout prévoir. Ça demande de sérieuses discussions.

— Et pourquoi ne veux-tu pas les mener à ta guise en allant toi-même à Santiago ?

— Edmond et Herbert me connaissent, dit Martial en souriant, ils savent bien que je suis... comment dire...? partial ! Partisan même ! Voilà, partisan dès qu'il s'agit du canal ! Et puis il faut bien que quelqu'un reste ici pour tout surveiller.

— Tu y arriveras tout seul ?

— Hélas oui, puisque la drague est hors d'usage. Dès l'instant où il ne reste que trois ou quatre excavateurs en action et les ateliers de réparation, je peux me débrouiller. S'il faut, je demanderai un coup de main à O'Brien. Alors c'est d'accord ?

— Entendu. Dans le fond, ça va me permettre de prendre un peu plus de repos que prévu. Mais il ne faudra pas m'en vouloir si je n'arrive pas à convaincre nos associés ; je n'ai pas ta fougue !

— Veille à ce qu'Antoine participe aux débats. Il est toujours réticent pour faire de grosses dépenses, mais il t'aidera quand même. Parce que lui, contrairement à Herbert et Edmond, il connaît la situation du chantier. Il pourra parler des crues du Chagres et de l'obligation absolue de régulariser son cours. Lui, il comprendra tout de suite pourquoi nous devons miser sur les dragues.

— D'accord, mais si j'échoue malgré tout ? dit Romain en chassant de la main plusieurs moustiques qui tournaient autour de son visage.

— Eh bien, ça prouvera simplement que je ne suis pas le seul à avoir des doutes... Ça prouvera que nous sommes peut-être tous déjà trop vieux pour mener ce chantier à bien et qu'il est temps de passer la main aux jeunes, soupira Martial en haussant les épaules.

Son année scolaire finie, et malgré l'approche de Noël, Marcelin n'eut de cesse de rejoindre son père à Tierra Caliente.

Depuis qu'il avait appris par sa mère, revenue à Santiago, la catastrophe qui avait frappé l'hacienda, il avait hâte d'aller mesurer sur place l'importance des dégâts.

— Attends-toi au pire, le prévint Pauline, ça dépasse ce que tu peux imaginer. Mais tu as raison de vouloir descendre là-bas, ton père en sera heureux. Cette sale histoire l'a touché plus qu'il ne le laisse paraître. Tu comprends, ce sont surtout les terres qu'il a fait défricher qui ont le plus souffert...

Bien que prévenu, Marcelin fut choqué avant même d'arriver à Tierra Caliente car, depuis la gare de Concepción jusqu'à l'hacienda, la grêle avait aussi frappé.

Le désola aussi la vue du pin parasol foudroyé. Pour lui, cet arbre représentait une partie de son enfance, lorsque avec Joaquin — complice et ravi de l'être — Pierrette et lui montaient jouer sur le *cerro* du pin.

Cet arbre, aujourd'hui mort, leur apparaissait alors tellement chargé d'histoire et de mystère qu'il leur semblait légendaire, malgré son jeune âge et sa taille encore réduite. A leurs yeux, le fait qu'il soit issu d'une graine venue de France, d'une graine tombée d'un arbre planté par leur arrière-grand-père, le rendait invulnérable. Et il n'était plus aujourd'hui qu'un tronc déchiqueté et sec sur lequel se perchaient les urubus.

Antoine et son fils parcoururent l'hacienda pendant presque deux semaines. Et si, dans les premiers jours, ils le firent pour que Marcelin découvrît les dégâts, Antoine et lui en vinrent vite à ébaucher des projets. Des projets pleins de terres défrichées, d'impeccables alignements d'arbres fruitiers, de pistes ouvertes, de champs quadrillés par les canaux d'irrigation, de vignes aux lourdes grappes.

Ils parlèrent, discutèrent, tracèrent des plans, calculèrent même qu'il était tout à fait possible d'ajouter encore dix mille hectares de bonnes terres aux quatorze mille cinq cents hectares déjà cultivés. Ne resteraient ensuite que trois mille cinq cents hectares de forêt qui, elle aussi, pourrait être judicieusement exploitée.

Lorsqu'ils reprirent le chemin de Santiago pour y passer les fêtes de Noël, Antoine avait enfin retrouvé toute son énergie et sa bonne humeur. Mais sur son front subsistait quand même une cicatrice.

Depuis qu'elle savait que Romain serait à Santiago pour Noël et qu'il allait donc arriver d'un jour à l'autre, Clorinda trouvait la vie magnifique. Même les clientes les plus exigeantes ne parvenaient pas à lui faire perdre sa bonne humeur.

Aussi, en cet après-midi du 22 décembre, Pauline fut-elle très étonnée en l'entendant élever le ton. Retenue par plusieurs clients qui choisissaient avec soin de quoi confectionner de succulents réveillons, elle appela discrètement Pierrette. La jeune fille travaillait à *La Maison de France* depuis la fin de l'année scolaire et appréciait beaucoup ses nouvelles occupations.

— Que se passe-t-il? lui demanda-t-elle à mi-voix.

221

— Ce sont Mmes Cortinez et Vallejo, expliqua Pierrette.

— Ah, je vois..., murmura Pauline en s'assombrissant un peu.

Elle connaissait bien les deux sœurs. De toutes les clientes de *La Maison de France,* elles étaient les plus tatillonnes, les plus chipoteuses ; pour tout dire, les plus désagréables. L'une était l'épouse d'un membre du Parlement, l'autre d'un officier supérieur qui avait gagné ses étoiles lors de la guerre contre le Pérou.

N'ignorant rien de la haine que Clorinda vouait toujours à ceux qu'elle tenait pour responsables de la ruineuse défaite de son pays, Pauline avait toujours fait en sorte de ne jamais laisser son amie s'occuper des deux sœurs.

Aussi, soucieuse de limiter l'esclandre qui ne pouvait manquer de se développer, elle recommanda à Pierrette de veiller sur les clients et rejoignit le salon de couture.

— Puis-je vous aider ? demanda-t-elle en entrant dans la pièce.

— Tout va bien, je me charge de ces dames..., assura Clorinda avec un sourire dangereux. Et elle attaqua aussitôt : Mais je vous laisse juge, figurez-vous que ces deux personnes semblent ignorer où elles se trouvent ! Sans doute se croient-elles dans la boutique de cette petite intrigante de... Comment s'appelle-t-elle déjà cette petite cruche ? Ah oui, Gabriela Oropendola, vous savez, celle qui s'imagine avoir du goût !

— Du calme, que se passe-t-il ? demanda posément Pauline.

— Il se passe que votre employée nous insulte ! lança Maria Vallejo, l'épouse de l'officier.

— Ce n'est pas mon employée mais mon associée, et c'est aussi une amie, assura Pauline. Allons, mesdames, dites-moi ce qui se passe, et vous, Clorinda, laissez parler nos clientes !

— Pour être cliente de *La Maison de France,* il ne suffit

pas d'en avoir les moyens, ironisa Clorinda, il faut aussi être raffinée. Le goût, ça ne s'achète pas!

— Allez-vous me dire ce qui se passe? insista Pauline.

— Nous voulons faire arranger ça! dit Julia Cortinez en désignant un carton d'où était à demi tirée une toilette.

— L'ensemble que nous vous avons livré la semaine dernière ne vous convient pas? Pourtant, vous l'avez essayé et nous l'avons repincé à votre taille, dit Pauline.

— Sûrement très mal! Ma sœur est toute boudinée dans cette robe! dit María Vallejo en sortant le vêtement de sa boîte : Il faut retailler là et là, et aussi changer tout ce plastron et arranger ce pouf!

— Retailler? Changer? Arranger? dit Pauline en fronçant les sourcils, vous n'y songez pas, j'espère? Il n'est pas question que l'on touche à un modèle de chez Doucet! Ce serait un... un crime!

— C'est exactement ce que je leur ai dit! triompha Clorinda. Mais elles insistent! Je vous assure, elles se croient sans doute dans une vulgaire échoppe du quartier indien!

— J'ai payé cette robe suffisamment cher pour en faire ce que je veux! insista Julia Cortinez, rouge de colère. J'exige donc que vous la retouchiez comme je l'entends!

— N'insistez pas, coupa sèchement Pauline. Faites vous-même ce que vous voulez de cette toilette, elle est à vous, mais personne ici n'en changera quoi que ce soit!

— Vous refusez? C'est votre dernier mot? grinça Julia Cortinez. Parfait! Alors, vous allez tout de suite me rembourser ce vêtement.

Pauline posa la main sur le bras de Clorinda qu'elle sentait prête à bondir et s'efforça au calme. Autour d'elle, dans le salon, une douzaine de dames observaient la scène d'un air gourmand. Même les clients du rayon d'alimentation, attirés par les éclats de voix, s'étaient regroupés sur le pas de la porte.

Elle comprit que la réputation de *La Maison de France*

était en train de se jouer, que tout pouvait s'écrouler — ou du moins se fissurer — si elle ne maîtrisait pas la situation. Les sœurs Cortinez et Vallejo étaient dangereuses, elles appartenaient à la haute société de Santiago et leurs relations étaient multiples.

« Si elles gagnent, toute la ville le saura demain, songea-t-elle, et c'en sera fini pour nous... »

Elle parvint à sourire, se retourna vers sa première vendeuse.

— Carmen, remboursez immédiatement Mme Cortinez. Et toi, dit-elle à une jeune employée, remets cet ensemble dans sa boîte, fais un beau paquet et fais-le livrer au plus vite chez Mme Cortinez !

Elle regarda tous les témoins de la scène, sut qu'elle avait gagné et ajouta en souriant aux deux sœurs :

— Vous devez savoir que *La Maison de France* n'en est pas à une toilette près, fût-elle de chez Doucet ou de chez Worth ! Et vous devez aussi savoir qu'il n'est pas non plus question que je propose à une de nos bonnes clientes une robe ajustée à votre taille et que vous avez portée ! Ici, nous ne faisons pas dans la friperie !

— Vous pouvez la garder ! Je n'en veux pas ! jeta rageusement Julia Cortinez.

— La maison vous l'offre, dit Pauline, et si vous n'en voulez pas, donnez-la donc à une de vos domestiques !

— Quoi ? Une de mes toilettes à une domestique ! suffoqua Julia Cortinez.

— Pourquoi pas, lança Clorinda, vous n'aurez aucun mal à en trouver une qui ait la taille mieux faite que la vôtre !

— C'est également ce que je pense, approuva Pauline. María, raccompagne ces dames !

— Mais voyons, qu'est-ce qui te prend ? s'inquiéta Antoine lorsqu'il constata le soir même que Pauline, assise devant sa coiffeuse, sanglotait sans bruit en brossant ses longs cheveux châtains.

Il sortit du lit où il s'était glissé quelques instants plus tôt, s'approcha d'elle, posa les mains sur ses épaules.

— Que se passe-t-il? insista-t-il en sentant sous ses paumes le tressautement des pleurs.

— Oh rien, ce sont ces deux garces, elles m'ont mise hors de moi! avoua-t-elle en essayant de sourire.

Même si l'attitude de tous les témoins de la scène lui avait prouvé qu'elle sortait gagnante de la joute, l'algarade lui avait gâché le reste de la journée. Devant tous, elle avait réussi à cacher son jeu, mais maintenant elle se sentait sans force, brisée.

— Allons, oublie ces deux garces, tu ne vas pas te rendre malade à cause d'elles! dit-il en lui caressant doucement les joues du revers des doigts.

— Je suis fatiguée de tout ça, si fatiguée! dit-elle en se levant et en se serrant contre lui.

Elle avait déjà revêtu un fin vêtement de nuit et, comme toujours, il fut ému en regardant dans l'échancrure de dentelle les petits seins blancs, veinés de bleu.

A trente-quatre ans, et malgré quatre grossesses, Pauline avait toujours une silhouette svelte et un corps harmonieux que lui enviaient beaucoup de ses clientes. Quant aux hommes, leurs regards prouvaient à quel point ils la trouvaient gracieuse.

— Arrête de pleurer, insista-t-il en essuyant de l'index les larmes qui brillaient sur les joues.

— Ça fait du bien, je suis tellement énervée et fatiguée!

— Eh bien, viens au lit. Si tu veux, on parle, tu me racontes tout. Ou si tu préfères, je suis très câlin. Ou les deux... Oui, je crois que les deux seraient bien...

Elle sourit, se laissa entraîner.

— Alors raconte, dit-il un peu plus tard en posant sa joue contre le sein gauche de la jeune femme.

Il aimait avoir, à portée des lèvres, la petite et tendre framboise, cernée de brun clair, qui surmontait le globe blanc. Il aimait aussi entendre le battement du cœur encore précipité ; ce galop qu'il venait de faire naître et qui, peu à peu, allait revenir à de plus lentes et régulières pulsations.

Elle lui caressa les cheveux, effleura la cicatrice qui lui barrait le front.

— Il est grand temps que les fêtes soient passées, soupira-t-elle enfin. On travaille trop. Et si tu savais à quel point certaines clientes sont désagréables ! Pas au point des deux garces d'aujourd'hui, mais quand même. J'ai souvent envie de les mettre toutes dehors ! Et puis...

Elle hésita et il sentit qu'elle haussait les épaules.

— Et puis quoi ? dit-il en lui caressant la hanche, vas-y, parle !

— Et puis certains jours, j'ai peur, dit-elle enfin.

— Comment ça, peur ? Des tremblements de terre ?

— Oui. Enfin non, pas uniquement. Comprends, dit-elle, dans quelques mois nous serons en France. On va y laisser Marcelin et, surtout, nous retrouverons un pays qu'on n'a pas vu depuis presque dix-sept ans ! C'est beaucoup dix-sept ans, alors j'ai peur...

— De revoir la France ?

— Un peu, oui. Mais surtout de ne pas avoir envie d'en repartir...

— Il faudra pourtant bien, dit-il après un instant de silence. N'est-ce pas qu'il faudra bien ? insista-t-il en se redressant sur un coude pour la regarder.

— Je ne sais pas, avoua-t-elle dans un bâillement. Et toi, tu es vraiment certain de vouloir finir tes jours ici ?

Il posa la tête contre son ventre, frotta doucement sa joue contre la peau tiède, soupira.

— Non, je ne crois pas, reconnut-il enfin, mais quoi, on

226

a le temps d'y réfléchir ! Allons, ne pense pas trop à tout ça ! Je t'ai toujours dit qu'il ne fallait s'occuper des problèmes que lorsqu'ils se posaient ; ça nous a toujours réussi.

Elle approuva et ferma les yeux, vaincue par le sommeil.

Le 23 décembre, terrassé par une crise de malaria qu'il sentait venir depuis plusieurs jours et qu'il retardait en se bourrant de quinine, d'*acullico* et de maté de coca, Martial n'eut que le temps de rejoindre le bungalow et de s'écrouler dans son hamac.

— Préviens O'Brien, balbutia-t-il à l'adresse de Tchang.

Il pensa, dans ses derniers instants de lucidité, que le Chinois ignorait sur quelle partie du canal se trouvait O'Brien, n'eut même pas le temps de préciser : « Il est à Frijoles » et sombra dans une inconscience traversée de cauchemars.

Assommé par la fièvre qui lui brouillait la vue et l'ouïe, il eut quand même l'impression que la pièce où il reposait et qu'il croyait silencieuse était soudain pleine de bruits, de raclements. Que des ombres furtives s'agitaient autour de lui, le touchaient, le palpaient.

Beaucoup plus tard, il crut reconnaître la voix d'O'Brien, mais, trop épuisé pour ouvrir les yeux et pour parler, il replongea aussitôt dans la torpeur.

Il émergea de la crise au petit matin, aperçut l'Irlandais assis à côté de lui, tenta de parler, mais fut tout au plus capable d'émettre un vague grognement.

— Joyeux Noël ! crut-il entendre.

Il lui fallut plusieurs minutes pour retrouver une partie de ses esprits.

— Qu'est-ce que tu racontes ? balbutia-t-il enfin.

— Que ça fait deux jours que tu nous emmerdes et que

ça commence à bien faire! plaisanta O'Brien. Enfin, ça m'a pas empêché de faire un sacré réveillon. Ton Tchang, c'est un as! Et ta cave n'est pas mal non plus...

— Mais qu'est-ce que tu dis? répéta Martial en essayant de se redresser. Et puis qu'est-ce que c'est que cette pagaille? demanda-t-il en regardant la pièce.

— Ça, c'est pour que tu mesures ta chance! expliqua O'Brien en ricanant. Mais reprends tes forces d'abord, je t'expliquerai plus tard. Tu as faim?

— Non, soif, mais raconte!

— Bah! rien que de très normal. Ton Chinois est un fameux cuistot, mais un piètre gardien. Le métis de ton copain Antoine n'aurait jamais fait cette erreur! Mais ton Chinois, quand tu l'as expédié me chercher, avant hier, il est parti en laissant tout ouvert... Tu vois la suite?

Martial opina, se souvint de ces ombres entrevues dans son délire, de ce bruit, de ces mains qui le tripotaient. Quelques rôdeurs à l'affût du mauvais coup l'avaient sans doute vu revenir vers le bungalow et avaient pris sa démarche titubante pour celle d'un ivrogne. Une fois Tchang sorti, ils avaient eu le champ libre pour piller la maison. Comme venait de le dire O'Brien, c'était une aventure on ne peut plus normale.

— Ma ceinture! dit-il soudain en se touchant la taille.

— Elle est là, dit O'Brien en désignant l'objet posé sur la table, mais elle est vide! Enfin, ne te plains pas, ces voyous n'ont pas pris tes papiers! Tu avais beaucoup d'argent?

— Pas mal, oui, murmura Martial en se laissant aller dans le hamac. Il était à la fois épuisé et découragé, vexé aussi.

— Tu as quand même de la chance, assura l'Irlandais. D'après Tchang, les voleurs n'ont pas emporté grand-chose. Quelques vêtements, tes bottes, ton nécessaire de toilette.

— Les salauds! coupa Martial en refermant les yeux

car la fatigue l'assaillait, les salauds, c'était un cadeau de ma femme !

— Elle t'en offrira un autre, plaisanta O'Brien, et puis crois-moi, tu t'en tires au mieux. D'abord les malfrats n'ont pas eu le temps de visiter l'autre pièce et, surtout, ils ne t'ont pas égorgé ! D'habitude, c'est la première chose qu'ils font !

— Je sais, coupa faiblement Martial, on m'a déjà raconté ça une fois, sur un bateau, au large de Callao... Et je venais aussi de me faire voler ! Ça devient une manie ! Enfin, merci d'être venu, je te revaudrai ça.

— Dépêche-toi simplement d'être sur pied. On est en train de préparer le plus gros coup de mine qu'on ait jamais tenté. Il faut d'ailleurs que j'aille voir où ils en sont.

— Tu travailles aujourd'hui ? Tu m'as dit que c'était Noël !

— Pour nous, oui. Mais qu'est-ce que tu veux que ça foute aux Chinois que ce soit Noël ? J'en ai toute une équipe qui fore à Emperador. Dès que c'est prêt, on met les charges. Ensuite, boum ! D'après ce qu'on a calculé, ça devrait soulever au moins cinquante mille mètres cubes ! Sois vite sur pied et viens voir, ça vaudra le coup d'œil.

— J'essaierai.

— Et pense aussi à tout le travail de déblaiement qu'il y aura ensuite. Parce que, même si tes excavateurs sont pourris, il y aura toujours de la place pour eux, assura O'Brien en souriant.

Malgré les conseils respectueux de Tchang, Martial se leva après six jours de fièvre.

— Allons, ne t'inquiète pas, j'en ai vu d'autres ! dit-il en titubant jusqu'à la table.

Sa tête tournait encore beaucoup, mais il avait maintenant une expérience suffisante de la malaria pour savoir que le plus fort de la crise était passé. Comme toujours, elle le laissait sans force, le cœur au bord des lèvres et l'esprit vide.

Il s'appuya un instant à la table, reprit son souffle, puis marcha lentement vers la véranda. Il fut heureusement surpris en découvrant qu'un chaud soleil inondait la jungle, que les nuages étaient rares et que la journée s'annonçait magnifique.

« C'est vrai qu'on sort enfin de la saison des pluies », pensa-t-il en s'accoudant à la balustrade.

— Vous ne voulez pas un fauteuil ? lui proposa Tchang en avançant un siège.

— Merci, dit-il en s'asseyant. Tu sais ce qu'on va faire ? Ce matin, je me repose ici, bien tranquille. Et, cet après-midi, si ça va, on ira doucettement jusqu'à Colón. Il faut que je passe à la banque et que je remonte ma garde-robe ! Ah, les salauds !

— C'est pas très prudent de faire tout ça, hasarda Tchang.

— Bah ! Prudent, imprudent, ça ne veut pas dire grand-chose ! Ce qui compte, c'est de pouvoir marcher ! A propos, ils ont tiré leur fameux coup de mine ?

— Non. Un compatriote m'a dit qu'ils étaient encore en train de forer, la roche est plus dure que prévu. Je crois qu'ils comptent tirer la semaine prochaine.

— Très bien, j'irai, je ne veux pas manquer ce spectacle.

Il se laissa aller contre le dossier du fauteuil, ferma les yeux.

— Ça ne va pas ? s'inquiéta Tchang.

— Si, si, mais donne-moi de quoi manger, je meurs de faim.

Martial avait présumé de ses forces et ne put se rendre à Colón que le lendemain après-midi.

C'est après avoir été à la banque puis s'être acheté quelques vêtements, du linge, des bottes et de quoi se raser, qu'il eut soudain un choc. Passant devant la boutique d'un Cingalais où s'entassait un ahurissant bric-à-brac d'objets, il découvrit son nécessaire à toilette.

La petite valise de cuir, marquée à son chiffre, que lui avait jadis offerte Rosemonde était là, sous ses yeux. Ouverte, elle proposait, posés et attachés sur un lit de satin bordeaux, tous les ustensiles indispensables à la toilette : une paire de rasoirs et un cuir à affûter, des ciseaux à moustache, un blaireau et son bol à savon, des brosses à manche d'ivoire, deux flacons de cristal à demi pleins d'eau de Cologne, trois peignes, une brosse à dents et sa boîte de poudre dentifrice. Tout était là, intact.

— Tu vois ce que je vois ? demanda-t-il à Tchang.

— Oui, c'est à vous ça...

— C'était à moi..., dit-il en prenant la petite valise et en la caressant.

Quelques années plus tôt, il n'aurait pas hésité. Et, au risque de déclencher une belle bataille, car la foule était dense autour d'eux, il serait parti avec la valise sous le bras.

Mais maintenant il se sentait trop las, trop faible pour tenter de discuter, voire, ce qui était logique, pour appeler un gardien de l'ordre à la rescousse. Tout cela était vain, fatigant.

— Combien ? demanda-t-il au Cingalais.

L'homme le jaugea d'un coup d'œil, évalua ses possibilités financières.

— Quatre-vingts piastres, dit-il enfin, c'est un très bel objet...

— Je sais, c'est une très belle pièce, achetée rue Saint-Honoré, à Paris, en février 79 ! Cinquante piastres !

— Soixante-quinze, après j'y perds !

— Ce sont surtout les coups de pied au cul qui se perdent ! dit Martial en haussant les épaules.

Le grand sillon

Il fouilla dans sa bourse, jeta quelques pièces au vendeur et s'éloigna avec la petite valise à la main. Mais la joie d'avoir récupéré son bien était insuffisante pour effacer la tristesse d'avoir une nouvelle fois mesuré, en quelques minutes, à quel point la maladie le minait, l'affaiblissait.

Le soir même, la fièvre revint; tenace, épuisante.

12

Herbert Halton revint à Santiago le 2 janvier 1888 après avoir passé les fêtes de fin d'année à Quilota, dans la propriété de son épouse.

Quant à Edmond, il s'était lui aussi accordé quelques jours de repos et de distraction en galante compagnie. En leur absence, Romain, qui était à Santiago depuis la veille de Noël, n'avait donc pu aborder l'affaire pour laquelle il venait de parcourir plus de cinq mille kilomètres. Mais il ne se plaignait pas de ces jours de répit et de complète oisiveté.

Installé selon son habitude dans la suite 23 de l'hôtel San Cristobal, il n'avait eu aucun remords à occuper son temps libre entre le sommeil et d'ardentes retrouvailles avec Clorinda.

Infatigable, toujours pleine de fantaisie et d'exubérance malgré ses heures de travail à *La Maison de France* — « Pauline a besoin de moi ! » avait-elle expliqué à Romain —, elle le rejoignait tous les soirs et l'entraînait au théâtre, au spectacle, au concert. Elle finissait ensuite la nuit entre ses bras, s'offrait une grasse matinée jusqu'à onze heures, puis filait à *La Maison de France* après lui avoir prédit que la soirée et la nuit suivantes seraient encore plus réussies.

En ce début janvier, Romain était donc d'excellente humeur en se rendant aux bureaux de la Sofranco où l'attendaient Herbert et Edmond et où devait aussi venir Antoine.

— Le canal est beaucoup plus près de Paris que ne l'est Santiago, mais j'ai le sentiment que vous êtes beaucoup moins au courant que nous des affaires françaises ! lui dit Edmond dès que leur conversation s'engagea vraiment sur Panamá.

— Vous ne lisez donc aucun journal ? demanda Herbert.

— Si, le *Star and Herald* et aussi les journaux français qui nous arrivent, mais pas tous les jours, reconnut Romain. Vous savez, nous sommes submergés de travail, alors la lecture... Mais je ne vois pas le rapport avec ces dragues qu'il faudrait acquérir au plus vite.

Il nota l'air soucieux et gêné de ses amis, comprit que rien n'était joué. Il se cala dans son fauteuil et commença alors à plaider la cause qu'il était venu défendre.

Il ne négligea rien, parla de l'avance des travaux, des écluses maintenant prévues, du Chagres qu'il importait de dériver et de domestiquer, de ces neuf cent mille à un million de mètres cubes qui étaient extraits chaque mois sur l'ensemble du chantier, et des quelque trente-cinq millions de mètres cubes déjà enlevés uniquement à la Culebra.

— Je sais bien que la Sofranco est très modeste, comparée à l'American Dredging and Cartrading Company ou à la S.A.T.P. Mais reconnaissez que nous avons joliment gagné notre vie à Panamá ! Alors, reste à savoir si on doit doubler la mise et tenter le coup en investissant dans les dragues.

— Tenter le coup, ou le diable..., dit Herbert en ouvrant un épais dossier. Vous avez raison de rappeler que nous avons beaucoup gagné là-haut, les chiffres sont là, très bons et irréfutables, mais est-ce que ça va durer ?

— Et pourquoi pas ? demanda Romain.

— La situation est de moins en moins saine, expliqua Edmond. D'abord, puisque vous semblez l'ignorer, je vous signale que, politiquement, ça ne marche pas fort en France. Après la démission du président Grévy, consécutive au scandale Wilson... Mais vous êtes quand même au courant de ça, j'espère ?

— Oui, plus ou moins, dit Romain. J'ai cru comprendre que c'est le gendre du président, ce Wilson, qui s'en est mis plein les poches en faisant du trafic d'influences, en vendant des décorations et en empochant des pots-de-vin, c'est ça ?

— Exactement. Ce parlementaire, non content de se conduire comme un escroc, a surtout eu le tort de se faire prendre ! Parce que s'il fallait poursuivre tous ceux qui s'enrichissent plus discrètement... Bref, il a été maladroit. Donc Grévy a démissionné voici un mois. Depuis, nous avons Sadi-Carnot, mais ça n'arrange rien !

— Je ne vois toujours pas le rapport avec notre affaire, dit Romain.

— Il existe pourtant, assura Edmond. Si l'on en croit les déclarations de Clemenceau, qui a pourtant fait élire Sadi-Carnot en s'alliant, lui et son parti, avec la droite, on peut craindre des remous. Vous comprenez, dès l'instant où circulent des déclarations comme celle de Clemenceau disant du président quelque chose comme : « Il n'est pas très fort, et c'est en plus un parfait réactionnaire ! », ça nous laisse entrevoir le climat qui doit régner là-bas !

— Il est mauvais, renchérit Herbert. Selon mes sources, certains parlementaires sont de plus en plus ouvertement hostiles à de Lesseps et à tout ce qu'il représente à leurs yeux : l'argent, la libre entreprise, une certaine forme de colonisation et même le principe de l'actionnariat, je vous demande un peu ! Bref, à entendre ces donneurs de leçons, la France a tout à perdre dans cette aventure !

— C'est vrai, approuva Edmond, et n'oublions pas que la commission parlementaire s'est déjà opposée à une émission d'obligations à lots ; ça peut recommencer, en pire... Alors, supposez que la Compagnie ne puisse même plus lancer d'emprunts classiques ?

— Je comprends, dit Romain.

Ce qu'il voyait surtout, mais il hésitait à le dire, c'était l'immense décalage qui existait entre les préoccupations qu'il partageait avec Martial et celles d'Edmond et d'Herbert. Pour ces derniers, le canal n'était qu'une des activités de la Sofranco. Activité très importante au demeurant, mais qui pouvait être immédiatement interrompue si la politique, les affaires, les banques, la rendaient trop vulnérable, donc dangereuse. Ils raisonnaient en financiers, en gestionnaires.

Ils avaient sans doute raison, mais cette position les plaçait très loin de lui et surtout de Martial pour qui, de plus en plus, importaient davantage l'avancement des travaux et la façon de mener au mieux le percement de l'isthme que les recettes pécuniaires.

Enfin, en ce qui le concernait, il y avait si longtemps qu'il n'était pas revenu en France, que la politique lui semblait vide de sens et d'intérêt. Quant aux politiciens que lui citait Edmond, il les ignorait.

— Je comprends votre position, redit-il enfin, mais il faut peut-être voir à long terme, je veux dire sur plusieurs années. Il va d'ailleurs de soi que les dragues ne peuvent s'amortir en quelques mois !

— Vous parlez de temps ? dit Herbert en jouant avec sa tabatière, je vous rappelle que le canal devait être ouvert cette année et...

— D'accord, nous sommes loin du compte, coupa Romain, mais ça confirme qu'il reste beaucoup à faire, donc à empocher !

— Ou à perdre ! dit Herbert. Il se glissa une prise dans chaque narine, tapota de la main le dossier ouvert devant lui avant d'ajouter : Et il serait bien dommage d'engloutir tout ce que nous avons déjà gagné !

— Mais, bon sang ! Que craignez-vous ? Pour autant que je sache et même si ce n'est pas ma partie, les emprunts de la Compagnie interocéanique sont couverts, non ?

— Et pour cause ! dit Edmond. Mais vous savez où en sont les emprunteurs ? Eh bien, figurez-vous qu'ils offrent maintenant des titres remboursables à mille francs qui furent émis à cinq cents francs ! Personne ne peut tenir longtemps à ce taux !

— J'ajoute que la Compagnie a, jusqu'à ce jour, obtenu de l'épargne la somme de neuf cent trente-cinq millions, dit Herbert, mais combien sont arrivés à Panamá ? Voyez-vous, nul n'ignore, dans notre milieu, que les banques qui patronnent les émissions travaillent en prenant des pourcentages très élevés. C'est, soi-disant, pour couvrir les frais de fonctionnement, mais ça ponctionne sérieusement les sommes destinées au canal... Comme les érodent également beaucoup les primes très substantielles que la Compagnie alloue à ces mêmes banques, pour les inciter à trouver le maximum d'actionnaires...

— Enfin, certaines rumeurs laissent supposer que la presse n'est pas gratuitement louangeuse, ajouta Edmond. Ce ne sont peut-être que des calomnies, mais ça ne sent quand même pas très bon.

— D'où tenez-vous ça ? demanda Romain. Nous, sur le canal, on se contente de creuser ! Pour l'instant, et vous le savez, nous avons toujours été payés. Alors j'avoue que vos informations m'étonnent. Qui vous les donne ?

— Allons, allons, dit Herbert en souriant, j'ai beau être votre associé, votre ami, le banquier de la Sofranco et aussi avoir choisi le parti de la France au sujet du canal, comme au sujet du guano, des nitrates et du cuivre, je reste quand même citoyen de la Couronne ! Et même si mes choix ont été sévèrement jugés par nombre de mes concitoyens, il me reste quelques bons et vrais amis de par le monde. Des amis très attentifs à tout ce qui se fait à Panamá et se dit à Paris, vous comprenez ?

— Oui. Nous, sur le canal, on raconte que les Américains du Nord voient de plus en plus d'un très mauvais œil notre travail dans l'isthme, dit Romain.

— Mais ça ne les empêche pas justement d'avoir l'œil! s'amusa Herbert. Croyez-nous, tout ce que nous venons de vous dire ne sont pas des ragots et doit vous prouver à quel point la situation est douteuse. De plus en plus douteuse, quoi qu'en dise une certaine presse...

— D'accord, mais à vous entendre, je me demande s'il ne serait pas prudent de câbler immédiatement à Martial l'ordre de vendre tout le matériel et de rentrer au plus vite! dit ironiquement Romain.

— Nous n'en sommes pas là, mais il faut être prudent, assura Edmond.

— Alors pas de dragues neuves? demanda Romain.

— Attendons l'avis d'Antoine, il ne va pas tarder, dit Herbert en consultant son oignon d'argent.

— Avec ou sans lui, j'ai l'impression que votre opinion est déjà faite, dit Romain en se levant. Il emplit trois verres de *mosto,* en poussa deux vers ses amis et leva le sien. Allons, lança-t-il avec bonne humeur, que ça vous plaise ou non, aux dragues! Et vive le canal!

Pour habitué qu'il fût au spectacle qu'offrait le chantier de la Culebra, Martial était admiratif chaque fois qu'il le revoyait après quelques jours d'absence.

Ce n'était pas que le travail effectué en quinze jours eût beaucoup modifié le paysage. Mais, du surplomb qu'offrait la colline où il venait de grimper, il était toujours impressionnant de découvrir ce large sillon qui coupait la cordillère en deux et dans lequel s'échinaient des milliers d'hommes.

Ici, plus qu'ailleurs, se mesuraient tout à la fois la folie et la démesure, mais aussi la puissance, la technique et la force de ceux qui avaient osé s'attaquer à un si gigantesque labeur.

Dans cette tranchée se dégageait aussi la certitude que la tâche entreprise était loin de son terme. Car là, mieux que partout, s'imposait la différence de niveau entre la cote obtenue en six ans et celle qu'il fallait encore atteindre pour être à hauteur de la mer; elle était énorme...

« Heureusement qu'ils se sont enfin décidés pour les écluses, parce qu'autrement on en avait pour dix ans ou plus avant d'en voir la fin! » pensa-t-il en s'asseyant sur un bloc de rocher pour reprendre son souffle.

Il salua d'un signe de tête un groupe d'hommes qui discutaient à quelques pas de là et qui attendaient sans doute eux aussi le coup de mine. C'étaient presque tous des Français, il les connaissait de vue; n'ayant jamais directement travaillé avec eux, il n'avait pas cherché à établir de relations.

Il est vrai que ses compatriotes étaient presque tous des grands ingénieurs. C'est-à-dire des gens un peu distants vis-à-vis de tous ceux qui n'appartenaient pas à leur monde, à leur caste, fussent-ils français.

Ils vivaient dans le même secteur de Christophe-Colomb ou de Panamá et ne cherchaient pas à étendre leurs relations. De plus, et c'était surtout ce qui les séparait d'hommes comme Martial, beaucoup avaient fait leurs premières armes en creusant le canal de Suez. D'autres pouvaient se vanter d'avoir installé le chemin de fer du Río Grande, au Brésil, ou celui de la Gayara, à Caracas qui culminait à 1 175 mètres; ou encore celui de Quebrada, toujours au Venezuela.

Ils tiraient de ces multiples expériences une fierté,

certes légitime, mais qui était souvent un peu hautaine et qui leur permettait surtout de bien faire comprendre qu'ils n'en étaient pas à leur coup d'essai.

Enfin, pour eux, Martial et Romain étaient installés depuis si longtemps en Amérique latine qu'ils en avaient presque acquis une nouvelle nationalité. Ils ne les tenaient pas pour entièrement chiliens, mais pas non plus pour tout à fait français. Ces multiples différences n'empêchaient cependant pas certains d'entre eux d'être aimables et diserts lorsqu'ils croisaient Martial.

— Il y a quelque temps qu'on ne vous avait vu, vous étiez en voyage ? demanda l'un des ingénieurs en venant vers Martial.

— Si l'on veut, en voyage de malaria ! Ça m'arrive parfois, et là, j'en ai pris pour plus de quinze jours...

— Je vois. Vous attendez le tir ?

— Oui, il paraît que c'est un des plus importants jamais tentés.

— Exact. Ça va dégager tout cet énorme nez de rocher, expliqua l'homme en désignant au loin l'endroit où s'affairaient encore les artificiers.

— Et alors, la France ! Tu es enfin sur pied ? C'est pas trop tôt, bougre de feignant ! entendit soudain Martial.

Il se retourna, vit O'Brien qui grimpait dans sa direction. Il nota surtout l'air choqué de son voisin.

— Rassurez-vous, c'est à moi qu'il s'adresse ! prévint-il.

— Ah ? Vous connaissez ce rustre ? Cette outre ambulante ! dit l'ingénieur d'un ton dégoûté.

— Mais oui, c'est un vieil ami, dit Martial.

Il comprit, à la mine de son voisin, que sa réputation venait d'être sérieusement écornée et s'avança vers l'Irlandais.

— Content de te voir debout. Oui, ton Chinois m'a dit que tu étais là, expliqua O'Brien. Après ce tir, il va y avoir du travail pour toi, si tu veux.

— J'y compte, ça pète quand ?

— Dans quelques minutes, si tout va bien. Tiens, écoute, ils font dégager le chantier.

En effet, là-bas, retentissait maintenant le son nasillard et métallique des trompes de cuivre annonçant le tir. Et sur toutes les crêtes voisines, des dizaines de pacifiques sentinelles agitaient lentement des drapeaux rouges en signe de danger.

Un lourd et inhabituel silence, à peine troublé par la cacophonie des trompes, s'appesantit soudain sur la tranchée. Et c'était tellement surprenant que même les pélicans, les hérons, les frégates et les caracaras intrigués et curieux vinrent survoler le chantier.

L'explosion fut si violente que Martial en ressentit un choc au diaphragme, il en perdit presque le souffle. Dans le même temps et alors que ses tympans vibraient douloureusement, le sol trembla sous ses pieds.

Devant eux, dans un énorme nuage de poussière rouge, une partie de la montagne, soulevée d'un coup par les charges explosives, se fragmenta, se détacha, puis déferla dans la tranchée en une grondante avalanche.

Fous de peur, des milliers d'oiseaux fusèrent des bois et des marais qui entouraient la chaîne montagneuse et s'enfuirent en jacassant vers l'épaisseur de la jungle.

— Ça, pour un tir de mine..., dit Martial.

Il vit que O'Brien ne l'avait pas entendu, comprit que les oreilles de son voisin devaient siffler autant que les siennes et parla plus fort.

— Oui, joli coup! approuva enfin O'Brien. Comme prévu, on peut tabler sur au moins cinquante mille mètres cubes!

— Qui est sur ce secteur?

— Toujours la S.A.T.P. Mais ne t'inquiète pas, pour tenir le rythme, elle est obligée de sous-traiter, tu auras ta part.

— Merci.

— A propos, où en es-tu pour les dragues?

— Pas de nouvelles...

— Dommage, dit O'Brien en hochant la tête. Il déboucha sa gourde, la proposa à Martial qui refusa. Dommage, redit-il après avoir bu, mais si ça t'intéresse toujours, je suis sur une combine. Oui, peut-être un très bon coup... On en parle ce soir ? Maintenant je n'ai pas le temps.

— D'accord, viens dîner.

— Entendu pour ce soir. Tu verras, ça peut être un très joli coup..., redit O'Brien en s'éloignant.

— Non, vraiment, ce ne serait pas prudent, dit Edmond.

— C'est aussi mon point de vue, dit Herbert.

Antoine eut un geste négligent de la main, vida son verre de *mosto* et s'en resservit un autre.

— Moi, ce que je vous en dis..., lâcha-t-il enfin. Vous m'avez demandé mon avis, je vous l'ai donné. Sans être aussi ambitieux que celui de Romain et de Martial, il le rejoint. Je ne dis pas qu'il faille acheter trois dragues, mais il me semble qu'en acquérir une serait une bonne opération, ne serait-ce que pour remplacer la *Ville de Lodève*. Maintenant, vous faites ce que vous voulez !

— Non, il ne faut pas raisonner comme ça, dit Edmond, ce sont les affaires qui commandent, les événements qui décident ! Nous, notre métier est de savoir suivre les filons tant qu'ils rapportent, et de les abandonner dès qu'ils deviennent moins rentables, c'est tout !

— Alors on laisse tomber Panamá ? demanda Antoine.

— Mais pas du tout ! assura Herbert. D'abord parce qu'en agissant prudemment il est encore possible d'y faire de bons profits. Ensuite, parce que nous avons là-haut des engins qui sont amortis et qui rapportent. Enfin, parce que rien n'empêche la Sofranco de continuer à vendre du matériel divers à tous ceux qui en ont besoin ; à condition bien sûr qu'ils soient en mesure de payer... Mais il y a un monde entre cette politique et celle qui consisterait à se lancer dans de dangereux investissements. Voilà, c'est ce qu'il faudra expliquer à Martial et...

— Pas question! coupa Romain. C'est ce que vous allez lui câbler au plus tôt, il attend la réponse.

— D'accord, dit Edmond, je m'en charge et je sais qu'il comprendra.

— Moi, je sais qu'il sera déçu, prévint Antoine.

— Et moi, je me demande si ma présence là-haut est maintenant nécessaire, ajouta Romain.

— Mais bien entendu! dit Edmond. Rien n'est changé! N'oubliez pas nos ateliers, les quelque trois cent cinquante hommes qui travaillent pour nous, nos excavateurs! Bien sûr qu'il faut remonter là-haut!

— Tu vois, c'est ça les gratte-papier, plaisanta Antoine en s'adressant à Romain, ils sont là, tranquilles, bien assis dans leur fauteuil à compter leurs sous et ils lèvent juste la tête pour t'expédier au boulot!

— Et au casse-gueule! Et sans frémir, approuva Romain.

— Assis dans leur fauteuil, façon de parler! dit Herbert. Je pars après demain en inspection dans le nord pour faire la tournée des mines et des gisements. Si vous appelez ça la tranquillité!

— C'est une vraie promenade de santé, s'amusa Romain, la guerre est finie, il n'y a plus de *rateros* ni de *rabonas,* vous ne risquez plus rien!

— C'est bien ce qui l'ennuie, renchérit Antoine. L'idée de ne pouvoir rencontrer ces gracieuses et si aimables créatures qui peuplaient jadis la sierra enlève tout attrait au voyage... Souviens-toi, il avait tout plein d'admiratrices, là-haut!

— Un mot de plus et notre association est rompue, prévint Herbert en riant. A propos de voyage, c'est toujours début avril que vous partez en France?

— Oui. Ma femme compte presque les jours et prépare déjà les malles !

— Et le retour est pour quand ?

— Ah ça, mystère. On sait quand on part, mais pour le reste...

— Tu es sûr d'être obligé de remonter là-haut ? demanda Clorinda en jouant négligemment avec le gros pectoral d'or qui reposait entre ses seins.

— Quand je te vois comme ça, je n'en suis pas sûr du tout, avoua Romain.

Selon son habitude et dès que la température de la nuit le permettait, la jeune femme estimait superflu de porter un quelconque vêtement pour dormir. Et là, allongée au milieu du grand lit défait, elle était tellement gracieuse, lisse et désirable qu'il sentait croître sa mauvaise humeur à l'idée d'avoir à repartir bientôt.

D'autant qu'il allait revenir à Panamá les mains vides et qu'il en était vexé. Il reconnaissait pourtant que les arguments d'Edmond et d'Herbert étaient solides, voire irréfutables. Objectivement, la situation financière de la Compagnie universelle du canal poussait à la prudence et à la circonspection. En s'opposant à de nouveaux et lourds investissements, Herbert et Edmond n'avaient fait que leur travail.

Mais cela n'empêchait pas qu'il était descendu à Santiago pour discuter de l'achat de trois dragues et qu'il repartait sans rien.

— A quoi penses-tu ? demanda Clorinda en balançant le pectoral de la pointe d'un de ses seins à l'autre.

— A toi, dit-il en souriant distraitement.

— Menteur ! Je parie que tu penses au travail ! Je me trompe ?

— Non...

— Tu sais, heureusement que j'ai bon caractère, parce

que franchement, en ce moment, tu pourrais penser à autre chose... J'ai connu un temps où tu étais plus empressé, je dirais même que tu étais insatiable ! dit-elle d'un ton mi-plaisant, mi-sérieux.

— Tout le monde vieillit...

— Ah merci ! c'est galant !

— Je ne parle pas de toi ! Je te le prouve assez, non ?

— Mouais... si l'on veut..., dit-elle en s'étirant. Elle se redressa soudain, s'assit au centre du lit, ramena les genoux sous son menton et enserra ses jambes avec ses bras : Et si tu restais, hein ? Après tout, rien ne t'oblige à repartir !

— Si, le travail. Martial qui m'attend, tout...

— Le travail, le travail ! Depuis le temps que tu me dis ça... Ah, vous êtes bien tous les mêmes ! Tiens, on croirait entendre Antoine ! Lui aussi passe son temps loin de cette pauvre Pauline ! Lui, c'est son hacienda qui le tient, toi c'est le canal ! Mais le résultat est le même, il faut toujours que vous courriez après je ne sais quoi.

— Peut-être, mais ce n'est pas si simple, dit-il. Et puis si on s'arrêtait de courir, comme tu dis, je ne sais pas si on aurait le courage de repartir, c'est peut-être pour ça qu'on continue...

— Alors tu ne prendras jamais le temps de m'emmener à Paris, murmura-t-elle, tu auras toujours autre chose à faire ! Pourtant tu me l'as promis, et tu m'en as si souvent parlé de ton Paris ! C'était pas vrai alors ? Juste un rêve ?

— Mais non, assura-t-il en s'approchant d'elle et en l'enlaçant, c'est vrai, c'est promis. On ira en France un jour, tous les deux, bientôt, j'espère. Mais pour pouvoir te traiter là-bas comme tu le mérites, il faut encore que je coure un peu, comme tu dis. Mais, promis, je serai vite de retour.

Martial essuya ses mains pleines de graisse dans un chiffon noir de cambouis et décacheta le câble qu'un porteur venait de lui tendre.

Il faisait si chaud dans les tréfonds de la machine et il transpirait tellement que plusieurs grosses gouttes de sueur vinrent s'écraser sur l'encre violette du message.

Il parcourut la missive, hocha la tête, puis froissa le papier et le jeta à ses pieds, dans l'eau noirâtre et croupie sur laquelle s'étiraient et miroitaient de longues mèches d'huile moirée.

Il n'était pas surpris par le refus que venaient de lui signifier Edmond et Herbert. Sans savoir pourquoi, il n'avait jamais vraiment cru que les deux financiers de la Sofranco approuveraient son idée. Elle était trop audacieuse pour eux, trop risquée.

Car vu de loin, de Santiago par exemple, et avec un regard précis de comptable, l'achat d'une drague c'étaient d'abord les centaines de milliers de pesos qu'il fallait débourser. C'étaient ensuite les milliers d'heures de travail que l'engin devait fournir avant d'être amorti.

Tout était très différent pour lui qui vivait depuis tant d'années au contact avec l'eau, la boue, la glaise, les rochers, tous ces éléments qu'il fallait coûte que coûte aspirer, creuser, excaver, extraire.

Aussi, au-delà des considérations financières, une drague, c'était avant tout le ronflement et les grincements d'une machine bien réglée creusant le lit du canal. C'était le plaisir et la fierté de la voir progresser en déversant dans les wagons, ou sur les berges, d'énormes monticules de sable et de boue, preuve tangible que le travail avançait.

« Et le comble, c'est qu'ils ont sans doute raison, ces banquiers de malheur! songea-t-il en essuyant son torse ruisselant de sueur d'un revers de bras. Oui, ils ont raison, mais moi je n'ai pas tort... »

Ou alors, s'il avait tort, c'est qu'il se trompait depuis des années, depuis qu'il s'était jeté dans cette aventure.

Mais si tel était le cas, se leurraient avec lui les centaines d'ingénieurs qui, eux aussi, prenaient chaque jour le risque d'être là, à la merci des fièvres, des piqûres, des morsures, du venin, uniquement pour ouvrir entre deux océans, entre deux mondes, cette longue et titanesque artère dans laquelle, un jour, bientôt, s'engageraient les navires.

« D'accord, on y gagne des sous, reconnut-il, mais on pourrait en gagner autant ailleurs. Et surtout avec moins de peine et de fatigue et à l'abri des dangers. Si on reste là, si je reste là, c'est que j'y trouve autre chose, mais ça, Herbert et Edmond ne peuvent pas le comprendre ! »

Romain repartit pour Panamá au début du mois de février. Le voyage fut plus long qu'il ne le pensait car un imprévu le contraignit à faire escale à Callao où il perdit quelques jours.

En effet, peu avant son départ, un câble était arrivé à la Sofranco. Il annonçait que de graves avaries venaient de se produire sur le *Rosemonde*. Le bateau était immobilisé dans le port péruvien et son capitaine réclamait des instructions.

— On oublie trop que ce bateau n'est plus de première jeunesse et qu'il a déjà beaucoup servi ! Alors tâchez de voir ce qu'il faut faire, lui avaient recommandé Edmond et Herbert. Tenez-nous au courant, mais votre décision sera la bonne.

Il quitta donc le vapeur de la Kosmos où il était si confortablement installé et débarqua à Callao.

Il trouva le *Rosemonde* amarré en bout de quai, non loin de l'endroit où, par un matin d'automne 80, le capitaine Fidelicio Pizocoma les avait magistralement roulés, Martial et lui.

Depuis, le bateau avait reçu bien des coups de tabac et parcouru surtout des milliers de milles entre Tumbes et Valdivia. Romain, qui ne l'avait pas revu depuis des

années, fut impressionné par son délabrement, sa vétusté.
« Faut être courageux pour prendre la mer sur ce sabot
percé ! » songea-t-il en grimpant à bord.

— Et alors, qu'est-ce qui est cassé ? demanda-t-il au
capitaine.

C'était un homme honnête et compétent en qui il avait
toute confiance, aussi fit-il grand cas de ses observations.

— La chaudière est morte, l'arbre est à la limite de la
rupture, le gouvernail est faussé. En plus, il y a plusieurs
petites voies d'eau qui ne demandent qu'à s'agrandir. Si
vous ajoutez à cela que la voilure auxiliaire est en loques
et que les tarets sont obèses à force de bouffer la coque,
vous aurez un bon portrait...

— Et la cargaison ?

— Pas de problème. J'ai pris sur moi de recéder tous
les cuirs et peaux embarqués à Palita, Chimbotes et
Huarney. Vous comprenez, avec les cales qui prennent
l'eau... J'ai l'argent à votre disposition.

— Le *Rosemonde* mérite les réparations ?

— Oui et non. Oui, si on le retape pour le destiner au
petit cabotage tranquille, avec navigation en vue des
côtes. Non, pour reprendre la haute mer comme nous le
faisions jusque-là.

— Eh bien, voilà qui nous arrange ! Bon sang, manquait plus que ça ! Qu'est-ce qu'on va faire de ce rafiot ?

— Je me suis renseigné, dit le capitaine, si vous voulez,
j'ai un acquéreur.

— Pour ça ? s'étonna Romain.

— Mais oui. Une fois bien radoubé et calfaté, il peut
rendre des services, par mer calme bien sûr.

— Combien ?

— Six mille cinq cents pesos.

— On l'avait payé vingt-cinq mille, mais il n'était déjà
pas neuf, calcula Romain. Et où est-il votre acheteur ?

— On le retrouvera là-bas, au cabaret d'Ignacio
Pachacha. Mais si vous êtes décidé à vendre, moi aussi je

le prends à ce prix-là... Je l'aime bien, le *Rosemonde*, ajouta le capitaine, si on est prudent, on peut encore faire un bon bout de chemin ensemble. Vous savez, vous ne tirerez pas plus de six mille cinq cents pesos... Et pour être tout à fait franc, l'acheteur dont je vous ai parlé n'en offre que six mille trois cents. Moi, j'ajoute deux cents, parce que je l'aime bien, le *Rosemonde*..., redit l'homme avec un petit sourire d'excuse.

— Je vois, dit Romain.

Il ne mettait pas en doute l'honnêteté du capitaine et comprenait même très bien qu'il se fût attaché au navire. Ils avaient tellement navigué ensemble, et ils en avaient sans doute tant vu !

— D'accord, reprit-il, on signe les papiers et le *Rosemonde* est à vous. Vous avez toujours bien servi la Sofranco, alors je prends la vente sur moi. Le *Rosemonde* ne vous coûtera que six mille deux cents pesos, pas un centavo de plus. Avec ce que vous économiserez vous pourrez un peu le réparer, ça va comme ça ?

Rarement regard de reconnaissance et de remerciement lui avait paru si sincère, il en fut ému. Cela atténua la petite flamme nostalgique qui le brûlait un peu en quittant Callao quatre jours plus tard.

Il avait beau se répéter que le *Rosemonde* était presque devenu une épave et que six mille deux cents pesos étaient encore une affaire, il ne pouvait s'empêcher de penser qu'avec sa vente se tournait définitivement une page. Désormais, le *Rosemonde* n'était plus, lui aussi, qu'un souvenir ; un de plus...

Ce fut Tchang, ravi de le revoir, qui expliqua à Romain où se trouvait Martial.

— Tu dis au kilomètre 18 ? En face de Lagarto ? Mais c'est le secteur des dragues, ça ! Qu'est-ce qu'il fait là ?

— Il travaille, monsieur, depuis quinze jours maintenant.

— Avec une drague ?

— Oui oui, et il est tout content parce qu'elle marche très bien, assura le Chinois avec un large sourire.

— Si j'y comprends quelque chose..., murmura Romain.

Arrivé à Santa Dolores peu avant midi, il n'avait pas prévu de se rendre sur le chantier avant le lendemain et comptait occuper son après-midi en reprenant contact avec les hommes des ateliers. Mais la curiosité l'emporta, il sauta dans la première navette et partit au kilomètre 18.

Il reconnut tout de suite la drague, c'était bien la *Ville de Lodève*. Mais une machine superbe, repeinte, et surtout qui ronflait à la perfection et dégorgeait sans à-coup un flot ininterrompu de gravats.

— Ça alors, c'est miraculeux, murmura-t-il.

— Eh bien, tu n'as pas reçu le câble ? demanda-t-il peu après, dès que Martial et lui eurent échangé quelques nouvelles.

— Si, mais j'avais déjà résolu le problème, ou plutôt, j'étais en passe de le résoudre, alors le câble... Note bien que je persiste à penser que nous aurions dû acheter des engins neufs, mais enfin...

— Mais comment diable as-tu réussi à la réparer ? Tout le mécanisme de dragage était hors d'usage ! Seule restait la coque, et encore...

— C'est l'ami O'Brien qui m'a mis sur le coup. L'American Dredging and C° avait une drague à simple couloir, comme la nôtre. Elle était hors service depuis qu'elle avait rompu ses amarres, ça fait plus de six mois. Elle était échouée en plein marécages, presque à l'embouchure du Chagres. Une ruine du point de vue coque, avec de l'eau jusqu'à mi-ventre, mais pas mal de bonnes pièces dans la machine.

— Je commence à comprendre...

— Oui, j'ai tout racheté ! Deuxième opération, toujours grâce à O'Brien, j'ai appris que la Compagnie B.L.L., celle qui creuse en rade de Panamá, a rénové son matériel. Elle avait une vieille machine à vendre, du même modèle que la nôtre. Là aussi, j'ai acheté l'ensemble. Troisième mouvement, j'ai fait venir une chaudière neuve, c'était indispensable. Mais je ne regrette pas, elle est de haut rendement, pense un peu, elle développe plus de cent chevaux ! Ensuite, j'ai mis presque tous nos mécaniciens sur les engins. On a travaillé nuit et jour comme des fous pendant un mois ! On a tout démonté, transporté, nettoyé, renforcé, forgé, graissé, remonté, repeint ! Et voilà le résultat ! expliqua Martial en désignant la nouvelle *Ville de Lodève*. Une merveille, elle nous fera de l'usage ! Quel dommage qu'on n'en possède pas deux de plus !

— Mais le prix ?

— Ah ça, c'est mon problème. Mais j'ai calculé qu'à un tiers de piastre le mètre cube on devait pouvoir l'amortir en moins de douze mois, enfin si tout va bien...

— Tu as prévenu Edmond et Herbert ?

— Oui, quand tout a été fait, parce que, si tu veux mon avis, je les trouve de plus en plus timorés...

— Ils n'ont peut-être pas tort d'être prudents, dit Romain qui ne pouvait s'empêcher de penser à tout ce que lui avaient raconté les deux hommes.

— Allons bon ! Toi aussi ? plaisanta Martial. Parole, c'est l'ami Antoine qui a déteint sur toi !

— Non. D'ailleurs tu te trompes, il a défendu notre point de vue. Cela dit, dans l'immédiat, je ne pense pas que ce soit sa principale préoccupation. Il embarque bientôt pour la France et a beaucoup à faire avant.

— C'est vrai ! Mais alors on va le voir, et aussi Pauline et les enfants. Ça, c'est une heureuse nouvelle !

— Non, sur certains points, notre ami est effectivement

très prudent, dit Romain. Il sait que nombre de navires en provenance d'ici, surtout dès la saison sèche et à cause de la fièvre jaune, sont mis en quarantaine lorsqu'ils atteignent la France. Il n'a aucune envie de se morfondre en rade de Saint-Nazaire avec toute sa famille! Alors il prendra la route du sud.

— Dommage, j'aurais bien aimé les revoir tous, surtout mes filleuls. Enfin, peut-être qu'ils passeront ici au retour, mais bien sûr, il manquera Marcelin...

— Il faut aussi que je te dise, ajouta Romain, je ne suis là que pour trois mois. Oui, il faut me comprendre. Clorinda va être seule pour tenir *La Maison de France* jusqu'en septembre. Alors je lui ai promis de redescendre assez rapidement.

— Mais tu remonteras bien ici un jour?

— Naturellement, dès que Pauline et Antoine seront de retour.

— Et comment fait Antoine pour Tierra Caliente?

— M. de Morales est sur place. Et puis surtout, Antoine a délégué ses pouvoirs à Joaquin et il peut compter sur lui pour faire appliquer ses directives!

— Je croyais qu'il voulait l'emmener en France?

— C'est vrai, mais le métis a posé des conditions absolument inacceptables!

— Joaquin, des conditions? C'est bien la première fois! s'étonna Martial.

— C'est un cas de force majeure! Il était prêt à partir en France, mais il voulait qu'on lui garantisse que le soleil s'y conduisait honnêtement, c'est-à-dire comme au Chili! Aussi, quand Antoine lui a dit que ce n'était pas possible et qu'en plus ils allaient arriver au printemps alors que c'est l'automne à Tierra Caliente, il s'est refusé à mettre les pieds dans des pays où se déroulent de telles diableries! J'ajouterai que ton filleul n'a pas arrangé les choses! Oui, il a voulu lui expliquer, sur un melon, que la terre était ronde et qu'elle tournait autour du soleil. Moralité,

Joaquin est désormais persuadé que puisque lui a les pieds sur terre et la tête en haut, ceux qui sont de l'autre côté, en France, et qui tiennent par miracle, ont fatalement la tête en bas. Alors ça, plus le soleil, plus les saisons, c'était beaucoup trop pour lui.

QUATRIÈME PARTIE

LES AMÉRICAINS
DES FONTS-MIALLET

13

Le *Ville de Francfort,* paquebot de la Compagnie Hambourgeoise Pacifique, jaugeant cinq mille six cents cinquante tonneaux et filant quatorze nœuds et demi, arriva en vue des côtes de France après quarante et un jours de traversée.

Malgré la durée du voyage, Pauline était aussi émerveillée et enthousiaste qu'au premier jour. Il est vrai qu'elle n'avait pas remis les pieds sur un navire depuis que le *Magellan* les avait déposés à Valparaíso, Antoine et elle, ainsi que Rosemonde et Martial en novembre 1871.

Le voyage d'alors avait été si dur, si éprouvant, qu'elle en avait conservé le souvenir d'une pénible et longue expérience. Et ça n'avait pas été sans appréhension qu'elle était entrée dans la coupée du grand navire blanc qui, via Dakar et Lisbonne, allait la reconduire en France.

Sa crainte était tombée en découvrant la cabine de première classe réservée par Antoine. Cette petite alcôve capitonnée de velours bleu pâle était d'un tel luxe, d'un tel raffinement qu'il fallait avoir passé, comme Antoine et elle lors du voyage d'aller, presque deux mois dans l'entrepont, pour imaginer dans quelle sordide crasse et dans quelle promiscuité s'entassaient, trois étages plus bas, tous ceux dont le budget était limité.

Elle n'avait pu s'empêcher d'évoquer tout cela avec Antoine, mais lui avait si souvent pris la mer, depuis dix-sept ans, pour naviguer dans toutes les conditions possibles — aussi bien de Valdivia à Panamá, que de Valparaíso à Porto Angel, au Mexique — qu'il ne s'étonnait plus de rien.

Même le confort, le zèle des serviteurs et la prévenance de tous les membres de l'équipage ne l'impressionnaient plus. Le comble était que les enfants eux aussi semblaient trouver tout naturel cette façon de voyager. A tel point que Pauline, sans l'avouer, se reprochait presque de les avoir habitués à vivre dans l'opulence et la richesse.

Intimement, elle redoutait toujours un peu qu'une quelconque catastrophe les contraignît un jour à affronter le mode de vie qu'Antoine et elle avaient jadis connu.

« Nous, on aurait déjà du mal à s'y refaire, mais alors eux... »

Bercée par le discret ronronnement des machines, flattée et fière de côtoyer dans les salons et la salle à manger des hommes et des femmes qu'elle avait vus fréquenter *La Maison de France,* heureuse de profiter pleinement d'un repos complet, elle avait vite oublié toutes ses craintes et ses appréhensions.

Maintenant, accoudée avec Antoine et les enfants à la proue du *Ville de Francfort* devant qui se dessinaient les côtes françaises, elle sentait croître en elle une indéfinissable impression. Un sentiment à la fois très doux et très pathétique. Une immense allégresse, une impatience, mais aussi, toujours présente, cette angoisse devant l'inconnu.

Cette crainte, pleine de contradictions et qu'elle aurait voulu étouffer, était forgée à la fois par la peur d'être déçue en retrouvant la France après si longtemps, mais aussi par celle d'être submergée de bonheur, au point de ne plus vouloir jamais repartir.

Elle serra le bras d'Antoine, lui sourit. Mais ses yeux étaient si brillants, qu'il comprit.

— Allons, ce n'est rien, c'est normal, murmura-t-il en l'enlaçant. Souviens-toi, Rosemonde et toi étiez aussi émues lorsque nous sommes partis.

Elle approuva, sourit encore et ne chercha plus à retenir les larmes de bonheur et d'émotion qui glissaient sur ses joues.

Médusés, n'osant rien dire, Marcelin et Pierrette, mais surtout Silvère, la regardèrent avec gêne, puis interrogèrent leur père par quelques mimiques discrètes.

— Vous ne pouvez pas comprendre, dit-il. Mais peut-être qu'un jour, vous aussi vous pleurerez en revoyant les côtes du Chili. Vous pleurerez en retrouvant Concepción ou Valparaíso car, pour vous, c'est peut-être le Chili votre pays. Celui qu'on trouve le plus beau du monde, le plus attachant. Celui vers qui on aime toujours revenir. Pour votre mère et moi, c'est la France, pour vous, je ne sais pas. Mais je crois que c'est maintenant, dans les mois qui viennent, que ça va se décider, et pour toujours.

Les travaux qui avaient bouleversé Paris en dix-sept ans stupéfièrent Pauline. Tout avait changé, tout avait grandi.

Même son quartier de Grenelle était devenu méconnaissable car nombre de jardins et de terrains vagues, qui s'étendaient jadis à côté de chez elle, étaient maintenant couverts de maisons, d'immeubles.

— Et pourtant Martial m'avait prévenue! murmurait-elle à chaque nouvelle découverte.

Comme prévu, elle était à la fois enthousiasmée et déçue. Ravie de découvrir une ville superbe, embellie et qui était sienne, dans laquelle elle se promenait avec une aisance qui stupéfiait les enfants et même Antoine. Mais aussi un peu dépitée de ne pouvoir présenter aux jumeaux et à Silvère la ville telle qu'elle l'avait fuie en mai 71.

Ici, c'était le lavoir qu'elle fréquentait avec sa mère qu'elle cherchait en vain avant d'apprendre, d'une commère gouailleuse, qu'on l'avait bouché dix ans plus tôt pour élever à sa place cette grande bâtisse de six étages.

— Même que si vous voulez y louer un appartement, je connais le bourgeois qui la possède. Y'a l'eau et le gaz à tous les étages ! avait expliqué la femme.

Là, dans le quartier des Invalides et de Bellechasse où elle venait, jeune fille, repasser le linge dans les riches maisons, c'était la prolifération de demeures encore plus riches, plus vastes, plus cossues.

Quant au Champ-de-Mars et à la colline de Chaillot où s'élevait un immense et somptueux palais depuis l'Exposition de 1878, elle n'y reconnaissait plus rien !

Il est vrai qu'elle avait été tellement estomaquée en découvrant la tour, qu'elle en était restée sans voix, pétrifiée devant le chantier.

— Stupéfiant ! Fantastique comme travail ! Mais, bon Dieu, que c'est laid ! avait, quant à lui, murmuré Antoine.

— Je ne trouve pas, avait dit Marcelin, je crois même qu'elle sera magnifique une fois finie. Et ce sera si beau de là-haut !

— C'est vrai, avaient renchéri Pierrette et Silvère, lequel se proposait d'ailleurs d'escalader la tour sans plus attendre.

— Ne comptez pas sur moi pour y monter ! avait dit Pauline.

La seule vue de la tour, qui s'élevait déjà au-dessus du premier étage et sur laquellle grouillaient de véritables équilibristes, lui donnait le vertige.

De plus, elle n'arrivait pas à oublier le Champ-de-Mars de jadis ; tranquille, campagnard presque où, dès les beaux jours, pour éblouir les élégantes venues voir manœuvrer la troupe, caracolaient des cavaliers en jaquette et haut-de-forme. Champ-de-Mars où s'aperce vaient souvent quelques petits troupeaux de chèvres, poussés par des gamins aux pieds nus qui allaient offrir du lait chaud aux bourgeois des beaux quartiers.

Antoine, Pauline et les enfants passèrent trois semaines inoubliables à Paris. Puis ils prirent le chemin de la Corrèze et ce fut alors Antoine qui commença à égrener ses souvenirs.

Si Pauline avait été stupéfaite en retrouvant un Paris qu'elle reconnaissait mal, Antoine n'eut aucune peine à se sentir chez lui dès que le train approcha de Brive.

Déjà, pendant le voyage qui les avait conduits de Paris à Périgueux, via Limoges, il avait été étonné de noter à quel point le paysage était identique à celui qu'il avait en mémoire.

Et maintenant que le convoi serpentait dans la vallée qui s'ouvrait sur Brive et qu'il reconnaissait au passage tel ou tel site précis, même les fermes accrochées à flanc de colline, il avait de plus en plus l'impression de vivre dans l'irréel, l'impossible, le rêve.

Car ici, rien n'avait bougé. Tout semblait rigoureusement figé, immobile. Et il devait sans cesse se répéter qu'il revenait au pays, non après un mois ou un an d'absence, mais après dix-sept ans !

Ce qui était oppressant, c'était ce décalage entre cette campagne paisible, superbe mais immuable et que le temps paraissait avoir oubliée, et toutes les années supplémentaires qu'il portait lui-même. Des années qui l'avaient marqué, martelé, forgé, qui se lisaient dans toutes les rides que le vent des sierras, des pampas ou du grand large avait creusées dans son visage.

Parti presque jeune homme, il revenait homme mûr, avec les tempes qui blanchissaient, des douleurs qui parfois sourdaient dans ses reins et ses articulations et surtout des idées qui avaient évolué. Certaines s'érodant au fil des ans, d'autres s'affinant, se précisant.

Et alors qu'il se savait, sinon très vieux, du moins très changé, le paysage qui défilait sous ses yeux était toujours le même. A preuve, il aurait presque juré que cette vieille femme en noir, aperçue là-bas, assise au pied du châtaignier et qui surveillait ses trois vaches blondes en tricotant n'avait pas bougé depuis qu'il l'avait remarquée dix-sept ans plus tôt !

Ce fut lorsque le train entra vraiment en ville, après avoir laissé derrière lui le petit village d'Estavel, qu'il nota enfin quelques changements, quelques maisons neuves.

— Nous voilà arrivés, dit-il lorsque les freins commencèrent à grincer.

— C'est ça, Brive ? demanda Silvère en collant son nez à la fenêtre.

— C'est ça, dit Pauline.

— Ben, c'est pas grand ! dit l'enfant, c'est bien plus petit que Paris ! Et même que Concepción ! ajouta-t-il avec une petite moue.

— Comment irons-nous à l'hôtel ? demanda Pauline en bouclant son sac de voyage.

— Ne t'inquiète pas, les gens de l'hôtel savent que nous arrivons, ils auront envoyé quelqu'un, assura Antoine. Et puis, il y a toujours un cocher de disponible devant la gare. Dans le temps, c'était le père Bouyssoux, se souvint-il. Il avait un cheval noir à chanfrein et boulets blancs qu'il nommait Charbon !

Le père Bouyssoux était mort depuis quinze ans, mais son fils lui ressemblait tellement qu'Antoine n'hésita pas une seconde à l'appeler par son nom. Quant au cheval, il était maintenant isabelle, mais répondait toujours au nom de Charbon.

Antoine poussa la jument dans le petit chemin caillouteux et blanc qui prenait vie à droite de la grand-route et s'enfonçait dans les bois de chênes, en direction des Fonts-Miallet.

Le temps était superbe et chaud, l'air fleurait bon le sainfoin, la luzerne et le genièvre.

Ému plus qu'il ne l'aurait voulu, car il se sentait un peu ridicule d'être ainsi le jouet de sentiments qu'il jugeait trop mièvres, Antoine sourit à Pauline.

Elle aussi était émue de reconnaître ce chemin qu'elle avait un jour suivi en compagnie de Martial, alors qu'ils cherchaient un abri pour passer la nuit. Puis qu'elle avait de nouveau emprunté, toujours avec Martial, pour prendre la route de Lodève. Mais, cette fois, avec l'image d'Antoine secrètement enfouie au fond d'elle.

Et maintenant, côte à côte, ils progressaient vers leur premier souvenir commun, celui de leur rencontre.

Dans leur dos, les enfants, toujours impitoyables, comparaient sans cesse les paysages corréziens et ceux de Tierra Caliente. Grande avait été leur stupeur lorsque, à la sortie de Brive, Antoine, après avoir désigné quelques fermes, avait expliqué que chacune ne possédait guère plus de huit à dix hectares, quatre à cinq bêtes à cornes et une dizaine de brebis.

— Ça vous étonne ? avait-il dit. Ce n'est pourtant pas la première fois qu'on en parle ! Depuis le temps qu'on vous raconte la Corrèze, vous devriez le savoir !

— Oui, tu nous l'as dit, et maman aussi, c'est vrai, mais entre l'entendre et le voir ! Ça alors..., avait dit Marcelin.

Il était dépité, et même déçu par tout ce qu'il voyait. Mais le bonheur de ses parents était si éclatant qu'il s'était tu, pour ne pas le gâcher.

— On va arriver, on saura bientôt ce qu'il en est du pin parasol, prévint Antoine.

Ce pin, ou peut-être seulement ce qu'il en restait, était le seul lien qui le rattachait encore à sa famille, et d'une façon très détournée, pour ne pas dire artificielle. Car l'unique point commun qui le liait encore à ses sœurs était cet arbre autour duquel ils avaient grandi et joué ensemble. Ses sœurs dont il était sans nouvelles depuis des années.

Après la mort de leur mère, en 1879, il leur avait écrit pour obtenir quelques détails, quelques bribes d'informations. Sans réponse, il avait récidivé deux ans plus tard, puis s'était lassé de leur silence. Six mois avant d'embarquer pour la France, pour se donner bonne conscience, il avait même correspondu avec le notaire qui, neuf ans plus tôt, s'était occupé du dérisoire héritage que laissait sa mère.

Après enquête, le notaire de Brive lui avait répondu qu'il ignorait ce qu'étaient devenues Aimée et Octavienne. Tout au plus avait-il appris qu'Aimée — celle qui vivait jadis à Gramat — était devenue veuve, puis s'était remariée et avait quitté la région. Quant à Octavienne, elle avait convolé avec un transporteur de fruits et légumes, puis avait également disparu sans laisser d'adresse.

— Regardez là-bas, c'est le hameau du Peuch, annonça-t-il en désignant de la main quelques maisons blanches aux toits de lauzes, tapies à flanc de coteau, au milieu des chênes et des noyers, à cinq cents mètres de là.

Beaucoup plus près d'eux, à côté du chemin, dans un petit champ tout emmuré par des tas de caillasses blanches, un vieil homme fauchait méticuleusement un carreau de luzerne. Sa silhouette sembla soudain si familière à Antoine qu'il arrêta le cheval. Il était incapable de reconnaître le vieillard et de lui donner un nom, cependant, il était certain de l'avoir jadis côtoyé.

Ils s'observèrent en silence, puis Antoine sourit :

— Faut pas vous fâcher si je vous regarde comme ça, mais je crois bien qu'on s'est déjà vus, dit-il.

— Pas impossible..., dit l'autre en retournant sa faux et en s'appuyant sur le dos de la lame.

— Vous êtes du Peuch, n'est-ce pas ?

— Ouais... Et vous ?
— Moi ? Je suis Antoine Leyrac des Fonts-Miallet.
— Ah, miladiou ! murmura le vieillard en repoussant son béret en arrière et en se grattant le front. Miladiou ! redit-il, mais alors, c'est toi l'Américain ? Si on m'avait dit ! Il cracha entre ses sabots, ramena son béret sur son front : C'est quelque chose ça ! Alors, comme ça, c'est toi l'Américain ! Dans le temps, quand on la voyait encore au marché à Brive, ta pauvre mère avait dit que tu étais parti aux Amériques, loin en par là-bas, chez les sauvages ! Mais parole, on te croyait mort depuis !

— Je sais, sourit Antoine, ce n'est pas la première fois que les gens du pays m'enterrent ! Mais dites, ça me revient maintenant, vous seriez pas le père Delmas ? demanda-t-il en conservant le voussoiement car son interlocuteur était beaucoup plus âgé que lui.

— Eh oui, c'est moi, dit le vieillard, j'étais de la classe de ton pauvre père, un bien brave homme...

— C'est ça, je me disais bien aussi...

— Alors c'est vous l'Américain ? redit le vieillard soudain intimidé car les jumeaux et Silvère s'étaient mis à parler espagnol, histoire d'échanger tranquillement quelques impertinences dont le père Delmas faisait les frais.

— Et votre... Et ta femme aussi elle est américaine ? demanda enfin le vieil homme en dévisageant Pauline.

— Non, non. Moi, je suis de Paris, s'amusa-t-elle.

— Ah bon, murmura le vieillard, Paris c'est bien loin, mais c'est quand même un peu de chez nous... Mais alors eux, pourquoi ils baragouinent comme ça ? dit-il en désignant les enfants.

— Parce qu'ils sont nés là-bas, en Amérique, expliqua Antoine. Et cessez de faire les ânes et de dire des bêtises ! gronda-t-il en se tournant vers eux, sourcils froncés.

— Ah bon, eux, alors ils sont américains. Ils sont pas de chez nous. D'ailleurs, ça se voit bien... Ouais, sont pas de chez nous ! assura le vieux.

— Peut-être, reconnut Antoine, peut-être... Allez, père Delmas, tenez-vous fier. Content de vous avoir revu. Maintenant, je vais finir d'arriver chez nous.

La grosse ombrelle vert sombre du pin parasol surmontait toujours la colline des Fonts-Miallet. Et même si l'arbre était cerné par les gravats, les ronces, les orties et les herbes folles, même si les alentours étaient mangés par les broussailles, les genêts d'Espagne et les genévriers, il émergeait toujours, superbe, solide.

Il était là, comme une paisible sentinelle, comme un témoin placé ici pour indiquer qu'un jour, dans ces ruines où croissaient la viorne, le lierre, les sureaux et les clématites, toute une famille avait vécu. Pour rappeler que cette petite cour pierreuse qu'il abritait de son ombre et recouvrait d'une nappe rousse d'aiguilles sèches avait vu courir, chanter, rire et pleurer des gamins qui avaient noms Aimée, Octavienne et Antoine Leyrac. Pour rappeler aussi, à Pauline et à Antoine, que c'était là, devant cette étable maintenant en ruine, au toit effondré depuis longtemps, qu'ils s'étaient rencontrés et aussitôt reconnus.

— Tu vois, je savais bien qu'il n'était pas mort ! Il nous attendait, ce bougre, murmura Antoine en attirant Pauline contre sa poitrine.

Il poussa le cheval jusqu'à la murette écroulée qui encerclait les ruines, puis sauta à terre et aida Pauline à descendre. Déjà les enfants, presque intimidés, furetaient çà et là, malgré les broussailles, s'approchaient des vestiges de la maison et de cette étable en ruine qui jadis puait tant le bouc et dont leur mère leur avait si souvent parlé.

Mais s'ils étaient curieux, et même un peu troublés de découvrir enfin l'un des berceaux de leur famille, il était facile de comprendre que la visite ne comblait pas leurs espérances, qu'ils étaient déçus.

— Ils attendaient autre chose, dit Pauline en caressant le tronc rugueux du vieux pin parasol.

— Bien entendu, dit Antoine. Dans leur idée, c'était sûrement plus beau, plus mystérieux. Peut-être qu'on les a trop fait rêver à la France, aux Fonts-Miallet...

Parce que Marcelin et Pierrette comprenaient, sans la partager, l'émotion de leurs parents et qu'ils ne voulaient pas les décevoir, ils gardèrent d'abord leurs impressions pour eux. Mais Silvère ne s'embarrassait pas de telles convenances. Et parce qu'il en avait gros sur le cœur, comme un enfant dépité en découvrant un cadeau qu'il espérait beaucoup plus beau, ce fut lui qui parla le premier :

— Alors c'est ça, les Fonts-Miallet, c'est ça ta maison ? demanda-t-il à son père.

— Oui.

— Eh ben..., fit le gamin en ramassant une grosse pomme de pin. Eh ben, je préfère les Fonts-Miallet de chez nous, ils sont plus jolis !

— Pour toi, oui, lui dit Antoine en lui caressant les cheveux.

— Oh oui ! dit Silvère. Là-bas, aux Fonts-Miallet du *cerro* du pin, chez nous quoi, on y voit plus loin qu'ici, c'est plus grand, tout est plus grand et plus beau, surtout les sierras ! C'est mieux, quoi...

— Pour toi, oui, redit Antoine.

— Et même, tiens, regarde, dit l'enfant en tendant l'index vers le ciel, ici, même les condors sont tout petits !

— C'est une buse, ton condor, sourit Antoine, mais je te comprends. Mais tu vois, ici c'est chez moi. Je suis né là, dit-il en désignant un gros buisson de sureau qui poussait dans les ruines. Et tu vois, ajouta-t-il en montrant le plateau en friche qui s'étalait devant eux, là, c'étaient nos terres. J'y gardais nos bêtes quand j'avais ton âge. Elles étaient très belles, alors.

— Et pourquoi elles sont pleines de ronces, maintenant ?

— Ah ça, j'aimerais le savoir ! dit Antoine, j'aimerais savoir pourquoi l'abruti qui les a achetées à votre grand-mère ne s'en occupe pas mieux ! Enfin, c'est comme ça, soupira-t-il.

Il observa Marcelin et Pierrette, vit qu'ils étaient gênés.

— Vous aussi vous êtes déçus, n'est-ce pas ? demanda-t-il.

— Faut comprendre, dit Marcelin en haussant les épaules. C'est... Oh, je ne sais pas !

— Mais si, vas-y ! insista Antoine.

— On pensait que c'était autre chose. On s'était fait des idées. Peut-être qu'on a eu tort d'imaginer les Fonts-Miallet trop beaux.

— C'est ça, dit Pierrette. Et puis ici, c'est... Comment dire ? Tellement... petit ! Tellement étriqué ! Voilà. Mais c'est pas ta faute, s'empressa-t-elle d'ajouter. C'est comme ça, c'est tout. Et puis, peut-être que c'est l'autre vieux qui a raison...

— Quel autre vieux ?

— Celui de tout à l'heure. Celui qui a dit qu'on n'était pas d'ici, qu'on était américains et que ça se voyait...

— Il est un peu gâteux, dit Antoine.

— Mais non, intervint Pauline, c'est bien lui qui a vu juste, et tout de suite. Mais quelle importance ? Allons, dit-elle en prenant le bras d'Antoine, fais-nous un peu visiter les anciennes terres de la famille Leyrac, fais-nous tout voir.

— Tu as raison, approuva-t-il, venez. Et avec un peu de chance, vu la saison et si les oiseaux l'ont oublié autant que les hommes, je connais par là un cerisier dont vous me direz des nouvelles !

Ils eurent du mal à approcher de l'arbre presque étouffé par les ronces. Et lorsque les enfants, toute bonne humeur retrouvée, parvinrent à se hisser sur les branches garnies de fruits, ils furent accueillis par un concert d'insultes que leur lancèrent en fuyant à tire-d'aile des volées de merles, d'étourneaux et de grives.

— Tu es triste, n'est-ce pas? demanda Pauline en posant la tête sur l'épaule d'Antoine.

Ils avaient laissé les enfants piller le vieux cerisier, étaient revenus jusqu'aux ruines et s'étaient assis au pied du pin parasol.

— Tu es très triste? redemanda-t-elle.

— Oui et non. Un peu, car j'aurais été content que les enfants aiment mon pays. Au lieu de ça... Dans le fond, je devrais être jaloux de toi, tu n'as eu aucun mal à leur faire adorer Paris, ton Paris! Tandis que moi, avec ma Corrèze... C'est pourtant bien beau ici, non? C'est vrai, c'est moins impressionnant que les paysages de Tierra Caliente, mais c'est tellement plus doux, tu ne trouves pas?

— Bien sûr que si. Et ici, surtout, la terre ne se fâche pas sans cesse. Elle ne passe pas son temps à gronder et à se fendre. Tu l'as dit, elle est douce. Mais les enfants, vois-tu, ils ne sont pas habitués à cette douceur. Ils sont nés dans un pays qui tremble sans arrêt, où les montagnes sont immenses, où les volcans fument, où tout est gigantesque! Alors, quand tu leur parles en plus de fermes de huit hectares!

— Tu as raison. De toute façon, je suis quand même très heureux d'être là, chez nous. Et mon père aussi, là où il est, doit être heureux de regarder ses petits-enfants en train de nettoyer un cerisier qu'il a greffé quand j'avais l'âge de Silvère. Mais toi, tu n'es pas déçue de voir qu'on a un peu gâché nos retrouvailles avec les Fonts-Miallet?

— Comme toi, un peu.

— C'est notre faute, dit-il. D'abord, on a sans doute

trop attendu ce jour. Et surtout, on ne devrait jamais revenir sur ses pas, jamais.

— Pourtant, une fois au moins, ça t'a sauvé la vie...

Il médita un instant, approuva.

— C'est vrai, en plein désert d'Atacama, du côté de Maldonado. Mais alors, c'est parce que j'avais fait fausse route avant. Tandis que là, je ne pense pas avoir trop fait fausse route depuis dix-sept ans...

— Alors ne regrette rien. Moi, je suis quand même ravie d'être ici avec toi, dit-elle en lui caressant la joue car elle voyait bien qu'il avait du mal à surmonter sa déception. Et puis, tiens, ajouta-t-elle en désignant les enfants qui revenaient vers eux en chahutant, regarde comme ils sont heureux maintenant.

— Ben, vous voyez, on aurait dû emmener Joaquin et Arturo ! dit Silvère peu après.

Il était tout poisseux de jus de cerises, des traces rougeâtres maculaient ses joues et ses mains et deux paires de fruits superbes, d'un carmin luisant, encore attachés par la queue ornaient ses oreilles.

— Et que ferait-on d'Arturo et de Joaquin ? demanda Antoine.

— Vous voulez des cerises ? proposa Marcelin en posant devant eux son mouchoir rempli de fruits.

— Elles sont belles, dit Pauline en croquant une cerise, et bonnes ! Oui, pourquoi Arturo et Joaquin ? demanda-t-elle à son tour.

— Ben, pour nettoyer tout ça, tous ces *espinos,* dit l'enfant. Et puis on leur ferait aussi rebâtir la maison, ça serait mieux comme ça, non ?

— Sûrement, approuva Antoine, mais qu'en ferions-nous de la maison ? Tu ne veux pas qu'on reste habiter ici, quand même ?

— Ah non ! Non, on s'ennuierait trop ! assura Silvère. Mais ce serait quand même bien si on avait une maison de France.

— C'est un peu loin de Santiago, tu ne trouves pas? demanda Pauline.

— C'est vrai, mais ce serait quand même bien. Tu comprends, à l'école, je pourrais dire aux autres : « Moi j'ai une maison en France, à moi! Elle s'appelle les Fonts-Miallet, elle est bien plus belle que vos haciendas et c'est là que mon père est né! Oui, ce serait bien! »

La réaction des enfants en découvrant les Fonts-Miallet, mais aussi le piteux état des anciennes terres de la famille Leyrac mirent Antoine de méchante humeur.

Il ne pouvait oublier que c'était la vente de leur petite propriété qui l'avait poussé à s'expatrier. Et s'il ne regrettait pas son choix, du moins acceptait-il mal que la friche, les ronces et les taillis envahissent des champs que tant de générations de terriens s'étaient entêtées à mettre en valeur.

Aussi, dès le soir de la visite aux Fonts-Miallet, se rendit-il à l'étude du notaire avec qui il avait correspondu quelques mois plus tôt. Malgré un étonnement qu'il dissimulait mal, ce dernier lui promit de lui fournir au plus tôt les quelques renseignements qu'il voulait avoir.

Il les eut dès le lendemain.

— Voilà, j'ai ce qu'il vous faut, lui expliqua l'homme. C'est un de mes confrères qui s'était chargé de la vente que votre défunte mère fit à M. Léon Vergnes le 15 février 1871. Soit deux hectares, un are et vingt centiares de terres et pacages sis aux Fonts-Miallet et vingt-trois ares cinquante-six centiares de bois et taillis au lieu-dit : Les Perriers.

— C'est bien ça, approuva Antoine.

— Alors, c'est en pleine indivision, expliqua le notaire.

— C'est-à-dire?

— Que depuis le décès de Léon Vergnes, le 10 janvier 1877, ses cinq héritiers n'ont encore pu se mettre d'accord.

— Je vois, ça explique l'état des terres.

— Si j'ai bien compris, poursuivit le notaire, ils sont tout prêts à vendre mais ne s'entendent ni sur le prix ni sur le partage ! Il est vrai que l'ensemble de la propriété est important : trente-quatre hectares, c'est beaucoup ! Quant aux bâtiments, dont une belle maison bourgeoise de huit pièces, deux granges étables et un four, ils sont encore en bon état. Mais oserais-je vous demander si vous seriez intéressé par l'ensemble ?

— Non, je n'ai que faire de trente-quatre hectares, c'est beaucoup trop grand pour moi, sourit Antoine en songeant aux vingt-huit mille hectares de Tierra Caliente. Les seuls terrains que j'aimerais récupérer sont ceux qui appartenaient à ma famille, c'est tout.

— Je ne sais pas s'il sera possible de morceler ainsi la propriété, dit le notaire en triturant les pointes de ses moustaches cirées. Et puis il serait bon que je sache ce que vous comptez y mettre ?

Antoine faillit lui dire que là n'était pas le problème, que tout cela n'avait aucune importance et que le prix ne comptait pas. Il avait fallu qu'il revienne en France, qu'il y séjourne et qu'il compare, pour mesurer à quel point Pauline et lui avaient bien gagné leur vie en dix-sept ans de travail. Mais il garda prudemment ses réflexions pour lui et louvoya.

— Ce que je veux y mettre ? Il faudrait d'abord que je sache ce que les vendeurs en demandent...

— Justement, c'est là-dessus qu'ils ne sont pas d'accord. Certains ne veulent pas admettre que la terre a beaucoup baissé depuis quelques années, expliqua le notaire. Il observa Antoine, hésita, toussota, puis se jeta à l'eau : Vous savez, j'ignore totalement ce qui motive votre désir d'acquérir ces deux hectares. Peu importe d'ailleurs. Mais si je puis me permettre de vous donner un avis... Puis-je ?

— Allez-y.

— Vous allez faire un très mauvais placement! Tenez, supposons que vous posiez tout de suite sur la table disons... trois mille deux cents francs. Ce serait surpayer la terre qui vous intéresse, mais supposons quand même. Eh bien, comme placement, j'ai infiniment mieux à vous proposer!

— Des panamas, peut-être? demanda Antoine sans sourciller.

— Encore mieux! Si, si! Vous n'êtes pas sans savoir que notre ville va être transformée dans les années qui viennent. Avant cinq ans nous serons desservis par la nouvelle ligne de chemin de fer qui viendra directement de Limoges, via Uzerche, puis filera vers Toulouse. Pour nous, c'est une chance inouïe, une manne!

— J'ai effectivement entendu parler de ça.

— Croyez-moi, cher monsieur, si vous avez quelque argent à placer, n'hésitez pas! Laissez la terre de côté, c'est d'un piètre rapport, misez plutôt sur notre ville! Songez à tout ce qui pourra se développer grâce à une ligne directe de chemin de fer Paris-Toulouse! C'est ici qu'il faut investir, chez nous! Tenez, je le dis sans crainte, je suis sûr qu'un jour Brive atteindra ses vingt-cinq mille habitants! Et peut-être même plus! Alors si...

— Sûrement, coupa Antoine. Dites-moi, le chiffre donné tout à l'heure, ça fait mille six cents francs l'hectare? Bon, décida-t-il en se levant, c'est sûrement très cher, mais je prends quand même. Alors tâchez de voir ça. J'aimerais régler cette affaire avant de repartir pour le Chili. Si c'est impossible, je vous laisserai une procuration. Je compte sur vous pour me récupérer ces deux hectares et quelques, je tiens beaucoup à reprendre ces terres. Vous pouvez me joindre à Bordeaux jusqu'à la fin août, indiqua-t-il en griffonnant l'adresse de Rosemonde sur une carte.

— Très bien, dit le notaire, mais alors pour le reste? Je vous assure que...

— On verra plus tard, promit Antoine. Tenez, quand le train Paris-Toulouse passera là, par exemple. D'ici là, commencez donc par régler l'affaire que je vous confie ; pour moi, elle vaut tous les placements.

14

Si les éprouvants accès de fièvre qui l'assaillaient trop souvent n'étaient venus lui rappeler que chaque jour supplémentaire passé à Panamá minait de plus en plus sa santé, Martial aurait été un homme heureux.

En effet, malgré les informations plutôt dubitatives qu'Edmond et Herbert lui expédiaient régulièrement au sujet de la Compagnie, il avait confiance dans l'avenir.

D'abord, fait rare, il y avait près de trois mois qu'aucun des quatre excavateurs de la Sofranco encore en état de marche n'était gravement tombé en panne. Ils étaient donc en service entre Emperador et la Culebra où ils faisaient un excellent travail.

Quant aux deux autres machines, trop usées pour s'accommoder de quelques réparations, il ne désespérait pas de leur appliquer sous peu le système qui avait ressuscité la *Ville de Lodève*.

A cela s'ajoutaient des nouvelles qui prouvaient que les timorés, les sceptiques et les pessimistes n'étaient pas toujours de bon conseil.

Ensuite, et c'était très important, longtemps officieuse, l'annonce de l'installation des écluses était officielle depuis le 1er mars. Elle avait été proclamée par Ferdinand de

Lesseps en personne et cette sage décision avait rassuré bien des actionnaires.

Désormais, c'étaient donc neuf écluses qui allaient être construites. Larges de dix-huit mètres, longues de cent quatre-vingts mètres, elles devaient permettre d'ouvrir le canal à la navigation avant la fin 1890. Eiffel, chargé de leur réalisation, s'était pour sa part engagé à les avoir terminées le 1er juillet de la même année.

L'ensemble de l'opération allait coûter six cent cinquante-quatre millions de francs, qui devaient être couverts par le nouvel emprunt que de Lesseps se préparait à faire.

Autre bonne nouvelle, l'autorisation tant attendue de lancer une émission d'obligations à lots venait enfin d'être obtenue par la loi du 8 juin.

Jusqu'à ce jour, les autorités gouvernementales, par les voix de MM. Rouvier et Tirard, s'étaient opposées à cette émission. De Lesseps avait encore emporté cette victoire, grâce à une remarquable campagne d'information au cours de laquelle il n'avait ménagé ni sa peine ni sa force de conviction.

— Tu vois que j'avais raison de vouloir aller de l'avant! dit Martial en agitant le journal sous le nez de Romain.

— Peut-être...

— Je te dis qu'on tient le bon bout!

— Espérons..., dit Romain en détachant délicatement un grand lambeau de peau morte de son bras droit.

Depuis la morsure du serpent, son bras se recouvrait périodiquement d'une mince pellicule qui, d'abord rougeâtre, virait ensuite au gris avant de tomber. Ce n'était pas douloureux, mais agaçant. De plus, cela rendait les zones atteintes beaucoup plus sensibles au soleil et surtout aux piqûres de moustiques. Or, avec le temps chaud et humide, les insectes proliféraient plus que jamais.

— Tu n'as pas l'air très convaincu, insista Martial en

se servant un verre d'un punch léger et délicieusement parfumé que Tchang fabriquait.

— Faut voir à l'usage..., dit Romain en tendant son verre.

— Cette fois, ça me semble sans gros problème. Regarde ce que dit le journal. Dès la semaine prochaine, on va offrir au public deux millions de titres à trois cent soixante francs, remboursables à quatre cents ! Et surtout, et crois-moi ce n'est pas rien, avec des lots ! Six tirages de lots annuels, les plus faibles d'une valeur de mille francs, et un gros lot de cinq cent mille francs ! Si avec ça les gens ne se précipitent pas ! Alors, tu doutes toujours ?

— Moi, tu sais, la loterie..., dit Romain en humant son verre que Martial venait de remplir : Faudra absolument que Tchang me donne sa recette exacte, et surtout les proportions, rhum, citron vert, cannelle, sucre de canne. Mais il y a autre chose..., dit-il.

— Gingembre ! Méfie-toi, c'est aphrodisiaque ! Blague à part, je te parle affaires tu me réponds punch ! C'est tout ce que t'inspire ce que je t'annonce ?

— Non, non ! Moi, je ne demande qu'une chose, que tout marche au mieux.

— Cette fois, ce devrait être le cas.

— Il n'empêche que, si les informations d'Herbert sont bonnes, tout est moins clair que tu ne le dis, ou plutôt que ton journal le prétend..., poursuivit perfidement Romain.

— Tout le monde sait que les Anglais et les Américains cherchent à nous dégoûter par tous les moyens. Herbert tient peut-être trop compte de ce que lui racontent ses compatriotes !

— Possible. Mais, si ses chiffres sont exacts, ils nous incitent à redoubler de prudence... Parce que, entre nous, il n'est guère rassurant de savoir que la Compagnie qui ne dispose plus, paraît-il, que d'une centaine de millions de francs, se lance dans des travaux qu'elle estime elle-même à presque sept cents millions ! Et tout ça avant même de savoir si son émission sera couverte... Tu feras ce que tu voudras, mais avec de tels équilibristes on devrait exiger de se faire payer au jour le jour! Saloperie de moustique! grogna-t-il soudain en se claquant vivement la joue.

— Oui, ils sont spécialement virulents ce soir, reconnut Martial.

— Sans aucun rapport, dis-moi maintenant franchement ce que tu penses de Pelligrino, demanda Romain.

En vue de son proche départ pour Santiago, il avait cherché quelqu'un capable de le remplacer. Car pour autant que Martial ait meilleur moral depuis quelque temps, son état de santé ne lui permettait pas d'accuser seul la surveillance des différents ateliers et chantiers de la Sofranco.

A force de se renseigner un peu partout, il avait fini par entrer en contact avec un jeune Italien. Dans l'isthme depuis six mois, il était chef d'équipe dans une entreprise américaine spécialisée dans la vente et l'installation des grands bâtiments de bois où logeaient les ouvriers du chantier.

Romain lui avait vite fait comprendre que la Sofranco pouvait lui assurer un travail beaucoup plus intéressant et des revenus plus importants que ceux concédés par les Yankees!

— Ces gens-là sont des rustres! Ils vous exploitent honteusement, vous méritez beaucoup mieux! avait-il doctement assuré. Et puis, entre Européens, on doit toujours se soutenir, n'est-ce pas?

Il savait bien, mais n'en avait cure, que ce n'était pas ce dernier argument mais l'assurance d'un salaire supérieur qui avait convaincu Lino Pelligrino. Pour le jeune Italien, l'Europe, et plus précisément la région des Pouilles où il était né, était synonyme de misère et de faim. Il travaillait pour la Sofranco depuis maintenant une semaine et Romain, dont l'opinion était faite, voulait connaître celle de son compagnon.

— Lino? Il devrait faire l'affaire, dit Martial. Il paraît compétent et surtout très ambitieux. Je veux dire par là qu'il a manifestement envie de réussir, et vite!

— C'est exactement ça. Je pense même que ma place ici sera vite prise si je reste un peu trop longtemps absent...

— Je le pense aussi, s'amusa Martial, et il ne faudrait pas le pousser beaucoup pour qu'il prenne aussi la mienne! Enfin, tu peux partir tranquille, je suis certain qu'il fera l'affaire. Il sait diriger les hommes et surtout il s'entend plutôt bien avec O'Brien, donc ça ira.

Si Antoine avait été un peu peiné de la réaction des enfants devant les Fonts-Miallet, leur joie et celle de Pauline en retrouvant Rosemonde lui furent un bonheur.

Pour les jumeaux, leur marraine était un peu comme une tante lointaine, mais toujours aimée, qu'ils évoquaient souvent. Elle les avait jadis tant gâtés, leur avait raconté tant de belles histoires et chanté tant de comptines, qu'ils n'avaient jamais oublié ses attentions et sa gentillesse.

Ils lui sautèrent au cou, comme jadis, et faillirent presque la renverser car ils n'avaient plus leur taille d'enfants!

Silvère qui ne la connaissait pas resta distant, prudent. Il se méfiait toujours des dames d'un certain âge dont les attentions l'agaçaient beaucoup. Elles le prenaient toutes pour un bébé, voulaient l'embrasser, le câliner, le caresser; il avait horreur de ça.

Son attitude fut en tous points semblable à celle qu'adopta Armandine vis-à-vis d'eux. Partie très jeune du Chili, elle n'en conservait aucune impression, aucune vision. De plus, elle était habituée à vivre en fille unique, donc à monopoliser l'attention de sa mère et des trois autres femmes attachées au service de la maison.

Pour elle, les nouveaux venus étaient donc des intrus. Les plus heureuses de ces retrouvailles furent sans aucun doute Rosemonde et Pauline. Elles avaient tant de souvenirs communs, tant d'histoires à se raconter, de nouvelles à se donner, qu'Antoine comprit tout de suite que les semaines qu'elles allaient passer ensemble seraient certainement trop courtes.

S'il fut lui aussi content de revoir Rosemonde après tant d'années, il fut surtout étonné. Il avait en mémoire l'image de Rosemonde lorsqu'elle avait quitté le Chili. C'était alors une femme à qui la trentaine conférait une grâce et un charme très attachants. A l'époque, bien des hommes se seraient même laissés aller à la courtiser sans vergogne si elle leur avait laissé entrevoir la plus modeste chance de réussite. Ce n'était pas le cas, mais il était quand même évident qu'elle était heureuse et flattée des regards qui se portaient sur elle.

Or, en moins de dix ans, elle était presque devenue une vieille dame. Elégamment, mais sévèrement vêtue, elle affichait de surcroît un air sérieux, respectable mais austère qui contrastait beaucoup avec celui qu'elle avait dix ou quinze ans plus tôt. Mais il est vrai qu'en ce temps-là elle vivait avec Martial et ne dissimulait pas le plaisir qu'elle en éprouvait.

Ce qui surprit aussi Antoine fut le peu de cas qu'elle semblait désormais faire de son époux. Son absence ne paraissait pas lui peser outre mesure, elle donnait l'impression d'être tout à fait habituée à son état, et même heureuse. Manifestement, ce qui lui importait le plus était l'éducation et l'avenir d'Armandine.

Elle fut certes très contente d'avoir des nouvelles de Martial, mais demanda peu de détails sur son existence et pas beaucoup non plus sur son état de santé. En fait, elle semblait se contenter des lettres qu'il lui expédiait régulièrement.

Antoine fut cependant presque choqué qu'elle ne cherchât même pas à savoir si son époux avait quelques projets de voyage en France. Il y avait maintenant deux ans qu'il n'était pas revenu, mais cela ne paraissait guère émouvoir Rosemonde. Elle en plaisantait même, et dès le soir de leur arrivée.

— Je me demande si je le reverrai avant le mariage d'Armandine! déclara-t-elle en riant. A mon avis, ce canal l'a rendu fou, il m'en parle dans toutes ses lettres. Ou alors ce sont les femmes de Panamá qui le retiennent! Mais sont-elles belles au moins, qu'en pensez-vous, Antoine?

Ils s'étaient installés au jardin après le dîner et goûtaient le calme et la fraîcheur qui venaient avec la nuit. Dans le ciel d'un bleu encore lumineux, des dizaines de martinets se poursuivaient en sifflant et en rasant les toits. Sous une tonnelle de glycine qui embaumait, les jumeaux disputaient une partie de jacquet. Quant à Silvère et Armandine, ils jouaient au croquet en trichant sans pudeur ni discrétion.

— Les Panaméennes? dit Antoine en hochant la tête, non, croyez-moi, ce ne sont pas elles qui le retiennent! Pour être franc, les femmes qu'on rencontre là-bas sont plutôt du genre à faire fuir tout homme un brin civilisé!

— Alors pourquoi s'entête-t-il à rester dans ce pays, au risque d'ailleurs d'y perdre la santé! Il n'a même pas besoin de ça pour vivre! Nos rentes et la succursale bordelaise de la Sofranco nous suffiraient maintenant à elles seules pour passer une existence tranquille, alors?

— Alors, c'est le canal, dit Antoine, le canal, c'est... comment dire? Oui, c'est fou et c'est inexplicable! Vous parlez d'existence tranquille? Mais là-bas c'est exactement l'inverse! C'est la bataille journalière, contre tout! Parce que, si on ne bataille pas à chaque instant, on est perdu! Le canal dévore tout, absorbe tout, digère tout! Mais il représente une si formidable aventure qu'elle mérite d'être vécue, malgré les dangers, ou peut-être à

281

cause d'eux... Cela dit, je ne pense pas que vous puissiez bien comprendre. Pour cela, il faut avoir travaillé là-haut, sur le chantier...

— On dirait que vous plaignez votre part ! s'amusa Rosemonde. Tu n'as pas peur qu'il fasse un jour comme Martial ? demanda-t-elle à Pauline. Méfie-toi et crois-en mon expérience : quand les hommes commencent à parler de ces aventures qui ne se font pas en compagnie de quelques gourgandines, ils ne sont pas loin de partir, et pour plus longtemps qu'avec des filles !

— Je sais, mais l'important c'est qu'ils reviennent ! Oh ! excuse-moi, dit Pauline en rougissant un peu dès qu'elle eut mesuré la portée de sa phrase.

— Ne t'inquiète pas, la rassura Rosemonde en lui posant la main sur le bras. Tu as d'ailleurs raison, l'important c'est de savoir qu'ils reviennent. Même Martial reviendra un jour. Mais lui, depuis plus de vingt ans que je le connais, je l'ai toujours vu prendre son temps. C'est pour ça que je suis devenue très patiente. Patiente, redit-elle en les regardant tous les deux, mais pas indifférente...

Antoine était venu en France pour accompagner Marcelin et non pour s'occuper des affaires de la Sofranco. Malgré cela et le désir qu'il avait de rendre le séjour le plus agréable possible à Pauline et aux enfants, il eût trouvé stupide, sous prétexte de vacances, de se désintéresser du commerce. Il profita donc de son séjour bordelais pour jeter un coup d'œil sur la succursale de la Sofranco que Martial avait créée en 1879.

Deux faits le surprirent agréablement lorsqu'il se rendit aux bureaux de la rue du Couvent. D'abord la compétence de Rosemonde et le sérieux dont elle faisait preuve pour superviser les opérations traitées par la société. Il était évident qu'elle suivait tout de très près et que

Martial n'avait pas exagéré son rôle quand il en avait parlé à ses amis de Santiago.

Ensuite, il fut satisfait de découvrir que le gérant, Octave Granet, choisi par Martial pour le remplacer, était un homme sérieux, très bon commerçant et à qui on pouvait faire toute confiance.

Heureux de prouver que la Sofranco avait raison de s'appuyer sur lui, et aussi qu'il ne volait ni le salaire ni les pourcentages qu'elle lui versait, il ouvrit tous les livres de comptes et de commandes. Cela fait, il brossa un tableau très réconfortant des mois à venir et assura que l'utilisation en France des nitrates et du guano du Chili ne pouvait aller qu'en augmentant.

— Les prix ont tendance à reprendre et je crois que nous tenons là un de nos meilleurs atouts, après Panamá, bien entendu, s'empressa-t-il d'ajouter. Mais le chantier sera bientôt fini, donc les bénéfices qui en tombent s'épuiseront.

— Sans aucun doute, approuva Antoine. Mais dites-moi, que pense-t-on du canal ici?

— Oh, c'est une opération qui dérange certains, éluda Octave Granet, enfin je veux dire certains politiciens. Vous savez bien, il en est toujours de frileux, de timorés ou de jaloux. A les entendre, le travail entrepris là-bas est trop grand pour nous... Bref, ça embrouille les données du problème. Vous savez ce que c'est, quand la politique se met partout, on peut être sûr que c'est au détriment des affaires.

— C'est évident.

— Et il y a aussi des opposants plus sournois car on ne sait trop qui les manipule... Il n'est qu'à lire le torchon qu'ils publient pour comprendre que notre présence à Panamá et l'œuvre que nous y menons ne plaisent pas à tout le monde!

— Vous faites allusion à cette petite feuille baptisée *Le Panamá*? demanda Antoine.

Depuis qu'il était en France, il avait eu l'occasion de lire

283

cette publication farouchement ennemie de de Lesseps. Tout dans ce libelle ruisselait de fiel, de méchanceté, de fausses nouvelles, d'insultes même. On y assurait que la corruption et même la concussion étaient aussi répandues sur le chantier que la malaria et les fièvres et qu'elles gangrenaient tout.

— *Le Panamá,* oui, dit Octave Granet, c'est un méchant torchon qui nous fait beaucoup de mal. On assure même qu'il est édité par les Allemands, c'est dire...

— Pas impossible... Mais vous, que pensez-vous personnellement, insista Antoine.

— Moi? Ah! mais moi, monsieur, je me flatte d'avoir souscrit à toutes les émissions lancées par la Compagnie depuis 1883. Oui, avant, je manquais un peu de liquidités... Et puis il faut bien dire que le krach de l'Union générale n'était guère encourageant...

— C'est le moins qu'on puisse dire, approuva Antoine.

Bien que peu intéressé par les problèmes boursiers, il se souvenait de l'affaire. Elle remontait à 1882 et avait fait grand bruit en France, et même à l'étranger. A l'époque, les spécialistes avaient estimé que le krach avait coûté cinq milliards de francs aux épargnants! De quoi les dégoûter à jamais, et pourtant...

— Mais, depuis cette date, j'investis, poursuivit Octave Granet. Et je ne serai pas le seul à souscrire à la prochaine émission!

— Vous n'avez pas longtemps à attendre.

— Non, encore deux jours. Et si j'en crois mon banquier, tout sera vite réglé. C'est un vrai placement de père de famille! La preuve, ajouta Octave Granet en souriant, j'ai acheté mes premières obligations l'année de la naissance de ma fille. Elles sont pour elle. Chaque titre de cinq cents francs, payé quatre cent vingt-cinq à l'époque, me rapporte vingt-cinq francs par an! Avec ça elle aura une jolie dot à ses vingt et un ans! Et même, si elle le désire, une rente à vie!

— Je pense bien, approuva Antoine.

En fait, il comprenait de moins en moins et ne savait trop qui, d'Octave Granet ou d'Herbert et d'Edmond, était en train de se tromper.

Il avait encore en mémoire les pessimistes prévisions de ses amis et leur prudence de plus en plus marquée pour tout ce qui touchait au canal. Or, devant lui, un homme qui, sans être banquier, n'en était pas moins au courant des affaires et le prouvait affichait un optimisme inébranlable. Il se préparait même à placer ses économies dans une opération qu'Herbert et Edmond jugeaient de moins en moins sûre !

« Quelqu'un est en train de faire fausse route, pensa-t-il, mais je serais bien incapable de dire si c'est ce brave homme, et avec lui des centaines de milliers d'autres souscripteurs, ou les amis... »

— La seule chose qui me chiffonne un peu, poursuivit Octave Granet, c'est qu'on ait contraint M. de Lesseps à installer des écluses. Vous qui avez travaillé là-bas, dites-moi franchement si c'était indispensable ?

— Indispensable, non, mais beaucoup plus pratique et moins onéreux, sans aucun doute ! Mais pourquoi dites-vous qu'on a contraint de Lesseps ?

— Parce qu'il s'est toujours opposé aux écluses ! Moi, je lis tout ce qui s'écrit sur ce sujet. M. de Lesseps refusait ce système, et avec raison, je crois ; après tout, Suez n'en a pas ! Non, non, je pense que c'est son entourage qui lui a forcé la main.

— Je l'ignore. Mais vous avez tort de comparer Suez à Panamá. Souvenez-vous, Suez n'a demandé l'extraction que de soixante-quinze millions de mètres cubes. Pour Panamá, les dernières estimations parlent de cent cinquante millions, ou plus... Alors, même si c'est l'entourage de de Lesseps qui lui a un peu forcé la main, il a eu raison. On aurait dû venir beaucoup plus tôt au principe des écluses !

— Ah bon ? Vraiment ? Eh bien, vous me rassurez. Oui, je craignais que ces machineries ne soient surtout pour certains une façon de gagner rapidement beaucoup d'argent. Vous comprenez, on raconte que M. Eiffel va toucher près de vingt millions de francs pour fabriquer les écluses, ça fait beaucoup, non ? Mais enfin, si vous dites que c'est utile...

— Oui, très utile.

— Alors on peut maintenant être sûr que le canal sera ouvert en 90 ?

— Il n'est pas interdit de l'espérer..., dit Antoine en se doutant bien que sa gêne était visible.

Ouvert en 90 le canal ? Soit dans deux ans ? Ça non, il ne pouvait y croire. Il y avait encore tellement à faire là-bas, à creuser, à niveler, à draguer !

— Vous n'avez pas l'air très convaincu, reprocha Octave Granet, vous ne croyez pas qu'on pourra l'ouvrir en 90, comme l'affirme M. de Lesseps ?

— Si, mais alors, pour cela, il faudrait tout doubler : le matériel, les hommes et le coût ! Et ça, je ne suis pas du tout certain qu'on puisse le faire.

Tout à la joie de revoir Clorinda avant trois semaines et assuré d'avoir trouvé en Lino Pelligrino un homme apte à le remplacer, Romain quitta Santa Dolores sans regrets.

Il était d'autant plus heureux de fuir le pays qu'il laissait derrière lui une saison des pluies maintenant bien installée et toujours aussi éprouvante, des moustiques qui proliféraient par millions, de la vermine et des parasites de plus en plus envahissants et un Chagres qui allait déborder avant peu !

« Grand bien leur fasse à tous, mais moi, je commence à trouver ce pays tout à fait invivable ! » pensa-t-il en arrivant à Panamá.

286

Il avait largement le temps d'embarquer car le vapeur ne levait l'ancre que le soir. Malgré cela, il héla un porteur, le chargea de ses bagages et se fit accompagner jusqu'à sa cabine. Sa malle une fois en sûreté, il redescendit à terre et partit vers le centre ville.

Il avait trois heures à perdre, un bel appétit et connaissait non loin de la cathédrale un restaurant dont la cuisine était à peu près comestible et la vaisselle pas trop répugnante. Lorsqu'il en ressortit, il était rassasié mais également de plus en plus persuadé que Tchang était un véritable artiste !

La grosse pluie avait cessé, remplacée par un désagréable et tiédasse crachin qui collait à la peau.

« Autant filer au bateau, j'y serai au moins à l'abri », pensa-t-il en rasant les murs pour tenter de s'abriter.

Il buta soudain sur un pavé, trébucha, faillit s'étaler dans la boue, jura et se rattrapa enfin au tronc d'un gros hévéa.

— Faut moins boire ! lui lança de loin un gamin hilare.

Il était vêtu de haillons immondes et grattait frénétiquement les croûtes sanguinolentes qui maculaient son crâne rasé.

— Petit couillon ! jeta Romain en se frottant le coude car il s'était cogné contre l'arbre.

— Dites, vous voulez pas des filles ? proposa le gamin en s'approchant. J'en connais de belles, et pas chères ! Elles sont pas loin, je vous y conduis pour dix centavos...

— Eh ben, si elles ont ta dégaine ! grogna Romain.

— Belles, et pas chères ! insista le gosse.

— Tu vas prendre une calotte, oui ! J'en ai une là, toute chaude, belle et pas chère non plus ! proposa Romain en agitant la main.

— Faut pas vous fâcher ! Tout le monde est pas comme vous ! dit le gamin. Vous voulez pas me donner quand même dix centavos ? Juste pour manger, j'ai si faim ! insista-t-il avec une mine si poignante et d'un

287

ton tellement grandiloquent que Romain se mit à rire.

— Au lieu de chercher des clients pour tes sœurs, tu ferais mieux de te faire embaucher par une troupe théâtrale, tu y ferais fortune! dit-il en fouillant dans son gousset.

Il en sortit une piécette qu'il lança au gosse.

— C'est pas mes sœurs, c'est mes tantes, dit le gamin en attrapant l'obole. Mais ça empêche rien, elles sont belles! Vous voulez pas y aller, vrai de vrai?

— Vrai, allez, file maintenant! Rien que de te voir te gratter ça me donne des démangeaisons!

— Vous travaillez au chantier, hein? demanda le gamin maintenant peu pressé de partir.

— Oui.

— Mon père dit que vous arriverez jamais à l'ouvrir ce canal!

— Et pourquoi?

— Parce que vous serez tous crevés avant! annonça le gosse en riant méchamment. Il pencha un peu la tête, se gratta, observa Romain avec une certaine commisération avant de redire: Oui, vous allez tous y crever! Alors si j'étais vous, j'en profiterais avant! Allez, venez voir mes tantes. Sont belles, tous les hommes disent que c'est les plus belles putes de Panamá! Si, si! Elles ont des seins comme des pastèques! Et blancs, et durs! Et puis aussi...

— Fous le camp, petit morveux! ordonna Romain en s'éloignant.

— Vous allez tous crever, tous! redit le gamin en trottinant un instant à ses côtés.

Il pirouetta soudain, ricana de nouveau et s'élança vers trois marins pour leur proposer ses services.

— Petit salaud! jeta Romain en haussant les épaules.

Il était maintenant de fort mauvaise humeur. Il en voulait au monde entier et surtout à ce pays maudit où même les enfants devenaient malsains et méchants.

Tête dans les épaules pour tenter de se protéger de la

chaude averse qui venait de commencer, il partit vers le port.

Habitué depuis son enfance à travailler tous les jours, Antoine était un peu désorienté dès que les circonstances le contraignaient à l'inaction. Les seules semaines de repos total qu'il avait prises étaient celles que lui avaient imposées les deux blessures graves qui jalonnaient sa vie : un coup de sabre dans la poitrine et le ventre et une volée de gros plombs dans le dos. Ces accidents mis à part, il n'était jamais resté plus de deux jours à ne rien faire.

Aussi, pour agréable qu'il trouvât son séjour bordelais, il ne put se contenter d'une seule visite aux bureaux de la Sofranco et prit l'habitude de se rendre chaque matin rue du Couvent.

Il y allait en flânant, s'offrait même un café en cours de route, musardait en traversant l'esplanade des Quinconces et en descendant le quai des Chartrons, et arrivait aux bureaux vers dix heures et demie. Là, il s'enquérait des commandes et livraisons, commentait l'actualité avec Octave Granet toujours heureux d'échanger quelques idées avec lui et très flatté d'avoir un interlocuteur qui connaissait tant de pays et avait vécu tant d'aventures.

Mais, en ce matin du 26 juin, l'air était si doux et le ciel si bleu qu'Antoine s'attarda en chemin plus longtemps que d'habitude, allant même jusqu'à s'asseoir sur un banc place des Quinconces.

Détendu, heureux d'être là, il sourit discrètement en voyant l'air grave et pénétré de quelques hommes qui passaient devant lui. Certains semblaient tellement soucieux qu'il en conclut aussitôt que les politiciens de Paris devaient être encore en train de se battre et de s'insulter, selon leur habitude !

Ou alors c'était ce fameux Boulanger dont on parlait de plus en plus, qui avait commis quelque discours que beaucoup jugeaient sublime et que d'autres vomissaient.

Antoine, quant à lui, avait encore en mémoire les six ans d'armée qu'il avait effectués. Six ans au cours desquels, outre les brimades, corvées et pour finir la guerre, il avait dû subir l'autorité, et souvent la bêtise, de beaucoup de gradés. Aussi, à ses yeux, le fait que Boulanger fût général — même en retraite — n'arrangeait pas son cas, bien au contraire ! Il ne croyait pas non plus que ce soit un « brave général », comme l'affirmaient ses laudateurs.

Mais au-delà de ce parti pris, qu'il jugeait lui même peu objectif, ce qui était certain c'est qu'il ne comprenait rien à toutes les empoignades auxquelles se livraient les élus. Il en convenait volontiers et ne cherchait même pas à s'intéresser à des péripéties qu'il trouvait grotesques et stériles.

« Sûr qu'un de ces abrutis de député a encore fait des siennes ! » s'amusa-t-il en voyant passer un gros bourgeois, congestionné et tout essoufflé, qui sacrait rageusement en distribuant de grands coups de canne devant lui !

C'est en arrivant vers onze heures aux bureaux de la Sofranco et en remarquant la mine défaite d'Octave Granet qu'il prit conscience de la gravité de l'affaire.

— Alors quoi, que se passe-t-il ? Vous en faites une tête vous aussi ! lança-t-il.

— Vous ne savez pas ? Mais on ne parle que de ça depuis ce matin ! De Lesseps vient de mourir ! dit le gérant.

— Oh merde ! murmura-t-il en se reprochant soudain sa légèreté. « Bon Dieu, j'aurais bien dû me douter que c'était plus grave qu'une simple histoire politique ! pensa-t-il. Suffisait de regarder les passants pour le comprendre... » Mais quand est-il mort ? insista-t-il.

— Cette nuit.

— De quoi ?

— Je ne sais pas. C'est un télégramme qui est arrivé ce

matin, directement à la mairie. C'est comme ça qu'on a été averti, mais on n'en sait pas plus.

— Je vois..., murmura-t-il en réfléchissant. Il faut absolument que je prévienne Martial, cette mort remet tout en question !

— Vous croyez ? Vous pensez qu'on va arrêter les travaux sur le canal ? s'inquiéta Octave Granet.

— Je n'en sais rien, mais je crains que ça n'arrange pas les affaires de la Compagnie ! Bon, je file à la poste. D'une façon ou d'une autre, il faut que je prévienne Martial et aussi Santiago.

— Vous savez, ça doit être fait depuis longtemps, dit le gérant, pensez, une nouvelle pareille a fait le tour du monde en un rien de temps !

— Oui, vous avez raison, reconnut-il après un temps de réflexion. Mais Dieu, que ça m'agace d'être là à ne savoir que faire !

— Vous avez beaucoup d'actions ? demanda timidement Octave Granet.

— Pardon ? fit Antoine perdu dans ses pensées. Ah ! des actions du canal. Oui, quelques-unes, et vous ? Ah oui, vous m'en avez parlé l'autre jour. Mais vous avez déjà souscrit pour la nouvelle émission ?

— J'ai passé les ordres, hier..., soupira le gérant. Dites, vous croyez que les actions vont s'effondrer ? demanda-t-il avec inquiétude. Vous croyez que je devrais aller tout vendre ?

— Oh là, doucement ! Après tout, même si elle est catastrophique, la mort de ce pauvre M. de Lesseps ne remet pas en cause la Compagnie. Enfin, je ne crois pas...

— Vous ne croyez pas, mais vous n'en êtes pas sûr, n'est-ce pas ? insista Octave Granet en se rongeant les ongles.

— Qui peut être sûr ! Mais si ça vous tracasse trop, allez demander à votre banquier ce qu'il en pense ! Allez-y, je garde les bureaux, proposa Antoine.

— Vous avez raison, dit le gérant en attrapant son chapeau et sa canne, je cours à la banque. Mais vous, vos titres ? demanda-t-il avant de sortir.

— Vous n'imaginez pas que je me promène avec ? Ils sont à Santiago, mes titres ! dit Antoine.

Il regarda disparaître le gérant, haussa les épaules, s'installa dans un fauteuil et attrapa le journal. Mais il n'avait pas le cœur à lire et ne parvint pas à fixer son attention sur les articles. Sa pensée était ailleurs.

Elle se posait sur une grosse drague ronronnant au milieu du Chagres, entre Santa Dolores et Gatún. Puis elle repartait jusqu'aux excavateurs qui mâchaient la terre rouge et visqueuse de la Culebra. Elle s'attardait aussi sur Martial, tellement enthousiasmé par son travail, et sur O'Brien, lui aussi dévoré par cette sorte de passion que certains éprouvaient pour cette mince bande de terre, de marécage et de sierras que les hommes s'étaient mis en tête d'ouvrir.

Enfin, il songeait aux amis que l'isthme avait tués : Andrew Freeman, Mary... Et aussi au visage, si jeune mais déjà marqué par la mort, du petit centralien écrasé sous un wagon, dans la boue de la Culebra. A ce jeune Parisien qui était mort en croyant que les secours arrivaient et surtout que le canal serait ouvert sous peu...

« Mon Dieu, quel gâchis, et quelle catastrophe... » pensa-t-il en reposant le journal sans l'avoir lu.

Il n'avait pas voulu affoler le gérant qui, manifestement, l'était déjà beaucoup. Mais il était persuadé que la disparition de de Lesseps allait porter un coup terrible à la Compagnie. Elle était déjà bien fragile et paraissait ne tenir que sur le nom de l'homme qui avait fait Suez. Lui disparu, et même en admettant que son fils Charles, qui travaillait déjà avec lui, soit apte à le remplacer, c'était quand même tout l'édifice qui risquait de s'effondrer.

Certes, un ingénieur comme Eiffel était désormais très connu et il était bon pour la renommée de la Compagnie qu'il œuvre pour elle, mais jamais il n'aurait la force de conviction et l'aura que possédait Ferdinand de Lesseps.

« Oui, tout risque de s'écrouler très vite », pensa-t-il en se mettant à faire les cent pas dans le bureau.

— Alors? demanda-t-il au gérant quand celui-ci revint, trois quarts d'heure plus tard.

— Alors rien, dit Octave Granet en se laissant tomber dans un fauteuil.

Il essuya son front ruisselant de sueur, s'épongea le visage et desserra même son faux col en celluloïd.

— Comment ça, rien? La banque est fermée?

— Certes pas! expliqua le gérant, mais il est impossible d'approcher! Là-bas, c'est la panique, il y a foule! Pensez, on dit que les actions ont déjà chuté de vingt-cinq pour cent! Une catastrophe, quoi! Vous vous rendez compte? Vingt-cinq pour cent! Et ce n'est peut-être qu'un début! Je vais perdre des milliers de francs...

— Ce n'est pas encore fait! La Compagnie interviendra sûrement, dit Antoine d'un ton qui se voulait rassurant. Enfin, c'est égal, ce pauvre homme aurait bien pu attendre quelques années avant de nous quitter...

— Ah ça oui alors! dit le gérant. Mais aussi, quelle idée de se lancer dans une telle affaire à cet âge! Il avait plus de quatre-vingts ans, non?

— Quatre-vingt-trois, je crois. Mais dites, vous n'avez trouvé aucun journal qui en parle? On aurait au moins des détails.

— Il paraît qu'ils vont sortir une édition spéciale. Enfin, c'est ce que j'ai entendu à la banque, dit le gérant d'un ton las.

Il était tellement abattu, découragé et déçu qu'Antoine eut pitié.

— Allons mon vieux, faut quand même pas vous mettre dans cet état. Bon, d'accord, vous craignez pour vos actions, c'est normal, moi aussi. Mais quoi, rien n'est encore joué! Il suffira qu'on décide de poursuivre les travaux et elles regrimperont!

— Vous croyez?

— Mais oui! Nous sommes je crois environ cinq cent mille actionnaires, ça fait quand même du monde! Il va falloir tenir compte de notre avis! assura Antoine sans croire un seul mot de ce qu'il disait.

Il se souvenait très bien d'Herbert et d'Edmond s'opposant fermement à l'achat de dragues neuves. Alors, si deux petits financiers, qui ne représentaient pour ainsi dire rien, avaient pu contrecarrer les projets des trois autres actionnaires de la Sofranco, que ne feraient pas les banques qui soutenaient la Compagnie!

— C'est vrai, nous faisons nombre, même le gouvernement devra s'en inquiéter et agir! D'ailleurs, il est responsable, c'est bien lui qui a donné l'autorisation d'émettre! dit Octave Granet un peu rasséréné.

— Exactement, approuva Antoine. Allez venez, il est midi passé, je vous offre l'apéritif, ça nous changera les idées.

15

Malgré les facéties de Silvère, qui n'hésitait pas à braver les foudres maternelles pour amuser Armandine, le repas fut morose.

Averties du décès de de Lesseps par la cuisinière, qui tenait la nouvelle du boucher, Rosemonde et Pauline mesurèrent aussitôt la portée d'un tel événement. L'une et l'autre étaient assez au courant des affaires de la Sofranco pour comprendre à quel point l'avenir était désormais menacé. Et leur inquiétude s'accrut lorsque Antoine, à son retour, leur répéta ce que lui avait dit le gérant, à savoir que les actions avaient déjà chuté de vingt-cinq pour cent!

— Vingt-cinq pour cent! Mais c'est énorme! murmura Rosemonde.

— Je m'en voudrais d'être indiscrète, mais Martial en possède beaucoup? demanda Pauline.

— J'en ignore le nombre, avoua Rosemonde, mais je me souviens qu'il avait souscrit pour près de quarante mille francs lors de l'émission d'août 86... Et dans les trente mille francs à toutes les précédentes... Je ne sais pas ce qu'il a fait ces deux dernières années, mais je crains qu'il n'ait investi au total pas loin de deux cent mille francs, ou plus...

— Oui, ça correspond à ce qu'il m'a dit un jour, confirma Antoine.

— Et vous ? demanda Rosemonde.

— Beaucoup moins, reconnut Antoine.

Il était un peu confus d'avoir à avouer que non content de ne pas comprendre grand-chose à toutes ces actions, obligations et autres souscriptions, il ne leur accordait qu'une confiance très limitée.

Pour lui, paysan, seul l'or ou la terre représentait une valeur sûre, quasi invulnérable, éternelle presque. Et s'il n'avait pas encore sauté le pas en achetant, comme il l'aurait pu, quelques milliers d'hectares de grasse terre chilienne, sa cagnotte en or (en condors chiliens, dollars américains, pesos mexicains et napoléons) était bien à l'abri dans l'un des gros coffres d'Herbert Halton.

— Pour combien en avons-nous ? Tu dois bien le savoir ! insista Pauline.

— Des panamas ? Dans les vingt-cinq mille francs, guère plus. Faut comprendre, ajouta-t-il avec un petit sourire d'excuse, je me méfie de ces histoires banquières. Et puis, je n'ai pas oublié qu'Edmond a frôlé la ruine il y a un peu plus de dix ans, quand la société commerciale de M. Delmas a fait faillite, vous vous en souvenez ?

— Oui, très bien, et ce jour-là, Martial lui a enlevé une belle épine du pied ! rappela Rosemonde.

— C'est ça. Mais, moi, cette histoire ne m'a pas poussé à faire confiance aux placements miracles, c'est pour ça que nous avons peu d'actions de Panamá.

— Mais peut-être qu'on s'affole pour rien, dit Pauline pour tenter de rassurer son amie. Et puis ne me dis pas que Martial a tout placé dans la Compagnie ?

— Non, bien sûr ! Lors de son avant-dernier séjour, il m'a garanti qu'il avait investi dans du solide. J'ignore dans quoi, mais il m'a assuré que c'était ce qu'on faisait de plus sérieux, heureusement... Mais enfin, quand même, deux cent mille francs, c'est une somme !

— Elle n'est pas encore perdue, dit Antoine.

— Non, mais vingt-cinq pour cent de deux cent mille francs, ça fait cinquante mille ! répondit-elle du tac au tac.

— Bien sûr, reconnut-il. Moi, je ne peux que vous redire ce que j'ai expliqué à ce brave Granet. La Compagnie va sûrement intervenir. J'ignore dans quel sens, mais à quoi bon se mettre martel en tête avant de le savoir ! Ce qu'il nous faut maintenant ce sont des informations et, croyez-moi, j'irai en chercher dès le repas fini.

Comme le matin même, ce fut encore l'attitude des hommes qu'il croisa en se rendant rue du Couvent qui intrigua Antoine.

Mais, cette fois, au lieu de voir des passants à la mine défaite ou coléreuse, il observa que presque tous semblaient soulagés, détendus. Et ce fut en entendant, à côté de lui, deux gandins qui parlaient de Panamá en riant qu'il n'y tint plus et osa même les aborder.

— Veuillez m'excuser, leur dit-il, mais il semblerait que vous possédiez sur Panamá des informations que je n'ai pas. Or comme je suis concerné, si vous pouviez me dire...

— Vous êtes actionnaire vous aussi, je parie ? demanda l'un des hommes.

Comme son voisin, il devait avoir une trentaine d'années et semblait d'excellente humeur.

— Oui, un peu actionnaire, reconnut Antoine.

— Eh bien, laissez-moi vous dire, monsieur, et même vous l'apprendre si vous l'ignorez, que nous vivons dans un pays de voyous ! C'est une honte, monsieur, une honte !

— Parfaitement, coupa le deuxième homme, nous sommes gouvernés par des escrocs et des crapules, et le général Boulanger a raison de dire bien fort qu'il faut pendre la moitié des députés ! Il est manifeste que ces gens-là travaillent pour l'Allemagne !

297

— Possible..., temporisa Antoine qui regrettait déjà d'avoir ouvert le dialogue, mais ça ne me dit pas...

— Tout est lié, monsieur, reprit le partisan du général. Vous avez appris ce matin que ce pauvre M. de Lesseps était mort, n'est-ce pas ? Et toute la France, et sans doute le monde entier l'ont appris comme vous ! Eh bien, c'était une gigantesque et superbe blague ! Oui monsieur, comme la dépêche d'Ems ! Ah, elle est belle la République ! Quel exemple pour l'étranger ! Et comme les Allemands doivent rire !

— Je ne comprends pas. Vous dites que...

— Que c'était un bobard, comme disent les jeunes, renchérit le premier homme. Un scandaleux bobard dont le seul but était de casser la souscription ! Et voilà ce que tolèrent ou fomentent les voyous qui nous gouvernent ! La braderie de l'Alsace et de la Lorraine ne leur a pas suffi ! Ils veulent maintenant déconsidérer le pays aux yeux du monde !

— Ah, les salauds ! souffla Antoine.

— Comme vous dites, reprit l'homme. Mais il va falloir que ça change, et ça changera ! Enfin, tout à votre service, monsieur. Un bobard ! redit-il en s'éloignant avec son compagnon. Et faites comme nous si vous ne voulez rien perdre, lança-t-il en riant, restez célibataire, ça vous évitera de faire des placements de père de famille et de vous ruiner en actions !

— Ah, les salauds ! redit Antoine en reprenant son chemin, ils ont osé monter un coup aussi pendable, ça alors !

Il avait du mal à admettre que des hommes aient pu à ce point tomber dans l'ignominie, uniquement pour abattre une entreprise et un homme qu'ils combattaient.

« Faut-il qu'ils le détestent, ce pauvre M. de Lesseps, vrai, quelle honte ! »

— Vous avez vu ces canailles ? lança Antoine dès qu'il revit Octave Granet.

Ce dernier semblait moins abattu que le matin, mais il était loin d'être réjoui.

— Des canailles, oui, vous pouvez le dire. Et ils ont réussi leur mauvais coup ! Oui, oui ! je le sais, je viens de la banque. Certes, M. de Lesseps est bien vivant, le pauvre homme, mais c'est le fiasco total pour sa souscription...

— Pourquoi dites-vous ça ?

— Parce que personne n'achète, expliqua le gérant, et pourtant tout le monde veut vendre ! Un fiasco je vous dis...

— C'était sans doute le but recherché, casser la souscription. Mais si en plus les actionnaires se mettent à vendre, c'est la faillite garantie !

— Et que voulez-vous que nous fassions ? Qu'on attende passivement d'être ruinés ? demanda Octave Granet.

— Vous aussi, vous allez vendre ?

— Je... Je ne sais pas..., avoua le gérant d'un ton pitoyable. Mais vous, que feriez-vous ? Vous devez le savoir ! Vous êtes un spécialiste, vous connaissez le canal, vous devez savoir ! Vous croyez que je dois vendre ? Non ? Il faut que je garde mes actions, alors ?

— Je ne peux vous dire qu'une chose, soupira Antoine, j'ignore totalement ce qu'il faut faire. Mais c'est à croire que ceux qui ont lancé cette vilaine affaire connaissent bien Panamá, eux aussi ! Oui, cette histoire ressemble au chantier, elle est pourrie. On est en plein marécage, en pleine boue et au milieu des caïmans et des sangsues ! Alors, pour savoir ce qu'il faut faire...

Il comprit qu'il venait de décevoir son interlocuteur, mais n'en eut cure et ajouta même :

— Je ne peux pas vous donner de réponse. Je ne me pardonnerais pas de vous diriger dans une mauvaise direction. Et croyez-moi, même si j'avais mes actions sous la main, j'ignore ce que j'en ferais...

— Vous parlez comme mon banquier, lui aussi refuse de s'engager, soupira Octave Granet en haussant les épaules.

— Moi, je ne refuse pas, je ne sais pas, c'est tout.

A cause de la distance, du décalage horaire et des problèmes de transmission, Martial apprit presque en même temps la mort de Ferdinand de Lesseps puis sa subite résurrection. Et s'il ne crut à la première nouvelle que pendant moins d'une heure, elle le choqua, l'assomma.

Pour lui aussi la mort de de Lesseps sonnait le glas du chantier. Déjà, depuis plusieurs semaines, il avait du mal, chaque samedi, à recevoir des entreprises pour qui il travaillait la totalité des sommes qui lui étaient dues.

— Ça devient dur, la Compagnie demande des délais de plus en plus longs, expliquaient les comptables.

Alors, de Lesseps mort, c'était à tout coup la cessation de paiement, donc l'arrêt des travaux.

Puis était arrivé le démenti, mais il n'avait pas suffi à lui redonner espoir. Lucide, il estimait que si des hommes avaient eu la bassesse d'annoncer la mort de de Lesseps pour lui nuire, rien ne les arrêterait désormais pour l'abattre définitivement.

Découragé par de telles nouvelles, il l'était aussi par tous les autres coups que le sort s'acharnait à porter au chantier et à la Sofranco depuis quelque temps.

D'abord, une semaine plus tôt, Lino Pelligrino avait failli se faire arracher la main droite dans un engrenage d'excavateur. L'amputation avait pu être évitée, mais la main n'était pas belle, la plaie pas franche. Et le pauvre Lino qui souffrait beaucoup avait le plus grand mal à tenir son rôle, malgré son courage et sa bonne volonté. Martial abattait donc tout le travail d'un homme en très bonne santé, ce qui était loin d'être le cas.

Ensuite, une fois de plus, ravinées et minées par les incessantes pluies, plusieurs portions des talus de la Culebra avaient glissé, emportant tout sur leur passage, renversant les installations, les rails et les engins. Les coulées d'argile avaient ainsi presque réduit à néant au moins un mois de travail.

Enfin, et cela inquiétait beaucoup Martial et l'attristait, O'Brien était malade. Taraudé par une incoercible et tenace dysenterie, il ne tenait plus debout. Et même son épouvantable tord-boyaux se révélait tout à fait impuissant à le remettre sur pied. Il feignait d'avoir bon moral, mais Martial devinait qu'il crânait et que la dysenterie n'était pas la seule à lui nouer les tripes, la peur aussi s'en mêlait...

Ce fut donc au milieu de tous ces soucis qu'il prit connaissance, début juillet, des résultats de la souscription de juin. Ils étaient plus catastrophiques que les pires estimations !

Choqués par la fausse nouvelle de la mort de de Lesseps, influencés par les on-dit assurant que la Compagnie était financièrement à bout de souffle, impressionnés par la chute des actions de Panamá, les acheteurs avaient boudé. Et sur les deux millions de titres qui auraient dû être écoulés pour couvrir l'emprunt, huit cent mille seulement avaient trouvé preneurs.

Quant aux titres cotés trois cent soixante-dix francs le 23 juin, ils étaient tombés à deux cent quatre-vingt-six francs le 28 du même mois. Tout laissait à penser qu'ils n'en resteraient pas là...

Antoine savait qu'il lui serait impossible de revenir en France l'année suivante. Aussi, au risque d'effectuer une visite qui pouvait paraître prématurée, décida-t-il d'aller voir l'École d'agriculture de Montpellier où il comptait inscrire Marcelin à la rentrée 89.

Il tenait à savoir dans quel cadre son fils allait apprendre son futur métier et voulait aussi fournir à M. de Morales tous les détails qu'il aimerait sûrement connaître.

Pauline ne fut pas du voyage. Elle prétexta une légère indisposition de Silvère — il s'était gavé de cerises, prunes et pêches tiédasses — et resta à Bordeaux.

Elle estimait que la présentation de son fils au directeur de l'école était une affaire d'hommes et que sa présence risquait de gêner aussi bien Antoine que Marcelin. De plus, elle redoutait de découvrir un cadre, des bâtiments et un règlement austères, rudes, et préférait donc ignorer l'environnement dans lequel Marcelin allait vivre. Elle le pressentait sinistre malgré les assurances de Rosemonde qui lui garantissait que Montpellier était très agréable.

— Non, non, décida-t-elle, ça ne m'intéresse pas. Quand je penserai à lui, il sera ici, chez toi, comme pendant les vacances. Son école d'ici ou celle de Montpellier, ses études, tiens, c'est comme s'il faisait son armée. Je n'ai pas envie de visiter ces casernes ! D'ailleurs, il écrira pour m'en parler, ça suffira.

Gardant donc Pierrette et Silvère, elle laissa partir ses deux hommes sans regrets.

Pour tout dire, eux-mêmes n'étaient pas mécontents d'être seuls pour effectuer ce court voyage.

— D'ailleurs, je serai seul dans deux mois, le jour de la rentrée à Bordeaux, alors autant m'habituer tout de suite, dit Marcelin dès qu'ils furent installés dans le train qui descendait vers Toulouse.

— Tu as raison. Mais tu sais, ta mère a beau crâner, elle a le cœur gros, dit Antoine.

— Je sais.

— Pourtant, ce n'est pas le bagne qui t'attend !

— Bien sûr que non.

— Et puis ça passera vite, insista Antoine comme pour

se convaincre lui-même. Je ne parle pas de l'année qui vient où tu vas être gâté par ta marraine ! Après, tu seras à Bordeaux à toutes les vacances et je suis certain que tu y verras Martial. Il faudra bien qu'il revienne un jour ou l'autre, sa santé l'y contraindra. Tu ne resteras jamais seul très longtemps.

— Ce n'est pas ça qui m'inquiète, avoua Marcelin.

— Ah bon ? Quelque chose t'inquiète ?

— Oui, un peu. A l'école, surtout cette année à Bordeaux, j'ai peur qu'on me prenne pour un étranger. Tu te souviens de ce qu'a dit le vieil homme qu'on a rencontré avant d'arriver aux Fonts-Miallet ? Il a dit que ça se voyait qu'on n'était pas d'ici...

— Allons, allons, le rassura Antoine, ne prête pas trop attention à ce qu'a dit le père Delmas. Après tout, moi aussi, il m'a traité d'Américain !

— Oui, mais toi tu as pu lui répondre que tu étais né aux Fonts-Miallet, en France...

— Et alors, c'est pas une tare d'être né à Santiago ! Et puis, ajouta Antoine, si on te pose trop de questions, tu pourras toujours répondre : « Mon père est corrézien, ma mère parisienne et nous avons toujours de la terre en Corrèze ! » Mais, bien sûr, tu n'es pas obligé d'expliquer qu'il n'en reste qu'une cartonnée ! Ou alors, dis-le en espagnol !

Les inquiétudes qui assaillaient Marcelin fondirent très vite et cédèrent la place à une assurance qui réjouit Antoine.

Une heure d'entrevue avec son futur directeur et la visite des terres et des bâtiments de l'école suffirent à son fils pour découvrir que sa position d' « étranger », loin de le défavoriser, lui donnait des atouts dont il entendait bien faire le meilleur usage.

D'abord, il venait d'un pays si éloigné qu'il en était

encore légendaire, mythique, passionnant. Ensuite, il avait traversé les océans et même franchi le détroit de Magellan, lui aussi chargé d'histoire, de mystère. Enfin, il avait de l'agriculture une notion qui bouleversait totalement les données auxquelles le directeur était habitué.

Certes, cet homme d'un niveau supérieur et d'une compétence indéniable connaissait l'existence des haciendas et leur taille. Mais il n'avait jamais quitté la France et avait du mal à imaginer une exploitation de presque trente mille hectares.

Antoine, qui avait tout de suite ressenti la sorte de déférence avec laquelle on les avait reçus — ils venaient d'Amérique ! —, se garda bien de trop intervenir dans la conversation. Mais il ne put dissimuler un sourire lorsque le directeur voulut se faire préciser un chiffre qu'il jugeait excessif.

— Non, excusez-moi, dit le directeur, lorsque je vous demande la surface de l'hacienda dont votre père a la charge, je parle en hectares. J'ignore quelle est la mesure en vigueur au Chili, mais ici c'est l'hectare.

— Au Chili, on mesure en *cuadra*, ça représente un hectare soixante-quinze ares, expliqua Marcelin. Mais, moi aussi, je parle en hectares de dix mille mètres carrés, ajouta-t-il en riant. Nous en avons dans les quinze mille en exploitation, dont environ deux mille cinq cents en vigne. C'est bien ça ? demanda-t-il en regardant son père.

— Exactement, approuva Antoine, mais j'avais signalé tout ça dans une de mes lettres...

— C'est exact, la voici, dit le directeur, mais j'avoue que... Enfin, bref, ici nous ne sommes pas accoutumés à de telles surfaces, alors je me demandais...

Il les regarda l'un et l'autre, puis revint sur Marcelin :

— Vous avez beaucoup de chance, jeune homme, beaucoup. J'espère que vous en êtes conscient ? Quiconque aime la terre, et vous l'aimez, autrement vous ne seriez pas ici, oui, quiconque aime la terre rêve d'en exploiter une telle surface, surtout si elle est bonne !

— Elle est très bonne, dit Marcelin.

— Eh bien, vous allez faire des envieux ! Ici, vos camarades les plus riches en terres en possèdent, au plus, quelques centaines d'hectares, mais bien plus souvent quelques dizaines... Un seul se flatte d'avoir deux mille trois cents hectares, mais c'est en Algérie. Alors vous... Enfin, soyez sûr que nous, vos professeurs, ferons tout pour que cette hacienda devienne encore plus belle qu'elle ne l'est, si toutefois c'est possible.

— Oui, c'est possible, intervint Antoine, il y a encore beaucoup à faire à Tierra Caliente et c'est pour ça que mon fils est là. Ou plutôt viendra là, enfin j'espère...

— Ne vous inquiétez pas, le rassura le directeur, au vu de ses notes, je ne doute pas une seconde qu'il fasse une excellente année scolaire à Bordeaux. Il sera donc le bienvenu parmi nous l'année prochaine.

— Tu avais tort d'avoir peur, dit Antoine lorsqu'il quittèrent l'école.

— Oui, reconnut Marcelin, mais je ne pouvais pas deviner que la terre était... comment dire ? Il s'arrêta, réfléchit un instant : était un tel passeport, dit-il enfin.

— Eh oui, c'est comme ça. Tu vois, j'ai fini par comprendre comment j'ai pu un jour accepter le travail que me proposait M. de Morales. Et surtout comment je n'ai pas trop mal réussi, enfin, je crois.

— Je sais, c'est à cause du père Damien dont je ne peux pas me souvenir parce que j'étais trop petit la dernière fois qu'il est passé à la maison ! récita Marcelin d'une traite et en riant.

— Vas-y ! dis tout de suite que je radote ! protesta Antoine en lui envoyant une amicale bourrade sur l'épaule. Blague à part, c'est bien grâce au *padre*. Il avait tout compris. Tout de suite. Lui aussi aimait la terre, il en était fou. C'était son vice, le seul sans doute. Il a tout de suite deviné qu'on avait la même passion. Il a tout de suite su que je m'entendrais bien avec les péons, parce que la terre, qu'elle soit chilienne ou corrézienne, c'est partout la même. Et ceux qui la travaillent finissent toujours par employer le même langage. Toi, dans ton école, tu vas beaucoup apprendre. Mais, aujourd'hui, tu as peut-être appris le plus important : qu'ils aient vingt-huit mille hectares ou une cartonnée, tous les paysans du monde se ressemblent. Mets-les ensemble et trois minutes après ils parlent de la terre. Cela dit, tant qu'à faire, il est toujours préférable d'avoir vingt-huit mille hectares plutôt qu'une cartonnée !

Ce ne fut pas du tout pour effectuer une sorte de pèlerinage, mais pour rendre service à Rosemonde, qu'Antoine fit un crochet par Lodève.

Martial avait en effet conservé sa petite maison, située à la sortie de la ville, sur la route de Montpellier. Louée depuis son premier départ au Chili, la bâtisse n'en demandait pas moins un entretien et des travaux que Rosemonde, à la demande de son époux, faisait faire sans rechigner.

Ainsi, récemment, avait-elle dû faire recouvrir une partie du toit arraché par un orage. Comme toujours, elle avait confié la surveillance des travaux à un notaire du pays, mais estimait qu'il était de bonne politique — vu les prix demandés — de superviser l'exécution.

Il ne serait pas venu à l'idée d'Antoine de refuser un service aussi minime.

— Et si j'évoque mes souvenirs, tu n'es pas obligé de dire que je suis gâteux ! lança-t-il à Marcelin lorsqu'ils arrivèrent en ville.

Ici, comme à Brive, rien ou presque n'avait changé. Seules quelques grosses demeures bourgeoises, aux façades cossues et prétentieuses et aux vastes jardins, étaient implantées à la sortie de la ville. Mais le centre n'avait pas bougé, les étals des boutiques proposaient les mêmes produits et Antoine pensa même reconnaître plusieurs commerçants.

Quant à la Lergues, elle chantait toujours en rabotant les quais et, non loin d'elle, la maison de Martial — en très bon état — était toujours nichée dans un jardinet rempli de légumes.

C'est en franchissant le pont qu'Antoine s'arrêta.

— Tu vas encore dire que je radote, dit-il à son fils, mais tu vois, c'est là, exactement à cet endroit qu'on s'est retrouvés, ta mère et moi...

— Eh oui, je sais, un dimanche matin, plaisanta Marcelin, maman nous l'a racontée cent fois cette rencontre ! Il comprit que son père était plus attendri qu'il ne le laissait paraître et ajouta : Mais tu peux recommencer, c'est une belle histoire !

— Petit voyou ! Et ensuite, avec ta sœur, vous vous moquerez de nous, hein ? dit Antoine en riant. Et là-bas, expliqua-t-il un peu plus tard, c'est chez M. Jules. Parole, s'il est là, nous allons le saluer. C'est un très brave homme. Il sera heureux de nous revoir et d'avoir des nouvelles de Martial. Et, crois-moi, son muscat est fameux !

Le chai était toujours aussi chargé de barriques et, dans la cour pavée, deux jeunes gens passaient vigoureusement une chaîne à gratter dans un demi-muid.

Ils tombèrent des nues lorsque Antoine leur demanda où était M. Jules.

— Quel M. Jules ? demanda l'un des employés.

— Le propriétaire...

— Faites erreur, le propriétaire ici, c'est M. Lamotte, Jean.

— Ah ? fit Antoine, dépité.

— Mais vous parlez peut-être de l'ancien propriétaire ?

Je savais pas qu'il s'appelait Jules. Mais lui, il est mort, ça fait peut-être bien vingt ans, ou plus...

— Pas tant ! Quinze peut-être, mais pas vingt... Pauvre M. Jules, murmura Antoine en s'éloignant.

— Tu vois, dit-il un peu plus tard à son fils, quand on revient, même après longtemps, dans un endroit qu'on a bien connu, on croit que rien n'a changé, que tout est pareil et qu'on retrouve la vie telle qu'on l'a laissée. Mais ce n'est pas vrai, plus rien n'est comme avant. Ce qu'on croit voir, c'est un mirage.

Depuis qu'il travaillait au chantier, jamais Martial n'avait autant souffert de l'humidité et de la pourriture qu'elle engendrait. Il est vrai que jamais non plus une saison des pluies n'avait à ce point mérité son nom. Elle était pire que toutes celles qu'il avait déjà endurées.

« Ou alors, c'est que je ne supporte vraiment plus ce foutu climat et qu'il est temps que je mette les pouces ! » pensait-il.

Suintant d'un ciel toujours bas, cotonneux et sale, les averses se succédaient en un rythme immuable. Tout ruisselait, gargouillait. Et de la jungle sursaturée d'eau s'élevaient des nappes opaques et gluantes de brouillard dont les mèches grises et rampantes s'étalaient et voilaient le lit du Chagres et du canal.

Entretenue par une touffeur lourde et moite, la moisissure gagnait tout, s'insinuait, posait partout sa lèpre verte. Tout pourrissait dans les bungalows.

Les aliments se gâtaient en quelques heures, devenaient immangeables et pestilentiels. Les vêtements eux-mêmes, imbibés par la fétide humidité, se couvraient de taches grises, floconneuses, envahissantes et puantes.

Même la peau prenait des teintes malsaines, cadavériques. La moindre plaie, la plus petite égratignure devenaient chancres en quelques jours et se gorgeaient d'une suintante purulence.

Au dire de tous les médecins, les miasmes brumeux et microbiens qui planaient sur l'isthme étaient plus que jamais chargés de fièvres, d'épidémies, de mort.

Pour les éloigner, il était recommandé, malgré la chaleur ambiante, d'entretenir des feux dans les cases et les bungalows. Mais le bois était tellement spongieux, tellement gorgé d'eau, qu'il ne se consumait qu'à grand-peine, en bavant avec bruit un jus nauséabond.

Fait étrange, ce n'était pas la fièvre qui épuisait Martial depuis plusieurs semaines. La malaria le laissait dans une paix sans doute éphémère, mais réelle.

En revanche, il souffrait beaucoup des plaies que la transpiration et le frottement de la chair contre le cuir des bottes avaient ouvertes sur ses orteils et ses talons. Et à la douleur qui sourdait sans cesse s'ajoutaient les reproches qu'il se faisait d'avoir non seulement favorisé la naissance des premières blessures, mais encore de les avoir laissées s'envenimer.

Il s'en voulait d'avoir eu la sottise de continuer à enfiler ses bottes alors que le bon sens le plus élémentaire ordonnait de chausser les sabots de bois dont usaient les ouvriers du chantier. Car si l'eau rentrait dans les socques, elle en ressortait aussitôt et surtout la sueur n'y macérait pas, ne s'y transformait pas en un venin corrosif, générateur de gerçures, puis d'œdèmes et de plaies.

Négligeant les premières ampoules qui boursouflaient ses talons — ce qui était déjà impardonnable sous un tel climat —, il avait continué à mettre ses bottes. Ce n'était pas par coquetterie, tant s'en fallait! Mais il redoutait tellement les piqûres de scolopendres, de serpents, d'araignées — partout et toujours à l'affût et qui frappaient aux jambes — qu'il préférait souffrir un peu dans ses bottes et éviter ainsi les morsures.

Raisonnement qu'il jugeait maintenant stupide car il

pâtissait à un tel point des plaies ouvertes de ses talons et des crevasses qui se creusaient entre ses orteils, qu'il en était réduit à ne plus pouvoir supporter que de mauvaises savates de toile, toujours gorgées d'eau.

Malgré cela, parce que la blessure de Lino Pelligrino le rendait de plus en plus incapable d'accomplir sa part de travail, Martial, boitant bas et se maudissant, se rendait chaque jour sur le chantier. Il avait aussi à cœur d'aller visiter O'Brien toujours tenaillé par la dysenterie et qui s'affaiblissait à vue d'œil.

Martial se redressa dans son hamac. Il regarda dans la direction de la fenêtre, vit que la nuit était encore complète et ne comprit pas ce qui venait de le réveiller en sursaut. Et brutalement ce fut l'odeur qui l'alerta. Infecte, écœurante, elle empuantissait tellement la chambre qu'il crut qu'un animal quelconque était venu crever sous le plancher du bungalow ou même dans un coin de la pièce.

Puis il entendit gémir à l'endroit où était suspendu le hamac de Lino, comprit et sauta à terre. Il grogna lorsque les plaies qui creusaient ses pieds réagirent au contact du sol. Claudiquant jusqu'à la table, il alluma la lampe à pétrole, se pencha vers Lino, grimaça.

Cerné par un vol de moustiques repus, défiguré par la douleur et la fièvre, l'Italien le regardait fixement, tandis qu'entre ses lèvres entrouvertes et gercées fusait une petite complainte, presque un vagissement d'enfant malade.

Mais ce ne fut pas cela qui inquiéta Martial. Ce fut la main blessée dont le pansement défait et souillé était tombé. Une main énorme, boudinée, à la teinte lie-de-vin, marbrée de noir.

Déjà, tout l'avant-bras était gonflé, congestionné, infecté jusqu'au coude... Et l'odeur était si forte, si répugnante qu'il dut se détourner et serrer les dents pour ne pas vomir.

« Bon Dieu de bon Dieu, cette fois, c'est vraiment la gangrène ! pensa-t-il en allumant un cigare. Ah, la saloperie ! »

Il s'en voulait d'avoir été incapable de convaincre Lino de rester à l'hôpital de Colón. Une fois soigné, après son accident, le jeune Italien n'avait pas voulu passer une seule journée à l'hôpital. Persuadé que les médecins étaient tous des bouchers qui s'étaient entendus entre eux pour lui couper la main — ils lui avaient fait comprendre sans détour qu'il faudrait sûrement en arriver là si le membre s'infectait —, il s'était presque enfui de la salle d'opération.

Depuis, parce qu'il n'avait pas la moindre confiance dans le corps médical, il avait apporté à sa blessure des soins qui le faisaient hurler de douleur mais qui, d'après lui, étaient souverains. Il trempait trois fois par jour ses doigts écrasés dans un bol d'alcool chaud, puis les enduisait ensuite d'un onguent jaunâtre et gras que lui avait vendu un vieux guérisseur jamaïcain.

— Vous verrez, ça sera vite guéri ! disait-il à Martial. Quand je pense qu'ils m'auraient sûrement coupé la main, ces charognards de médecins ! Et comment j'aurais caressé les filles ensuite, hein ?

Et maintenant la gangrène était là, indiscutablement là. Elle seule pouvait donner à la peau cette couleur violet sombre. Elle seule surtout expliquait l'abominable odeur de charogne qui flottait autour du blessé.

— Tu m'entends ? demanda Martial en le secouant légèrement.

— Oui.

— Tu crois que tu pourras marcher ? Tchang et moi, on t'aidera, mais est-ce que tu pourras marcher ?

— Pour quoi faire ?

— Il faut qu'on t'emmène à l'hôpital. Il faut tout de suite soigner ta main.

— Non, non ! Pas l'hôpital ! Ils veulent me couper le bras ces gallinazos de malheur !

311

— Mais non ! Allez, lève-toi si tu peux et partons vite, ça urge ! insista Martial.

— J'irai pas à l'hôpital, décida Lino, j'irai pas ! C'est moi qui pue comme ça ? demanda-t-il soudain en fronçant les narines. C'est moi, hein ? redit-il en voyant le léger haussement d'épaules de Martial.

— Tu pourras marcher ? redemanda celui-ci.

— Oui, mais donnez-moi d'abord un coup de gnôle. Ensuite, on ira chez Toussaint, le guérisseur. C'est pas loin, ajouta-t-il en descendant de son hamac.

Il était tellement brûlant de fièvre et affaibli qu'il tituba. Il se serait écroulé sans l'aide de Martial.

— Je vais appeler Tchang et on ira à l'hôpital, décida Martial, en attendant, rallonge-toi, si tu veux. On va faire une civière et on partira. Tiens, bois un coup, ajouta-t-il en lui tendant la bouteille de rhum.

— Ça ira, assura Lino en s'appuyant sur la table.

Il but quelques gorgées, toussa, puis observa sa main difforme, monstrueuse.

— Si on va à l'hôpital, ils me couperont le bras, dit-il.

— Pas sûr...

— Si ! Et alors je serai plus bon à rien ! A rien du tout ! Qu'est-ce que je vais faire sans mon bras droit, hein ? Je veux pas qu'ils me le coupent !

— Tu n'en es pas encore là, assura Martial. Bon, j'appelle Tchang, dit-il en marchant vers la porte.

— Je ne veux pas qu'on me coupe le bras ! entendit-il encore en sortant.

Il était en train d'expliquer à Tchang qu'il fallait préparer une civière et réveiller au plus vite quatre hommes solides pour transporter Lino jusqu'à Colón lorsque la déflagration claqua.

Quand Tchang et lui entrèrent en trombe dans la chambre, la fumée de la poudre auréolait de volutes bleues la grosse lampe à pétrole posée sur la table.

A terre, crâne fracassé, Lino Pelligrino serrait encore contre lui, grâce à son bras valide, le gros fusil dont Tchang se servait pour aller à la chasse et améliorer l'ordinaire.

— Quel âge avait-il? demanda O'Brien.

— D'après ses papiers, vingt-quatre ans. C'est trop bête, trop bête! répéta Martial. Tu vois, j'aurais dû...

— Allons donc! coupa l'Irlandais, fous-moi la paix avec tes j'aurais dû! Tu aurais dû quoi? Qu'est-ce que ça veut dire? Rien! Tiens, au lieu de dire des bêtises, prends donc plutôt un bon coup de *whisk'isthme* et oublie toute cette histoire!

Dès les brèves formalités réglées et une fois la fosse du cimetière de Santa Dolores refermée sur le corps de l'Italien, Martial avait boitillé jusqu'à la case d'O'Brien.

Déjà très touché et abattu par la mort de Lino, il était maintenant prêt à découvrir le pire et s'attendait presque à apprendre le décès de l'Irlandais. Il l'avait trouvé en très piteux état lors de sa dernière visite, quatre jours plus tôt, et se préparait à voir un moribond, dans le meilleur des cas!

Or, à sa grande surprise, c'était O'Brien lui-même qui lui avait ouvert la porte. Il était pâle, très amaigri et encore un peu titubant, mais il était debout et avait joui de la stupéfaction de son visiteur. Son ricanement avait cessé dès que Martial avait parlé.

— Allez, bois un coup, redit-il, et oublie tout ça!

— Pas facile...

— Je sais. Mais quoi, regarde les choses en face. De toute façon, ce pauvre Lino était foutu. Jamais il n'aurait résisté à une amputation, jamais. Regarde, regarde cette salope de pluie! Elle tombe encore, elle pourrit tout. Regarde les brouillards qui montent! Ils sont pleins de pus et de toutes ces charogneries qui tuent!

313

— Oui, mais quand même...

— Tais-toi ! Ton Lino, au lieu de sauter le pas, vite fait, bien fait, comme il a choisi de le faire, il aurait mis huit jours, peut-être même quinze à crever... A pourrir doucement, morceau par morceau, en souffrant comme un damné, à puer, à tomber en lambeaux ! Crois-moi, il s'en sort bien !

— Façon de parler, dit Martial en se versant un demi-verre de tord-boyaux.

Il l'avala d'un coup, suffoqua et les larmes lui montèrent aux yeux.

— Bon Dieu ! C'est de la nitroglycérine, ton breuvage ! hoqueta-t-il.

— Reprends-en, faut plusieurs doses pour lui trouver bon goût et être à l'aise...

— Mais toi, comment se fait-il que tu sois debout ? Je t'ai laissé presque mort l'autre jour, alors ?

— Ben oui, ça sera pour une autre fois, dit O'Brien. Mais c'est vrai que je me suis vu crever. Tu comprends, des attaques de dysenterie, j'en ai subi d'autres ! Mais jusque-là, je les avais toujours maîtrisées au riz et au *whisk'isthme*. Mais cette fois, rien à faire. Alors j'ai tenté le banco...

— Tu as appelé un médecin ?

— Pas fou, non ? Si j'avais fait cette connerie, je serais plus là pour te le dire ! Non, non, je savais depuis longtemps que les Chinois coupent net la dysenterie en mâchant de l'opium.

— Oui, je l'ai aussi entendu dire.

— Moi, j'avais pas encore essayé. Faut quand même faire attention avec ces chinoiseries, c'est pas franc, ça peut te foutre en l'air comme un rien ! Et puis j'avais ni la dose ni l'opium ! Bon, ma vieille en a quand même trouvé, du fameux, paraît-il. Elle m'a fabriqué des boulettes, mélangées à de la coca et macérées dans la gnôle, ça fait des chiques extra ! Et tu vois, je suis debout !

— J'en suis heureux, soupira Martial.

O'Brien comprit qu'il avait du mal à se remettre de la mort de Lino et qu'il se sentait, à tort, responsable.

— Rebois un coup! insista-t-il, et oublie ton Italien. Tu n'y es pour rien! Oh, et puis merde! Dis-toi qu'il aurait pu aussi bien partir de la fièvre jaune! Ou d'un serpent corail! Ou encore se faire bouffer par les caïmans! Bon Dieu, c'est pas le premier que le chantier avale! Et c'est pas le dernier non plus. Et ça empêche pas le soleil de se lever! Demain, ce sera peut-être toi ou moi qui prendrons le coup de faux! Alors ne pense plus à ce gamin et dis-moi plutôt comment tu vas le remplacer. Tu rappelles Romain?

— Certainement pas, dit Martial en se resservant à boire.

Il vida son verre et trouva que le breuvage avait, tout compte fait, plutôt bon goût.

— Non, non, dit-il, je me débrouillerai tout seul.

— Dans ton état? s'esclaffa O'Brien en se tapant sur les cuisses. Dans ton état? Avec tes pieds en compote et qui pourrissent et la fièvre qui te guette? Tu te fous de moi?

— Je me débrouillerai, répéta Martial en contemplant son verre vide, oui, je m'arrangerai. D'ailleurs, ce n'est l'affaire que de quelques mois, décida-t-il en se servant une solide rasade.

— Bon Dieu, tu dis n'importe quoi! Le chantier est loin d'être fini!

Martial approuva gravement, vida son verre et fit claquer sa langue.

— Oui, il est loin d'être fini, dit-il enfin. Il alluma un cigare, étouffa discrètement un renvoi dans sa main. Mais pour nous, ça sent la fin! assura-t-il en se mettant soudain à rire. J'ai lu le journal avant de venir, expliqua-t-il dans un fou rire. Tu connais pas la dernière nouvelle, hein? Dis-le que tu la connais pas! Hein? Eh ben... la sous-

..cription de, de... de Lespèce, de Lésepe, eh ben, il espérait ramasser sept cents millions, ouais, c'est ce qu'il voulait ce brave de... de Lessépe, parfaitement!

— Et alors?

— Alors? Il a tout juste récupéré deux cent soixante millions, pas plus! Foutus qu'on est, mon salaud, foutus! dit-il dans un grand rire. Avant six mois, fini le canal! Je veux dire, fini le chantier! Parce que le canal, hein, c'est pas demain la veille qu'on le parcourt en barcasse, hein?

— On se débrouillera autrement. Moi je te dis que le canal sera ouvert! décida O'Brien.

— Rien du tout! hoqueta Martial. Avant six mois, plus de sous. Alors, c'est pas la peine que je réclame du renfort! Bon Dieu, je tiendrai bien le coup tout seul, pas vrai? Et puis tu m'aideras, hein?

— Mais oui. Et à nous deux, tu verras, on le finira ce foutu canal.

— Chiche! Allez, on trinque, lança Martial en se levant. Mais il titubait tellement qu'il dut se rasseoir. On trinque quand même, décida-t-il. On trinque à cette saloperie de canal qui restera la plus belle... la plus belle couillonnade que j'aie jamais connue!

Il regarda pensivement son verre vide, le reposa et ajouta en se mettant soudain à sangloter:

— Et aussi la plus pourrie, la plus pourrie de toutes... Alors dis-moi pourquoi on peut plus s'en passer, hein? Dis-le!

16

Enchanté par sa visite à Montpellier et son premier contact avec son futur directeur, Marcelin bavarda avec son père pendant tout le voyage du retour.

Son bonheur faisait plaisir à voir. Il était plein de projets et d'idées pour les années à venir. Il brossait même un plan de culture pour Tierra Calente dont l'ambition eût appelé bien des réserves si elle n'avait été l'attendrissant reflet de l'enthousiasme d'un néophyte.

Antoine savait à quel point la terre se plie mal aux utopiques prédictions et comment elle se plaît à faire payer les rêveurs. Mais, persuadé que les leçons, concrètes et sévères, viendraient tôt ou tard, il se garda bien de décourager son fils.

Il dut néanmoins se faire violence, non pour tempérer sa fougue verbale, mais simplement pour ne pas lui paraître trop rabat-joie et le mêler trop intimement aux affaires de Panamá.

Il avait eu confirmation de l'échec de la souscription en lisant quelques journaux achetés à Toulouse. Le comble était qu'ils affirmaient presque tous des contre-vérités d'une telle ampleur qu'il en vint à se demander qui, des journalistes ou de lui, conservait une once de bon sens !

« C'est quand même incroyable, pensa-t-il en relisant les articles ; d'un côté, ils nous assurent qu'il manque presque cinq cents millions pour faire le compte ; de l'autre, ils garantissent que tout ne va pas si mal et que le canal sera ouvert comme prévu ! Parole, ils nous prennent pour des benêts ! »

Mais pour autant qu'il fût informé — il savait que la Compagnie était exsangue —, il n'était pas encore au bout de son étonnement.

Il gardait en effet une triste impression de sa dernière entrevue avec Octave Granet et ne pouvait oublier son découragement. Or ce fut un homme confiant, sûr de lui et de l'avenir, qu'il retrouva lorsqu'il se rendit aux bureaux de la Sofranco.

A entendre le gérant, de Lesseps avait une fois de plus réussi à relever la situation. D'abord, parce que la souscription n'était pas annulée et que les banques lui étaient toujours favorables. Ensuite, parce que toute l'entreprise était de plus en plus soutenue par des personnalités dont on ne pouvait mettre l'intégrité en doute.

— Tenez, lisez ce que vient de faire paraître la Compagnie ! invita Octave Granet en lui tendant une épaisse brochure. Ça c'est du sérieux ! Je vous dis, avec M. de Lesseps on est tranquille. C'est un lion, cet homme !

Antoine parcourut quelques feuillets et hocha hypocritement la tête d'un air entendu, pour mieux masquer son scepticisme.

— Et vous avez vu ce qu'ils déclarent tous ? dit le gérant en reprenant le bulletin : « *Le canal de Panamá s'achèvera et il sera inauguré, et il sera ouvert à la grande navigation à l'heure dite...* » Et ce sera donc le 1er juillet 90, assura-t-il. Et vous avez vu les signatures de tous ceux qui se sont rangés de notre côté ? Des députés, des sénateurs, des banquiers ! Tenez, prenez par exemple le sénateur Denormandie, on ne peut rien demander de mieux, c'est l'ancien gouverneur de la Banque de France !

— Comme vous dites, on ne peut rien demander de mieux, approuva Antoine de plus en plus déconcerté. Mais alors, si je comprends bien, vous avez gardé vos titres ?

— Mes panamas ? Oui, bien sûr, confirma le gérant. Oh, j'ai hésité, c'est vrai, car ils ont baissé. Mais nul doute qu'ils remonteront d'ici peu, alors ce n'est pas le moment de vendre ! Vous voulez mon avis ? Nous avons eu tort de nous affoler, c'est ce que voulaient nos adversaires !

— Sûrement, approuva Antoine.

Mais il n'en dit pas plus car il ne se sentait pas le courage d'anéantir la bonne humeur et les espérances de son interlocuteur.

Encore désagréablement impressionné par la conversation qu'il venait d'avoir, Antoine sut gré à Pauline de l'accueillir avec le sourire.

— Tiens, c'est pour toi, dit-elle en lui tendant une lettre.

L'enveloppe était toujours fermée, mais le cachet à lui seul expliquait la bonne humeur de la jeune femme.

— C'est le notaire, son adresse est derrière, dit-elle.

— Et alors, c'est ce qui te rend si joyeuse ?

— Oui, s'il écrit c'est que l'affaire marche ! J'en suis certaine !

— Tu t'avances peut-être beaucoup, dit-il en décachetant la missive.

Contrairement à sa femme, il n'était pas du tout certain que les nouvelles soient bonnes ; les affaires du canal le rendaient trop soucieux pour l'inciter à l'optimisme.

Il parcourut la lettre, la tendit à Pauline et retrouva toute sa bonne humeur en entendant l'exclamation de joie qu'elle poussa.

Après avoir assuré — mais Antoine n'était pas dupe — qu'il avait eu le plus grand mal à décider les vendeurs, le notaire annonçait qu'il était en mesure de procéder aux formalités qui redonneraient à Antoine la jouissance des terres des Fonts-Miallet. Un peu plus de deux hectares de friche dont la vente, presque vingt ans plus tôt, avait complètement bouleversé le cours de son existence.

Depuis son arrivée à Santiago, Romain se sentait vraiment revivre. D'abord, et c'était délicieux, Clorinda était plus amoureuse que jamais. Tellement amoureuse et infatigable qu'il se demandait parfois fugitivement comment elle avait pu s'habituer à son absence ; mais c'était une question qu'il jugeait peu prudent de lui poser.

Ensuite, quelques jours de repos dans un climat sain lui avaient permis de mesurer à quel point la vie à Panamá était éprouvante, usante, assassine même. Car là-haut, outre la pluie, les moustiques et la moiteur ambiante, il fallait chaque jour affronter un travail dont la démesure était souvent démoralisante et la répétition lassante.

Et maintenant qu'il s'en était coupé — et il pressentait que la rupture était définitive — il s'étonnait d'avoir pu rester presque huit ans dans cette sorte d'enfer gluant, débilitant, immonde.

Il en arrivait presque à se reprocher d'avoir perdu toutes ces années dans le seul but d'amasser un peu plus d'argent, de constituer une belle fortune en oubliant — ou en s'obligeant à oublier — qu'un accès de fièvre jaune ou une morsure de serpent pouvaient brutalement l'empêcher d'en jouir jamais !

De plus, lorsqu'il s'interrogeait, il ne comprenait pas comment il avait pu mener pendant si longtemps une vie aussi sédentaire, dans un horizon aussi limité.

Certes, tout s'en mêlait, surtout le pire, pour donner du piquant à cette forme d'existence. Il n'en restait pas moins vrai que l'amateur de grands espaces, de chevauchées et

320

d'aventures sans cesse renouvelées qu'il était avait réussi, pendant des années, à se transformer en ramasseur de boue, de glaise et de caillasses !

Et sans doute s'en fût-il voulu d'avoir ainsi étouffé ce qui, jadis, était sa raison d'être, s'il n'avait eu la certitude que des milliers d'hommes avaient, un jour, cédé comme lui à la fascination qui se dégageait de ce chantier surhumain, inhumain.

Comme eux, il avait ressenti la folle excitation que procurait le désir d'ouvrir et de mater une jungle vierge, mauvaise, tueuse. Il avait aussi connu la jouissance de domestiquer un río réputé indomptable, de faire reculer des marécages et des marigots jusque-là inviolés, d'aplanir des montagnes, de réunir les océans.

Là, beaucoup plus que dans l'appât du gain, était l'explication. Et c'était bien toujours cette sorte d'exaltation qui permettait de comprendre pourquoi un homme comme Martial s'entêtait encore là-haut, les pieds dans la boue, le dos à la pluie et des moustiques sur tout le corps. S'entêtait et aimait le faire, s'entêterait jusqu'au bout, jusqu'au dernier jour.

Mais, pour lui, c'était fini. Non seulement il n'avait plus envie de céder à l'hypnose redoutable que dégageait le chantier, mais il voulait s'en détourner. Et le fait d'avoir ainsi volontairement tranché tous les liens qui l'avaient attaché à Panamá pendant si longtemps le mettait d'humeur joyeuse, entreprenante.

Et, comme jadis, il se prenait à rêver à de longues courses dans la sierra de Moreno, dans la pampa de Tamarugal, dans le désert d'Atacama. Dans toutes ces immensités désolées mais si belles où tant de trésors restaient à découvrir.

Déjà, plus simplement, il se faisait une joie à l'idée de remonter bientôt inspecter toutes les mines que la Sofranco possédait dans le nord, là où l'atmosphère était si sèche, si vide de la moindre parcelle d'humidité que

même le brouillard n'était qu'un leurre cotonneux, un
fantôme de brume.

« Ça me changera agréablement de Panamá ! » songea-
t-il avec amusement en se dirigeant ce matin-là vers les
bureaux de la Sofranco.

Après une joyeuse soirée au théâtre, il avait passé une
excellente nuit et se sentait de très bonne humeur. Elle
tomba dès qu'Edmond lui parla.

D'abord le peina beaucoup l'annonce du décès de Lino.
Contrairement à Martial, il ne se sentit pas responsable.
Certes la mort du jeune Italien le révoltait, l'attristait.
Mais il avait vu mourir tant d'hommes sur le chantier, et
pour des raisons tellement diverses et parfois tellement
stupides, qu'il savait bien que seul le destin décidait. Peut-
être avait-il été son intermédiaire, mais un intermédiaire
passif, involontaire, donc innocent.

Cela n'enlevait rien à la tristesse et au sentiment de
gâchis que lui inspirait la mort de Lino. De ce brave et si
ambitieux Lino à qui il se faisait une joie d'écrire bientôt
qu'il lui cédait sa place sur le chantier. Une place
maintenant doublement vide...

— Je comprends votre émotion, mais il y a autre
chose..., dit Edmond. Non, non, pas d'autre décès, Dieu
soit loué, ajouta-t-il en voyant son inquiétude.

— Ah bon, vous me rassurez !

— Oui, c'est quand même moins grave, intervint
Herbert, mais il y a cependant un problème... A vous
entendre, nous croyons avoir compris que vous ne teniez
plus à remonter à Panamá. Du moins dans l'immédiat ?

— C'est exact. Et j'avoue même que chaque jour qui
passe me renforce dans l'idée de ne plus jamais y remettre
les pieds. Comprenez-moi, j'estime avoir fait mon temps,
et même mieux que ça...

— C'est tout à fait notre avis, approuva Herbert, mais
il y a un problème..., redit-il en jouant avec sa tabatière.

— Que se passe-t-il ? demanda Romain en les dévisageant l'un après l'autre.

— Il se passe que notre ami Martial nous donne des soucis, intervint Edmond.

— Ça, c'est pas nouveau ! s'amusa Romain.

— D'accord, mais ce qui est récent c'est qu'il ne répond même plus aux dépêches que nous lui expédions, ou plutôt qu'il répond à côté ! expliqua Edmond.

— Oui, renchérit Herbert après s'être chargé les narines de tabac, nous l'avons mis au courant des difficultés de la Compagnie, et surtout nous l'avons conjuré de tout mettre en œuvre pour liquider au plus vite, et dans les moins mauvaises conditions possibles, toutes nos affaires de Panamá...

— C'en est à ce point-là ? s'étonna Romain.

Depuis son retour à Santiago, il s'était quelque peu désintéressé des affaires du canal. Et s'il n'ignorait pas qu'elles allaient mal, du moins ne pensait-il pas qu'elles soient moribondes à ce point.

— Oui, affirma Herbert, c'est la fin. Même les banques les plus engagées n'y croient plus. Dieu sait pourtant si ce chantier les a enrichies ! Quand on connaît la façon dont la Compagnie a dû les intéresser à l'opération... Et les pourcentages qu'elle leur a concédés ! Enfin, bref, même elles vont tout lâcher avant peu. Il faut donc que la Sofranco se dégage elle aussi, tant qu'il est temps et, croyez-moi, nous sommes à la limite...

— Comprenez bien, c'est l'hallali, dit Edmond. Même les politiciens les plus favorables au canal s'en désintéressent ! Pire, il paraît que des plaintes vont être déposées à l'encontre de quelques hommes d'affaires... Tout cela est très mauvais, aussi j'ai, quant à moi, déjà revendu toutes mes actions du canal, à perte, mais je préfère encore ça... Et je ne saurais trop vous conseiller de faire la même chose...

— Merci du conseil, mais, à part ça, qu'est-ce que je viens faire dans cette histoire ? demanda Romain.

— Martial ne veut pas arrêter de travailler. Or il faut absolument nous séparer des trois cent cinquante hommes que nous employons, si possible vendre le matériel, rapatrier les capitaux, bref, tirer un trait, dit Herbert. Il faut faire comprendre à Martial que l'aventure est finie. Actuellement, nous pouvons encore sauver les meubles, mais dans quelques mois, quelques semaines peut-être, il sera trop tard. Il faut que vous remontiez là-haut, vous seul pouvez décider notre ami, lui faire comprendre...

— Vous vous foutez de moi? demanda Romain en puisant un cigare dans le coffret ouvert sur le bureau d'Herbert.

— Pas du tout, c'est très sérieux. Martial ne tient aucun compte de nos câbles! Il n'a même pas daigné répondre à Edmond qui lui demandait s'il devait vendre ses actions! Or, il possède pour plus de deux cent mille francs de titres! On ne peut pas vendre sans son ordre! Croyez-moi, il faut agir, il est impossible de rester comme ça. Et plus nous insistons, moins il répond!

— Ça, je conçois volontiers qu'il se moque de vos câbles, ce n'est plus son affaire, et depuis longtemps! dit Romain.

— C'est bien ce que nous disions, il faut que vous y montiez! insista Edmond.

— Il n'en est pas question et je vais vous dire pourquoi, dit Romain avant que ses interlocuteurs aient eu le temps de protester. Martial se moque de laisser sa chemise dans cette affaire! La preuve, il se fout même d'y laisser la peau! Alors, que voulez-vous que lui fassent vos petites histoires d'argent!

— Mais dites, c'est aussi notre argent, et le vôtre! Celui de la Sofranco, quoi! protesta Edmond. Son entêtement risque de nous coûter une fortune, on ne peut pas...

— Eh bien, allez-le-lui dire vous-même! coupa Romain, ça vous donnera l'occasion de découvrir le pays!

— J'y serais déjà si j'étais sûr qu'il m'écoute, mais je le connais, il me rira au nez, dit Herbert.

— Au minimum, approuva Romain, et s'il est mal luné, vous risquez même le coup de pied dans les fesses! Allons, je plaisante, assura-t-il en redevenant sérieux, mais comprenez que ni vous ni moi ne le ferons rentrer. Il ne s'arrêtera que si le chantier s'arrête, pas avant. Et si je dis que personne n'y changera rien, c'est parce qu'il ne fait pas ça pour de l'argent. Aussi invraisemblable que cela paraisse, il fait ça pour le plaisir! Et, moi, j'en souhaite à celui qui voudra l'en priver, surtout si près de la fin...

— Alors, on doit le laisser faire, laisser filer notre argent, tout perdre peut-être? demanda Edmond.

— Tout perdre? Vous y allez fort! Nous avons tous déjà beaucoup gagné et ça, c'est à l'abri, je pense, enfin en ce qui me concerne. Mais, bien sûr, on risque quand même d'y laisser quelques plumes.

— A ce niveau, ce sera un édredon! grogna Herbert. Donc vous ne voulez pas aller essayer de le convaincre?

— Non, ce serait un voyage inutile. Je les entends d'ici, les deux compères, s'amusa Romain.

— Quels deux compères? demanda Edmond.

— Martial et O'Brien, vous ne pouvez pas comprendre, dit Romain. Pour cela, il faut avoir travaillé là-haut. Il faut avoir été assez fou pour y passer plusieurs années. Cela dit, ajouta-t-il en voyant la mine dépitée de ses amis, rien ne vous empêche d'expédier un câble à Antoine. Il revient bientôt, non? Alors, au retour, il peut passer par Panamá et voir Martial. Mais je suis prêt à parier que même lui ne le fera pas changer d'avis.

— Eh bien, on va quand même tenter le coup, et deux fois plutôt qu'une! assura Herbert en retrouvant sa bonne humeur.

Martial se demanda pendant plusieurs jours s'il arriverait à se débarrasser des épouvantables maux de tête que l'ingestion du *whisk'isthme* d'O'Brien lui avait donnés.

Il conservait un souvenir très confus de tout ce qu'il avait dit et fait après l'absorption du cinquième ou sixième verre. Tout au plus se souvenait-il, fugitivement, d'avoir pleuré et ri à en perdre le souffle. D'avoir aussi, pour d'obscures raisons, vertement insulté l'Irlandais, puis tenté enfin de regagner son bungalow.

L'expédition avait tourné court puisqu'il s'était retrouvé le lendemain après-midi couché dans la propre case d'O'Brien. A côté de son hamac, lui souriant de ses gencives roses ponctuées de quelques rares chicots, la femme d'O'Brien lui avait gentiment proposé un grand bol d'alcool.

Révulsé à la seule odeur du tord-boyaux, il avait eu juste le temps de se précipiter dehors pour y vomir à s'en retourner les viscères.

Ensuite, et pour plusieurs jours, étaient venues de terribles migraines et aussi d'insupportables brûlures d'estomac. Pendant plus d'une semaine, il en avait tellement voulu à l'Irlandais de l'avoir sournoisement encouragé à avaler rasade après rasade qu'il avait fait en sorte de ne pas le rencontrer.

Puis, ses douleurs de crâne et d'estomac s'estompant, il avait eu l'honnêteté de reconnaître que si O'Brien lui avait fourni l'alcool, il ne l'avait pas pour autant contraint à en boire. Il était donc peu correct de lui tenir rigueur de sa générosité.

Pour finir, les deux hommes s'étaient retrouvés un matin sur le chantier où quelques amicales bourrades avaient tout effacé. Sauf une chose : Martial était désormais certain qu'il ne toucherait plus à une seule goutte de l'alcool fabriqué par l'Irlandais.

C'était pendant qu'il titubait encore dans un douloureux et tenace brouillard qu'était arrivée une très pessimiste dépêche expédiée par Edmond et Herbert. Elle ne lui avait rien appris qu'il ne sût déjà sur la situation financière de la Compagnie. Rien appris non plus quant à la prudence, pour ne pas dire la pusillanimité de ses amis de Santiago. Aussi, l'idée ne lui était même pas venue de céder en quoi que ce soit à leurs demandes.

D'autant qu'elles étaient toutes irréalisables et irréalistes et que seuls pouvaient les concevoir des gens qui ignoraient tout du canal.

Vendre les machines, disaient-ils, ces bons apôtres? Mais à qui, grand Dieu! Plus personne n'était assez fou, dans l'isthme, pour investir une poignée de piastres dans l'achat du moindre matériel!

Licencier les trois cent cinquante Chinois et Jamaïcains qui travaillaient dans les ateliers et sur les machines? C'était grotesque puisque, pour l'instant, même si elle payait parfois avec retard, la Compagnie réglait toujours les travaux. Cesser toute activité, c'était donc perdre ce que rapportait ne serait-ce qu'une journée de travail!

Non, ce qu'il fallait, ce n'était ni brader le matériel, ni fermer les ateliers, ni se séparer des ouvriers, c'était tenir! Tenir coûte que coûte tant que seraient payés les tâches effectuées, les mètres cubes extraits, les réparations de machines. Tenir jusqu'au dernier jour, jusqu'à la dernière minute.

Certes, il y avait des risques à appliquer cette politique, mais il fallait les prendre. Il avait de toute façon décidé de ne baisser les bras que contraint et forcé, soit par la maladie, soit par l'arrêt des travaux. Et tant que l'une et l'autre ne se concrétiseraient pas plus qu'ils ne le faisaient pour l'instant, il continuerait à travailler, à creuser, à batailler.

Tout au plus, parce qu'il était réaliste, n'avait-il pas donné suite à ses projets de réparation des excavateurs hors d'usage.

Retirés du chantier et repoussés vers la jungle, trois d'entre eux servaient maintenant de perchoirs aux gallinazos, aux hérons, aux pélicans et aux toucans et d'abri aux serpents. Déjà les lianes les encerclaient, les absorbaient. Mangés par une rouille vorace, ils disparaissaient, se délitaient.

Quant aux trois autres engins qui tournaient encore, ils donnaient des signes manifestes d'usure. Il savait bien qu'eux aussi cesseraient bientôt de rogner en grinçant la roche rouge de la Culebra. Il espérait simplement qu'ils tiendraient encore quelques semaines, peut-être quelques mois, si tout allait bien.

Seule la *Ville de Lodève* se comportait au mieux, comme une bonne et solide drague, reconnaissante d'avoir été remise à neuf, choyée, entretenue.

Patiente, régulière, sans précipitation, tel un diplodocus barbotant dans la vase, elle avalait goulûment la boue verte du marécage.

« Et c'est elle qu'il faudrait que je vende ? pensait-il en la regardant travailler, eh bien, il devra faire encore plus chaud qu'aujourd'hui ! »

Décidé à ne tenir aucun compte des injonctions amicales, mais fermes, que lui expédiaient régulièrement Herbert et Edmond, il ne les lisait plus que distraitement. Seul le contraria un peu le câble d'Edmond lui annonçant la chute des actions de Panamá et suggérant de s'en débarrasser au plus vite.

Il faillit expédier un ordre de vente, puis oublia. Ces histoires d'actions, d'obligations, de titres ne l'intéressaient plus. Là n'était pas l'essentiel.

Antoine ne put s'empêcher d'adresser un sourire complice à Pauline lorsque le notaire commença la lecture de l'acte qui allait les rendre propriétaires des terres des Fonts-Miallet. Et ce fut avec une petite émotion qu'il écouta relater brièvement l'origine de la propriété :. « ... achetée par le sieur Léon Vergnes à la veuve Octavie

Leyrac, née Peyrissac, le 15 février 1871, laquelle dite
veuve était légitime et seule héritière de feu Antoine
Peyrissac, son père... »

« Et voilà, j'achète en 88 des terres que mon grand-père
avait lui-même déjà achetées en 1815, c'est fou cette
histoire ! »

Parce qu'ils avaient préféré accompagner Rosemonde et
Armandine qui partaient pour quelques jours aux bains
de mer à Biarritz, Pierrette et Silvère avaient boudé le
voyage à Brive. En revanche, Marcelin avait tenu à suivre
ses parents.

Antoine en était heureux car pour modeste, pour ne pas
dire dérisoire, que fût la transaction, elle était lourde de
symbole. Il était donc bon qu'un Leyrac de la quatrième
génération assistât au retour dans la famille de ces deux
hectares. Ils devenaient désormais un point d'attache
invulnérable.

A l'inverse de la maison qu'un incendie avait transformée en une ruine pitoyable, la terre était indestructible. Et
en supposant même que Marcelin et ses descendants s'en
désintéressent et l'oublient, cela n'empêcherait pas les
arbres de naître et de peupler le modeste lopin.

Après avoir tout réglé avec le notaire, ce ne fut pas
uniquement pour le plaisir de revoir la propriété qu'Antoine revint aux Fonts-Miallet. Car s'il était heureux
d'avoir pu ramener le petit domaine dans la famille, le
lamentable état des terres le choquait.

Déjà, lors de son premier retour, en mai 71, outre la
peine que lui avait faite la découverte de la maison brûlée
et du pin parasol roussi, la friche qui gagnait les labours
l'avait attristé. Or, maintenant, c'étaient des taillis, des
ronciers énormes et des buissons qui proliféraient partout,
ce n'était plus admissible.

Aussi, au lieu d'aller directement aux Fonts-Miallet,

poussa-t-il la carriole sur le chemin de pierres blanches qui filait vers le hameau du Peuch.

— On risque d'arriver un peu tôt, mais tant pis, prévint-il.

— Un peu tôt pour quoi ? demanda Pauline.

— Ils font tous sûrement encore la sieste et, ma foi, je les comprends, expliqua-t-il.

En cet après-midi d'août, la chaleur était accablante. Tellement pesante et suffocante que même les oiseaux avaient déserté le ciel d'un bleu de plomb, vide du moindre nuage.

Tout l'horizon frémissait d'une haleine de feu et, seules à être encouragées par la fournaise, les cigales accrochées aux feuilles flétries des petits chênes du causse craquetaient en un strident et lancinant concert.

Ruisselant de soleil, engourdi à l'abri de ses volets fermés, le hameau du Peuch dormait. Même les chiens, vautrés à l'ombre bleue des maisons et des granges, ne bronchèrent pas lorsque Antoine poussa l'attelage sous le chapeau vert sombre d'un noyer centenaire.

Dans la poussière des cours et du chemin, des volailles ébouriffées, ouvertes comme des livres, prenaient leur bain de sable à petits coups d'ailes paresseux.

— Tu avais raison, ils dorment tous, dit Marcelin.

Pour le contredire, un volet fit miauler ses gonds, s'entrebâilla l'espace d'un regard, d'un clin d'œil, comme une paupière encore lourde de sommeil, se referma en grinçant.

— Ça va, ils savent que nous sommes là, sourit Antoine, tu vas voir, quelqu'un va sortir... Tiens, qu'est-ce que je disais ! ajouta-t-il en voyant s'ouvrir les lourds vantaux de chêne d'une porte à double battant.

Un homme parut. Hirsute, cillant sous la lumière trop crue, chemise ouverte et pantalon tombant sous la ceinture de flanelle desserrée, il observa les nouveaux venus, se gratta le crâne et remit un peu d'ordre dans sa tenue.

— Vous cherchez quelque chose ? demanda-t-il enfin en fourrageant à pleins doigts dans la toison noire de sa poitrine.

— Oui, un renseignement, enfin, pour commencer, dit Antoine en s'avançant.

Il observa l'homme, fit un effort de mémoire pour tenter de retrouver en lui l'image de quelqu'un qu'il aurait connu quelque vingt-cinq ans plus tôt. Il comprit vite que c'était inutile car son hôte n'avait même pas trente ans.

« Ce gars-là avait peut-être quatre ou cinq ans quand je suis parti à l'armée, pas plus, alors pour savoir... »

— Mais dites, je sais qui vous êtes ! assura soudain l'homme. C'est vous l'Américain, pas vrai ? Le père Delmas nous a parlé de votre visite d'il y a deux mois, ça l'avait tout retourné, ce pauvre !

— Je sais, il me croyait mort !

— Alors comme ça c'est vous le père Leyrac, celui des Fonts-Miallet ?

— C'est moi, sourit Antoine amusé et ému de s'entendre appeler « père Leyrac » car, dans ses souvenirs, c'était son père qu'on appelait jadis ainsi.

— Eh ben, finissez d'entrer, invita l'homme, et votre dame et votre gars aussi, faut pas qu'ils restent sous le noyer, son ombre est mauvaise, elle donne mal au ventre... Et puis vous prendrez bien un verre ?

— Dans le temps, cette maison était celle des Bordes, dit Antoine, il y avait là un garçon de mon âge, Guillaume...

— C'était mon pauvre frère. L'est mort ça fait tout de suite plus de dix ans. Et mon pauvre père aussi, lui ça fera douze ans à la Noël. Mais voyez, moi je suis là, alors la maison est toujours aux Bordes. Allez, finissez d'entrer et dites-moi ce qui vous amène au Peuch par cette chaleur !

Antoine, Pauline et Marcelin rejoignirent Brive à la nuit. Avec elle la fraîcheur était venue et des nappes d'air presque froid surprenaient même les voyageurs dès que la route plongeait dans les vallons.

Antoine sifflotait, heureux d'avoir conduit au mieux l'affaire qui lui tenait à cœur.

— Tu étais sûr qu'il accepterait, ou bien tu as tenté le coup ? lui demanda Pauline en resserrant son châle autour de ses épaules.

— J'ai tenté le coup. Si lui n'avait pas voulu, j'aurais demandé à un autre et j'aurais été bien étonné qu'aucun n'accepte. Enfin, voilà qui est réglé...

Il était très satisfait d'avoir si bien résolu la remise en état des terres des Fonts-Miallet. Il avait trouvé en Ferdinand Bordes un interlocuteur sérieux à qui le travail ne faisait pas peur. Il est vrai que sa propriété couvrait à peine six hectares et que la surface proposée par Antoine représentait donc une indiscutable valeur.

Une fois défrichées, nettoyées et labourées, les terres lui rapporteraient, bon an mal an, au moins dix à douze quintaux de blé et quinze à vingt quintaux de sainfoin et de luzerne. A cela s'ajouterait la possibilité d'y faire paître ses bêtes dès la récolte faite.

Sitôt l'accord conclu et scellé par un nouveau verre de vin — une affreuse et râpeuse piquette dont le goût avait rajeuni Antoine de plus de vingt ans —, ils s'étaient tous rendus aux Fonts-Miallet. Là, pendant que Pauline s'installait à l'ombre du pin parasol, Antoine, Marcelin et Ferdinand Bordes étaient partis faire le tour de la propriété.

Malgré les années, les broussailles et les taillis, Antoine, sans hésiter, avait retrouvé toutes les bornes. Elles étaient là, à leur juste place aux angles des parcelles, les pierres jadis dressées par son grand-père.

— Écoute bien, avait-il plaisanté en attrapant l'oreille de son fils, quand mon grand-père me les a montrées, il m'a expliqué qu'il allait m'administrer la plus belle correction de ma vie! De cette façon, assurait-il, je n'oublierais jamais l'emplacement des bornes! Il rigolait, bien sûr, mais quand même, pour marquer le coup, à chaque borne il m'a caressé les jambes avec une branche de genévrier! C'est comme ça qu'on faisait dans le temps. Et ça avait du bon, tu vois : je n'ai pas oublié où se trouvent nos limites! Alors tâche de t'en souvenir, toi aussi!

— Et voilà, on peut repartir tranquilles. Les terres, nos terres, vont reprendre bel aspect, avait-il dit peu après en rejoignant Pauline.

Et maintenant, heureux, bercé par le pas du cheval, il sifflotait sur la route blanchie par une lune énorme qui éclaboussait tout le paysage.

— Je voulais te demander..., hasarda Marcelin, oui, j'ai pas bien compris...

— Quoi donc? demanda Antoine.

— Ben... tu ne crois pas que tu aurais pu tout lui laisser, à ce pauvre Bordes? Ça fait un travail terrible de tout remettre en état...

Antoine approuva d'un signe de tête, sourit à Pauline et feignit de ne rien comprendre, bien qu'il sût exactement à quoi son fils faisait allusion.

— Du travail? Oui, sans doute, dit-il. Mais quoi : pour la première année, je lui fais cadeau de tout le bois qui dévore nos terres et qu'il va arracher. Il y a là peut-être pas loin de quinze cordes de bon bois de chauffage et plusieurs douzaines de bons fagots, ça le paie largement de son travail, non?

— Si l'on veut, reconnut Marcelin, mais pour les années à venir, pourquoi lui as-tu demandé un fermage? On n'en a pas besoin de ces soixante-quinze malheureux francs qu'il devra verser au notaire de Brive. C'est... c'est ridicule, voilà!

— Je sais, soixante-quinze francs, pour nous, ça ne

compte pas. Mais que crois-tu qu'il se serait passé si je lui avais tout donné gratuitement ?

— Eh bien, il aurait économisé soixante-quinze francs, et pour lui c'est peut-être beaucoup !

— Non, je me suis renseigné, c'est très en dessous du fermage habituel pratiqué dans la région. Mais ce n'est quand même pas un cadeau. Il ne fallait pas que ce soit un cadeau, tu comprends ?

— Non ! grogna Marcelin d'un ton buté.

— Ton père a eu raison, intervint Pauline. Il faut connaître les gens. Ce brave Bordes n'aurait jamais accepté qu'on lui fasse cadeau de tout. Ça l'aurait vexé. Les hommes comme lui n'aiment pas devoir quoi que ce soit à quiconque. Ils ont toujours peur qu'on veuille leur faire l'aumône. Ils n'aiment pas ça et ils ont bien raison. Voilà pourquoi il fallait lui demander un petit fermage, pour marquer le coup. Pour le principe, si tu préfères.

— Ta mère a compris, dit Antoine, enfin, presque tout..., ajouta-t-il en riant doucement.

— Pourquoi ris-tu ? demanda-t-elle en pressentant que l'affaire était moins limpide qu'elle ne l'avait cru.

— Pourquoi ? Réfléchis ! Tiens, à cette heure, l'ami Bordes doit être en train de dire à tous ses voisins qu'on ne connaît pas le prix du fermage ! Et tu vois, il est tout content d'avoir roulé les Américains qu'il pense que nous sommes ! Et plus il produira sur nos terres, plus il sera content. Car, chaque année, en versant ses soixante-quinze francs au notaire, il pensera : « Est-il couillon, ce père Leyrac, je l'ai roulé comme un gamin ! Vrai, c'est pas la peine d'aller si loin aux Amériques pour en revenir aussi tabanard ! Des terres pareilles, ça mérite beaucoup plus ! » Et je suis sûr qu'il le dira partout, pour le plaisir de faire quelques jaloux. Et toujours pour le plaisir de gagner un peu plus à chaque fois sur notre dos, il soignera encore mieux nos terres ! Tiens, je parie que d'ici à cinq ans, elles seront les mieux entretenues du secteur. Et moi, c'est tout ce que je demande... Eh! pourquoi tu me pinces? sursauta-t-il en s'écartant pour échapper aux doigts de Pauline crochetés dans son flanc.

— Parce que tu me fais honte d'être aussi voyou! Et de t'en vanter, surtout devant ton fils! dit-elle en riant.

— Mon fils? Il est grand temps qu'il se souvienne que son père est resté un paysan corrézien!

— C'est pas une blague? Tu avais calculé tout ça avant de proposer le marché? demanda Marcelin à la fois perplexe et surpris de découvrir chez son père un aspect complètement méconnu.

— Oui, tout calculé, dit Antoine en redevenant sérieux. Mais tu sais, insista-t-il en voyant que son fils ne savait trop que penser, l'important, dans une affaire, c'est que tout le monde soit d'accord. Et dans celle-là, en plus, personne n'est volé et tout le monde est gagnant, alors que demander de mieux?

Le câble qui attendait Antoine à Bordeaux le plongea dans l'embarras. Il n'avait pas prévu de rejoindre Santiago en empruntant la route du nord, celle de Colón et Panamá. Il avait toujours en mémoire — et il savait que c'était à vie — l'atroce spectacle d'Andrew Freeman mourant de la fièvre jaune et celui, tout aussi poignant, des yeux verts de Mary se fermant pour toujours. Il y pensait souvent et c'était alors l'image de Pauline ou des enfants, atteints eux aussi et succombant dans les mêmes souffrances, qui venait le hanter.

Or, traverser l'isthme, surtout en plein *invierno*, c'était courir le risque de voir Pauline, Pierrette et Silvère, touchés par le mal. C'était une éventualité qu'il rejetait, une responsabilité qu'il ne voulait prendre à aucun prix.

— Je ne vois pas ce qui te tracasse, lui dit Pauline lorsqu'elle prit à son tour connaissance du câble expédié par Herbert. Tu ne peux pas refuser d'aller voir Martial.

— C'est bien mon avis.

— Alors où est le problème ?

— Je ne veux pas que vous passiez dans ce pays. Il est bourré de maladies, de malaria, de fièvre jaune, de toutes ces saloperies qui tuent en quelques jours.

— C'est ridicule. Tu m'as dit toi-même que, dans les premières années, de Lesseps avait séjourné là-bas avec sa femme et trois de ses enfants, dont sa plus jeune fille qui n'avait que six ans ! dit-elle en haussant les épaules.

— Je me fous complètement de ce qu'a fait de Lesseps, coupa-t-il. Moi, j'ai suffisamment vu le résultat de la fièvre jaune, et tu sais à qui je pense... Il n'est donc pas question que vous passiez par Panamá.

— Mais on traverse tout le pays en moins d'une matinée ! Ce n'est pas en si peu de temps qu'on peut attraper quoi que ce soit ! protesta-t-elle.

— Ne discute pas. Personne ne sait en combien de temps s'attrape la fièvre jaune, personne ne sait même comment elle s'attrape ! Je ne veux pas que vous preniez le moindre risque. Donc, comme prévu, vous rentrerez par la route du sud. D'ailleurs, je ne vois pas pourquoi on palabre, ça a toujours été prévu comme ça !

— Ça veut donc dire que toi tu passeras par Panamá et nous par Magellan, murmura-t-elle.

Elle était très dépitée à la pensée de voyager sans lui. Déjà, l'idée de quitter la France en laissant Marcelin derrière elle lui serrait le cœur. Jusque-là, elle savait que le retour allait être difficile, sans Antoine, il risquait d'être déchirant.

— Comprends-moi, expliqua-t-il en voyant à quel point sa décision la heurtait, tu l'as dit, je ne peux pas refuser d'aller voir Martial, c'est impossible. Mais ne me demande pas de venir avec moi, ça, je m'y oppose, définitivement.

— Très bien, on fera comme ça, dit-elle après quelques instants de réflexion. Mais... mais alors promets-moi de faire en sorte de quitter la France après nous. Si tu pars le premier, si tu me laisses seule avec les enfants, j'ai bien peur de manquer de courage pour embarquer...

— Entendu, Marcelin et moi nous vous mettrons au bateau. Je partirai ensuite pour Colón. On va être très loin les uns des autres pendant quelque temps, mais tu verras, tout se passera quand même très bien.

CINQUIÈME PARTIE

LA FIN DU RÊVE

17

Depuis quelques semaines, Martial redoutait l'arrivée de la nuit. Jusqu'à ces derniers temps, il n'avait jamais hésité, le soir venu, à chercher un peu de fraîcheur sur la véranda où seuls les moustiques et les mygales étaient à craindre.

Mais ces heures calmes étaient révolues. Certes, il n'avait pas oublié le cambriolage dont il avait été victime et prenait toujours soin de ne pas tenter le diable — en l'occurrence les malfrats qui hantaient le campement — et de ne pas laisser une porte ou une fenêtre ouverte quand il s'absentait.

A part ces élémentaires précautions, il n'avait jamais eu à se barricader comme il le faisait maintenant dès que le soleil disparaissait. Et nul doute qu'il eût installé le piège à fusils que tendait Joaquin — dont lui avait parlé Antoine — s'il avait su s'y prendre et surtout s'il n'avait craint d'en être la première victime. Il était peu féru d'armes et se savait maladroit dans leur maniement. Mais cela ne l'empêchait pas, chaque soir, de ne jamais se coucher sans avoir posé son fusil de chasse à la tête de son hamac.

Et c'était également par prudence et pour regrouper

leurs forces qu'il avait invité Tchang à venir s'installer dans la même pièce que lui. A deux, ils se rassuraient et s'endormaient avec moins d'appréhension. Car les nuits devenaient incertaines et dangereuses. Et il n'était pas rare que de furtifs bruits de pas, des chuchotements ou encore le faible grincement de la serrure dont on testait la résistance les réveillent en sursaut, les contraignent à sauter de leur hamac.

Il y avait encore peu, les injonctions qu'ils adressaient alors aux invisibles visiteurs, tapis de l'autre côté de la cloison de bois, suffisaient pour les éloigner. Mais alors que naguère les rôdeurs n'insistaient pas et s'enfuyaient discrètement, ils tenaient maintenant tête.

S'instauraient alors d'étranges et désagréables dialogues que l'épaisseur réduite des planches du bungalow rendait très oppressants.

Car aux admonestations et aux avertissements que lançaient Martial et Tchang répondaient maintenant des flots d'insultes, des projets de représailles, des menaces de mort. Souvent même, quelques volées de pierres venaient marteler les parois et le toit du bâtiment.

« Et un jour, ces salauds vont avoir l'idée de tout arroser de pétrole et de foutre le feu, et on sera coincés comme des rats... » pensait Martial.

Dans ces moments, il était à la fois angoissé et furieux, surtout furieux. Car s'il y avait toujours eu des vols et des assassinats sur le chantier, leur récente recrudescence était due à l'agonie de la Compagnie.

Déjà, certaines entreprises, prudentes ou peut-être même presque ruinées, payaient de plus en plus mal et avec des délais de plus en plus longs la main-d'œuvre qu'elles employaient.

Et c'était de cette masse désormais trop mal et trop irrégulièrement rémunérée et dans laquelle fermentait la révolte que sortait une dangereuse faune, une racaille prête au pire pour prendre quelques piastres.

Martial redoutait beaucoup que la folie meurtrière ne gangrène un jour les milliers de pauvres hères de toutes races qui travaillaient sur le chantier.

Irrémédiablement gravé dans sa mémoire, le heurtait le souvenir du sac de Lima, ses abominations, sa furie. Or, il pressentait d'instinct que de tels débordements pouvaient brutalement naître. Alors, de nouveau, ce seraient l'horreur, le pillage et les flots de sang. Et lui qui, depuis son retour dans l'isthme, avait couru chaque jour le risque d'être emporté par une crise de malaria ou une attaque de fièvre jaune était maintenant angoissé à l'idée d'être une nouvelle fois repris dans le maelström d'une foule déchaînée.

Maintenant, il avait peur. Et, depuis peu, il savait surtout que les seuls événements capables de le faire fuir seraient le déferlement d'une troupe, ses cris de haine, sa marche, son attaque de tous ceux qui, comme lui, représentaient l'ordre, le travail, la richesse.

Certes, la situation sur le canal n'atteignait pas encore ces extrêmes et rien ne prouvait qu'elle les atteindrait un jour. Il n'en restait pas moins que les nuits étaient maintenant dangereuses, peuplées de silhouettes et d'ombres louches, en quête de mauvais coup.

Le bonheur de Silvère était tellement rayonnant et communicatif qu'il atténua beaucoup la peine de Pauline.

Comme elle le craignait, il lui avait été douloureux d'abandonner à la fois Marcelin et la France, de quitter Rosemonde. Et d'être contrainte de le faire en laissant aussi Antoine derrière elle.

Son départ avait donc été pénible, mais elle reconnaissait honnêtement qu'il eût été pire sans la joie presque indécente qu'affichaient les deux enfants.

Car Pierrette aussi était heureuse de rejoindre le Chili. A son sujet, Pauline avait redouté le déchirement que représentait sa séparation d'avec Marcelin, son jumeau, et elle était prête à lui venir en aide en cas de trop gros chagrin. Tout s'était passé mieux que prévu et c'étaient ses enfants et leur gaieté qui l'avaient soutenue.

Si Pierrette était manifestement contente de retrouver bientôt ses habitudes, sa maison, ses amies, elle était quand même loin de l'exubérante gaieté de son frère. A croire qu'il s'était ennuyé à périr pendant les mois qu'il avait passés en France !

Ce n'était pas le cas, Pauline s'en était assurée. Il était enchanté de son séjour et se disait même prêt à revenir, plus tard, passer d'autres vacances à Paris ou à Bordeaux. Mais, pour l'heure, ce qui le ravissait, c'était de rentrer au bercail, de revoir les paysages qu'il aimait, qui étaient siens, de retrouver Joaquin, Arturo, Jacinta, ses camarades d'école, *La Maison de France* et même, et c'était le comble, les Fonts-Miallet de Tierra Caliente !

D'ailleurs, pour faire bonne mesure, comme pour se remettre déjà dans le milieu — mais plus encore pour signifier aux autres passagers qu'il revenait chez lui —, il s'était mis à parler espagnol avec sa mère et sa sœur ; exercice qu'il ne pratiquait bien sûr jamais en famille, sauf pour plaisanter.

Cela avait beaucoup amusé Pauline, mais lui avait surtout fait comprendre que son fils se sentait plus chilien que français et que le vieux père Delmas avait vu juste en décrétant que les enfants étaient américains.

Mais si la joie de son benjamin lui avait permis de mieux supporter le départ, elle l'avait aussi inquiétée. En le voyant, en l'entendant, elle n'avait pu s'empêcher de songer à Marcelin. Si, comme son jeune frère, il était plus attiré par le Chili que par la France, les années qu'il allait y passer risquaient d'être très dures. Cette pensée aussi l'attristait.

Elle nourrissait également quelques appréhensions à l'idée de revivre à Santiago, d'y retrouver la hantise des tremblements de terre, de subir à longueur de journée les exigences souvent démesurées des clientes de *La Maison de France*, de reprendre une existence dont elle s'était si facilement détachée pendant quelques mois. Sans envier le mode de vie de Rosemonde, elle avait néanmoins mesuré à quel point les journées de son amie se déroulaient dans une tranquillité et un calme délicieusement reposants.

Aussi, sans le laisser paraître aux enfants dont le bonheur faisait plaisir à voir, outre la nostalgie de la France qui la gagnait déjà, croissait une vague et diffuse crainte de l'avenir.

— Eh bien voilà, tâche de nous faire honneur, redit Antoine avec une certaine gêne car il avait conscience du ridicule de la situation.

Sans le stupide retard du train qui devait le conduire à Saint-Nazaire, tout aurait été terminé depuis une bonne heure. Ses adieux faits, il se serait installé dans le compartiment, aurait baissé la vitre pour saluer une dernière fois Marcelin de la main, puis se serait laissé emporter.

Au lieu de ça, pour tromper le temps, son fils et lui arpentaient le quai de la gare de Bordeaux en guettant, au loin, l'hypothétique arrivée du convoi.

— Mais qu'est-ce qu'ils fabriquent, ces ânes! grommela Antoine pour la dixième fois.

Il le savait puisque le chef de gare les avait prévenus qu'un éboulement de ballast avait failli provoquer un déraillement du côté de Langon. Mais le fait de poser la question lui permettait d'entretenir un peu la conversation. Car ni Marcelin, ni lui n'avaient plus rien à raconter de sérieux, d'important. Tout avait déjà été dit et toutes les recommandations avaient été faites.

— Je ne connais rien de plus stupide que les adieux ratés, soupira Antoine. Enfin, pense à tout ce que je t'ai dit. Et, surtout, écris à ta mère, le plus souvent possible. Elle va beaucoup s'ennuyer. Bon, tout ça, tu le sais. Et pour les quelques jours de vacances qui te restent, aide bien ta marraine. Tu as beaucoup de chance d'avoir quelqu'un comme elle pour t'accueillir. Mais bon Dieu ! Qu'est-ce qu'il fout ce maudit train ?

— Il finira bien par arriver, dit Marcelin. Il observa son père, s'assura que le convoi n'était toujours pas en vue puis se décida : Bon, je voulais te l'écrire, mais puisqu'on a le temps... Voilà, je voulais te dire, je suis très content que tu aies acheté les terres des Fonts-Miallet. Très content aussi que Ferdinand Bordes s'en occupe. Et, tu sais, j'ai en projet d'aller souvent les voir, pendant les vacances, bien sûr.

— Ça c'est une très bonne idée. Et je suis moi aussi très heureux que ce retour des terres dans la famille te fasse plaisir.

— Beaucoup. Tu vois, je sais maintenant pourquoi elles comptent pour nous. J'ai calculé, tu as beau t'occuper des vingt-huit mille hectares de M. de Morales, les seules terres qui soient vraiment à nous, qui nous appartiennent, ce sont ces deux hectares des Fonts-Miallet. Et pourtant, si tu avais voulu, tu aurais pu acheter une belle hacienda du côté de Concepción, de Chilan ou de Talca. Au lieu de ça, tout ce que tu t'offres, ce sont deux hectares de friche et de taillis ! Et je suis sûr que ça nous fait plus plaisir que cinq mille hectares au Chili ! C'est drôle, non ?

— Oui. Mais c'est normal aussi, et plus sérieux. Aux Fonts-Miallet, j'ai acheté des souvenirs, et ça, c'est inestimable. J'ai aussi effacé une vilaine déception qui me chagrinait depuis un soir de mai 71. Ça fait du bien d'avoir réglé ce compte. Toi, si cet achat te fait plaisir, c'est peut-être parce que tu as deviné tout ça. Mais je crois que c'est surtout parce qu'on aime bien marcher sur une terre de famille, une terre marquée par les ancêtres. Moi, je trouve qu'on y est beaucoup plus à l'aise, plus fort aussi. Oui, plus fort. Il observa la voie, sourit : Tiens, le voilà enfin, ce fichu train ! Mais maintenant je suis content qu'il ait eu du retard.

— Je t'aurais écrit tout ça, redit Marcelin.

— C'est beaucoup mieux comme ça. Allez, cette fois, c'est vraiment le bon départ, pour toi beaucoup plus que pour moi, même si c'est toi qui restes et moi qui m'éloigne. Et maintenant, fais-moi plaisir, va-t'en, dit Antoine en l'étreignant et en l'embrassant.

Il le regarda, sourit, puis le repoussa fermement.

— Allez, va, fils, nos adieux n'ont que trop duré. Une minute de plus et on va se mettre à dire des bêtises ou à verser une larme. Va, et fais-nous honneur.

Réveillé en sursaut par les coups sourds qui martelaient la porte, Martial pensa d'abord que quelques voyous étaient en train de mettre leurs menaces à exécution.

La nuit précédente, plusieurs rôdeurs étaient déjà venus fouiner sans discrétion autour du bungalow. Menacés de prendre une volée de plombs s'ils s'entêtaient à empêcher les honnêtes gens de dormir, ils avaient fini par s'éloigner, mais avaient promis de revenir, une nuit ou l'autre.

Cœur battant la chamade, Martial sauta de son hamac, empoigna son fusil.

— Je ne crois pas que ce soient des voleurs, le prévint Tchang.

Le Chinois était déjà debout et s'il s'était prudemment armé d'une machette de taille respectable, il ne paraissait pas très inquiet.

— Pourquoi dis-tu ça ?

— On dirait que c'est Pedro qui appelle.

— Quel Pedro ? J'en connais cinquante !

— Moi ! Pedro le Blanc ! lança une voix que Martial reconnut aussitôt.

Pedro le Blanc était un des premiers Jamaïcains que Martial avait embauchés en 81. Très bon forgeron, il s'était vite intéressé aux machines et était ainsi devenu un mécanicien digne de confiance. Ses compétences étaient telles qu'elles réduisaient au silence les quelques oiseuses réflexions que lui attirait parfois son état d'albinos.

— Que se passe-t-il ? demanda Martial en ouvrant la porte, entre, dépêche-toi !

— C'est à l'atelier, dit Pedro le Blanc d'une voix geignarde.

Il épongea son front couvert de sueur, gratta son crâne aux cheveux blancs et crépus et regarda craintivement Martial de ses petits yeux rouges, presque fermés car éblouis par la lueur de la lampe.

— Alors, raconte ! Je vais pas te bouffer ! lança Martial.

— Les rôdeurs..., expliqua le Jamaïcain, les rôdeurs sont rentrés dans l'atelier, l'atelier fer, précisa-t-il. Ils prennent tout ce qu'ils peuvent...

— Je vois..., murmura Martial.

Il était soudain très las, fatigué de se battre, d'être contraint de se battre sans arrêt, et contre tout.

— Je vois, redit-il. Et là-bas, naturellement, personne n'a même essayé d'intervenir, de les sortir de l'atelier à coups de pied au cul ?

— Ils sont nombreux..., s'excusa Pedro le Blanc.

— Nombreux ? explosa Martial, combien ? Quinze, vingt ? Et vous, les terreurs des *pulperias* et des bistrots, les champions des bordels, vous êtes combien au campement ? Trois cents ? Cinq cents ? Plus même ! Et pas un n'a bougé ! Ah si, toi. Excuse-moi, soupira-t-il en s'asseyant.

Il épongea son torse ruisselant de sueur, écrasa distraitement quelques moustiques qui voletaient autour de ses pectoraux et alluma un cigare.

Il était démoralisé, s'en voulait de l'être mais se savait incapable de réagir efficacement. Ce pillage, qui se déroulait à moins de cinq cents mètres de là, était à l'image du chantier.

Tout croulait, tout pourrissait. Et si personne ne prenait même plus la peine de faire quoi que ce soit pour arrêter la débâcle, c'était parce qu'il n'y avait plus rien à faire. Sauf attendre un éventuel mais très improbable miracle.

— Si je suis venu, c'est aussi parce que..., ajouta Pedro le Blanc en hésitant.

— Oui? Vas-y! Au point où nous en sommes, dit Martial.

— Ben, y'a quelques gars qui sont un peu saouls, et je les ai entendus qui parlaient de foutre le feu, pour rire qu'ils disaient... Mais peut-être que si vous y...

— C'est ça! coupa Martial avec un rire amer, compte là-dessus! Je vais aller là-bas tout seul! Tout seul pour expliquer à ces salopards que ce qu'ils font n'est pas bien du tout! Et pendant qu'ils me casseront la gueule, tes camarades resteront dans leurs cases, cachés derrière les volets, mais regardant entre les lames pour voir à quoi ça ressemble un Blanc qui prend une raclée! Non, non, dit-il en se versant un verre de punch, n'y compte pas!

— Peut-être qu'ils auront peur de vous, surtout avec un fusil! hasarda le Jamaïcain.

— Peur de moi? Tu rigoles! Non, non, je n'irai pas là-bas, j'ai passé l'âge de jouer les héros. Tes copains peuvent tout prendre si ça les amuse! Qu'ils se servent! D'ailleurs, je ne vois pas ce qu'ils pourront emporter de l'atelier! Des marteaux, des clés, des forges, des enclumes? Je ne vais pas risquer ma peau pour sauver quelques outils, elle ne vaut plus grand-chose, mais je m'en sers encore!

— Et s'ils mettent le feu?

— Ils ne sont pas dans la scierie? Ni dans la réserve de bois? Alors, tu sais, le feu dans la ferraille! Je ne vois pas ce qui brûlera. Des boulons? Des rivets? Enfin, merci quand même d'être venu me prévenir, ça m'évitera une mauvaise surprise demain matin ; à mon âge, il faut les éviter.

— Mais alors, qu'est-ce qu'on fait ? demanda Pedro le Blanc.

Il était perplexe et ne comprenait plus.

— Rien. On attend que ça se passe, dit Martial. Quand tes copains en auront assez, ils partiront tout seuls. Et crois-moi, mon vieux Pedro, c'est ce que nous ferons tous un jour ou l'autre, bientôt...

Ils n'avaient pas osé mettre le feu à l'atelier et n'avaient pas pu emporter grand-chose.

Alors, dépités de ne rien trouver de vraiment monnayable, ils s'étaient vengés en cassant tout ce qui pouvait l'être, en renversant les établis et les armoires, en éparpillant les boulons, les écrous et les rivets.

De plus, non contents de jalonner le sol d'excréments, de flaques d'urine et de vomissures, quelques vicieux avaient jeté des poignées de sable dans les bidons de graisse puis avaient éventré les fûts d'huile.

Quand il découvrit le spectacle, au petit jour, Martial fut empoigné par une telle fureur qu'il en regretta de n'être pas venu disperser les pillards à coups de fusil.

Et lorsqu'il crut déceler l'éclair d'un sourire narquois sur le visage d'un Cubain, sa rage explosa, terrible. Elle s'abattit sur tous les hommes présents qui, par leur couardise, voire leur complicité, avaient permis que de tels actes soient commis.

— Et c'est bien simple, menaça-t-il, si ça se renouvelle, je retiendrai sur votre paie le prix de la casse ! Alors, à partir de ce soir, vous avez intérêt à monter la garde !

Et soudain il se tut, désarmé, et s'éloigna à grands pas pour masquer sa gêne. Fallait-il qu'il soit stupide, épuisé et surtout aveuglé par la colère pour avoir osé parler de paie ! La Compagnie avait déjà plus de trois semaines de retard de paiement. Aussi, pour régler les jours de travail de ses hommes, avait-il dû faire l'avance en puisant dans les réserves de la Sofranco !

C'était un système très dangereux qui ne pouvait durer et qu'il devait appliquer avec la plus grande prudence ; et en priant le ciel que la Compagnie finisse par régler ce qu'elle lui devait. Alors, parler de retenir leur salaire à des hommes qui risquaient de ne plus toucher un centavo !

— Mais, bon Dieu ! Que s'est-il passé ici ? Vous êtes tous devenus fous ou quoi ? lança soudain Antoine campé au milieu de la vaste porte de l'atelier.

Martial sursauta, sourit et courut vers son ami.

— Mais que fais-tu là à cette heure ? Je ne t'attendais que ce soir ! dit-il en l'étreignant et en lui expédiant de grandes claques dans le dos et sur les épaules.

— Ça, c'est la surprise. Grâce au *Franklin,* un nouveau vapeur, une vraie merveille. Traversée superbe et surtout ultra-rapide ! Nous avons mis à peine dix-sept jours, ce qui explique notre avance. En revanche, j'aimerais que tu m'expliques ce bordel ? dit Antoine en désignant l'atelier saccagé.

— Ah ça ? Ça, c'est la nouvelle mode sur le chantier ! dit Martial, soudain repris par le découragement. Viens, je vais te raconter.

Et il précéda Antoine qui ne put s'empêcher de remarquer à quel point, en l'espace d'un an, son ami s'était voûté et avait maigri. De plus, tous ses cheveux étaient maintenant blancs ; c'était très impressionnant.

— Alors, comme ça, tu passes me faire une petite visite amicale ? C'est gentil..., plaisanta Martial un peu plus tard.

— Fais pas l'innocent, s'amusa Antoine, d'accord, il y a la visite amicale, mais ce n'est pas uniquement pour ça que je suis là...

— Je sais. Tu es là pour me décider à abandonner au plus vite le chantier, sourit Martial. Tiens, regarde, dit-il en désignant la table, nos amis Edmond et Herbert m'abreuvent de dépêches. Il en arrive toutes les semaines, ou presque. A les croire je suis en train de ruiner la Sofranco !

— Sans aller jusque-là, le tout est de savoir où en est vraiment la situation.

— On ne dirait pas que tu as travaillé sur le chantier, lui reprocha Martial. La situation ? Ni plus ni moins pourrie que d'habitude...

— Allons, ne me raconte pas d'histoires ! Tu sais aussi bien que moi qu'elle est désespérée. N'oublie pas que j'arrive de France, j'y ai appris beaucoup de choses... D'accord, je n'y connais rien en finances, mais je sais écouter et lire les journaux.

— Les journaux ? Eh bien, moi il y a beau temps que je m'en sers comme torchon ! Ils mentent tous, c'est flagrant !

— Bien sûr. Mais il n'empêche qu'en France plus personne de sérieux ne croit que la Compagnie pourra redresser la barre ! Et tu veux savoir ce qui m'inquiète le plus ? C'est que les politiciens s'en mêlent et s'en servent ! Et tu sais aussi bien que moi que tous ces gens-là sont des charognards, ils trouvent leur vie sur les cadavres ! Et ils sont maintenant nombreux au-dessus de Panamá... Alors pour moi, s'il n'est pas encore mort, le canal est déjà agonisant et ça tu ne peux pas l'ignorer.

— D'accord, l'affaire est foutue, je le sais depuis longtemps et alors ?

— Alors il serait prudent d'en tenir compte.

— La prudence ne m'intéresse pas. Allez, va, ne te fatigue pas à chercher à me convaincre, je connais tous tes arguments et...

— Et tu t'en fous, coupa Antoine.

— Oui. A toi, je peux le dire parce que tu comprendras,

ce canal me plaît tel qu'il est, et même tel qu'il devient. C'est-à-dire une entreprise qui semble vouée à l'échec à plus ou moins brève échéance. Mais, moi, j'ai décidé de voir jusqu'où ça va aller, combien de temps ça va tenir et surtout comment ça va finir ! Ça oui, je veux le voir et je le verrai !

— Ça risque de coûter cher...

— Pas tant que tu crois, moins que ne le pensent Herbert et Edmond. Et puis quand bien même ! Moi, je suis là depuis septembre 81. Ce canal, je l'ai vu naître, s'ouvrir, grandir, devenir fou. Alors voilà, je veux voir la suite. Peut-être la mort, peut-être la renaissance, on ne sait pas. Mais personne ne m'empêchera d'assister à cela. J'ai décidé de rester parce que ce canal c'est mon dernier combat, ma dernière aventure. Oui, la dernière. Ensuite... plus rien ne sera pareil, le rêve sera fini. Souviens-toi, on l'a commencé ensemble, un soir.

— Oui, dans une petite auberge de Lodève, on s'est pris à rêver, enfin surtout toi...

— Allons, allons, toi aussi ! Alors comprends-moi, en ce moment, grâce à ce chantier de boue et de caillasse, j'arrive à oublier mon âge et ma santé. Ça semble idiot, mais c'est vrai, je les oublie et je rêve encore un peu... Mais quand cette épopée s'achèvera, je sais que les années vont me retomber sur les épaules et qu'elles pèseront soudain très lourd, d'un coup. Alors laisse-moi les oublier encore un peu...

— Tu sais bien que ce n'est pas moi qui te forcerai à abandonner, mais je ne suis pas le seul...

— Alors fais comme moi ! Ne t'occupe pas de ce que pensent Herbert et Edmond. Ils sont gentils, tous les deux ; je les aime bien, mais ils ne peuvent pas comprendre. A quoi bon discuter avec eux !

— Ils sont quand même en droit de demander des comptes...

— Des comptes ? Bien malin qui pourrait parler de

comptes ! D'accord, la Compagnie nous doit plusieurs dizaines de milliers de piastres. Mais quoi, rien ne prouve qu'elle ne paiera pas un jour ou l'autre !

— Rien ne prouve non plus qu'elle paiera...

— C'est vrai. Mais j'ai décidé de tenter le coup jusqu'au bout. Tu pourras dire ça aux amis de Santiago. Et, maintenant, oublions toutes ces bêtises. Viens, on va aller voir l'ami O'Brien, il va être ravi de te revoir. Et puis, surtout, tu vas te rendre compte qu'en un an on a rudement bien travaillé. Tu vas voir, le canal se creuse, mon vieux, il se creuse et il avance malgré tout. Et, malgré tout, peut-être qu'on réussira !

Lorsqu'il avait accepté, presque à contrecœur, de faire un détour par Panamá, Antoine n'avait pas pensé qu'il aurait du plaisir à revoir le pays. Or, outre le bonheur de retrouver Martial et O'Brien, l'honnêteté l'obligeait à reconnaître qu'il était également content de reprendre contact avec le chantier. Un chantier qui, n'en déplaise à Martial, paraissait ne pas avoir progressé d'un mètre...

Ce n'était certes qu'une impression car, pour quiconque avait travaillé là, l'avancement du creusement sautait immédiatement aux yeux.

Mais, par le jeu du ciel bas d'où chutait toujours un lancinant crachin, de ces longues files d'hommes qui s'échinaient toujours dans la tranchée, des dragues et des excavateurs — toujours aussi grondants et ferraillants —, de la jungle — toujours oppressante et envahissante —, Antoine avait l'impression d'avancer dans un songe, de revivre point par point une tranche d'existence. Et il en était heureux.

Heureux de redécouvrir un paysage familier, une animation bouillonnante de vie, de labeur ; et cette lourde et constante rumeur qui, telle une réconfortante et régulière respiration, montait du canal.

— Alors, avoue qu'on a bien travaillé ! dit Martial en s'arrêtant au sommet d'un petit *cerro* qui dominait le chantier. Tiens, regarde là-bas, insista-t-il avec fierté en tendant la main vers le Chagres, regarde notre brave *Ville de Lodève* ! Tu ne peux pas la reconnaître, elle est comme neuve, enfin presque... Tu viendras la voir de plus près, un vrai bijou ! Et là-bas, dans la tranchée, regarde ce qu'on a gagné depuis ton départ ! Tu te souviens comment c'était, oui ? Alors, c'est pas de la belle ouvrage qu'on fait là, de la bonne besogne ?

— Si, reconnut Antoine.

Il contempla lentement le paysage, découvrit peu à peu tous les changements survenus depuis son départ.

Alors, aussi vite qu'était monté son bonheur quelques instants plus tôt, s'installèrent la colère et la tristesse quand il pensa à l'avenir.

Car il était scandaleux, et surtout déchirant, que tout ce qui rendait Martial si fier, tout ce fantastique travail, fait de sueur, de douleur et de mort, se révèle bientôt inutile et vain.

Il devenait même honteux d'envisager un instant de stopper une telle entreprise, d'arrêter les machines et les trains, de congédier les dizaines de milliers d'hommes et de laisser le champ libre à la jungle.

Elle était là, toute frémissante d'impatience, jugulée pour un temps, mais sournoisement à l'affût du terrain à regagner.

Déjà, ses lianes et ses racines menaçantes, ses graines, ses spores, ses bulbes et ses rhizomes envahissants, retenus à l'extrême bord du chantier, étaient prêts à se déchaîner, à bondir, à ramper, à envahir, à digérer et à faire disparaître ce grand sillon rouge.

Et de cette palpitante artère entre deux océans ne resterait bientôt qu'une longue cicatrice verdâtre, toute purulente de marigots puants où grouilleraient les caïmans.

— Oui, vous avez fait du bon travail, soupira enfin Antoine en essayant d'oublier la vision du chantier livré à l'abandon.

— *Nous* avons fait du bon travail, tu y as ta part, rectifia Martial.

— Si peu... Enfin oui, un peu... Cela dit, sérieusement, combien de temps donnes-tu encore à la Compagnie? Je veux dire avant qu'elle n'arrête tout. Tu as bien une idée?

— Non. Un mois, six mois, un an, va savoir... Plus peut-être ou moins, je n'en sais rien. Mais, vois-tu, je n'en suis plus là. Je ne calcule plus tout ça. Ce qui importe c'est de tenir au jour le jour, de creuser au jour le jour, de m'accrocher jusqu'au bout. Et je suis certain que tu ferais la même chose à ma place.

— C'est bien possible. Oui, je crois que moi aussi je m'accrocherais.

— Alors j'ai raison de vouloir rester?

— Oui. Oui, tu as raison, mais si je dis ça à Edmond et à Herbert, ils vont penser que je suis devenu fou, aussi fou que toi...

Grâce aux enfants de plus en plus débordants de joie, le retour de Pauline à Santiago se passa beaucoup mieux que prévu. Et ce fut même avec un certain plaisir qu'elle retrouva ses amies et relations, Clorinda au mieux de sa forme et une *Maison de France* en parfait état. Quant au bonheur que manifestèrent Arturo, Jacinta et Joaquin en revoyant Pierrette et Silvère, il fut émouvant.

A cela s'ajoutèrent coup sur coup deux dépêches qui la réjouirent. La première annonçait la proche arrivée d'Antoine, la seconde était une longue lettre de Marcelin.

En plusieurs pages d'une très belle écriture, le jeune homme racontait sa rentrée scolaire, ses découvertes, sa nouvelle existence. Il parlait même de quelques camarades qu'il s'était déjà faits et assurait surtout que les années à venir seraient vite passées.

Rassérénée, heureuse même, Pauline se prit à penser que l'avenir était beaucoup plus serein qu'elle ne l'avait craint en quittant la France. Et elle était même près de se reprocher d'avoir manqué d'énergie et surtout d'optimisme lorsque le sol trembla imperceptiblement sous ses pieds.

Ce n'était rien, juste un de ces habituels et très fréquents petits frémissements auxquels des gens comme Joaquin ne prêtaient même pas attention; un de ces infimes *temblores* que Silvère lui-même traitait par le mépris.

Mais, pour elle qui les redoutait tant, il était synonyme de frayeur incontrôlable, d'angoisse, de panique. Et pour bref et faible qu'il fût, il lui fit mesurer combien les mois qu'elle venait de vivre en France avaient été calmes, reposants, paisibles. Elle comprit surtout que cette forme d'existence lui manquait déjà beaucoup.

Malgré les réflexions de Pauline qui redoutait de le voir reprendre une vie pleine de voyages et ponctuée de longues absences, Antoine ne passa que quelques jours à Santiago.

Il y avait maintenant plus de six mois qu'il avait délaissé les champs de Tierra Caliente et il avait hâte de les retrouver. Ils lui manquaient; il était impatient de voir l'état des vignes et des vergers, l'avancement de tous les travaux. De plus, comme il l'expliqua à Pauline, la politesse envers M. de Morales exigeait qu'il reprît au plus vite et à plein temps ses fonctions de régisseur. Le printemps était bien avancé et il était urgent de mettre en œuvre ou de faire accélérer tous les soins saisonniers.

Mais, avant de sauter dans le train de Concepción et à peine descendu de celui qui l'avait conduit de Valparaíso à Santiago, il eut à cœur d'aller rendre compte de son voyage à Panamá à Edmond et à Herbert.

Il trouva les deux hommes moins soucieux qu'il ne le craignait, mais encore plus cyniques que d'habitude.

— Il est superflu de vous demander si vous avez réussi à convaincre notre ami Martial, dit Edmond. Puisqu'il ne vous accompagne pas, c'est qu'il s'entête toujours là-haut, je me trompe ?

— Non, mais il faut essayer de le comprendre, expliqua Antoine, pour lui, le canal c'est...

— Taratata ! coupa Herbert. Tout ce que nous comprenons, c'est que la situation est catastrophique et que nous allons perdre de l'argent, beaucoup ! Nous en sommes donc à souhaiter que la chute de la Compagnie soit la plus rapide possible. Le reste n'est que du sentimentalisme, pour ne pas dire du romantisme !

— Si l'on veut, dit prudemment Antoine un peu désarmé par les derniers mots d'Herbert. Mais vous savez, se reprit-il, ça travaille dur là-haut, et ça avance !

— En pure perte, et à perte, coupa Edmond. Plus rien ne sauvera maintenant la Compagnie. Alors, ne venez pas nous raconter qu'il faut essayer de comprendre Martial. Son attitude est insensée, un point c'est tout !

Antoine hocha doucement la tête, alluma un des havanes d'Herbert.

— Vous savez, il y a une chose que je voulais vous dire depuis longtemps, reprit-il en souriant, et je pense être l'interprète de Martial et aussi de Romain. À propos, où est-il, ce brave ?

— En tournée depuis un mois entre Antofagasta, Calama et Tocopilla. Vous le connaissez, il ne tient pas en place !

— Donc il serait de mon avis, assura Antoine sans cesser de sourire. Oui, il y a longtemps que je voulais vous le dire, et prenez-le comme vous voulez, ça ne changera rien. A vous deux, à toujours parler d'argent, vous faites une sacrée paire d'emmerdeurs ! Ah oui, alors, dans le genre, vous êtes champions ! Voilà, c'est dit et ça fait du bien !

— Ah bon ? Des emmerdeurs ? Expliquez-vous au moins ! lança Herbert beaucoup plus amusé que vexé.

— Parfaitement, dit Antoine en regardant surtout Edmond qui semblait plus choqué que l'Anglais. Vous dites que Martial a une attitude insensée ? C'est possible, mais, si j'ai bonne mémoire, vous n'avez pas dit ça quand il vous a sauvé de la faillite dans les années 77 ou 78, pas vrai ?

— Ça, je le reconnais et je lui en sais toujours gré, assura Edmond.

— Et vous, la terreur des *rabonas,* poursuivit Antoine en regardant Herbert. Je sais bien que ce n'est pas Martial qui vous a sauvé la peau dans ce campement, là-naut, dans la sierra de Moreno, mais dites-moi honnêtement si vous-même n'avez pas eu une attitude insensée en allant bêtement courir le désert voici quelque huit ans ? Complètement stupide et folle, votre idée de cette époque ! Parce que, entre nous, vous êtes aussi fait pour courir les pistes que moi pour être banquier !

— Je vous le concède, sourit Herbert.

— Et l'attitude des braves andouilles qui partirent à votre recherche, n'était-elle pas insensée, elle aussi ? Et pour parler comme vous, que nous a-t-elle rapporté cette expédition ? De belles suées et à l'ami Edmond, le sage des sages, un joli coup de lame !

— C'est quand même très différent ! protesta Edmond.

— Laissez-moi finir ! Vous voulez que je vous donne un conseil ? dit Antoine. Oubliez un peu de compter tous les deux, ça reposera tout le monde ! Et laissez-moi vous dire aussi ceci : si tous ceux qui ont travaillé au chantier de Panamá l'avaient fait comme Martial, le canal serait ouvert depuis longtemps ! Malheureusement, les banquiers, les politiciens et les margoulins s'en sont mêlés et l'affaire en est morte! Mais c'est à ces gens-là qu'il faut vous en prendre si vous perdez quelques sous, pas à Martial. Voilà, maintenant pensez-en ce que vous voulez, ça ne changera rien!

— Très bien, approuva Herbert. Vous avez sans doute raison, nous n'avons sûrement pas tort. Mais on ne va pas se battre pour ça, n'est-ce pas? Quant aux affaires du canal, le proche avenir se chargera de les inscrire dans les profits, ou dans les pertes... Cela admis, que va faire Martial quand tout s'arrêtera?

— Aucune idée, dit Antoine. Mais, voyez-vous, il est un point sur lequel je vous rejoins. Moi aussi, j'ai hâte d'apprendre que la Compagnie stoppe les travaux. Mais moi, si je suis impatient de le savoir, c'est parce que je me demande pendant combien de temps Martial pourra encore tenir debout.

Accompagné par Joaquin qui semblait rajeuni de dix ans tellement il était content, Antoine rejoignit Tierra Caliente après une petite semaine de repos.

C'est en vain qu'il avait proposé à Pauline de l'accompagner. Elle avait refusé et il reconnaissait que ses arguments étaient solides.

— Ce ne serait vraiment pas sérieux, avait-elle dit. Je ne peux pas m'absenter alors que je rentre tout juste! Que penseraient les clientes, et même Clorinda? Mets-toi à leur place! De plus, j'ai vu à Paris quelques idées de vitrine que j'ai hâte d'essayer ici. Mais, toi, tâche de ne pas rester là-bas trop longtemps!

Il avait promis, sans toutefois fixer de date de retour et avait pris la direction du sud.

Et, maintenant, c'était sans remords qu'il était heureux car, outre le bonheur de retrouver des terres qu'il aimait, Pierrette et Silvère lui avaient causé une grande joie.

Le matin de son départ pour l'hacienda, ils étaient tous

les deux entrés dans sa chambre avec des mines de conspirateurs. Et là, riant sous cape, ravis de le voir intrigué, ils avaient posé sur la table deux sachets remplis d'énormes pommes de pin toutes chargées de pignons bruns et qui embaumaient la résine. Et l'odeur des Fonts-Miallet avait soudain flotté dans la pièce.

Toutes explications étaient superflues. Pourtant, très fier de lui, Silvère avait cru bon d'insister :

— Tu vois, on y a pensé, nous ! Il faut remplacer le pin foudroyé. Alors sème des pins sur tout le *cerro*, partout ! Là-bas, c'est pas comme en France, y'a de la place !

— D'accord, avait-il promis. Et avec toutes les graines que votre mère et moi avons ramassées, plus toutes celles que Marcelin m'a confiées, c'est une véritable forêt de pins parasols qui va naître aux Fonts-Miallet de Tierra Caliente.

18

Contre toute logique, parce que c'était l'ultime attitude à adopter, Martial se remit à espérer. S'obligeant à étouffer tout le scepticisme et les doutes que lui donnait une analyse lucide des problèmes rencontrés par la Compagnie, il se força à croire, une fois de plus, que de Lesseps retrouverait la confiance des actionnaires et des banques et retournerait la situation.

Et quand le vieil homme fit savoir qu'il allait lancer une nouvelle souscription qui permettrait de fournir le dernier coup de collier et d'achever le percement de l'isthme, Martial se raccrocha à ce fol espoir.

Comme un moribond qui voit approcher sa mort, mais qui refuse l'évidence et se met à tenir pour irréfutables les balivernes lénifiantes que lui distille son entourage, il décida que le miracle était encore possible.

Et il faillit presque avoir des mots avec O'Brien lorsque celui-ci se gaussa grassement de sa naïveté.

— Tu crois encore les boniments de tous ces voyous ? A ton âge et après tant d'années passées ici ! s'esclaffa l'Irlandais.

— Et pourquoi une nouvelle souscription ne réussirait-elle pas ?

— Et pourquoi la dernière a si lamentablement échoué? ricana O'Brien. De toute façon, même si cet emprunt réussit, il servira tout juste à combler les trous, et il doit y en avoir de fameux! Tiens, parle-moi un peu de la somme qui t'est due? Je t'écoute! Et à moi, tu sais combien me doivent les entreprises encore en activité? Non, tu t'en fous et tu as bien raison, quand le navire coule, c'est chacun pour soi! Allez, bois plutôt un coup avec moi et ne pense plus à cette souscription, ce n'est pas elle qui sauvera la Compagnie!

Malgré l'intime conviction qu'O'Brien avait raison, Martial s'entêta dans ses espoirs, ils étaient son dernier soutien.

Tout sombra pour lui lorsque fut annoncé, peu avant Noël, que *l'émission d'agonie* — comme l'avaient baptisée les infatigables détracteurs du canal — s'était elle aussi soldée par un total échec. Dans le même temps fut connu le verdict pris par la Chambre, à Paris, le 16 décembre.

Maintenant décidée à trancher dans le vif, à crever un abcès déjà trop enflammé, la majorité des députés avait repoussé une proposition de loi visant à proroger de trois mois les échéances de la Compagnie universelle du canal interocéanique.

Faible consolation, la Compagnie avait obtenu du Tribunal civil de la Seine la nomination de trois administrateurs provisoires. Ils échouèrent malheureusement dans toutes les tentatives qu'ils firent auprès des banques pour trouver des crédits. Unique satisfaction, ils firent promettre aux entreprises qui travaillaient sur le canal de poursuivre leur tâche pour quelques semaines encore.

Malgré cela, un mortel et inquiétant silence s'installa soudain sur tout le chantier.

Heureux de retrouver Clorinda après les deux mois d'inspection qu'il venait d'effectuer dans le nord, Romain apprit la nouvelle en arrivant à Valparaíso. Elle le choqua plus qu'il n'aurait cru.

Il savait pourtant depuis longtemps que le chantier de Panamá était frappé à mort, que ses jours étaient comptés. Mais le fait d'apprendre que tout allait être réellement consommé lui gâcha un peu le plaisir qu'il se faisait à l'idée de passer Noël avec Clorinda.

Il prit soudain conscience de toutes les forces et de tout le temps qu'il avait consacrés au canal et qui se révélaient maintenant inutiles, gâchés.

Il en était vexé, furieux aussi. Et amer, terriblement amer à la pensée de tous ceux, connus ou inconnus, que le mirage de Panamá avait engloutis, absorbés. Il se remémora aussi tous les risques qu'il avait encourus en travaillant là-haut, les invraisemblables épreuves et même les sacrifices que la vie sur le chantier lui avait imposés. Une existence souvent inhumaine qu'il n'avait pu accepter, il le découvrait maintenant, que parce qu'elle avait été soutenue par un génial défi à la nature, par une ambition folle mais enivrante.

Désormais, tout était fini. Du rêve fantastique ne restaient que les souvenirs et l'acide amertume que sécrètent les espoirs engloutis.

Il comprit aussi, et peut-être surtout, que son âge ne lui permettrait plus jamais de se lancer ainsi à corps perdu dans une épopée aussi phénoménale que l'avait été celle du canal.

Il avait maintenant plus de quarante ans et savait que l'avenir pouvait tout au plus lui offrir quelques modestes fantaisies, quelques gentils imprévus, histoire de mettre un brin de piment dans cette vieillesse qu'il voyait poindre.

Mais sur les grands coups de folie, les aventures flamboyantes, il ne devait plus compter.

Antoine aussi ressentit un petit coup au cœur quand il sut que le chantier serait bientôt fermé.

Comme ses amis, il attendait cette issue depuis long-temps, depuis des années même car, de tous, il avait été le plus sceptique, le plus prudent devant cette espèce d'insolente gageure que représentait cet audacieux labour ouvert dans la terre d'Amérique.

Mais parce qu'il avait lui aussi travaillé sur le canal, il accueillit son abandon comme une sorte de défaite, un aveu d'impuissance, une lâcheté presque.

Puis, comme Romain, il songea que l'arrêt des travaux marquait aussi la fin d'une époque, un peu pour lui, mais surtout pour Martial. Il ne crut pas un instant que son vieil ami puisse, comme par le passé, reprendre l'existence qu'il menait au Chili avant que ne commence le perce-ment du canal. Il n'en avait maintenant ni la solidité physique ni la force morale.

« Sûr qu'il va rentrer en France, et cette fois pour toujours..., pensa-t-il. Quant à nous, il faudra bien qu'on envisage aussi de lever l'ancre un jour ou l'autre... »

Depuis leur voyage en France, et surtout depuis leur retour, il savait que la vie au Chili ne serait plus jamais la même pour Pauline. Maintenant, et beaucoup plus qu'a-vant, il était évident qu'elle s'ennuyait de la France, de Marcelin, de Rosemonde. Qu'elle aspirait à une vie plus paisible en un pays où le sol ne s'ébrouait pas sans arrêt.

Certes, elle ne se plaignait pas et ne soulevait même pas l'hypothèse d'une rentrée définitive, du moins dans un proche avenir. Mais il était tout aussi certain qu'elle ne se préparait pas non plus à finir ses jours sur un continent qui n'était pas le sien.

« On a quand même le temps d'y penser, calcula-t-il. Et puis nous, contrairement à Martial, nous avons du solide qui nous retient ici. Tierra Caliente, c'est important, même pour Pauline depuis que Marcelin se prépare à y revenir. »

En cette approche de Noël et de l'été, toute l'hacienda resplendissait de vie, de santé, de richesse. Maintenant, seuls les vieux arbres fruitiers portaient encore sur leur tronc les stigmates imprimés par l'orage de grêle de l'année précédente. Partout ailleurs, dans les vergers et les vignes, l'alignement et la vigueur des jeunes plants réjouissaient le regard. Quant aux terres à céréales, les mois de jachère que leur avait imposés la catastrophe les avaient reposées.

Cette année les rendements allaient être magnifiques. Pedro de Morales était ravi et Antoine aussi. Mais un peu moins depuis qu'il imaginait l'état du chantier presque à l'abandon. Bien qu'il s'en défendît, comme Martial et Romain, il avait laissé un peu de lui quelque part entre Colón et Panamá.

Ce fut après une mémorable soirée de retrouvailles qui les conduisit du restaurant au théâtre, puis de là au cabaret et enfin dans la suite 23 de l'hôtel San Cristobal, que Romain se décida enfin à réagir.

Il comprit qu'il était indispensable d'étouffer cette pernicieuse idée qui tendait à lui faire croire que tout imprévu lui était désormais interdit ; faute de quoi il allait effectivement plonger dans la vieillesse.

« Bon sang ! je ne suis quand même pas si vieux ! » pensa-t-il en regardant Clorinda avec attendrissement.

Elle venait de lui prouver, avec son brio habituel, à quel point elle était heureuse de le revoir et prenait maintenant le frais sur le balcon de la chambre.

« Elle aussi est encore jeune, et comment ! » pensa-t-il en remplissant deux coupes de champagne.

— Tu sais ce que j'ai décidé ? lança-t-il en la rejoignant. Écoute, on passe tranquillement Noël et le 1er de l'an ici. Après quoi, je conclus quelques affaires avec Edmond, Herbert et Antoine, histoire d'être en règle avec la Sofranco. Ensuite, tu fais tes malles. Ou plutôt non, tu prends juste le minimum, on achètera sur place. Et à nous la belle vie !

— Tu n'aurais pas un peu trop forcé sur le champagne par hasard ? demanda-t-elle sans vraiment lui livrer le fond de sa pensée, car elle n'osait pas croire que son rêve pouvait se réaliser.

— Non, je n'ai pas trop bu, dit-il gravement en levant sa coupe, j'ai simplement décidé de changer mon fusil d'épaule.

Il s'assit à côté d'elle, l'attira :

— Depuis le début de ce canal, on a vécu comme des fous, poursuivit-il. Je ne regrette rien, mais quand même, maintenant que je sais que ça ne servira à rien... C'est quand même vexant, très vexant ! Ça fait surtout beaucoup de temps perdu ! Alors, on va le rattraper à fond. On va y mettre le prix et, crois-moi, je ne lésinerai pas ! Tu voulais découvrir Paris et la France, eh bien, on va s'y employer et sans compter !

— Vrai ? C'est sûr, on part ?

— Vrai !

— Mais alors, on sera à Paris pour l'Exposition universelle ! s'exclama-t-elle, ravie.

— Entre autres, oui. Pour ça, pour le reste, pour tout ! Même en voyant très large, et il n'est pas question de voir autrement, j'ai de quoi t'offrir les plus belles et les plus longues vacances que tu puisses souhaiter, alors profitons-en ! Ensuite, s'amusa-t-il en l'enlevant dans ses bras et en marchant vers le lit ouvert, peut-être que je serai obligé de reprendre la piste du côté de Calama ou de Quilliagua... Mais ça ne serait pas pour me déplaire !

Les quelques coups discrets qui frappèrent la porte ne surprirent pas Martial, il les attendait.

— C'est toi ? chuchota-t-il.

— Oui, ouvre vite, murmura O'Brien.

Soulagé, il débloqua la serrure. Moins d'une heure plus tôt, alors que le soleil disparaissait dans la brume qui recouvrait la jungle, il avait été stupéfait de voir à quel point un homme pourtant aussi averti que l'Irlandais se refusait à regarder la vérité en face.

Elle était pourtant simple, limpide ! Le jour même, 4 février 1889, le Tribunal civil de la Seine avait prononcé la dissolution de la Compagnie universelle du canal interocéanique et ordonné sa mise en liquidation.

Désormais, le chantier mort abritait des milliers d'hommes qui allaient très vite comprendre qu'ils ne seraient jamais payés, que les semaines de salaire que leur devaient certaines entreprises étaient perdues. Et tous ces Jamaïcains, ces Portoricains, ces Cubains et ces Chinois que de véritables sergents recruteurs avaient un jour convaincus de venir creuser le canal réaliseraient aussi qu'on était en train de les abandonner dans l'isthme.

On leur avait promis de bons salaires, du travail assuré pour longtemps, des logements agréables et, le canal ouvert, la possibilité de revenir chez eux. Or, tout prouvait qu'on se préparait à les laisser là.

Il était fou de croire que ces hommes grugés allaient passivement attendre la suite des événements. C'était méconnaître les réactions d'une foule en colère. Une foule pour l'instant abasourdie par l'annonce de l'arrêt des travaux, une masse encore inorganisée, hésitante. Mais bientôt, la rage et l'alcool aidant, un bloc grondant, prêt au pire.

Martial devinait ce qu'allaient être les jours suivants, difficiles, dangereux, impitoyables. Il le sentait. Car même si, dans un premier temps, l'étrange silence qui nappait le chantier pouvait faire croire que le calme régnait partout, il n'était pas dupe de cette apparente passivité.

Gravée à jamais dans sa mémoire surgissait la vision de certains petits groupes d'émeutiers saccageant sournoisement Lima. Des hommes, des femmes et même des enfants tellement absorbés par le meurtre et le pillage qu'ils en oubliaient de hurler ; les cris venaient plus tard, avec l'alcool.

Et là, il était prêt à jurer que la nuit ne finirait pas sur l'isthme sans que n'éclatent çà et là des batailles, des émeutes. Mais il avait eu beaucoup de mal à convaincre O'Brien de la justesse de ses prévisions.

— Penses-tu, ces minables n'oseront rien faire, avait rétorqué l'Irlandais. Depuis qu'on en a pendu quelques douzaines en 85, ils sont prudents ! Je ne dis pas qu'il n'y aura pas quelques bagarres, mais ça n'ira pas loin ; on aura vite fait de disperser tout ça à coups de chicote, ou aux gros plombs, si besoin...

— Je te dis que je sens monter l'émeute. Bon Dieu, crois-moi ça ne m'amuse pas, mais j'ai l'habitude ! Je ne sais pas ce que j'ai fait au ciel, mais j'y ai droit tous les dix ans ! J'étais à Paris pendant la semaine sanglante de mai 71, à Lima lors de son sac en janvier 81, je ne veux pas être le témoin des émeutes de Panamá de février 89 !

— Allons donc, tu te fais des idées !

— Mais, bon sang, ouvre les yeux ! Ça fait déjà plusieurs mois que des groupes s'attaquent chaque nuit aux cases isolées ou même aux ateliers ! Que te faut-il de plus ? Crois-moi, il faut partir tout de suite, dès cette nuit !

— Un O'Brien ne recule pas plus devant les Nègres et les faces jaunes que devant les Anglais ! avait grogné l'Irlandais en vidant son verre de gnôle. Tu n'en veux toujours pas ? avait-il proposé en tendant son cruchon.

— Fous-moi la paix avec ton poison et prépare plutôt tes affaires, il faut partir, tout de suite !

— Non. Rien ne me fera quitter ce pays, c'est devenu le mien.

— D'accord, alors tu y crèveras tout seul, moi je pars.

— Comme ça, les mains dans les poches ? Et en plus

y'a pas de train à cette heure! avait ricané O'Brien en se reversant une rasade.

— Depuis combien de temps n'as-tu pas payé les quelque cinq cents terrassiers que tu emploies? avait soudain lancé Martial.

— Bah, moins de quinze jours, peuvent vraiment pas se plaindre!

— Tu comptes les payer demain matin, j'espère?

— Tu te fous de moi? Ils n'auront pas un centavo tant que les entrepreneurs ne m'auront pas réglé ce qu'ils me doivent, et ça fait un sacré paquet!

— Alors, tu es un homme mort, et moi aussi d'ailleurs... Je dois plus de deux semaines de salaire à mes trois cent cinquante hommes. Ça fait pas loin de neuf mille piastres. Et tous ces gens-là n'attendront jamais que la Compagnie me règle les quatre-vingt-dix mille piastres qu'elle me doit et qu'elle ne me paiera sans doute jamais! Mais ça n'empêchera sûrement pas mes bonshommes d'être autour de chez moi demain matin pour réclamer leurs sous... Et, crois-moi, tes Nègres non plus ne vont pas t'oublier! Encore une chance qu'aucun n'ait eu l'idée de venir dès ce soir! Alors, fais ce que tu veux, mais moi je pars. Je voulais voir la fin du canal, c'est fait. La suite ne m'intéresse plus; et pour être franc, elle me fait peur. Salut, l'ami, et bonne chance quand même!

— Attends un peu, nom de Dieu! avait éructé l'Irlandais manifestement ébranlé par les arguments. Mais, dis, tu crois vraiment que ces salauds de mal blanchis oseront venir nous réclamer leurs paies, alors que c'est à nous qu'on doit le plus, tu crois qu'ils oseront?

— Non seulement ils oseront, mais ils seront là dans quelques heures, au petit jour, bien éméchés et conduits par quelques lascars qui ne veulent qu'une chose, nous faire la peau...

— Les porcs! Ils trouveront à qui parler, crois-moi! Mais où veux-tu partir, et comment?

— A Panamá, pour rejoindre Santiago. Comment, je n'en sais rien. Mais pense à ce que je t'ai dit, décide-toi. Ici, pendant quelque temps, ça va être très malsain.

— Quelque temps, hein? avait murmuré O'Brien en réfléchissant. Bon Dieu, tu as raison, avait-il brusquement décidé, on fout le camp pour quelque temps! Moi, ça fait longtemps que je n'ai pas posé les mains sur les belles garces de San José de Costa Rica, c'est l'occasion rêvée!

— Alors, on s'en va tout de suite? C'est sûr?

— Le temps de regrouper les affaires que je ne veux pas laisser ici, de récupérer aussi quelques piécettes enterrées par là — ben oui, moi les banques... — et surtout de trouver des mules. Je vais aller me servir dans le troupeau qui ravitaille Santa Dolores et je te rejoins.

— Fais vite. Mais surtout sois prudent. Rappelle-toi, on déménage à la cloche de bois, c'est le genre de chose qu'il faut faire discrètement, si on ne veut pas que ça tourne mal...

— Tu avais sacrément raison de te méfier de ces voyous, gronda O'Brien en entrant, ces abrutis sont partis vers les ateliers de Tiger Hill et Lion Hill. Ils ont fait le même coup que dans le tien, mais, cette fois, ils ont foutu le feu, on le voit d'ici.

— Tu as des mules?

— Oui, six, on aura ainsi de la réserve et on ira plus vite. J'ai calculé, il faut éviter tous les abords du chantier. On va donc filer sur la Chorrera et de là on rejoindra Porto Caïmito. Ça fait dans les soixante-dix kilomètres, et des pas faciles! Mais je connais et, si tout va bien, on y sera après-demain soir.

— Tu es vraiment sûr de bien connaître? Parce que pour aller là-bas, faut passer entre les marécages et dans la jungle...

— T'inquiète pas, petit, n'oublie pas que ça fait

presque quarante ans que je vis dans ce foutu pays, ça donne pas mal de souvenirs et d'expériences !

— Alors partons, dit Martial en jetant un dernier coup d'œil dans la pièce.

— Tu n'as aucun bagage ?

— Ils sont à côté, Tchang s'en occupe.

— Quoi ? Tu emmènes ton Chinois ?

— Et comment ! Mais je ne l'oblige pas. Je lui ai juste décrit ce qui allait se passer ici dans les jours qui viennent. Il a été beaucoup plus vite convaincu que toi ! Allons, partons, redit-il en marchant vers la porte.

Il s'arrêta avant de la franchir, regarda une dernière fois la salle où il avait vécu pendant tant d'années.

— Bon sang, si on m'avait dit qu'un jour je partirais d'ici comme un voleur ! murmura-t-il.

Il haussa les épaules et sortit dans la nuit.

— Tiens, regarde ce que je t'ai dit ! chuchota O'Brien en désignant une lueur rousse qui palpitait dans le lointain. Regarde comme ça brûle bien, un atelier ! Quel gâchis ! Quand on pense à ce que coûtent les machines ! Ah, les pourris ! Bon, partons avant que je change d'avis, que je prenne mon fusil et que j'aille apprendre à vivre à tous ces bâtards ! Partons !

— Et ta femme, tu la laisses ? s'étonna Martial en constatant que seul Tchang était à côté des mules.

— Ma femme ? Tu rigoles ? Que veux-tu que j'en fasse à San José ? Sûr qu'elle s'entendrait mal avec toutes les petites friponnes qui m'y attendent ! lança O'Brien en grimpant sur sa monture. Et puis, sans blague, tu ne crois quand même pas que je vais laisser ma case sans surveillance ? Je tiens à la retrouver en bon état à mon retour ! Allez, va, ne t'inquiète pas, ma vieille ne risque rien. Ce n'est pas à elle qu'ils demanderont des comptes, ils savent bien qu'elle n'est pour rien dans toute cette

372

histoire de canal, et, en plus, c'est pas une Blanche, elle risque rien. Bon, je passe devant, mais suivez-moi de près. On a un sacré bout de chemin à faire, et du difficile.

La jungle et la nuit les absorbèrent en quelques instants.

Une centaine d'ouvriers encercla le bungalow de Martial au lever du soleil. Les plus effrontés comprirent vite qu'il était vide et que son locataire avait pris la fuite. Des hurlements de rage ponctuèrent cette découverte.

Mais, parce que Martial avait toujours su les traiter avec équité et sans brutalité, beaucoup d'hommes se réjouirent intérieurement de son absence, sans pour autant oublier de crier à la trahison et au vol.

Pour obtenir ce qui leur était dû, et s'ils avaient trouvé Martial au gîte, ils l'auraient sans doute bâtonné, voire étripé. Mais ils l'auraient fait sans plaisir, juste pour le principe et pour qu'il ne soit pas dit qu'ils s'étaient conduits comme des lâches.

Quand même furieux d'avoir été bernés, ils se vengèrent en pillant la case puis en tentant de l'incendier. Mais ils n'avaient pas de pétrole et les planches étaient tellement imbibées d'eau que les flammes qui jaillirent moururent très vite, étouffées par des jets d'une puante et lourde vapeur blanche.

Gêné par la fumée, un gros serpent corail, lové sous le plancher de la véranda, chercha à s'échapper. Les pillards le massacrèrent rageusement à coups de machette.

O'Brien, Martial et Tchang atteignirent le minuscule port de Caïmito après quarante-huit heures d'une épuisante course à travers la jungle et les marécages. Et il ne se passa pas d'heure sans que Martial se réjouît d'avoir convaincu O'Brien de l'accompagner. Sans l'Irlandais, il se serait cent fois perdu, aurait immanquablement chuté dans d'invisibles marigots ou ne serait jamais parvenu à sortir de l'inextricable jungle.

Imperturbable, jamais pris de court, comme s'il avait emprunté, la veille même, les sentiers à peine tracés qui s'insinuaient entre les palmiers, les balisiers et les papyrus, O'Brien les avait conduits jusqu'au bord du Pacifique.

— Nous y voilà, dit-il en arrêtant sa monture devant une petite plage de sable fin.

La nuit tombait et déjà les lueurs du port, tapi dans une crique à un kilomètre de là, palpitaient faiblement.

— Je te dois une fière chandelle. Sans toi, j'étais foutu. Jamais je n'aurais pu arriver ici, dit Martial en sautant à terre.

— Bah! Tu te serais débrouillé autrement, assura O'Brien en se massant les reins. Tu sais, je n'ai aucun mérite. Quand je suis arrivé ici, dans les années 50, en plus du travail sur la voie, je me suis fait pas mal d'argent en ramassant les orchidées et en chassant les papillons. Pourquoi tu rigoles, c'est vrai!

— Je te crois, mais c'est parce que je ne te vois pas tellement avec un filet à papillons en train de galoper derrière les bestioles!

— Tu as tort, c'était un très bon rapport et, en plus, tu as vu, ça m'a permis de connaître le pays. Tiens, regarde ton cuisinier, dit O'Brien en désignant Tchang d'un coup de tête, je crois que tu as fait une sacrée bonne affaire en l'embarquant.

Prestement, en silence, le Chinois préparait déjà un feu pour confectionner le repas du soir.

— Oui, approuva Martial en s'étirant douloureusement.

Il était moulu et aurait donné cher pour un bon lit. Mais, d'après O'Brien, il était inutile de compter trouver asile pour la nuit à Porto Caïmito. Il n'y avait là-bas que quelques cases de pêcheurs, une *pulperia* et une chapelle.

— On sera très bien ici pour dormir, le sable est chaud, assura l'Irlandais comme s'il avait deviné les pensées de Martial.

— Sûrement, approuva celui-ci.

Il s'assit, enleva ses bottes avec difficulté et quelques douleurs car, si ses plaies avaient fini par se refermer, les cicatrices étaient toujours très sensibles.

Pieds nus, pantalons retroussés jusqu'aux genoux, il marcha vers l'océan. L'eau était fraîche, mais délicieuse.

Alors, sans plus réfléchir, il se dévêtit entièrement et plongea dans les rouleaux paresseux et pansus qui venaient mourir là. Et il eut soudain l'impression que le bain le lavait de toutes ces années de sueur, de crasse, de boue. Qu'il le purifiait en effaçant toutes les piqûres de moustiques et de mouches, les morsures de sangsues et de scolopendres, de tout ce qu'il avait enduré sur le chantier. Pendant quelques instants il se sentit revivre, renaître presque.

Mais ce n'était qu'illusion. Aucun bain au monde ne pouvait le débarrasser de la chape de fatigue qui pesait sur son dos depuis si longtemps ni effacer toutes les cicatrices qui constellaient son corps.

— Quand on est fiévreux comme toi, c'est pas sain de se tremper comme ça, lui reprocha O'Brien un peu plus tard.

— Mais si, et au diable la malaria, dit Martial en s'approchant du feu.

— D'accord, fais à ta guise. Mais alors, attends au moins que je sois parti pour te mettre à grelotter. Demain, tu feras ce que tu voudras, mais pas cette nuit, hein ?

— J'essaierai, promit Martial en prenant l'assiette de haricots et de porc sauté que lui tendait Tchang.

Ce ne fut que beaucoup plus tard qu'ils reprirent leur conversation. Tchang, toujours discret, s'était un peu éloigné pour dormir.

— Tu n'en veux toujours pas? proposa O'Brien en tendant un cruchon de gnôle à Martial.

— Non, garde ta saloperie, elle me laisserait un mauvais souvenir de toi. D'ailleurs, j'ai mieux, assura Martial en fouillant dans ses bagages.

Il en sortit une flasque d'argent, la déboucha, huma le goulot :

— D'accord, il n'y en a plus beaucoup, mais c'est du bon, du vrai whisky !

— Ça? C'est de l'infusion pour pucelle! Je préfère la mienne! estima O'Brien après avoir bu une gorgée.

— Alors, chacun pour soi, sourit Martial en reprenant son bien.

— Ton whisky est pâlot, mais tes cigares sont toujours bons, j'en prendrais bien un, dit O'Brien.

— Sers-toi, proposa Martial en tendant son étui.

Ils fumèrent quelques instants en silence puis O'Brien lança :

— Ça a quand même été une sacrément belle aventure, non ?

— Oui, surtout pour toi, approuva Martial, qui savait à quoi il faisait allusion.

— T'as pas à te plaindre. Tu es arrivé presque au début, non ?

— Oui, en septembre 81.

— Ce qui te manquera, c'est de voir la suite...

— A toi aussi, à nous tous, dit Martial après avoir bu une gorgée.

— Que tu crois...

— C'est fini, non ? lança Martial.

— Que tu crois..., s'amusa O'Brien.

— Cesse de ricaner comme un singe hurleur, ça m'a toujours fait grincer les dents !

— Je sais, dit l'Irlandais sans pour autant s'arrêter.

— Le canal, c'est fini, terminé, foutu ! dit Martial qui suivait son idée.

— Que tu dis..., s'entêta O'Brien après avoir avalé quelques lampées de gnôle. Il étouffa un renvoi dans sa paume, regarda Martial : Que tu dis, mais t'as toujours dit n'importe quoi ! Parfaitement ! insista-t-il en comprenant que Martial ne voulait pas le suivre dans la discussion : Fini le canal ? L'est pas ouvert ! Donc y'a rien de fini. D'accord, pour ton copain de Lesseps, c'est terminé. De toute façon, l'était beaucoup trop vieux pour cette aventure, et pour la Compagnie, c'est cuit aussi ! Mais quelqu'un viendra prendre la relève !

— Après une telle faillite ? Tu rigoles ? Plus personne ne voudra seulement donner un coup de pelle dans la tranchée !

— Tu connais pas les hommes, assura O'Brien. Moi, j'ai construit le chemin de fer de Colón à Panamá, j'ai vu ce que pouvaient faire des gars qui en voulaient. Ah oui, nom de Dieu, on en voulait ! Alors, un jour, je ne sais pas quand, mais un jour, quelqu'un dira : « C'est pas Dieu possible de laisser cette tranchée se faire bouffer par la jungle ! Elle est presque finie, allez les enfants, on s'y remet ! »

— Si ça t'amuse de rêver...

— C'est pas du rêve, les travaux reprendront un jour et moi je serai toujours là.

— Tu devrais moins biberonner ; à force d'avaler ton vitriol tu vas devenir complètement gâteux, ça sera dommage. Mais à part rêver à ce maudit canal, qu'est-ce que tu vas faire ?

— Une joyeuse fête à San José, le temps que ça se tasse ici. Parce que je pense que tu as raison, ça va bouger pendant quelque temps. Je reviendrai quand tout sera calmé, et quand je serai fatigué des filles, oui, je reviendrai.

— Mais pour quoi faire, bon Dieu ? C'est fini ! Fini !

— T'es bête ou quoi ? ricana O'Brien. Tiens, je prends les paris qu'il y a déjà des petits malins qui louchent sur tout le matériel, et Dieu sait s'il y en a! Alors, ou bien le chantier repart, ou bien les machines seront à vendre un jour. A condition bien sûr qu'elles soient pas toutes rouillées. Mais pour ça, et dans les deux cas, il faudra bien que quelqu'un y veille... Alors le vieux David O'Brien sera là, comme toujours depuis 1850! Et je surveillerai même ta *Ville de Lodève* et aussi tes excavateurs, bien qu'ils soient plutôt pourris!

— Après tout, si ça t'amuse, soupira Martial.

— Et toi, que vas-tu faire?

— Oh, pour moi, c'est terminé. Panamá, le Chili, l'Amérique, tout quoi, terminé... Je ne me plains pas, j'ai vu ce que je voulais voir et fait ce que je voulais faire. Tout le monde peut pas en dire autant. Mais maintenant, c'est terminé. Fini.

— Ben non, dit O'Brien en poussant quelques branchettes dans le feu, ben non, redit-il, c'est plutôt un commencement...

Martial l'observa, pensa que la fatigue et l'alcool lui brouillaient un peu les idées.

— Ne rêve pas, petit, je ne suis pas saoul, je tiens l'alcool moi..., ricana l'Irlandais qui avait compris son regard. Oui, c'est plutôt un recommencement, répéta-t-il. Ben oui, quoi, tu m'as bien dit que tu avais une femme et une fille en France? Et une affaire qui marche aussi? Alors pourquoi tu dis que c'est fini? Pourquoi tu dis des couillonnades? Ça commence, je te dis!

— Vu comme ça, d'accord.

— C'est comme ça qu'il faut le voir. Moi, j'ai personne qui m'attend chez moi, en Irlande, alors je n'y reviendrai jamais. Mais j'y serais déjà si j'avais une femme et une gamine... Oui, j'y serais déjà. Au lieu de ça, je n'ai qu'une vieille métisse tout usée qui monte la garde à Santa Dolores. Et j'ai aussi le canal. Alors un jour ou l'autre, bientôt, j'y retournerai, pour surveiller ce foutu chantier, et attendre...

Lorsque les trois hommes entrèrent dans Panamá, le lendemain matin, la ville grouillante de monde était en pleine effervescence. Mais, grâce à l'armée, partout présente et même menaçante, le calme régnait dans la cité.

En revanche, des émeutes avaient éclaté en plusieurs points du canal. Le pillage était de mise dans tous les pueblos, et les ateliers et les assassinats augmentaient partout dans d'inquiétantes proportions. On assurait déjà que les Etats-Unis et même l'Angleterre avaient expédié plusieurs bateaux pour rapatrier tous leurs ressortissants.

— Bravo, tu as vu juste, on a bien fait de ne pas moisir là-bas, sûr que ces enfants de putain nous auraient étripés, dit O'Brien.

— Pas difficile à deviner, c'était couru d'avance, dit Martial, on va au port?

— Dame, on est là pour ça, il me semble.

O'Brien n'eut aucun mal à trouver une place sur un petit caboteur qui se préparait à lever l'ancre pour le Costa Rica.

En revanche, Martial apprit que Tchang et lui devraient patienter plusieurs jours avant de pouvoir embarquer sur un vapeur desservant Valparaiso.

Écœuré et furieux à l'idée de rester à Panamá, où toutes les chambres d'hôtel devaient être surpeuplées, il préféra louer à prix d'or un coin de pont sur un petit voilier en partance pour Tumaco.

— Je me débrouillerai toujours mieux là-bas qu'ici, assura-t-il.

— D'autant qu'ici, tu risques de tomber sur quelques-uns de tes ouvriers, pas vrai? ironisa O'Brien.

— Tout comme toi, vieille canaille! Avoue qu'il te tarde de prendre le large!

— Tu sais ce que c'est, quand on a décidé de partir...

— Cette fois, faut vraiment qu'on se quitte, dit Martial un peu plus tard, alors que l'Irlandais était déjà installé sur le caboteur.

— Oublie surtout pas de dire bonjour aux autres. C'étaient de vrais amis, oublie pas! insista O'Brien avec un rire un peu forcé, presque cassé.

— Promis.

— Et dis-leur bien que s'ils passent par là, dans quelque temps, je serai heureux de leur offrir un coup de *whisk'isthme*!

— D'accord.

— Dis-le surtout à Romain. Si je revois quelqu'un, ce sera lui. C'est un coureur de piste, cet homme, un vrai. Lui, il repassera un jour à Panamá. Alors dis-lui que je l'attends...

— Entendu.

— Et toi, dis bonjour à la France de ma part. Je ne connais pas, mais si elle ressemble aux quelques Français que j'ai rencontrés, ça doit être un très beau pays...

— L'Irlande aussi, ça doit être bien, sourit Martial. Je voulais te dire aussi, ajouta-t-il en haussant le ton car le vapeur hoquetait de plus en plus fort en s'éloignant lentement du quai, oui, je voulais te dire, je suis bien content de t'avoir connu!

— Moi aussi! assura O'Brien en levant la main. Allez, bonne chance pour tout. Adieu l'ami! Il agita le bras : Et vive le canal! lança-t-il, tu verras, on l'ouvrira un jour! On l'ouvrira grâce à nous!

— Adieu, vieux fou, murmura Martial.

Il agita lui aussi la main, entendit un dernier ricanement de l'Irlandais et s'éloigna tête basse.

ÉPILOGUE

Martial arriva à Valparaíso trente et un jours après avoir quitté Panamá. S'il déplora que la lenteur du voyage l'eût empêché de revoir Romain et Clorinda — ils avaient embarqué pour la France deux semaines plus tôt —, du moins reconnut-il que ce long mois d'inaction l'avait beaucoup reposé.

Sachant par expérience que son bon état de santé pouvait être éphémère, il s'empressa de régler toutes les affaires qui le liaient encore à la Sofranco.

Et, à ce sujet, si l'attitude amusée d'Antoine ne le surprit pas car il n'en attendait pas moins de lui, il fut très reconnaissant à Edmond et à Herbert de ne pas l'accabler de reproches au sujet de Panamá et de l'importance somme que la Sofranco venait de perdre dans l'affaire. Il est vrai que les deux hommes avaient été très impressionnés — et même intimidés — par son vieillissement.

— Enfin, ne nous plaignons quand même pas trop, avait dit Herbert, bon an, mal an, ce canal fut une très bonne opération pour nous tous, dommage qu'elle s'achève aussi mal !

Martial avait alors souri en pensant aux prédictions

d'O'Brien, mais il n'en avait touché mot à ses amis. Pour lui, pour eux, le canal n'était déjà plus qu'un souvenir, une page tournée. Et si, d'aventure, l'Irlandais avait un jour raison, ce seraient des hommes beaucoup plus jeunes qu'eux tous qui relèveraient le défi. Des hommes en bonne santé, solides, qui ne douteraient de rien et surtout pas de leurs forces, de leurs compétences et de l'avenir.

— Il est bien entendu que nous comptons toujours sur vous pour animer la succursale de Bordeaux. La Sofranco a plus que jamais besoin d'une représentation en France, avait poursuivi Edmond.

— Ne vous inquiétez pas pour ça. J'ai là-bas un très bon gérant. Et même si, comme le pense Antoine, il a beaucoup perdu lui aussi avec le canal, je ne crois pas qu'il nous en tienne rigueur.

— Est-ce à dire que vous ne tenez plus à vous occuper personnellement des affaires ? avait demandé Herbert.

— On verra... Mais, pour être franc, il est vrai que j'ai envie, et besoin, de me changer les idées. D'oublier un peu le commerce, les nitrates, le guano, tout. Et puis je suis si fatigué maintenant...

Martial se tut jusqu'au dernier soir, veille de son départ pour la France. Jusque-là, Antoine n'avait pas cherché à susciter des confidences, sachant qu'elles viendraient toutes seules, en leur temps.

Installés après dîner dans le jardin de *La Maison de France,* Pauline, Antoine et Martial avaient trop conscience de vivre des instants graves pour prendre le risque de les gâcher par une conversation superficielle et banale.

La nuit était douce, presque tiède et toute laiteuse d'une énorme lune qui venait de jaillir en haut de la cordillère.

Trompés par la luminosité, quelques oiseaux se mirent à pépier doucement dans les buissons et les bosquets, et l'un d'eux — une perruche qui sillonna le ciel d'un trait d'argent — vint même se poser dans le pin parasol.

Ce fut Martial qui rompit le silence. Il attendit que Tchang dépose devant eux un punch dont il avait le secret, le goûta et sourit.

— Romain va être fou de rage quand il saura que Tchang m'a suivi et part avec moi à Bordeaux, assura-t-il. Mais vous, que comptez-vous faire? demanda-t-il à brûle-pourpoint en regardant Antoine et Pauline.

— Tu ne changeras jamais, hein? s'amusa Antoine. Tu viens de nous parler comme il y a presque vingt ans, dans ton jardin de Lodève, un soir d'été...

— Un dimanche soir, murmura Pauline, heureuse que la nuit masque son trouble et ses joues un peu rougissantes.

Elle s'en souvenait si bien de ce brûlant dimanche et de cette escapade merveilleuse qu'Antoine et elle s'étaient offerte dans les collines qui surplombaient la ville. Attendri lui aussi par les souvenirs, Antoine l'attira contre son épaule, lui caressa doucement le visage du revers de la main.

— Tu as raison, reconnut Martial, déjà, à l'époque, j'avais besoin de savoir ce que tu avais décidé.

— Ta question avait alors un sens, ce soir elle n'en a pas. Tu ne pars pas vers une aventure, tu en arrêtes une..., dit Antoine.

— Tu as raison de me le rappeler.

— Ce n'est pas méchamment. On ne s'est jamais raconté d'histoires entre nous. La preuve, lorsque tu es parti, il y a dix ans, je t'ai dit quelque chose comme : Tu reviendras un jour n'est-ce pas? Ce soir, je ne dis rien de tel, je sais que tu ne reviendras pas...

— C'est vrai, je ne reviendrai plus. Et le triste c'est que je n'en ai même plus envie, assura Martial. Mais vous, que comptez-vous faire? redemanda-t-il.

Antoine but une gorgée de punch, se mit à rire.

— Tu es vraiment un fameux voyou! Tu as tout fait

pour qu'on s'installe ici, tout. Et maintenant que tu rentres au pays, tu aimerais savoir si on te rejoindra bientôt, c'est ça ?

— Un peu. J'ai besoin de savoir pour... pour ma tranquillité. Je suis égoïste, hein ? Je ne pense qu'à moi. Mais, vous savez, j'en ai gros sur le cœur de partir. Oh, je sais, Pauline, je sais ce que vous allez me dire : « Pensez au bonheur de Rosemonde et d'Armandine ! » D'accord, j'y pense. Mais je sais aussi que, certains jours, je vais bougrement m'ennuyer à ne rien faire... Et si la malaria m'en laisse le temps, j'ai peur de vieillir tout seul là-bas, comme un vieux chien, en grattant mes souvenirs comme des puces.

— Tu n'es pas plus du genre à t'ennuyer que moi, du moins si tu ne le veux pas, assura Antoine.

— C'est vrai, mais j'ai quand même peur que ce soient les amis qui me manquent. Je n'en ai pas en France et je n'ai plus l'âge ni le temps de m'en faire. Mes amis sont ici, vous êtes tous ici. Alors si je demande ce que vous comptez faire, c'est juste pour savoir si un jour, même dans longtemps et si je suis toujours vivant, je peux espérer vous revoir là-bas. Si j'en suis sûr, ça m'aidera...

— Cette année au moins, tu auras de la visite, Romain et Clorinda.

— Oui, mais ils ne resteront pas. Eux, vous les reverrez bientôt ici. Ils reviendront, plus vite qu'ils ne le pensent. Je connais Romain, il n'a pas encore eu son content d'aventures. Je suis certain qu'il va vite trouver que la France est bien calme, bien petite. Beaucoup trop calme et petite pour lui !

— Et même pour Clorinda, dit Pauline.

— Alors, et vous ? redemanda Martial.

— Tu as raison de poser la question, dit enfin Antoine. Nous aussi, il faut qu'on pense à ce que nous ferons un jour. Tu peux être sûr d'une chose : nous rentrerons, nous aussi, le pays nous appellera. Déjà, je le sais, il manque à

Pauline. Moi, c'est différent. Ici, j'ai de la terre, et de la bonne, j'aime m'en occuper. Trop peut-être, mais c'est comme ça. Mais il y a un temps pour tout, un jour je passerai la main à Marcelin, c'est logique. Ensuite, nous rentrerons. Mais il n'y a pas que Tierra Caliente... Il y a autre chose, ajouta-t-il en serrant la main de Pauline.

— Tu penses aux enfants, n'est-ce pas? demanda-t-elle.

— Oui.

— Il a raison, expliqua Pauline à Martial, eux aussi nous empêchent de faire comme vous.

— Je ne comprends pas bien, dit Martial.

— C'est pourtant simple, assura Antoine. Tu vois, on a rudement bien fait d'aller en France, même si ça a été dur d'en repartir pour Pauline. Oui, de revenir chez nous, ça nous a permis de comprendre que les enfants ne feront jamais leur vie en France, jamais. Ils sont d'ici, ils vivront ici, ils sont les Chiliens de demain.

— Oui, approuva Pauline, dans toutes ses lettres, Marcelin demande des nouvelles du pays, de Santiago, de Tierra Caliente, de Joaquin, de tout et de tout le monde. Il ne le dit pas, mais il a le mal du pays. Je le sais, je connais ça...

— Alors, si on rentrait maintenant, avec eux, je suis sûr qu'ils en seraient très malheureux, ça gâcherait notre plaisir. C'est aussi pour ça qu'on va patienter un peu, le temps qu'ils grandissent, expliqua Antoine.

— Et qu'ils n'aient plus besoin de nous, dit Pauline.

— Je comprends, vous avez raison, dit Martial. Mais alors, maintenant que je sais, je peux bien te l'avouer. Si je t'en avais parlé avant, tu aurais encore dit que je cherchais à t'attirer, comme toujours, quoi!

— Avant ou après, je sais de toute façon que tu vas essayer de me rouler, assura Antoine.

— Pas du tout, te tenir au courant, simplement. Voilà, à mon avant-dernier voyage en France, ça fait plus de cinq ans, j'ai calculé qu'il était temps de songer à l'avenir. Je veux dire à quelque chose de sérieux, de solide. Plus sérieux et solide que les exportations de matériel, le guano, les mines et surtout le canal! Alors, voilà, j'ai eu vent d'une bonne affaire et je l'ai faite. Mais je n'en ai rien dit à personne, pas même à Rosemonde, je veux lui en faire la surprise. Seul mon notaire devait agir si la malaria m'avait eu...

— Effectivement, Rosemonde nous a dit que tu avais placé quelques sous, mais elle ne savait pas dans quoi, dit Antoine.

— Quelques sous? Un peu plus que ça! s'amusa Martial. Mais l'affaire était quand même bonne. Tu vois, j'ai réussi à mettre la main sur un petit domaine. Oh, pas très grand, à peine quatorze hectares, et ne te fous pas de moi! ajouta-t-il en voyant, grâce à la lune, la mine moqueuse de son ami. Non, ne te fous pas de moi, parce que ça ne te dira rien à toi, foutu paysan de Corrèze, buveur de piquette, mais ces quatorze hectares sont replantés en jeunes vignes et ils sont situés en Haut-Médoc, pas loin de Margaux, à côté d'Issan... D'accord, le phylloxéra nous fait des misères, mais on en viendra un jour à bout de cette saloperie. De toute façon, ça ne m'empêche pas d'avoir le droit d'appeler ma récolte « Grand cru classé. Château Armandine ». C'est pas mal, hein, pour un ancien petit négociant en vin?

— Ben, mon salaud, souffla Antoine qui mesurait parfaitement la valeur de l'acquisition. Mais alors, qui s'en occupe? demanda-t-il aussitôt.

— Un régisseur, et un bon. Mais si le cœur t'en dit, un jour...

— Non, non, s'amusa Antoine, n'y compte pas. Quand nous rentrerons en France, ça ne sera pas pour nous mettre au travail. Cela dit, si à ce moment-là tu as besoin de quelques conseils...

— C'est tout ce que je voulais savoir, annonça Martial

d'un ton joyeux. Savoir qu'un jour, tous les quatre, Rosemonde, Pauline, toi et moi, on ira voir mûrir notre raisin au soleil du Médoc, tranquilles, et pleins de souvenirs merveilleux.

— Et après, on fera un saut aux Fonts-Miallet, dit Antoine. Et, à ce moment-là, à côté du pin parasol, tu verras, il y aura une belle maison, solide, avec de beaux murs en brasiers et un toit d'ardoises. Et beaucoup de chambres, pour les enfants, les petits-enfants et les amis...

Il vit que Martial se levait, s'étonna.

— Tu nous quittes déjà ? Il n'est pas tard, reprocha-t-il.

— C'est vrai, mais mon train part tôt demain matin. Et puis surtout, je crois qu'on a dit le principal. Si on continue à parler, on va retomber dans le passé. Je préfère qu'on reste dans l'avenir et les projets.

— Tu as raison, même s'ils sont lointains et un peu fous, l'important c'est d'en faire, dit Antoine en se levant à son tour, imité par Pauline.

— C'est toujours idiot les départs, alors faisons vite, dit Martial.

Ils s'étreignirent en silence.

— Alors on se dit : « A un de ces jours » ? demanda Martial avant de grimper dans le cabriolet que Tchang venait d'arrêter devant *La Maison de France*.

— C'est ça : A un de ces jours..., dit Antoine. Bon vent, vieux frère, et surtout prends bien soin de toi en nous attendant.

— Tardez quand même pas trop, on n'a plus vingt ans...

— Promis, dit Antoine.

Et, pour couper court, il claqua la croupe du cheval qui démarra en trombe. Puis il attira Pauline et l'entraîna vers le jardin. Illuminé par la lune, le pin parasol brillait comme une énorme étoile.

Sur les soixante-quatorze kilomètres que devait mesurer le canal, trente-trois seulement avaient été entièrement creusés lorsque les travaux furent stoppés en février 1889. Environ cinquante millions de mètres cubes avaient été excavés. Il restait au moins deux cent soixante-cinq millions de mètres cubes à extraire encore...

Lancé en septembre 1892, dans la perspective des élections législatives de 1893, ce qui fut appelé le scandale de Panamá fit apparaître que sur un milliard deux cent soixante et onze millions de francs versés par les épargnants sept cents millions seulement avaient été consacrés aux travaux. Le reste avait été employé en frais divers...

Le 24 octobre 1894 se constitua la Nouvelle Compagnie française du canal. Cette très modeste société, dont le capital n'était que de soixante-cinq millions de francs, n'employa jamais plus de cinq mille ouvriers.

Cette entreprise travailla jusqu'en novembre 1903, date à laquelle, sous la vive pression des États-Unis, le département de Panamá se révolta contre la Colombie et obtint son indépendance.

Le 18 novembre 1903, grâce à l'entremise du Français Bunau-Varilla, un traité fut signé entre la jeune République panaméenne et les États-Unis. Ceux-ci, moyennant la somme de dix millions de dollars et, à compter de 1914, une rente annuelle de deux cent cinquante mille dollars, obtinrent l'occupation et l'exploitation à perpétuité du canal et des territoires qui en dépendaient. La suite prouva que cette perpétuité était relative...

Les Américains poursuivirent donc les travaux et parvinrent enfin à achever le percement en 1914.

L'inauguration eut lieu le 15 août de la même année. A cause de la guerre qui venait d'éclater en Europe, elle fut discrète. Seules environ deux cents personnes, dont le président de Panamá, le secrétaire à la Guerre des États-

Unis et le corps diplomatique prirent place sur le vapeur *Ancon*.

Le navire mit neuf heures et quarante minutes pour franchir le trajet de Colón à Panamá.

Assis sur une des hauteurs de la Culebra, un vieillard, cruchon à la main, hurla « Vive de Lesseps ! Vive la France ! » lorsque le navire passa à ses pieds.

Puis, ponctuant son geste d'un ricanement agaçant, il déploya un vaste drapeau français et l'agita sous les yeux scandalisés des officiels, médusés par son audace.

Le vieil homme venait d'entrer dans sa quatre-vingt-troisième année et s'appelait David O'Brien.

Marcillac, 12 avril 1988

BIBLIOGRAPHIE

Voyage à la Nouvelle-Grenade : Docteur SAFFRAY. Éd. Hachette (1869).

A Panamá : G. DE MOLINARI. Librairie Guillaumin et Cie (1886).

L'Amérique du Sud : La Grande Encyclopédie (1889).

Colombie : Éd. Larousse XIXe.

L'isthme de Panamá et le canal interocéanique : Raymond BEL (1901).

Le Panamá et la République : Quesnay DE BEAUREPAIRE. Éd. F. Juven.

La Véritable Histoire de Panamá : Louis MARLIO. Éd. Hachette (1932).

Suez, Panamá : André SIEGFRIED. Librairie Armand Colin (1940).

Bois de Panamá : May et Henry LARSEN. Éd. de La Baconnière (1962).

Les Deux Scandales de Panamá : Jean BOUVIER. Éd. Julliard (1964).

Les Grandes Heures de l'histoire de Panamá : G. VATTIER (1965).

Le Canal de Panamá. Éd. Vilo-Paris.

Panamá : Encyclopédie Universelle (1969).

L'Amérique Centrale : Larousse (1966).

TABLE DES MATIÈRES

Achevé d'imprimer en août 1988
sur presse CAMERON,
dans les ateliers de la S.E.P.C.
à Saint-Amand-Montrond (Cher)
pour le compte des éditions Robert Laffont
6, place Saint-Sulpice, 75279 Paris Cedex 06

Dépôt légal : septembre 1988.
N° d'édition : 31237. N° d'impression : 4738-1136.